W0001680

Carsten Sebastian Henn

TOD & TRÜFFEL

Das Buch

Niccolò, ein italienisches Windspiel, ist schnell wie kein anderer, aber noch unerfahren und verspielt. In den Straßen Rimellas faul in der Sonne zu liegen und von der süßen Nachbarshündin zu träumen – das gefällt ihm. Bis die Menschen eines Tages überstürzt das Dorf verlassen. Schon bald dringen neue Bewohner ein: Wölfe nehmen Rimella in Besitz. Doch Niccolò will seine Menschen zurück, will Wärme und Frieden, eine streichelnde Hand und einen vollen Napf. Nur einer kann ihm dabei helfen: Giacomo. Über den Trüffelhund sind mehr sagenhafte Geschichten im Umlauf als es Weine gibt zwischen Cuneo und Asti. Keiner hat eine so ausgezeichnete Nase wie er, keiner ist so mutig und klug. Aber es sind nicht nur die Wölfe, die Rimella gefährden. Niccolò und Giacomo decken einen finsteren Plan auf. Um ihn zu vereiteln müssen die beiden liebenswerten Schnüffler alles riskieren.

»Wie kaum ein anderer versteht Henn sich darauf, das Lesen zu einem sinnlichen Vergnügen zu machen.«

Kölnische Rundschau

Der Autor

Carsten Sebastian Henn, geboren 1973 in Köln, lebt mit seiner Familie und zwölf Rebstöcken in Hürth. Er arbeitet als Schriftsteller sowie als Weinjournalist für verschiedene Fachmagazine. C. S. Henn veröffentlichte bislang vier Weinkrimis, die sich zusammen über 100 000-mal verkauften. Als Pate unterstützt er den NABU-Aktionsplan Wolf (nähere Informationen zum Projekt und zu Wolfspatenschaften: www.nabu.de/wolf/Paten@NABU.de).
Mehr zum Autor unter www.carstensebastianhenn.de

Carsten Sebastian Henn

TOD & TRÜFFEL

Ein Hundekrimi aus dem Piemont

List

List ist ein Verlag
der Ullstein Buchverlage GmbH

ISBN: 978-3-471-30002-2

Umschlaggestaltung: Sabine Wimmer
Umschlagillustration: Isabel Klett
Gesetzt aus Berkeley
Satz: Pinkuin Satz und Datentechnik, Berlin
Druck und Bindung: CPI – Clausen & Bosse, Leck
Printed in Germany

Für Steffi. Mit Wolfsgeheul.

Mit Dank an Vico, Moritz, Heike, Trixi,
Jameson & Jacques – gute Hunde.

Wir haben wohl hienieden
Kein Haus an keinem Ort,
Es reisen die Gedanken
Zur Heimat ewig fort.

Joseph von Eichendorff, »Wehmut«

I

DREI REISENDE

Kapitel 1

RIMELLA

Niccolò roch die heranreifenden Trauben der Rebstöcke, noch bevor seine Augen sich geöffnet hatten. Seine jungen Muskeln ließen den Körper emporschnellen, und er rannte in den Tag, als wäre dieser so verheißungsvoll wie ein luftgetrockneter San-Daniele-Schinken. Und nur für ihn angeschnitten worden.

Der Wind trug das Parfum der Langhe wie seit Jahrhunderten über die Hügel des Dorfes Rimella. Die Nacht war kühl gewesen und ruhig, das Rascheln der Blätter des alten, weit ausladenden Maronenbaums hatte Niccolòs Träume begleitet und sie weich gebettet. Er hatte von Cinecitta geträumt, der zierlichen Terrierhündin der Bolgheris, die immer so hochwohlgeboren von ihrem schmiedeeisernen Balkon auf das Geschehen der Piazza sah, wo er mit den Jungs lag. Dort behielten sie stets alles im Blick und schnappten nach von der Hitze trägen Mücken.

Die Morgenwärme lag wie ein Versprechen über Rimella, als Niccolò von den Hügeln herabschoss. Die Sonne stand hinter dem Dorf, und die kleinen Häuser, von denen der farbige Putz alter Haut gleich abblätterte, bildeten eine dunkle, undurchdringliche Mauer. In Niccolòs Hundeaugen gab es nur Schattierungen von Grau. Düfte dagegen, Düfte funkelten in allen Farben.

Trotz der Geräusche seines Laufs bemerkte er die Veränderung sofort.

Und er begann seine Pfoten langsamer zu setzen. Dann

blieb er ganz stehen, nahe dem Ortsschild, das nun schon seit drei Jahren schief stand, seit dem Tag, an dem der alte Bruno mit dem Motorroller nach einem langen Abend im Wirtshaus dagegen gekracht war. Niccolò stand gerne hier, denn von dieser Stelle aus konnte er beinahe wie ein Vogel auf sein Heimatdorf blicken und beobachten, was auf der Hauptstraße, den drei seitlich davon abzweigenden Gassen und der kleinen Piazza mit dem steingefassten Brunnen vor sich ging. Die Mauersegler zogen in Schwärmen große Kreise über Rimella. Schnell und elegant, ihre langen, dünnen Flügel sichelförmig gebogen, immer wieder ihr durchdringendes Srriiii ausstoßend. Noch waren die Schatten lang, die von den Dächern der Häuser fielen. Sie verbargen vieles, selbst vor Niccolòs ungewöhnlich scharfen Hundeaugen. Doch er meinte, sein Rimella läge zu ruhig da, so als wäre es mitten in der Nacht, als schliefen alle noch in ihren Häusern.

Niccolòs Augen mochten von der ihm entgegenstehenden Sonne beeinträchtigt sein, seine Ohren waren es nicht. Und sie hörten Merkwürdiges. Die Geräusche schienen wie durch Geisterhand verwandelt.

Er machte sich auf, den Grund dafür herauszufinden. Seine Schritte hinunter ins Dorf waren langsam, als müsste er sich auf dünnem Eis vorwärtstasten. Kein Auto war zu hören, und was noch ungewöhnlicher war, keine Abgase waren zu riechen, obwohl Niccolò diese lange im Nachhinein erschnuppern konnte. Vor allem der neue Dieseltraktor seines Herrn stieß Gerüche aus, die wie schwere Inseln in der Luft lagen. Doch selbst davon fand sich nichts in der jungfräulichen, von der Nacht geklärten Luft, die von Rimella zu ihm drang.

Die Ohren zum Dorf hin ausgerichtet horchte Niccolò mit jedem Schritt in den Wind. Kein dumpfer Schlag des Hackbeils vom Metzger Donadoni ertönte, üblicherweise begleitet von einem zufriedenen Schnaufen, kein Rascheln der Brottüte, die der junge Luca in der Bäckerei der weiblichen Kundschaft immer mit einem verführerischen Lächeln über den Tresen reichte, kein Saugen, Gurgeln und Sprotzeln der Espressomaschine in Marcos kleiner Trattoria, kein scharfes Klacken der Scheren in Signorina Elisabethas Friseursalon, den viele Frauen als Freudenhaus verspotteten, da Elisabetha es nicht einsah, ihre geschäftsfördernd kurzen Röcke gegen damenhaftere Längen einzutauschen.

Nichts von alldem trug der Wind zu Niccolò. Denn nichts von alldem geschah.

Aurelius' Blut floss heiß durch die Adern, das Bild vor seinem einen verbliebenen Auge hatte es hochkochen lassen, denn es verhieß ein Lob von Grarr. Und genau ein solches brauchte er, um wieder näher an dessen Macht zu kommen.

Der Hügel erstreckte sich unter ihm. Aurelius warf seinen Blick darauf, er sah für Grarr, verschmolz für diesen mit der kargen Natur, als sei er der Rumpf eines vom Sturm geknickten Baumes. Sein graubraunes Fell glich der Erde, auf der er stand, war ein Teil von ihr.

Dies war das Land der Wölfe, hier herrschten sie. Hier herrschte Grarr.

Für einen alten Wolf, der im Kampf sein rechtes Auge verloren hatte, einen Krüppel, einen Geschlagenen, war dieser Fund ein unerwartetes Geschenk. Ein Knurren drang aus Aurelius. Es kam nicht vom Hunger, es zeugte von wiedererwachender Kraft. Sein alter Leib wurde in eine Schwingung gebracht, die er schon lange nicht mehr verspürt hatte.

Der leblose Körper, den er mit seinem Auge fixierte, hatte sich nicht mehr bewegt, seit die Sonne über der höchsten Pappel des kleinen Waldes erschienen war. Aurelius zweifelte nicht daran, dass kein Blut mehr in den Bahnen zirkulierte, dass dieser Leib ohne Leben war. Aber Aurelius war alt, und er hatte schon viel gesehen, was eigentlich nicht sein konnte. Er ging einfach auf Nummer sicher. Er wollte sich nicht lächerlich machen, das überließ er der Jugend.

Grarr würde besonders freuen, wie der Tod eingetreten war. Er schätzte das Grausame und das Ausgefallene.

Aurelius würde es nun melden gehen.

Dies war ein guter Tag. Die Langhe zeigte Gnade mit einem alten Graurücken. Aurelius streckte langsam die Hinterläufe durch und wendete seinen Körper, den die Morgensonne nun zärtlich erwärmte wie eine Mutter ihr frierendes Kind. Drei junge Wölfe schossen hechelnd an ihm vorbei. Sie waren wie ein Sturm auf zwölf Beinen. Und er wusste, wie gefährlich dieser Sturm sein konnte.

Aurelius hörte, worüber sie sprachen, und er roch das wie Fontänen aus ihren Poren dringende Adrenalin.

Sie hatten die Leiche ebenfalls gesehen. Und sie waren auf dem Weg zu Grarr.

In Donadonis Metzgerei hing das Fleisch wie stets an den Haken und roch köstlich. Der Laden war leer, die Messer lagen noch auf dem Block, als würden gleich mit ihnen Filets herausgeschnitten und Knochen gespalten. Niccolò ging erwartungsvoll hinter die Theke und damit an einen geheimen Ort, den er nie hatte betreten dürfen. Vielleicht machte Donadoni dort ein Nickerchen, oder er war einfach nur den Ausdünstungen seiner Angestellten erlegen, die verführerische Blütenaromen auf ihren Hals auftrug, und beide lagen ineinander versunken auf den kühlen weißen Kacheln.

Doch der Boden war leer, bis auf einige Blutspritzer.

Der Weg ins Hinterzimmer, in die eigentliche Metzgerei, war versperrt, die Tür verschlossen. Niccolò hörte nichts von dahinter, roch auch nicht den warmen, salzigsüßen Geruch lebender Menschen. Sondern nur Fleisch. Direkt über ihm. Doch zu hoch, um mit einem beherzten Sprung dorthin gelangen zu können, hing die Verheißung an spitzen Metallhaken. Niccolò leckte sich trotzdem die Lefzen, als hätte er ein Stück davon im Maul.

Was konnte Donadoni, einen guten Menschen mit wichtigem Handwerk, dazu bringen, sein Fleisch allein zu lassen? Welches Unglück musste geschehen sein, um diesen Mann von seinem Liebsten fernzuhalten?

Niccolò hatte gesehen, wie der Metzger das Fleisch berührte, wie seine Finger es massierten und streichelten. Nie ließ er einem der Hunde Rimellas solche Liebkosungen zukommen.

Er musste irgendwo sein. Die Menschen Rimellas würden sich bestimmt irgendwo versammelt haben, wahrscheinlich, weil ein Fest stattfand. Die Mangialonga in den Weinbergen zum Beispiel oder der Palio degli Asini in Alba, von dem Niccolò bisher nur gehört hatte, dass dort störrische Esel gejagt wurden.

Schon anhand der Struktur von Kiesel und Stein in den Gassen Rimellas wusste Niccolò stets, wo im Dorf er sich befand. Trotzdem erschien ihm nun alles fremd und gefahrvoll. Sein eigenes Heim war verschlossen, kein Futternapf stand vor seiner Unterkunft, es gab keinen Klang vertrauter Schritte und liebgewonnener Stimmen. Nicht die seiner beiden ausgewachsenen Menschen, und auch nicht der schrille Klang des kleinen Mädchens mit dem hellen, geflochtenen Haar und den Zähnen, auf denen ein Metalldraht funkelte. Nur die Hühner im Stall hinten im Garten gackerten wie eh und je. Es war sein Zuhause und doch nicht, denn zu diesem gehörten die Menschen und ihre Töne, die Gerüche und die Hände, die ihm ab und an das Fell kraulten.

Mit jedem Haus, in das er blickte, wurde er bedrückter, sank sein Kopf tiefer zu Boden. Vor dem der Bolgheris, Cinecittas Heim, schreckte er lange zurück, hob es sich auf.

Doch nun drängte es ihn, genau dorthin zu gehen, denn die Piazza war nicht deshalb so schrecklich leer, weil keine Autos fuhren, keine Menschen miteinander sprachen, sondern weil Cinecitta nicht von ihrer Loge herabblickte.

Das Tor zum Innenhof des dotterfarbenen Eckgebäudes stand einladend offen. Innen sah es aus wie immer, im herzförmigen Schwimmbecken trieben ein paar Rosenblätter, der gestreifte Sonnenschirm war geöffnet. Im Türrahmen des Haupthauses fand Niccolò ein Herrenhemd auf dem Boden, dreckige Fußspuren darauf. Die Luft und die Stufen des Treppenhauses waren bedeutend kühler als draußen. Dieses Rimella hinter den dicken Mauern war auch im Sommer erfrischend wie ein klarer Bach, in diesem Rimella stach die Sonne niemals aufs Fell.

Niccolò war die Stufen zu Cinecitta noch nie emporgegangen. Er hatte sich immer nur vorgestellt, wie es bei den Bolgheris wohl aussah, wie sie ihre edle Hündin auf feinsten Kissen betteten und Näpfe aus Marmor benutzten. Als er die Tür zur Wohnung der Familie mit der Schnauze aufstieß, konnte Niccolò sehen, dass er nicht allzu weit von der Wahrheit entfernt gelegen hatte. Überall im Flur hingen gerahmte Fotos von Cinecitta, eine Glasvitrine enthielt Pokale, deren Deckel von posierenden Hunden gekrönt waren. Sie sahen alle aus wie Cinecitta. Niccolòs Weg führte ihn zuerst in die Küche. Die Näpfe standen auf einer kleinen runden Stickdecke und waren aus Porzellan in Knochenform. Erst danach bemerkte Niccolò die Teller auf dem Tisch, darauf eine einfache Pasta mit Sardellen gekrönt. Und nur zu einem Drittel gegessen, auf beiden Tellern. Im Schlafzimmer der Bolgheris war das Bett zerwühlt, Kleidung lag verstreut auf dem Boden, und der große Schrank war aufgerissen, viele Fächer leer.

Doch nirgendwo Cinecitta. Ihr Geruch, ihr betörender Duft, hing überall in den Stoffen und Wänden, wie eine

Erinnerung an bessere Tage. Niccolò ging hinaus auf den Balkon, um wie sie auf die Piazza zu schauen. In diesem Moment stürzte sich die Einsamkeit auf ihn und fraß ihn auf mit einem Bissen, schluckte ihn in ihren dunklen Magen, dessen Wände zu eng und dessen Säure beißend war.

Niccolò war allein. Zum ersten Mal in seinem Leben. Hunde waren nicht allein, dachte Niccolò, und suchte Fenster für Fenster die umliegenden Gebäude nach einem Lebenszeichen ab. Hunde lebten mit ihrer Familie, mit Freunden. Sie waren nicht gemacht zum Alleinsein. Sie konnten nicht allein sein. Durften es nicht.

Er war der Hund seines Herrn Aldo, er war Giuseppes, Canaiolos und Ernestos Freund, er war Cinecittas Bewunderer und der schnellste Läufer von Rimella. Doch wer war er ohne Bianca, Giuseppe, Canaiolo, Ernesto und Cinecitta, wer ohne sein Rimella? Wer war er dann?

Cinecittas Duft lag überall, in jeder Ecke der Wohnung und sogar auf dem Balkon. Er machte Niccolòs Einsamkeit noch schlimmer. Der junge Hund rannte hinaus aus ihrem Reich, rannte die Treppenstufen hinunter, rannte durch die schattige Dunkelheit zum Tor.

Und spürte plötzlich scharfe, spitze Zähne in seinem Rücken.

Namen trugen sie nicht, sie waren eine Einheit. Drei Wölfe, zwölf Klauen, unzählige Zähne. Sie waren bekannt als ›Die Kralle‹, da sie nicht mehr losließen, was sie einmal hatten, und es schneller wegtrugen als ein Vogel. Sie jagten über den Feldweg wie ein einziges Tier, ihre Beine verschwommen zu einem braungrauen Schemen, und ihr Lauf klang wie ein Felsblock, der durch das Unterholz rollte. Sie stießen kurze Laute aus, keine Worte, doch jeder von ihnen wusste, was gemeint war. Grarr hatte ihnen einen Befehl gegeben, nachdem sie ihm von der Leiche berichtet hatten, sie postwendend auf den Weg nach Rimella geschickt und Blutdurst in ihre Fänge gelegt. Den alten Aurelius liefen sie fast über den Haufen. Nicht aus Versehen, sondern weil sie es so wollten. Er war alt und er war schwach, er war nicht nur eine Last, er war eine Schande für das Rudel.

Aurelius kannte das traurige Spiel und blieb stehen, als er sie näherkommen hörte. Er wurde ganz ruhig, ließ der Jugend ihren dummen Übermut. Früher war er wie sie gewesen, nur hatte er stets alles allein regeln müssen. Wenn er einem Gegner gegenüberstand, gab es keine Drei-zu-eins-Chance, dass dieser jemand anderen angriff. Er hatte immer Aurelius angegriffen. Aurelius hatte immer überlebt.

Der Wald lichtete sich. Es kam Aurelius stets vor, als machten die Bäume an dieser Stelle einen furchtsamen Schritt zur Seite, denn in der Höhle vor ihnen hauste Grarr. Ein schmächtiger Wolf stand neben dem engen Loch, das hineinführte ins Dunkel. Keine Wache, das hätte Grarr für ein Zeichen der Schwäche gehalten. Es war mehr ein Diener, der Besuch ankündigte.

Als Aurelius sich näherte, versperrte ihm dieser den Eingang.

»Wir haben dich nicht so früh erwartet, Graufell«, sagte der Diener. Aurelius hatte ihn einst selbst ausgebildet.

»Ich habe eine dringende Nachricht für ihn. Sie kann nicht warten.«

»Die Kralle …«, begann der Diener, doch Aurelius unterbrach ihn.

»Die drei wissen nicht alles. Ihr Blick ist zu schnell und ihr Verstand zu langsam. Jetzt geh aus dem Weg.«

Doch der Diener ging nicht, er ließ sich stattdessen auf den Boden nieder und knurrte leise.

Früher wäre Aurelius über ihn hinweggesprungen. Doch nun wusste er, dass nicht jeder Kampf es wert war, gekämpft zu werden.

Er brauchte nicht lange zu warten, konnte alsbald aufhören, die beiden Krähen zu beobachten, welche schweigend ihre Kreise über Grarrs Höhle zogen. Der Wolfsdiener machte den Eingang frei – jedoch nicht, um Aurelius hineinzulassen. Eine Wölfin kam heraus, ihr Fell so rot wie das eines Fuchses. Sie war nicht mehr so jung und biegsam wie die begehrtesten des Rudels, doch besaß sie mehr Eleganz als jede andere, und ihr Schritt war federnd leicht. Wie sie jetzt aus der Höhle kam, war er sogar noch federnder als sonst, was Aurelius nicht verborgen blieb. Sie blickte sofort zur Seite, als sie ihn sah, verbarg ihr Gesicht, lief schnell davon.

Nun auch Laetitia, dachte Aurelius. Ausgerechnet Laetitia.

»Komm zu mir, Bruder!«, kam es von innen.

Aurelius sah noch einen Moment zu der Eiche, hinter der Laetitia verschwunden war, bevor er durch das enge Loch trat.

Der Schmerz raste in Niccolòs Nervenbahnen. Doch noch schneller kam der Schock. Es war doch noch jemand in Rimella! Griff ihn an! Ihn allein! Bevor er sich wehren konnte, wurde der zweite Biss gesetzt.

Und ließ nach.

Der Druck verschwand.

»Du verdammter Idiot!«

Etwas köstlich Süßes lag plötzlich in der Luft, Niccolò nur zu gut bekannt, doch nun mit einer stechenden Schärfe versehen. Er drehte sich um. Seine Augen hatten sich mittlerweile an die Dunkelheit gewöhnt.

»Du bist noch da – was für ein Glück!«

Cinecitta sah ihn wütend an, Blut auf ihren Lefzen. Ihr weißes Fell war dreckig von Erde und auch nicht gebürstet wie sonst. Doch sie bewegte sich immer noch wie eine Königin, und ihr Tonfall entsprach auch einer solchen. Cinecitta war majestätisch, obwohl sie nicht viel größer als ein Laib Brot war.

»Das kann ich überhaupt nicht finden. Mit einem Plünderer als einziger Gesellschaft! Ich hab dich erst überhaupt nicht erkannt.«

»Macht ja nichts«, sagte Niccolò und humpelte näher zu ihr heran. »Tut schon gar nicht mehr weh.« Und so war es auch. »Von Plündern kann aber keine Rede sein, ich wollte nur nach dir sehen.«

»Wir müssen reden«, sagte Cinecitta und ging aus dem Tor. »Ich muss dir etwas zeigen. Es gibt da ein Problem.«

»Wenn du damit meinst, dass Rimella entvölkert ist, das ist mir doch tatsächlich auch schon aufgefallen.«

»Noch eins«, sagte Cinecitta, »ein totes Problem, um genau zu sein.«

Niccolò fühlte sich so geborgen mit Cinecitta, dass die Bedeutung dieses Satzes nicht zu ihm durchdrang. Er folgte ihr nun, als steckte er in einem Halsband und die Leine hielte sie. Es ging aus Rimella hinaus, südlich über die Landstraße, dann hinauf zu der Wiese unter dem Felsmassiv, das muskulös wie der Rücken eines Stierbullen die Steinwand zusammenhielt.

Der Weg entging Niccolò, er folgte dicht hinter Cinecitta, sog ihren Duft ein, der für ihn wie Nahrung war, und bewunderte den Schwung ihres Hinterteils. Seine Welt bestand aus nichts anderem mehr. Doch dann blieb diese Welt plötzlich stehen, kein Schwung erhitzte seine Gedanken mehr, und in den süßen Duft Cinecittas mischte sich ein verdorbener, der unter sein Fell kroch und Kälte in den Körper goss. Aus großen Kübeln.

Cinecitta trat zur Seite, und Niccolò sah ihn. Und doch war er es nicht. Nur wenige Meter entfernt lag Sylvio. Eine Art Sylvio. Es waren sein kurzes sandfarbenes Fell, sein breiter Schädel, seine ebene Stirn mit den Falten, seine leicht hängenden Lefzen. Es war fraglos der große, massige Hund, den er kannte, seit er in Rimella war. Es war das unbestrittene Oberhaupt aller Hunde im Dorf, der zwei Zentner schwere Mastiff Sylvio.

Und doch auch nicht.

Cinecitta wandte sich um, ihr Blick noch härter als sonst. »So sah er nicht aus, als ich ihn gefunden habe. Geh näher ran, Niccolò. Schau auf den Bauch.«

Mit jedem Schritt wurde der Gestank stärker, verwandelte sich in dichtes Gestrüpp, das in Niccolòs Nase stach, schließlich hineinkroch und die Schleimhäute angriff wie ätzende Säure.

»Was stehst du nur so zitternd da?«, hörte er Cinecitta hinter sich zischen. »Bringt der flinke Niccolò nicht dasselbe zustande wie eine zierliche Hündin?«

Das Fell des alten Freundes war zerfetzt. Die Stücke lagen über einem viel zu kleinen Bauch, Blut hatte das Gras und die wilden Kräuter darunter dunkel gefärbt. Doch es sah nicht aus, als hätte ein anderes Tier Sylvio gerissen, Spuren von Zähnen fehlten, und eine so unregelmäßige Öffnung eines Bauches hatte er noch nie gesehen.

Es passte einfach nichts zusammen.

Denn in und um Rimella gab es niemanden, der Sylvio hätte bezwingen können. Er war gutmütig gewesen, ja, kaum aus der Ruhe zu bringen, aber wenn wirkliche Gefahr bestand und er wütend wurde, war gegen sein schieres Gewicht, seine Wucht kein Kraut gewachsen gewesen. Ein von einem privaten Züchter in Fossano entlaufener Vielfraß hatte diese Erfahrung machen müssen, als er hungrig im Winter umherirrend den schlafenden Sylvio für einen jungen Luchs gehalten und angeknabbert hatte. Sylvio hatte zurückgeknabbert. Und mehr.

»Er ist aufgeplatzt«, sagte Cinecitta. »Ich habe seine Gedärme überall verstreut gefunden.« Niccolò blickte sich um, doch sah er nur frische Erdhügel, ordentlich gescharrt.

»Nun bist du an der Reihe, Niccolò«, sagte Cinecitta. »Es ist kein anderer mehr da. Jetzt ist Rimella dein Dorf.«

Niccolò hörte gar nicht zu, er wich vom Leichnam zurück, erschrocken über sich selbst. Denn egal, wie sehr ihn der Gedanke schockierte, dass Sylvio gestorben war, wie sehr der Geruch des alten Mentors in der Luft lag, das da vor ihm war Fleisch, frisches totes Fleisch, und er hatte schon länger nichts gegessen.

»Kein Hund platzt einfach so«, sagte Niccolò, den Blick von Sylvios Leichnam abwendend und die Nase schnell in den frischen Nordwind haltend.

Cinecitta machte sich auf zu gehen. »Wir müssen die anderen suchen.« Sie schlug den Weg Richtung Hauptstraße ein. Menschen benutzten Straßen, dachte die Hündin. Und andere Menschen würden wissen, wo ihre Menschen waren.

Plötzlich grummelte der Bauch des Berges.

Es klang dumpf und schwer, als hätte er Verdorbenes zu sich genommen, und viel davon. Es wurde lauter, glich nun mehr einem dunklen Schrei, fand Niccolò, wie von einem Tier, das tief unter der Erde lebte, das noch nie die Sonne gesehen hatte. Die Haut des Berges begann zu zittern, dann krachte sie und zersprang.

Niccolò und Cinecitta standen wie verwurzelt auf der wilden Wiese.

Der Berg kam näher.

Dass er seine Pfoten vorsichtig zu setzen hatte, wusste Aurelius, als er in die Höhle seines Bruders trat. Sonst drohte Verletzung. Knochen, einige alt und verblichen, andere frisch und scharf, mit verrottenden Fleischresten, lagen verstreut auf dem steinigen Boden.

So liebte es sein Bruder.

Trübes Licht drang durch einen Spalt weit oben in der Höhle und fiel wie ein träger Wasserfall auf den Vorsprung, der Grarrs Platz in dieser Welt war. Der Rest der Höhle erhielt nur den Abglanz seines Lichtes, nicht mehr als Reflexionen in der Dunkelheit. Aurelius schob mit der Pfote einen Beinknochen beiseite, setzte sich und wartete. Denn sein Bruder putzte sich sorgfältig das Fell zwischen den Hinterflanken. Es war Bewunderung in Aurelius' Blick, als er seinen Bruder sah, trotz der Wut über Laetitia, und obwohl Grarr sich ihm gegenüber nicht immer brüderlich verhalten hatte. Doch was zählte, war nur das Rudel. Und diesem stand Grarr vor, auch wenn viele versucht hatten, ihm seine Position streitig zu machen. Sie alle hatten den schlohweißen Wolf mit den roten Augen unterschätzt, der von seiner Statur her eher klein gewachsen war. Auch die Kralle hatte vor drei Jahren versucht, ihn zu stürzen, zu dritt. Sie hatte ihm aufgelauert, als er des Nachts seine Höhle verlassen hatte, um dem Vollmond zu huldigen, wie es seine Pflicht war. Einer der drei war von vorne gekommen, die beiden anderen von den Seiten.

Alle anderen Wölfe waren zu diesem Zeitpunkt bereits auf dem Hügel versammelt.

Grarr war allein gewesen.

Er hatte keine Chance gehabt.

Drei spitze Schreie, kurz nacheinander, waren zu hören gewesen, und schließlich war nur Grarr aus dem Wald getreten, kein Tropfen Blut auf seinem weißen Fell, keine Wunde an seinem Körper. Die Kralle wurde danach zwei Monate lang nicht mehr gesehen. Dann kam sie zurück und rollte sich vor Grarr auf den Rücken, die Hinterbeine gespreizt, und er hatte sie huldvoll an Fell und Männlichkeit geleckt.

Sie hatten sich unterworfen.

Als Grarr nun mit der Fellpflege fertig war, blickte er nach oben, als würde er im Tageslicht duschen. Sein Fell schimmerte, wie von innen leuchtend. Das Licht fiel so auf seine Augen, dass sie wie blutrote Rubine erstrahlten.

»Und?«, fragte Grarr. »Du hattest es also eilig, zu mir zu kommen?«

»Ich weiß, dass die Kralle bereits bei dir war. Doch …«

Grarr unterbrach ihn. »Du musst mir nicht sagen, wer zu mir gekommen ist, Bruder. Weißt du mir etwas Neues zu berichten?«

»Sylvio starb anders als die unserigen. Er starb von innen heraus.«

»Es kann trotzdem kein Zufall sein, dass es vier Tote an einem Tag gibt. Die Dinge hängen zusammen. Wie ist die Lage in dem Menschennest?«

»Es ist leer, keine Zweibeiner zu riechen.«

»Du meinst keine lebenden?« Grarr rollte sich auf den Rücken und ließ das Tageslicht seinen Bauch erwärmen.

»Sowohl als auch. Es sind nur zwei Hunde da, schwächliche Tiere. Das ist alles. Und einige Katzen, aber die sind überall. Wie Ungeziefer.«

Grarr stand wieder auf und blickte, den Kopf wie zum Angriff gesenkt, hinüber zu seinem Bruder im Knochenmeer. »Der Gott des Berges ist blind. Wir aber nicht. Drei von uns sind getötet worden. Dabei hatten sie keine Schuld auf sich geladen. Diese Ungerechtigkeit muss gesühnt werden. Die Kralle ist unterwegs, um den Blutzoll Rimellas einzufordern. Egal von wem.«

»Ich werde es überwachen, Bruder.«

Grarr schüttelte sein Haupt und schritt in einen Unterschlupf im Fels, der von Aurelius' Platz nicht einzusehen war. Er hörte die Stimme seines Bruders nur als hohles Echo zu ihm dringen.

»Du wirst nicht gebraucht. Ruh dich für heute aus.« Als

Aurelius schon am Ausgang war, fügte Grarr noch etwas hinzu. »Schick Laetitia morgen früh zu mir. Sie darf wiederkommen. Ihr Schlafplatz ist doch nah an deinem, oder?«

Der Berg war für Niccolò immer ein fester Teil seiner Welt gewesen, wie der Himmel mit seinen Sternen, wie der schlichte alte Brunnen in der Mitte von Rimellas Piazza. Sie alle waren einfach da, von ihnen ging keine Gefahr aus, Konstanten in einer sich ständig wandelnden Welt. Die Sonne stand steil am Himmel und ließ die im Bergmassiv eingeschlossenen Gesteinsschichten blitzen wie rasiermesserscharfe Klingen.

Und sie kamen näher.

Weg, nur fort, jetzt! Cinecitta und Niccolò rannten davon.

Doch plötzlich verfing sich einer von Cinecittas Läufen in einem Erdloch, zwischen einem Stein und einer kräftigen Wurzel.

Der Bergrücken brach vollends. Rutschte so sanft ab wie die Eiskugel auf dem Waffelhörnchen eines gierigen Kindes.

Und Cinecitta kam nicht weg.

»Ich helfe dir!«, bellte Niccolò. »Ich hol dich da raus!« Und er drückte mit seiner Schnauze so sehr, wie es sein kleiner Körper zustande brachte. Es half nichts. Er schaufelte mit seinen schmalen Pfoten den Boden um das eingeklemmte Bein weg.

Doch der Himmel rückte viel zu schnell näher. Er war dunkel und schwer.

Cinecittas Bein kam nicht frei, zu sehr hatte sie sich durch das ständige Herausreißen verhakt, zu groß war der unnachgiebige Stein.

Niccolò sah nur noch eine Möglichkeit, und er war so verzweifelt, sie zu ergreifen. Er biss zu, biss in ihr Bein, bis das Blut quoll, wollte es durchtrennen, wollte Cinecitta mit den Zähnen von den Wurzeln lösen. Die Hündin jaulte auf, trat aus, versuchte noch verzweifelter wegzukommen.

Dann bemerkte Niccolò den Wind. Den Sturm, den der abgleitende Berg vor sich hertrieb, der durch sein Fell fuhr auf der Flucht vor der erdrückenden Masse.

Niccolòs Körper folgte dem Wind ohne Niccolòs Kopf, ohne sein Herz anzuhören. Er setzte sich in Bewegung mit der fliehenden Luft, er rannte schneller als je zuvor, immer geradeaus, immer schneller, immer weiter.

Hinter ihm änderte sich die Landschaft.

Der Berg wurde immer niedriger.

So schnell wie es begonnen hatte, hörte es wieder auf. Die Erde wurde langsamer, das Grummeln nahm ab, doch Steine schossen immer noch wie wild an Niccolò vorbei, tanzten und sprangen hinab nach Rimella, als seien sie froh, endlich befreit worden zu sein aus ihrem jahrtausendealten Gefängnis.

Dann wurde es völlig still. So still hatte Niccolò die Welt noch nie vernommen.

Er blickte sich um. Zersprungener Fels, umgeknickte Bäume, aufgewühlte Erde. Wo Cinecitta lag, war nicht einmal zu erahnen. Verschwunden unter meterhohem Schutt.

Niccolòs Welt brach zusammen wie der Berg eben vor ihm. Der Tod Cinecittas würde fortan auf seinem Gewissen lasten.

Dreckiger Staub stieg einer Nebelwand gleich von den Erdmassen auf. Und aus dem Nebel trat ein Wolf, groß gewachsen, mit schmutziggrauem Fell und einer braunen Schnauze. In seinen Augen stand nur Bosheit. Langsam kam er näher, verfiel dann in einen Trab, der zu einem Rennen wurde. Er senkte den Kopf.

Niccolò drehte sich um.

Von hinten kamen zwei weitere Wölfe auf ihn zu. Sie glichen dem ersten aufs Haar. Auch ihr Blick. Je länger er wartete, schoss es Niccolò durch den Kopf, desto kleiner wurde der Korridor, durch den er fliehen konnte. Mit jedem Schritt kesselten die Wölfe ihn weiter ein. Sie waren schnelle, flinke Jäger.

Es gab nur eine Lösung. Er musste rennen.

Jetzt!

Und Niccolò rannte los.

Die Kralle schoss in wilder Hatz hinter ihm her, den Blutdurst pulsierend in ihren Leibern. Rimella verschwand so schnell hinter ihnen wie eine über die Theaterbühne gezogene Kulisse. Quer über Felder, durch die Rebgänge der Weingärten und über Straßen jagten sie einander nach. Die Wölfe waren schnell und hatten über die Jahre eine Ausdauer erlangt, die sie lange Jagden lieben ließ. Die Beute hetzen, bis sie umfiel, das Ende auskosten, so schmeckte sie am süßesten.

Doch der Abstand zu ihrer Beute wurde immer größer.

Die Kralle wusste es nicht, doch Niccolò war ein Italienisches Windspiel.

Und niemand, wirklich niemand, rannte schneller als er.

Kapitel 2

ALBA

Seine Nase erwachte zuerst. Noch halb im Schlaf sog Giacomo die von der Mittagssonne erhitzten Ausdünstungen der Stadt in seine großen Nüstern. Er war von der uralten Rasse der *Lagotto Romagnolo*, die seit Jahrhunderten wegen ihres Geruchssinns im Piemont zur Trüffelsuche eingesetzt wurden. Doch von dieser ruhmreichen Vergangenheit war an ihm wenig zu erkennen. Sein gekräuseltes, leicht öliges Fell, das es allen Vertretern seiner Rasse ermöglichte, selbst im kältesten Eiswasser unversehrt zu bleiben, war schmutzig-weiß. Der Dreck der Straßen Albas hatte sich in vielen seiner Locken verfangen. Er trug die Stadt auf diese Weise überall mit sich hin. Nur Giacomos Nase war vom Verfall nicht betroffen, sie machte der Historie der *Lagotto Romagnolo* weiterhin alle Ehre.

Zuerst nahm er die tiefsten Aromen der Stadt wahr, die sich so in das alte Mauerwerk Albas eingeprägt hatten, dass kein Regen, kein Schnee und kein Sturm sie hinforttragen konnten. Es waren der leicht säuerliche Geruch von zu lange geöffnetem Wein, der von süßer Torrone und von reifen, weißen Trüffeln. Er lag wie ein erotisierendes Parfum über der Stadt und ließ die Röcke der jungen Mädchen für die Augen der Männer noch kürzer aussehen, die Schenkel der Frauen noch strammer. Für Giacomo war dies das olfaktorische Grundrauschen, es legte die Farben des Bildes fest, das er mit seiner Nase einsog. Es gab ihm die Sicherheit, zu Hause zu sein. Faszinierender waren jedoch die Gerüche der

Speisen, der Salamis wie der in Barberawein getränkten Muletta oder der aus Eselfleisch hergestellten Salame d'asino, der Duft vom Ziegenmilchkäse Formaggetta und natürlich das unnachahmliche Aroma frischer Pasta. Eng damit verwoben waren die Aromen der Menschen, die mit prallgefüllten Einkaufstaschen vorübergingen. Doch bislang ließ kein Duft Giacomo aus seinen Träumen aufschrecken, keiner versprach umgehenden Genuss. Die Vorderläufe weit von sich gestreckt lag er hinter der gesplitterten Holztür mit der schiefhängenden Nummer drei in der Vicolo dell'Arco, einer kleinen Gasse, die von der Piazza Risorgimento mit seiner prachtvollen Cattedrale di San Lorenzo abging und von den meisten Touristen, die tagtäglich verlässlich wie Gezeiten morgens und nach dem Mittag in die Stadt geschwemmt wurden, übersehen wurde.

Durch den Spalt am unteren Ende der Holztür drang warme Luft wie ein Fön ins Innere des schon lange verlassenen Hauses, in dem Giacomos Nase nicht nur die Vicolo dell' Arco erfasste und die gesamte Piazza Risorgimento, sondern auch die Haupteinkaufsstraße Albas, die Via Vittorio Emanuele II. Es war nicht nur ein Bild der Gegenwart, das die gewaltigen Nüstern in Giacomos Kopf entstehen ließen, es zeigte ihm auch die Vergangenheit. Er konnte erkennen, welcher Zweibeiner welchen Weg gegangen war, welche Autos frische Waren gebracht hatten und sogar, wo jemand länger verharrt, seinen Duft intensiver in der Luft verteilt hatte. Es war eine Welt der Schlieren, eine Welt des Jetzt und des Damals, die Giacomo auch viel über die Zukunft sagte, denn die meisten der Schlieren kannte er schon lange und gut.

Und es war eine Welt, die kein anderer Hund der Stadt mit solcher Präzision erschnüffeln konnte.

Plötzlich erschien einer der schönsten Düfte. Giacomo öffnete die Augen.

Der hektische Mann mit den teuren Ledersohlen und der alten Aktentasche kam aus dem Gebäude der vielen Anzugträger. In der Tasche konnte Giacomo die beiden Dreiecke eines Tramezzino doppio erschnuppern, belegt mit Ei, Thunfisch, Schinken und Pilzsalat. Genau wie immer.

Es leuchtete geradezu durch das mürbe Leder. Giacomo wusste, dass ein Teil davon für ihn bestimmt war. Die Schritte des Mannes würden sich nun wie immer seiner Gasse nähern. Der Mann war verlässlich wie kein Zweiter, und er hatte immer ein Streicheln für ihn übrig, auch wenn Giacomo das eigentlich nicht leiden konnte. Der alte Trüffelhund stemmte sich auf. Es fiel seinen Muskeln mittlerweile schwer, den Körper aufzurichten und ihn zu bewegen. Sie taten es nur noch für Nahrung oder eine ruhige Schlafstätte. Giacomo drückte sich unter dem Spalt ins Freie und baute sich vor der Tür auf. Er wandte keinen der üblichen Tricks an, riss die Augen nicht weit auf, ließ nicht die Zunge heraushängen, senkte nicht geschwächt den Kopf. Und vor allem wedelte er nicht freudig.

Der Mensch kam näher.

Sein Weg führte an der Cattedrale di San Lorenzo vorbei. Eine Menschenmenge stand davor, drängte hinein. Um diese Tageszeit sollte eigentlich keine Messe sein, dachte Giacomo, der Menschenansammlungen stets mied. Ein junger, wuscheliger Bobtail lag vor der Kirche, die Leine noch um den Hals, und schien das Tramezzino ebenfalls zu wittern. Tapsigen Schrittes und mit hängender Zunge kam er auf Giacomos Tramezzino-Mann zu. Wedelte und bellte. Dann riss er die Augen freudig auf.

Der Mann öffnete seine Aktentasche.

Der Duft des Tramezzino wurde intensiver, stach nun wie ein Neonleuchten in der Welt der Gerüche Albas hervor.

Giacomos Beine bewegten sich wie von selbst darauf zu.

Doch kamen sie schnell zu einem Halt. Denn das Tramezzino verschwand in Gänze im Hals des jungen Bobtails.

Giacomo würde nichts mehr davon abbekommen.

Und schuld daran war nur die Kirche, und was auch immer darin stattfand.

Wenn er schon sein wohlverdientes Mahl verlor, wollte er wenigstens wissen warum.

Und so ging er zur betenden Bracke.

Niccolò wich nur aus, egal was oder wem. Und wenn die Bäume und Autos, die Häuser und Zäune, die Rebstöcke und Büsche es zuließen, rannte er geradeaus. Einfach weg. Kein Blick zurück. Sein Herz pumpte so laut durch den kleinen, schlanken Körper, dass er nicht hörte, ob er seine Verfolger abgeschüttelt hatte oder die drei Wölfe immer noch hinter ihm herjagten. Umdrehen konnte Niccolò sich bei diesem Tempo nicht, und er wollte nicht anhalten, auf keinen Fall anhalten, bloß rennen, weg und immer weiter weg. In seinem Kopf war nur Platz für das Setzen seiner Füße und das nächste Hindernis, dem es auszuweichen galt.

Bis er stolperte und fiel, einen Weinberg hinunterstürzte und schmerzvoll mit Bauch und Vorderläufen an einem Barolo-Rebstock hängenblieb.

Er hatte keine Kraft mehr in seinen Augen, um zu fokussieren und Herannahendes zu erkennen, keine Kraft in seinen Beinen, um im Fluchtreflex den Hang hinunterzulaufen. Niccolò konnte nur liegenbleiben und atmen. So verharrte er über Stunden am Hang, und als sein Körper nicht mehr schmerzte, schlief er ein, wachte erst wieder auf, als es bereits Nacht war.

Als er sich mühsam auf die Beine stellte und den Weinberg hochstieg, kam dunkler als ein Wolf die Erkenntnis über ihn, dass er im Nirgendwo war und nicht mehr wusste, wo Rimella lag. Kein Hügel glich einem seiner Hügel, kein

Duft der Heimat lag in der Luft. Zwar wuchsen auch hier Haselnusssträucher und Pappeln, Rebstöcke bedeckten wie daheim die Hügel, doch sie waren falsch. Die Landschaft hatte so nicht zu sein. Wie ein Albtraum hatte sich die Welt gewandelt. Der steinige Boden schlitterte unter seinen Pfoten, als Niccolò sich der Straße näherte und immer stärker den Urin anderer Hunde riechen konnte, die ihr Revier markiert hatten. Dies war ihr Reich und er ein Eindringling. Doch er musste hoch zur Straße, denn Straßen führten zu Menschen, und Menschen hatten Essen, Menschen würden ihm helfen.

Die Nacht war klar, und die Sterne stachen wie Nadelspitzen aus dem dunklen Samt des Himmels. Der Mond lag jedoch hinter der Hügelkuppe, so dass alles rings um Niccolò fahl erschien. Endlich erreichte er die betonierte Straße, sie war rau und menschenleer. Der junge Windhund konnte nicht erkennen, wohin sie sich schlängelte, doch er ging bergauf. Das erschien ihm verheißungsvoll. Denn fast alle Dörfer der Langhe, das hatte er von Rimella aus sehen können, lagen auf Hügeln und nicht im Tal. Die Menschen lebten gerne ganz oben, dem Himmel am nächsten.

Schon bald fand ein angenehmer Geruch den Weg in seine Nase und bestätigte Niccolòs Ahnung. Es roch nach Mortadella di fegato, einer derben, fetten Spezialität, genau wonach ihm jetzt der Sinn stand. Er nahm Witterung auf und landete schon nach kurzer Zeit an einer kleinen, windschief aus Wellblech zusammengeschraubten Weinbergshütte. Nun konnte er auch einen Ort erkennen, der tatsächlich oben auf dem Hügelkamm thronte, ein gutes Stück über ihm. Als dunkler Schemen hob er sich vom düsteren Himmel ab. Wie Mauern wirkten die eng aneinanderkauernden Häuser, wie Zinnen die Schornsteine.

Schon aus der Entfernung roch Niccolò, dass die Mortadella vermutlich ein, zwei Tage in der Wellblechhütte gelegen hatte, von der Tageshitze erwärmt und so schneller gealtert war. Doch das störte ihn überhaupt nicht. Die Tür des Schuppens war nur angelehnt, schnell glitt er hinein und fand zwischen den Weinbergswerkzeugen, den Scheren und Handschuhen, den Bütten und Eimern, Heftern und Pheromonfallen in einer Ecke das alte Mortadella-Stück.

Mit der Pfote schob Niccolò es zu sich, das Stück hatte noch keinen Schimmel angesetzt und war nur zweimal angebissen. Er würde es essen und danach schlafen. Er würde sich nicht vom Wind stören lassen, der so an der Hütte rüttelte, dass sie wie ein zusammenbrechender Traktor klang. Sein Fell würde hier trocken bleiben und sein Magen voll. Das war erst einmal genug.

Doch jemand hatte sich hinter ihn geschlichen. Und schnüffelte nun seelenruhig an seinem Hinterteil.

»Das ist meine Mortadella, kleiner Scheißer. Dreh dich nicht um und rühr sie nicht an, sonst verlierst du eines deiner schnuckeligen kleinen Ohren.«

»Ich habe es zuerst gesehen«, sagte Niccolò knurrend. »Deshalb gehört es mir!«

»Seit ich denken kann, lässt der alte Banfi seine Reste hier für mich liegen. Es steht mir zu, und du dreckige Töle bekommst nichts davon ab.«

Niccolò nahm all seinen Mut zusammen und drehte sich um. Er versuchte mit freundlicher Stimme zu sprechen. »Ich habe seit ich-weiß-nicht-wie-lange nichts mehr gegessen. Gib mir etwas ab, Bruder.«

»Bruder?«, fragte der massige Bullterrier und baute sich vor Niccolò auf. »Du? Ich musste lange schnüffeln, um zu erkennen, dass du keine Katze bist.«

Niccolò hielt an sich, um nicht auf sein Gegenüber loszugehen. Der Bullterrier drückte ihn rüde zur Seite und nahm das ganze Stück Mortadella ins Maul. »Du und dein Hunger, ihr seid nicht mein Problem. Und ihr gehört nicht hierher, schert euch weg. Wenn ich zu Ende gegessen habe und du bist noch da, probiere ich, wie so ein Katzenhund schmeckt.«

Niccolò konnte sehen, wie die köstliche Wurst von den Zähnen des Bullterriers zerkleinert und nach und nach weniger wurde.

»Sag mir, wo ich noch so ein Stück finde, und ich bin weg. Auf der Stelle!«

»Da müsstest du schon eine Nase wie Giacomo haben, um hier in der Gegend noch so eines zu finden. Und jetzt verschwinde.«

Aber Niccolò verschwand nicht.

»Was sollen wir nur machen, wenn er sich auch an dieser Stelle nicht findet?«, fragte Vespasian panisch und buddelte trotz schwindender Kraft immer tiefer in der aufgewühlten Erde. Commodus flog der Dreck wie Pfeilspitzen ins Gesicht, und er wendete sich ab. Die beiden jungen Wölfe waren zum herabgestürzten Berg abkommandiert worden, um nach Leichen zu suchen. Sie standen in Grarrs Hierarchie noch weit unten, weshalb sie in jede Aufgabe ihren ganzen Ehrgeiz stecken mussten. Vespasian hatte einen geschmeidigen Körper, und rotes Fell schloss kreisrund sein rechtes Auge ein. Commodus war kräftiger gebaut, sein Fell war grau, doch die Vorderbeine schlohweiß, als hätte er sie gekalkt.

»Lass dein Blut nicht unnötig aufwallen. Er muss hier sein, die Kralle hat es selbst gesehen«, sagte Vespasian und beförderte die nächste Fuhre Erde an die Oberfläche.

Commodus rollte mit der Schnauze den bereits geborgenen Körper Cinecittas auf den Rücken und sog den Duft ein. »Sie riecht immer noch widerwärtigst nach Mensch.«

Mit einem wütenden Knurren beendete Vespasian seine Suche. Hier war er auch nicht. Und damit hatten sie alles abgesucht. Sie hätten einen Hund von Sylvios Größe längst finden müssen. »Grarr belohnt den, der liefert. Und wir werden nicht liefern. Du weißt, was das bedeutet!«

Die Schnauze immer noch an der Leiche der Hündin, hörte Commodus seinem Wolfsbruder gar nicht richtig zu. Der sich vor ihm entfaltende Duft war auf eine abstoßende Weise faszinierend. Menschenduft klebte überall an diesem Tier, so intensiv hatte er ihn noch nie gerochen.

»Wie erklären wir Grarr, dass wir Sylvio nicht gefunden haben?«, fragte Vespasian mit Nachdruck und sprang aus der Kuhle, schubste Commodus fort von der Leiche.

Dieser schüttelte amüsiert das Haupt und blickte in aller Ruhe auf diesen neu entstandenen Hang frischer, dunkler Erde, gesprenkelt mit Gesteinsbrocken, grau und groß wie Wölfe, die in sich gerollt schliefen.

»Wir sagen, dass er vollends von den Steinen zermalmt wurde, als sie den Berg herunterstürzten, und dass bereits Würmer und Schaben seine verstreuten Körperreste fressen. Grarr schätzt kein Ungeziefer. Er wird deshalb zufrieden mit uns sein. Wir haben doch die Hündin.« Er packte Cinecitta am Nacken, legte sie Vespasian auf den Rücken und spuckte dann verächtlich aus. »Trag du sie zuerst, ich übernehme, wenn wir am verbrannten Baum sind.« Ich werde es sein, dachte Commodus, der die Leiche vor Grarr ablegt und das Lob erhält.

Sie nahmen den Weg durch Rimella zum Lager. Es kitzelte die Wölfe fast in den Füßen, dieses einst verbotene Land zu betreten, nun leergefegt von den Feinden, ihren Wagen, ihren Waffen.

»Es ist unnatürlich still«, sagte Vespasian und rückte näher an Commodus' Seite. »Im Wald hörst du Vögel, das Rauschen der Blätter, ja selbst die Insekten am Boden. Doch hier ist es wie tot.«

Ehrfürchtig gingen sie durch Rimella, als schritten sie

über einen Friedhof. Am Dorfplatz sahen sie die anderen Wölfe, acht an der Zahl. Es waren die beiden von Grarr nach Rimella gesandten Trupps, angeführt von Tiberius und Domitian, die Nahrungsmittel finden sollten.

»Es löst sich auf«, hörten Commodus und Vespasian einen der Wölfe sagen. »Das Dorf löst sich auf, jetzt, wo die Menschen es verlassen haben.«

Commodus ging näher heran, Vespasian folgte ihm zögerlich. Doch sie blieben auf Abstand, spürten, dass etwas nicht stimmte.

»Vor zwei Nächten noch! Ich habe es selbst gesehen, bei Romulus und Remus!«, sagte ein anderer Wolf vor ihnen. »Es war schön, weiß und glänzend. Prächtiger noch als die anderen.«

Jetzt wusste Commodus, worüber sie sprachen. Links stand ein Haus, ein altes mit offenliegenden Steinen, und rechts war ebenfalls eines errichtet, ockergelb mit großen Fenstern. Doch zwischen ihnen klaffte eine Lücke. Hier hatte ein Haus der Menschen gestanden, aber nun war es weg, einfach verschwunden.

So, als wäre es nie da gewesen.

Die Cattedrale di San Lorenzo an der Piazza Risorgimento war nur wenige Schritte von dem verfallenen Haus entfernt, das Giacomo nun seit vier Jahren seine Heimstatt nannte. Das Gotteshaus war seit jeher ein Ort der Ruhe, die Stille der imposanten, gotisch-romanischen Kathedrale zog wie Wasserwellen Kreise über die Piazza.

Nun strömte ein tiefes Brummen aus der Kathedrale. Es schien aus vielen Tönen zu bestehen, die leise und ängstlich ausgestoßen wurden. Wie ein Resonanzkörper spiegelte der Platz diese Unruhe. Die Schritte der Menschen um Giacomo waren deshalb unsicher, ihre Augen blickten sich häufig nervös um.

Giacomo musste diesmal nicht vor dem großen Eisenportal warten, bis es von innen aufgestoßen wurde. Die Menschenmasse strömte hinein, das Tor schloss sich nicht mehr. Die Kirche war brechend voll. Die Bracke schlief wie immer am Taufbecken zur linken Seite. Wäre es nicht wegen des ihm entgangenen Tramezzino gewesen, er wäre nicht gekommen. Denn die Bracke konnte sehr speziell sein. Giacomo stupste den Hund mit der Schnauze an. Seine Augenlider hoben sich langsam wie alte Rollläden.

»Giacomo! Giacomo, was führt dich denn zu mir? Ich habe dich schon lange nicht mehr im Haus des Herrn gesehen. Dabei lebst du doch nebenan. Und ich freu mich jedes Mal sehr, dich zu sehen.«

Der Priester, wie die Hunde Albas ihn nannten, war ein *Bracco Italiano*, in dessen Ahnenlinie auch die mächtigen Molosser mitgewirkt hatten. Der Priester war schwer und feist, die Spitzen seiner Schlappohren waren stets mit Speiseresten bedeckt, das Fell mit seinen großen bernsteinfarbenen Flecken wirkte wie ausgebeult durch das ständige, ausufernde Fressen. Neben dem goldenen Napf des Priesters stapelten sich Hundefutterdosen, Knochen und teure getrocknete Fleischstreifen, einzeln verpackt. Doch egal wie viel der Priester hatte, er gab nie etwas ab.

Deshalb fragte Giacomo gar nicht erst, obwohl sein Magen knurrte. Jetzt, da er das ganze Futter vor sich liegen sah, sogar noch mehr. Doch er würde den Priester niemals nach Essen fragen. Das machten nur Neuankömmlinge.

»Du kennst die Menschen doch«, sagte Giacomo und setzte sich. »Ich dagegen habe mich nie sehr mit ihnen beschäftigt. Deshalb erklär mir bitte etwas …«

Plötzlich stand der Priester auf. »Es läutet«, sagte er. »Ich muss.« Und er erhob sich flinker, als Giacomo es ihm zugetraut hätte, setzte sich auf die Hinterbeine, wuchtete sich mit den Vorderläufen empor und legte die Pfoten aneinander. Der Priester betete. Die Menschen in den hölzernen Gebetsbänken wandten die Köpfe, flüsterten sich erstaunt zu, einige schossen Fotos und wurden dafür von anderen zurechtgewiesen. Ein Pfarrer erschien am Altar und bat um Ruhe, indem er den Zeigefinger an die Lippen hob.

Es war vor etlichen Monaten gewesen, dass sich die völlig heruntergekommene Bracke in die Kirche gestohlen und um Essen gebettelt hatte. Dafür hatte sich der Rüde wie immer auf die Hinterbeine gesetzt und die Pfoten erhoben – doch es hatte nichts genützt. Irgendwann war er so müde gewesen, dass er die Pfoten nicht mehr hochbekam, sie nur noch kraftlos gegeneinanderfielen. Er hatte »gebetet«. Da hatte er vom Pfarrer höchstselbst einige Hostien bekommen.

Seither betete er täglich.

Als das Läuten endete, legte sich die Bracke wieder hin. »Ich mach's nur noch beim Mittagsläuten. Reicht völlig. Das Futter rollt beständig an«, sagte er und wandte sich dem alten Trüffelhund zu. »Du sprachst eben von Menschen, Giacomo. Es sind merkwürdige Wesen, diese Menschen. Sie haben den Hang zu unnötigen Bewegungen, weißt du. Sie rennen, wenn sie nicht jagen oder gejagt werden, sie schlagen und treten Bälle, die sie nicht angreifen, sie rollen auf Brettern, wo sie doch Füße haben. Merkwürdige Gestalten, diese Menschen. Doch mit Futter kennen sie sich aus.« Er schob eine neongelbe Dose verächtlich von sich. »Zumindest die meisten.«

»Es geht mir darum, was gerade geschehen ist. Eigentlich sollte ich jetzt ein Tramezzino essen, aber dazu ist es nicht gekommen. Weil Folgendes passiert ist …«

»Weißt du, Menschen müssen dressiert werden«, unterbrach der Priester Giacomo. »Es dauert lange, doch es geht. Sie sind nicht dumm, nur manchmal zu unaufmerksam. Also muss man als Hund Geduld aufbringen. Du lernst das auch noch.«

Giacomo hasste es, belehrt zu werden, vor allem von einem Hund, der jünger war als er. »Wir haben alle noch vieles zu lernen«, sagte er.

»Siehst du die ganzen Menschen hier? Viele sind wegen mir gekommen, und von Tag zu Tag werden es mehr. Sie verehren mich und bringen mir Speisen. Es ist manchmal lästig, doch ich lasse ihnen die Freude.« Er schlug mit der Pfote lautstark auf eine Tüte mit getrockneten Fleischstreifen, und ein Mädchen aus der letzten Bankreihe mit blondem, geflochtenem Zopf, einer funkelnden Zahnspange und verheulten Augen spurtete zu ihm, um sie zu öffnen.

»Siehst du«, sagte der Priester. »Auch diese Freude gönne ich ihnen. Natürlich könnte ich die Packung ebenso gut selbst öffnen, aber wo sie doch so einen Spaß daran haben.« Er öffnete das Maul wie ein träges Nilpferd und ließ sich den Streifen hineinschieben. »Doch was ich eigentlich über diese merkwürdigen Menschen sagen wollte: Die Kirche ist nicht nur wegen mir so voll, sondern weil sie ein großes Fest abgesagt haben, das für heute geplant war. Nun sitzen sie hier, sind traurig und beten, senken die Köpfe, als habe jemand sie geschlagen. Schon den ganzen Tag. Ich habe so etwas noch nie erlebt. Warum feiern sie nur nicht?«

»Ist vielleicht jemand gestorben? Eines ihrer Leittiere?«

»Niemand ist aufgebahrt.«

Der Duft des Fleischstreifens drang zu Giacomo, und er musste mit ansehen, wie die feiste Bracke ein Stück nach dem anderen herunterschlang. »Hast du auch Hunger, Giacomo? Du schaust so?«

»So sehe ich immer aus«, sagte Giacomo.

»Es ist sowieso alles für mich, du hast hier schließlich nicht gebetet. Man muss sich sein Essen verdienen, Giacomo, dann hungert man auch nicht.«

Was musste er sich alles wegen einer kleinen Information gefallen lassen, dachte Giacomo. Zu viel, war die Antwort.

»Mach es gut, Priester. Übertreib es nicht mit dem Beten.« Mit einem wortlosen Nicken verabschiedete Giacomo sich vom nun wieder kauenden Priester und verschwand mit dem nächsten Kirchenbesucher aus dem Gotteshaus, den jungen Bobtail, der nun in einer schattigen Ecke schlief, keines Blickes würdigend. Giacomo streunte durch die Einkaufsstraßen der Stadt, die wie immer zu dieser Jahreszeit von nackten Touristenbeinen in Gummisandalen bevölkert schienen, die ab und an Eis auf den Steinboden tropften oder Krümel verloren. Schließlich fand er einen weggeworfenen Pizzarand und verkroch sich hinter seine Tür, um auszuruhen. Solange er noch Pizzaränder fand und der Wind nicht zu sehr durch die Ritzen und Spalten der Tür drang, ging es ihm gut. Mehr brauchte er nicht.

Auch wenn sich sein Alba merkwürdig veränderte.

Er verschlief das Glockenläuten, das es eigentlich nicht geben sollte.

Aurelius lauerte der Wölfin nahe dem abgebrannten und durch Jahre im Regen rostbraun gewordenen Fiat auf. Hier ging sie stets hin, wenn ihr nach Ruhe war. Sie liebte Menschenwerk, und nirgendwo kam sie ihm ungefährdet so nah. Das Auto war vor langer Zeit hier an dieser Stelle in Flammen aufgegangen. Wilde Haselnussbüsche hatten das Gefährt mittlerweile umschlossen. Da Aurelius nicht vorhatte, Laetitia zu erschrecken, trat er hinter dem Kotflügel hervor, als sie sich näherte.

»Aurelius«, sagte sie und erschrak trotzdem, denn sie sah seine Augen, in denen sich das Sonnenlicht fing und sie in Feuerbälle verwandelte. Sie sprang unverzüglich in den Wagen, Schutz suchend.

»Du weißt also, warum ich die Unterredung mit dir wünsche«, sagte Aurelius und stieg langsam auf die Kühlerhaube, der Wagen knirschte laut unter dem Gewicht des schweren Wolfes, und Rost blätterte ab. Die Wut hatte ihn aufgefressen, seit er Laetitia aus der Höhle Grarrs kommen gesehen hatte.

Die Wölfin duckte sich hinter dem Steuer. »Was soll ich denn machen? Er ist Grarr, ich muss gehorchen.«

»Seit wann gehorchst du einfach? Seit wann hast du deinen eigenen Willen verscharrt? So kenne ich dich nicht. So liebe ich dich nicht.«

Laetitia hob ihren Kopf. Wieso sprach er gerade jetzt von Liebe? Das hatte er noch nie getan. Aurelius hatte seine Liebe gezeigt, so gut es der mürrische Alte konnte, dessen Friedfertigkeit und Weisheit sie so schätzte, an den sie sich immer wieder anlehnte, wenn die Nächte kälter und die Winde rauer wurden.

»Lass mich in Ruhe«, sagte Laetitia, deren Angst sich langsam in Wut verwandelte. »Was bist du nur für ein Wolf? Dass du mir deswegen Vorwürfe machst!« Sie reckte die Schnauze hoch. »So ist es in einem Rudel, und wir sind Teil des Rudels. Wir überleben nur als Rudel, und deine eigene Ansicht zählt nicht. Dass du es wagst, mir Vorwürfe zu machen, weil ich mich paare!«

Aurelius senkte den Kopf. »Er sollte es nicht sein.«

»Sondern du?«, fragte Laetitia und kam aus dem Wagen zu Aurelius, Schnauze an Schnauze. »Aurelius, sieh dich an! So jung und wild wie er kannst du nicht sein. Er ist ausdauernder als alle Wölfe, die ich kenne. Er ist stark und unersättlich.«

»Warum erzählst du mir das?« Aurelius sprang von der Kühlerhaube. »Behalte es für dich. Das wollte ich nicht hören.«

»Doch. Du wolltest es wissen, Aurelius. Du wolltest erfahren, dass es immer in der hintersten Ecke seiner Höhle geschieht, wo kein Licht hindringt, wo es dunkler ist, als wenn man nachts die Augen schließt. Und dass nach mir bereits sofort die Nächste kommt, und dass er mich fast täglich zu sich bestellt, wenn ich in Hitze bin.«

Aurelius heulte auf.

Von weit entfernt waren Stimmen zu hören. *»Da ist er!«* Sie riefen Aurelius' Namen. Grarr verlangte nach ihm. Laetitia blieb zurück, rollte sich zusammen, versenkte ihren Kopf, denn sie hatte Aurelius in ihrer Wut verletzt. Weil er ein dummer, alter Wolf war. Und weil sie ihn liebte.

Aurelius wurde von zwei Wölfen zu seinem Bruder geführt, der vor seiner Höhle auf einem großen Stein saß und mit einem Lakaien sprach. Der Mond war bereits am Himmel erschienen, doch die Sonne hatte ihren Platz noch nicht vollends geräumt. Grarr ließ sich ausgiebig Zeit für sein Gespräch und wendete sich erst danach Aurelius zu.

»Bruder«, sagte Grarr. »Wie schön, dich wohlauf zu sehen. Ich habe gehört, du hast mit Laetitia geplauscht. Es freut mich, wenn man sich im Rudel gut versteht.« Er stieg von seinem Stein, ging einige Schritte zur Höhle, aus der immer noch Laetitias Duft drang, und sog tief ein.

»Doch jedes Rudel muss auch zu Opfern bereit sein, Aurelius«, fuhr Grarr fort. »Muss sich von einzelnen Wölfen lösen, wenn Zeit und Umstände es verlangen. Nun ist ein solcher Zeitpunkt gekommen, und ich muss das größte denkbare Opfer bringen: meinen Bruder.«

Aurelius wusste, er sollte Angst haben, doch er fühlte nur eine Leere, weder Glück noch Leid, nur eine Taubheit des Herzens. Laetitia hatte so Recht, er war ein Teil des Rudels, und Grarr war dessen denkender Kopf. Jedes Auflehnen, gerade von einem alten Wolf wie ihm, war, als versuche eine humpelnde Pfote das Haupt zu verletzen. Sie schadete nur sich selbst. Und wenn sie abgebissen werden musste zur Gesundung des gesamten Tieres, so war dies richtig.

»Ich muss dich fortlassen, Bruder. Auf eine sehr wichtige Mission, deswegen vertraue ich sie auch nur dir an. Du musst zum Herrscher der Gebirgswölfe gehen, denn wir werden bald deren Hilfe brauchen. Indem ich dich entsende, zeige ich, wie wichtig sie mir sind. Du weißt, dass der Herrscher uns nicht wohlgesinnt ist, dass er uns, die wir so nahe den Menschen leben, für schwach hält, für lebensunwert. Doch du wirst ihn sicher davon überzeugen können, uns bei der Verteidigung Rimellas zu unterstützen. Ich kann dir leider keine Eskorte auf die gefährliche Reise mitgeben, da ich hier jeden Wolf – und jede Wölfin – brauche. Doch wozu benötigt ein erfahrener Jäger wie du auch eine solche? Du musst sofort aufbrechen, Bruder. Es ist keine Zeit zu verlieren. Ich verlasse mich auf dich.«

Aurelius erhob sich und schleppte sich träge zum Rand der kleinen Lichtung. Er sah sich nicht um, er ging ohne einen letzten Blick, ohne einen Abschied. Er sah nicht, dass Laetitia zur Lichtung gekommen war. Sie schaute lange in seine Richtung, sogar als er bereits zwischen den Bäumen verschwunden war und nur noch sein Duft schwer wie Nebel in der Luft lag.

Niccolò wankte durch das düstere Dorf auf der Hügelspitze, als hätte er vergorene Äpfel gefressen. Doch es waren nur sein Kopf, der durch den einseitigen Kampf mit dem Bullterrier durchgeschüttelt worden war, und das fehlende Blut, die seine Wahrnehmung trübten. Die Schrammen an seiner rechten Flanke brannten, und die fehlende Ohrspitze merkte er bei jedem Luftzug.

Niccolò wollte zu Menschen, wollte Wärme und Frieden und Sicherheit, wollte ein neues Rudel, das ihn schützte und pflegte. Er wünschte sich eine streichelnde Hand mehr noch als einen vollen Napf. Doch die Fensterläden des Bergdorfes waren alle geschlossen, und die Türen öffneten sich auch durch Kratzen nicht. Sein Geheul brachte ihm nur ein aufgerissenes Fenster und einen auf ihn geschütteten Eimer Wasser ein. Niemand wollte ihn bei sich haben.

Niccolò legte sich hin, da wo er war, auf der Straße. Ihm fehlte nicht die Kraft, ihm fehlte die Lust weiterzulaufen. Wohin denn auch? Die Menschen wollten ihn nicht hereinlassen, und Hunde vertrieben ihn selbst aus zugigen Hütten. Sacht legte er den Kopf auf seine ausgestreckten Vorderpfoten und schloss die Augen.

Er würde nicht mehr kämpfen, nie wieder. Für nichts. Es war die Schmerzen nicht wert. Er war schnell, er konnte laufen, fliehen. Wenn es doch nur ein Wohin gäbe. Doch er würde nicht nach Rimella zurückfinden und zu seinem Menschenrudel auch nicht. Denn wie sollte er sie aufspüren? Er hatte eine kleine Nase, und sein angezüchteter Orientierungssinn kannte nur eine Richtung: nach vorne. Ganz schnell.

Er bräuchte einen Hund mit einer wirklichen Nase, einen geborenen Finder. Und er bräuchte den besten, denn alle Menschen seines Dorfes waren verschwunden.

Wo sollte es eine solche Nase geben? Keiner der Hunde in Rimella war mit einem derartigen Talent gesegnet gewesen.

Eine Nase wie der legendäre Giacomo müsste der Hund haben. Eine Nase, die durch den Boden riechen konnte, die das Versteckte ausfindig machte. Und es brauchte auch einen Hund mit dem Willen Giacomos, der niemals aufgab, bevor der Trüffelkorb voll war, bevor nicht alles entdeckt war. Und er müsste ein Kämpfer wie Giacomo sein, der sich nicht von Sturmregen, nicht von Eis und Hagel abhalten ließ, der suchte, weil die Suche sein Leben war, die Suche und sonst nichts.

Giacomo.

Er musste nach Alba. Der Legende nach lebte Giacomo in dieser Stadt. Dort, wo es nur frisches Fleisch gab und keine Zäune, wo all die berühmten Hunde in Palästen weilten, der

Priester, der Unglaubliche Houdini oder der Spürer, wenn es den überhaupt gab und nicht nur in Geschichten, um ungezogenen Welpen Angst zu machen.

Er würde nach Alba laufen.

Sofort!

Mit Giacomo zusammen würde er alle wiederfinden, und alles würde gut. So wie früher.

Niccolò stand auf.

Zwei Lichter erschienen und wurden immer größer und heller. Wie zwei Sonnen, die auf ihn zurasten.

Sie trafen ihn mit voller Wucht.

Es war ein dumpfer Schlag zu hören, als die metallene Karosserie Niccolò erfasste.

Doch niemand erwachte.

Kapitel 3

BEGEGNUNG

Es musste ein guter Tag sein, dachte Giacomo, denn Barolo gab es selten. Die zwei alten Suppenschüsseln, in welche Giovanna Battista Weine für ihn geschüttet hatte, waren nahezu voll. Das würde seinen Schlaf lang und seinen Körper wohlig warm werden lassen.

Giovannas Piaceri del Gusto war ein Delikatessengeschäft in einer Seitenstraße der Via Vittorio Emanuele II mit großen, dunkelgrün umrandeten Schaufenstern, das neben piemontesischem Wein – vor allem Barolo, Barbaresco, Barbera und Roero Arneis – auch Hartweizennudeln, Haselnussspezialitäten, Honig und Gebäck verkaufte.

Als Giacomo einmal die letzten Tropfen von der Flaschenöffnung eines Barolo schleckte, die er in einem umgeworfenen Mülleimer gefunden hatte, hatte Giovanna Battista ihn entdeckt. Ein Hund müsse sehr verzweifelt sein, um Rotwein zu trinken, hatte sie gedacht, und Giacomo ein Schälchen Wasser spendiert. Doch dieser war, nachdem er den letzten hauchdünnen Film Wein vom Glasrand geschleckt hatte, gegangen. Ohne das Wasser anzurühren.

Als er wenige Tage später vor ihrem Laden unter einem Balkon im Schatten lag, kam sie mit einem Schälchen Wein zu ihm, um herauszufinden, ob alles nur ein dummer Zufall gewesen war. Sie hatte den gleichen Wein gewählt, den Giacomo im Müll gefunden hatte. Der alte Trüffelhund hatte dies gleich erkannt. Die Flasche war diesmal allerdings nicht so lange offen gewesen, was dem Barolo weniger

Gelegenheit gegeben hatte, sein jugendlich raues Gemüt zu kühlen. Trotzdem trank Giacomo ihn, schlappte jedoch langsamer als zuvor. Als das Schälchen leer war, füllte Giovanna Battista es mit einem einfachen Nebbiolo auf. Giacomo schlug das Schälchen mit der Pfote um. Beleidigen ließ er sich nicht.

Danach hatte die dunkelhaarige Weinhändlerin mit den strengen Gesichtszügen und dem starken Duft nach Zigarillos eine Testreihe begonnen und alsbald festgestellt, dass der alte Hund nur den besten Wein annahm, und selbst diesen nur, wenn er korrekt gelüftet worden war. Dieser Snobismus imponierte ihr, und wann immer sie nun kostbare Reste in einer Flasche hatte, die nicht für ein ganzes Glas reichten, flossen sie Giacomo zu, der jeden Abend auf seiner Runde durch die Straßen Albas an den vielversprechendsten kulinarischen Stationen vorbeiflanierte.

Giovanna Battista hatte nur alle drei, vier Tage etwas für ihn, und so viel wie heute war es fast nie. Giacomo spürte schnell, wie der Alkohol wirkte und sein Hirn in Watte packte, wie die Lider schwer und die harte Steinstraße weicher wurden. Die Weinhändlerin beobachtete ihn gern beim Trinken, stand dann mit gekreuzten Armen im holzgetäfelten Eingang ihres Geschäfts und kaute gedankenverloren auf ihrer Unterlippe. Niemals hatte sie versucht, ihn zu streicheln oder hereinzubitten, niemals das Wort an ihn gerichtet. Sie genoss es wohl, bei ihm nicht reden zu müssen.

Giacomo senkte seine dunkle Nase – vieleckig und verwarzt wie eine Trüffel und so feucht glitzernd, als führe sie ein Eigenleben – genießerisch nahe an die Oberfläche der ersten roten Pfütze. Sofort nahm er den typischen Geruch von Lakritz wahr, den Barolos verströmen und den er so liebte. Der Wein musste aus der Gegend um La Morra stammen, wo die Böden elegante, flüchtige Weine erlaubten, wogegen der zweite Wein, rechts daneben, Serraluna seine Heimat nennen musste, war er doch robuster und schwerer.

Giovanna Battista lächelte zufrieden, als Giacomo seine Zunge in die linke Schüssel tauchte. Da stürzte sich ein Jack-Russell-Terrier von hinten auf Giacomo und brachte ihn aus dem Gleichgewicht.

»Du musst sofort mitkommen!«, brachte er nach Luft schnappend hervor. »Würste, unglaublich viele Würste. Magst du doch, oder? Berge davon, sag ich dir! Da musst du hin, da musst du sofort hin!«

Giovanna Battistas Lippen schlossen sich wieder, und sie ging wortlos und kopfschüttelnd zurück in ihren Laden. Die Tür schloss sich begleitet von einem Klingeln, und Giacomo rappelte sich auf. Der Jack-Russell-Terrier hieß Bellachini und war einer der Zirkushunde. Er liebte es mehr als jeder andere, seine Geschichten darüber zu erzählen, wie er früher mit einem kleinen Familienzirkus durch ganz Italien zog, durch Feuerräder flog und auf Elefanten balancierte. Kopfüber. Wie viele von seinen Geschichten stimmten, wusste keiner der Hunde Albas, aber sie hörten sich fantastisch an.

»Warum kommst du zu mir und frisst sie nicht zusammen mit deinen Zirkusfreunden auf?« Giacomo senkte seine Zunge wieder in den Barolo.

Bellachini – der Große Bellachini, wie er sich selber nannte – ging trippelnden Schrittes um Giacomo herum, offensichtlich nur darauf wartend, endlich wieder lossspurten zu können. Er war ein typischer Terrier, fand Giacomo, ständig unter Strom, ein wahrer Hektiker. Er machte ihn immer unheimlich nervös.

»Es ist genug für alle da, wir wollen teilen. Sind wir nicht alle eine große, glückliche Familie? Sind wir doch, oder?«

»Ihr wisst nicht, wo genau die Wursthalde ist, und ich soll sie für euch finden, stimmt's?«

»Jeder leistet einen Teil der Arbeit, jeder erhält etwas vom Gewinn. So ist das in einer Familie!«

»Also habe ich Recht.«

»Jaja, hast du von mir aus. Kommst du jetzt? Es muss irgendwo an der Piazza San Paolo sein, nahe dem Tempio. Der Unglaubliche Houdini hat einen von den Dachshunden gesehen, wie er da drei Würste mit der Schnauze hinter sich her schleifte und im Untergrund verschwand. *Drei auf einmal!* Da werde ich verrückt, wenn ich das höre, Giacomo. Da kribbeln mir die Füße! Du weißt ja, dass Dachshunde nur an die Oberfläche kommen, wenn die Beute leicht und reichlich ist. Ansonsten halten sie sich lieber an diese ekligen Kanalratten.«

Das Schüsselchen vor Giacomo war nun leer, und auf das volle hatte er keine Lust. Auf Würste aller Art dagegen schon, deswegen ging er mit. Der Tag war zärtlich zu Alba, ein leichter Wind vertrieb die Hitze aus den Gassen, bevor sie sich allzu sehr sammeln konnte. Ein kleiner Spaziergang mit Festmahl klang bei diesem Wetter für sein nun leicht benebeltes Hirn nach einer recht guten Idee. Danach würde er sich vollgefressen hinlegen und für einige Zeit alles vergessen. Die Augenlider fest geschlossen, in dem alten Koffer liegend, dessen Innenfutter den Boden des verlassenen Hauses deutlich weicher werden ließ.

»Also los, du gehst vor. Und die größte Wurst ist für mich.«

Bellachini redete die ganze Strecke über auf den alten Trüffelhund ein, ohne zu merken, dass dieser ihm gar nicht zuhörte, sondern nur weinselig hinter ihm hertrottete. Giacomo bekam deshalb nicht mit, dass Bellachini von Wolfsgeheul erzählte, das von den Hügeln der Langhe lauter als jemals zuvor erklang, und dass viele Hunde der Dörfer nachts nun lieber zu Hause blieben. Giacomo sah stattdessen nur Würste vor sich und dachte über die unterschiedlichen Sorten nach, welche vor seinem geistigen Auge schwebten. Er biss schließlich in die Herzhafte nach Bauernart. Das göttliche Alba sorgte wie eine Mutter für ihn.

»Hier, Giacomo! Genau hier muss es gewesen sein. Jetzt bist du dran, runter mit der Nase, Spur aufnehmen, alter Schnüffler.«

Giacomo brauchte die Nase nicht zu senken. Der leichte Wind hatte den Duft auf der ganzen Piazza verteilt, die eigentlich nur für ihre vielen Parkplätze bekannt war. Der aromatische Grundton bestand hier aus Autoabgasen und Küchenkräuterdüften, die von den Fensterbänken und Balkonen der mehrgeschossigen Häuser stammten. Oregano, Basilikum und Rosmarin hinterließen die stärksten Spuren im Konzert der Aromen. Das kannte Giacomo alles. Doch von der nordöstlichen Ecke der Piazza drang ein ungewöhnlicher Duftschwall alten Fleisches und sehr reifen Käses zu ihm. Wie ein breites Band überlagerte es mit seiner würzigen Schwere die anderen Gerüche. Giacomo wartete, bis eine Lücke im Verkehr vor ihm auftauchte, und ging langsam, begleitet von einem Hupkonzert, über die Straße, Bellachini trippelte aufgeregt hinter ihm her.

»Hast du schon Witterung aufgenommen, ja? Sag es mir! Ich renn schon mal vor, sag es mir! O Mann, ich seh das Festmahl schon vor mir. Das wird groß, das wird gigantisch!«

Giacomo nahm die stinkenden Benzin- und Dieselabgase nicht mehr wahr, seine Nase badete in einem kulinarischen Wohlgeruch, der mit jedem Meter stärker wurde. Sein Weg endete am anderen Ende der Piazza vor dem schneeweißen Haus mit der Nummer 142. Ein besonders sauberes Gebäude in diesem ohnehin gepflegten Viertel, mit goldenem Briefkasten und einem Schild auf der gläsernen Doppeltür, das einen durchgestrichenen Hund zeigte.

Aus dem zweiten Geschoss dieses Stadtpalastes drang die Verheißung.

Die Haustür wurde von innen geöffnet, und ein bulliger Mann trat heraus, der sich mit den Fingern den speckigen Hemdkragen vom Hals lupfte. Bellachini verschwand schnell hinter einem geparkten Alfa Romeo, doch Giacomo blieb stehen, hob das Haupt, die einzelnen Fasern des komplexen kulinarischen Geruches entwirrend.

Bis ihn der Stiefel des monströsen Mannes in der Magengrube traf.

»Dreckige Straßenköter, schert euch nach Sizilien!«

Der Tritt hatte Giacomo von den Pfoten gerissen und einen guten Meter den Bürgersteig entlanggeschleudert. Er jaulte nicht auf, und er ging nicht auf den Mann los, der fluchend Richtung Piazza Savona verschwand. Als er außer Reichweite war, kam Bellachini hinter dem parkenden Wagen hervorgeschossen und leckte den am Boden liegenden Giacomo über den Bauch, auf dem sich der Spann des Schuhs in das Fell geprägt hatte.

»Warum bist du nicht weggerannt? Der stank schon nach Ärger, das sah man doch direkt!«

Giacomo stand auf. »Zweite Etage Mitte. Lass uns hintenrum nachschauen, ob es eine Feuertreppe gibt. Durchs Haus sind die Dachshunde mit Sicherheit nicht gegangen.«

Er ging in Richtung des dünnen, zugewachsenen Spalts zum Nachbarhaus. Das Gras schien erst vor kurzem niedergedrückt worden zu sein, fast bis auf Bodenhöhe herunter.

»Man darf die Zweibeiner mit so etwas nicht davonkommen lassen, Mann. Wir sind doch keine Katzen! Warum hast du ihn nicht gebissen?«

Giacomo zwängte sich in den Spalt, wobei er links und rechts am Mauerwerk entlangschleifte. »Ich will jetzt nichts mehr davon hören.«

»Also ich hätte ihn in die Wade gekniffen und dann ab, so schnell, dass mir der tumbe Kerl nicht hätte folgen können.

So hätte ich das gemacht. Die Zähne tief ins Fleisch. Mann, ich bin jetzt richtig zappelig, weil du es nicht getan hast!«

Giacomo trat am anderen Ende des Spalts heraus und sah wie erhofft eine Feuerleiter am Haus.

»Hättest ihn ja beißen können«, sagte der alte Trüffelhund. »Ich hätte dich nicht daran gehindert.«

Bellachini jagte an ihm vorbei zur Treppe. »Zweite Etage hast du gesagt? Mitte, ja?« Seine kleinen Pfoten schrappten die metallenen Gitterstufen hoch. »Hier ist ein Fenster auf, Mann. Jetzt kann ich es auch riechen. Wahnsinn! Mach schnell, bevor die Dachshunde wiederkommen. Du weißt, wie sie sind, wenn man einen ihrer Futterplätze entdeckt hat.«

Jetzt, da die kühlende Wirkung von Bellachinis Speichel nachließ, merkte Giacomo den Schmerz, das Atmen fiel ihm schwerer als gewohnt, er kam nur langsam die Stufen empor. Nun würde er sich den Bauch nicht so vollschlagen können wie geplant.

Als er auf der zweiten Etage ankam, sah er das Problem, welches Bellachini dazu gebracht hatte, den Kopf schrägzulegen und angestrengt nachzudenken. »Ich begreif's nicht, Mann. Das ist viel zu hoch. Ich weiß nicht, wie die Dachshunde da reingekommen sind.«

Giacomo wusste es sofort, die Spuren am unteren Ende der Hintertür zeigten, dass sie sich durchgebissen hatten. Doch für ihn und Bellachini war das Loch zu klein, und die Zeit drängte. Die Dachshunde würden zurückkehren, sie plünderten ihre Futterstellen schnell.

»Jetzt weiß ich's! Stell dich einfach da hin«, sagte Bellachini. »Hab ich schon tausendmal gemacht! Eigentlich mit einem Berner Sennenhund als Partner, aber mit dir müsste es auch gehen.«

Lang ruhte Giacomos Blick auf dem kleinen Terrier, der unruhig sein Gewicht von einer Pfote auf die andere verlagerte. Der Essensduft war nun fast berauschend stark, und Giacomo lief bereits das Wasser im Mund zusammen. Es roch noch besser als vor den Delikatessläden der Via Vittorio Emanuele II, denn das Fleisch und der Käse in dem verschlossenen Raum vor ihm waren älter und sonderten extrem intensive Aromen ab. So wie er es liebte. Fast so morbid wie der Geruch von Trüffel, die selbst den dicksten Boden mit ihrem Aroma durchdringen konnten. »Dann spring halt«, sagte er und stellte sich in Position. Er merkte kaum, wie Bellachini ihn berührte, und mit großer Gewandtheit durch das geöffnete Oberfenster in den Raum sprang. Nur wenige Sekunden später wurde die Tür geöffnet. Giacomo sah den inneren Türknauf nass von Spucke glänzen, als er eintrat. Zirkushunde. Eine verrückte Truppe.

Als er im spärlich eingerichteten Wohnzimmer stand, erkannte Giacomo am Geruch des Leders, dass es edel war. Nur einmal, als er bei einer der wenigen Reisen mit seinem Herrchen in einem teuren Hotel untergebracht war, hatte er Vergleichbares gerochen. Doch seine Aufmerksamkeit galt dem Geruch aus der Küche, die nur durch einen kleinen, türlosen Bogen vom Wohnzimmer getrennt war. Der mannshohe mattsilberne Kühlschrank stand offen, selbst das Tiefkühlfach war geöffnet, unter ihm war alles feucht vom geschmolzenen Eis. Auf dem weiß gekachelten Boden befanden sich zudem einige gesprungene Kühlschrankglasplatten, mitsamt zerplatzten Eiern, halb angenagten Würsten und Käsestücken, einer aufgebissenen Milchtüte und Butter mit gierigen Maulspuren.

Giacomo hatte gelernt, sich seinen Schlund pelikangleich vollzustopfen, um möglichst viel mitgehen lassen zu können. Bellachini schien gar mehr zu tragen, als er selber wog. Doch sie waren noch nicht ganz fertig, als sie das rasend schnelle Getrappel kleiner Füße auf Metall hörten.

Die Dachshunde.

»Bist du schon einmal geflogen, Giacomo?«, fragte Bellachini mit übervollem Mund, spurtete aus der Wohnung und sprang über das Geländer. Der alte Trüffelhund rannte hinterher, blickte über die Brüstung. Unten war ein dichter Kirschlorbeer. Er würde seinen Fall abfedern.

Wenn er ihn traf.

Nur nachts laufen, dachte Aurelius, während seine Beine die Unebenheiten des erdigen Bodens abfederten, nur bei Mond, wenn die Zweibeiner schlafen. Und fern der Lichter, fern der Häuser und Straßen. Aurelius fürchtete die Zweibeiner, wie es seine Rasse seit Generationen tat. Nur von den Wölfen der Abruzzen wusste er, dass einige von ihnen des Nachts in den Siedlungen der Zweibeiner schliefen.

Doch in jedem Tritt von Aurelius, in jedem Zucken nach einem Geräusch, lag die Frage, ob all diese Umsicht überhaupt nötig war. Sein Bruder hatte ihn mit diesem Auftrag sowieso auf das Schafott geschickt. Der Tod unter einem Gefährt der Zweibeiner konnte nicht unangenehmer und grausamer sein als das, was ihm nun bevorstand. Obwohl er so dachte, setzten sich seine Pfoten ohne zu zögern in langsamem Trab voreinander, nach Westen, Richtung Alpen. Der Mond lag prall und anbetungswürdig auf den hohen Pappeln, doch Aurelius erlaubte sich nicht anzuhalten und zu heulen. Hier gab es keine Wölfe, die ihm geantwortet hätten, nur Hunde, diese Missgeburten der Natur. Aurelius wollte lieber schnell vorankommen, wollte alles rasch beenden, und zwar auf die richtige Art und Weise. Ehrenvoll bei den Gebirgswölfen. Der kühle Nachtwind strich langsam über die Hügel des Langhe, die Weinstöcke zärtlich abkühlend. Nachts wuchs die Rebe, wie Aurelius einmal beobachtet hatte. Tagsüber dagegen tankte sie Kraft. Er war nun wie eine Rebe, denn bei Sonne würde er im Schatten schlafen und bei Mond würde er seinem Ziel näher kommen.

Der Weg führte ihn in das nächste Tal, wo er durch den schmalen Streifen mit Bäumen lief, welchen die Zweibeiner hatten stehen lassen, eine Ahnung von Wald, von Heimat für Aurelius. Ein kehliger Aufschrei erinnerte ihn plötzlich an bessere Zeiten. Es war das Geräusch eines Tieres in Gefahr, eines Tieres, das um Hilfe rief.

Leichte Beute.

Aurelius wechselte ins Pirschen und näherte sich nahezu lautlos der immer drängenderen Wehklage. Verheißungsvolle Töne. Sein Kopf sank, seine Ohren stellten sich auf, vor ihm bewegte es sich im Gras. Nun konnte er auch Worte vernehmen.

»Doch nicht heute! Das darf nicht sein. Sie *warten* doch auf mich!«

Die Stimme war klein und wimmernd, es war nur noch genug Kraft zur Resignation übrig. Obwohl er keinen Hunger hatte, lief Aurelius das Wasser im Mund zusammen. Dies steigerte sich noch, als der Mond dank eines aufkommenden Windes kurz durch die Wolkendecke scheinen konnte. Direkt auf die Beute.

Es war ein Hase.

Sein Hinterlauf steckte in einer Schlinge. Er konnte nicht weg. Aurelius richtete sich auf und ging die letzten Meter ruhigen Schrittes. Dabei sagte er nichts, man sprach nicht mit Beute. Man tötete sie nur. Möglichst schnell. Nur die Kralle spielte mit ihrem Essen. Doch das entsprach nicht der Tradition.

Aurelius wusste, dass seine Augen in der Nacht aufleuchteten, wenn Licht in sie fiel, deswegen hob er nun sein Haupt und ließ den Mond hineinscheinen. Seine Augen würden dadurch das Erste sein, was der Hase sah.

»Nicht heute!«, rief dieser nun, anscheinend immer noch mit der Falle beschäftigt. »Ich will noch nicht sterben. Meine Familie braucht mich doch!«

Was für ein Unsinn, dachte Aurelius. Hasenfamilien brauchen niemanden. Sie vermehren sich rasend schnell und sterben ebenso rasch. Ihr Leben ist kurz und wertlos.

Die Hasenfalle war in einer kleinen Lichtung mit einer wild wuchernden Wiese aufgestellt worden, ein übliches Refugium für diese Beute. Die Schlinge war an einem schweren Eisenbolzen befestigt, der tief in den Boden getrieben worden war, damit der Hase sich nicht wieder losreißen konnte. Eine Lebendfalle. Frisches Fleisch. Obwohl die Beute die Grausamkeit der Falle kannte, versuchte sie verzweifelt, sich loszureißen, doch die Schlinge zog sich dadurch nur noch tiefer ins Fleisch.

Er würde die Beute zuerst erdrücken, dachte Aurelius, und dann zubeißen.

Plötzlich verharrte der Hase. Er zitterte, doch er bewegte sich nicht. Er hatte Aurelius erblickt und sah in seine leuchtenden Augen. Aurelius schaute zurück. Sah die Erwartung des Todes, gefangen in einer Falle, getötet von einem Wolf. So passierte es seit Hunderten von Jahren, es war Gesetz, und es gab keine andere Möglichkeit, als es zu befolgen. So wie er sich dem Befehl seines Bruders gebeugt hatte, wohl wissend, was er bedeutete, so ergab sich diese lächerliche kleine Beute nun in ihren Tod. Standhaft. Das Ende erwartend. Genau wie er – doch was brachte es? Es führte zu nichts. Es war dumm.

Aurelius öffnete sein Maul und biss zu. Biss die Schlinge durch. Und wendete sich ab. Er würde heute sicher noch Beeren finden, einige davon konnten köstlich schmecken. Er war noch lange nicht hungrig.

»Was hast du getan?«, fragte der Hase und bewegte sich immer noch nicht. »Du bist doch von Grarrs Meute? Bist du nicht sein Bruder? Sag, warum hast du mich denn nicht getötet?«

Aurelius drehte sich nicht um, er ging wortlos zurück in

den Wald, versank mit seinem grauen Fell in den Schatten der alten Bäume.

»Das muss ich den anderen Tieren erzählen!«, rief der Hase. »Dass ein Wolf mich gerettet hat! Du bist ein guter Graurock. Der beste! Du solltest der Anführer sein. Möge dir ein langes, glückliches Leben beschert werden!«

Aurelius drehte sich um und knurrte.

Der Hase sprang davon.

Strahlendes Weiß, heller als frisch gefallener Schnee, umschloss Niccolò. Die Luft schien zum Bersten voll davon. Es erinnerte ihn in seiner fast greifbaren Konsistenz an den Nebel, der die Hügel der Langhe im Herbst in Besitz nahm wie ein unbarmherziger Eroberer. Merkwürdigerweise schien das Weiß wie ein großes weiches Kissen zu sein. Es roch nach nichts, zumindest nach nichts, was er kannte. Obwohl. Es roch nach Tier, nach Hund. Aber nicht nur.

Der Nebel löste sich auf. Machte Platz für ein anderes Weiß, dieses hatte graue Streifen, bildete Quadrate, ging an einer Seite über in ein schwaches, uneinheitliches Grau. Silberne Fäden zogen sich durch die Welt, und ein Kreis von Weiß lag um alles.

Er bewegte den Kopf.

Die Welt verschob sich, und Niccolò erkannte, dass die weißen Quadrate Kacheln, das Grau der Himmel im Fenster über ihm und die silbernen Fäden Gitter waren.

Dann wurde es mit einem Klick dunkel.

Niccolòs Betäubung ließ in der folgenden Stunde nach, der Schmerz nahm zu, mit ihm sein Denkvermögen. Er begriff nun, dass er bei einem Tierheiler war. Die Welt war nur deshalb rund mit weißen Rändern, weil er eine Halskrause trug. Eine solche hatte er schon mal bei Cinecitta gesehen, als diese daran gehindert werden sollte, sich an einer entzündeten Stelle am Bauch zu lecken.

»Er ist wach!«, hörte Niccolò sagen. »Der Kleine ist wach! Er hat's tatsächlich überlebt!« Jetzt wandte sich die raue Stimme direkt an ihn. »Du hast echt übel ausgesehen, als du gekommen bist.« Es war der Hund im Käfig nebenan, ein rosa Pudel mit gelber Schleife im Haar. »Der Wagen muss dich voll erwischt haben. Ich hab mitbekommen, wie ein Typ dich gebracht hat. Muss der gewesen sein, der dich umgenietet hat, hatte nämlich Panik in den Augen.« Der Pudel leckte sich die Pfote und fuhr sich über den federnden Haarschopf. »Schlaf dich jetzt besser aus, Windhündchen. Morgen früh gibt's was zu futtern.«

»In welchem Ort bin ich?«

»Willst du mich veräppeln? In Alba, wo sonst?«

Niccolò legte sich zufrieden auf den Boden, den eine karierte Plastikplane bedeckte und der wunderbar gemütlich wirkte. Er ließ zu, dass seine schweren Lider sich schlossen, und glitt zufrieden in den Schlaf hinüber.

Er war angekommen.

Der nächste Morgen begann viel zu schnell, scheinbar direkt, nachdem er die Augen geschlossen hatte. Ein Napf mit Trockenfutter stand plötzlich neben dem Wasser. Als er etwas zu sich genommen hatte, kam ein Mensch und ging mit ihm in den Garten, wo Niccolò sich einen schönen Baum zur Erleichterung aussuchte. Danach wurde er in eine Transportbox gesperrt und auf die Ladefläche eines kleinen Transporters gehievt, wo bereits eine fauchende Katze eingesperrt saß, die mit ihren schwarzweißen Pfoten immer wieder zwischen die Stäbe fuhr, als könnte sie diese dadurch weiten, sich herauszwängen und fortlaufen.

Schon nach kurzer Fahrt hielt der Wagen wieder, und Niccolòs Box wurde ruppig herausgehoben. Der kleine Windhund legte sich flach auf den Boden, die Beine so von sich gespreizt, dass er trotz des schnellen Ganges nicht immer wieder hin und her geworfen wurde. Es blieb keine Zeit, darüber nachzudenken, was mit ihm geschah, ob er wie die Katze hätte versuchen sollen, die Box zu öffnen, oder wieso er überhaupt die Tierarztpraxis hatte verlassen müssen, wo er doch immer noch nicht atmen konnte wie früher. Seine vergitterte Klappe wurde aufgerissen, und Niccolò landete in einem Käfig, deutlich größer als der zuvor. Mit Futter- und Wassernapf aus Blech, die unter dem Dachvorsprung einer abwaschbaren Plastikhundehütte standen. Über ihm war keine Decke, sondern ebenfalls ein Gitter, und direkt darüber der Himmel, an dem sich nun Wolken ineinanderschoben und auftürmten. Niccolò war allein.

Bis auf den Pudel.

»So sieht man sich wieder!«, sagte dieser. »Pass auf, dass der Regen dir hier nicht das Fell versaut, sonst kommst du nie wieder raus. Guck nicht so überrascht, ich war bei der ersten Fuhre. Ich kenn das Tierheim schon. Ist jetzt das dritte Mal.«

»Warum warst du denn eigentlich beim Tierarzt?«

»Weil ich vor einiger Zeit die heiße Hündin der Nachbarn bestiegen habe. Jetzt hat die reinrassige Schönheit Junge, mein ehemaliges Herrchen Ärger und ich kein Zuhause mehr.«

»Wie kommt man hier raus?«, fragte Niccolò und schritt den Käfig ab, Gitterstab für Gitterstab, jeder gleich, jeder trennte ihn von der Welt. Er biss auf einen, doch er war härter als alle Knochen, auf denen er jemals gekaut hatte. Und die Stäbe waren so dicht beieinander, dass selbst er nicht zwischen ihnen hindurchkam.

Der Pudel schien seine Frage nicht gehört zu haben. »Letztes Mal hatte ich den Käfig nahe dem Eingang, das ist der beste. Meist nehmen die Menschen den ersten Hund mit, der sie freundlich anwedelt. Hier hinten sind wir ziemlich am Arsch. Bist du eigentlich absolut reinrassig?«

»Ich bin ein Italienisches Windspiel!«

»Sollte keine Beleidigung sein. Verbessert auf jeden Fall deine Chancen. Andererseits ist die Konkurrenz groß. Hier sind noch einige zurückgegebene Weihnachtshunde und die ganzen Jungs und Mädels von der letzten Urlaubswelle. Selbst wir zwei werden wohl einige Wochen bleiben müssen, vielleicht auch länger.«

»*Wochen?!*«

»Und wenn uns dann immer noch keiner geholt hat, kommt die Spritze. Aber keine Angst. Denk einfach dran: nicht knurren und kläffen, dafür ans Gitter schmiegen und streicheln lassen.«

»Hast du eben Wochen gesagt? So lang Zeit hab ich nicht, ich muss zu Giacomo, damit er meine Menschen findet!«

»Giacomo? Kenn ich nicht. Achtung, Mensch!« Der Pudel posierte an der Tür seines Käfigs und legte den Kopf schief. Dann begann er wimmernde Geräusche von sich zu geben. »Gegen mich hast du natürlich keine Chance, Windspiel. Nicht traurig sein.«

Doch der Mensch kam gar nicht bis zu ihnen. Ein Schäferhund-Welpe hatte es ihm angetan. Der Pudel bellte empört. »Zuerst gehen immer die Kleinen weg. Dabei scheißen die noch die Bude voll.« Er ging in seine Hundehütte und begann, das Fell mit den Zähnen zu pflegen.

Als es Mittag wurde, und die Sonne den Boden in eine Herdplatte zu verwandeln begann, ging auch Niccolò in die Hütte. Sie war kleiner als seine eigene in Rimella, und der Boden roch nach fremden Hunden und nach Angst.

Am Nachmittag drehte Niccolò seine nächste Runde, um einen lockeren Gitterstab zu finden, dann noch eine Runde und noch eine. Irgendwann begann er zu rennen, einfach so, immer im Kreis entlang der Stäbe, denn wenn er rannte, fühlte er sich lebendig. Sein Brustkorb schmerzte noch, doch seine Pfoten nicht, seine Pfoten gehorchten ihm wie stets.

»*Hör endlich auf*«, kam es von links. Das konnte nicht

der Pudel sein. Niccolò ging näher, doch in der Dunkelheit konnte er nichts ausmachen. Egal. Seine Beine wollten sich bewegen. Es fühlte sich an, als gäbe es ein Ziel, dem er sich mit jedem Schritt näherte, als würde er nicht bloß im Kreis laufen. »Was willst du machen, wenn ich weiter renne? Mich durch die Gitterstäbe beißen?«

Er rannte wieder los.

»Du hast nach Giacomo gefragt. Wenn du mit dem Rumgelaufe aufhörst, erzähle ich dir von ihm.«

Niccolò blieb stehen. »Wir sind im Geschäft.«

»Komm näher, ans Gitter.«

Niccolò folgte der Anweisung des Hundes aus dem Nachbarkäfig. Dieser selbst kam nicht heran. Er sprach nun leiser. *»Wenn du Giacomo suchst, den Trüffelhund, dann musst du zur Kathedrale gehen. Da treibt er sich rum.«*

»Wohnt er nicht in einem Palast?«, fragte Niccolò. »Werden sie mich zu ihm lassen?«

»Wer sie?«

»Seine Menschen.«

»Giacomo hat keine Menschen, und er lebt auch nicht in einem Palast. Er lebt auf der Straße.«

»Was redest du da? Eine Legende wie er wohnt prachtvoll, wie all die anderen großen Hunde Albas. Das weiß doch jeder, Bruder. Du brauchst mich nicht für dumm zu verkaufen!«

»Ich bin nicht dein Bruder.« Ein Kopf erschien im Eingang der Hütte. Er hatte raues Fell, und die Augen lagen tief unter buschigen Brauen. *»Merk dir das! Dachshunde bleiben unter sich, klar? Ab jetzt werden wir zwei nicht mehr miteinander reden. Und du wirst nicht rennen.«*

Niccolò war verwirrt. Wenn der Dachshund über Giacomos Palast log, entsprach dann der Aufenthaltsort bei der Kathedrale der Wahrheit? Oder hatte er nur irgendwas gesagt, damit er aufhörte zu rennen?

»Hast du mit Zamperl geredet, Windspiel?«, fragte der Pudel, welcher nahe am Gitter zu Niccolòs Käfig stand. »Das ist echt 'ne Leistung, Respekt. Merkwürdiger Bursche ist das, verkriecht sich immer im Dunkeln und isst partout keinen Fisch. Rührt das leckere Zeug aus Prinzip nicht an. Krank, wenn du mich fragst. – Oh, da kommt der nächste Mensch. Ein Weibchen! Das ist meine Chance. Sieh zu und lern vom Meister!«

Der Pudel fing an zu winseln, und die Frau blieb tatsächlich stehen, legte verzückt die Fingerspitzen auf ihre Unterlippe, bevor sie die Handinnenfläche ans Gitter drückte, damit der Pudel daran riechen und sie ablecken konnte. Wie Niccolò ihn beneidete.

Doch schon nach kurzer Zeit ging die Frau weiter, kam zu seinem Käfig, hob die Arme erfreut und ging in die Knie. Sie roch süß, fand Niccolò, nach Vanillepudding und Erdbeeren. Jetzt sagte sie etwas zu dem bärtigen Mann mit den breiten Schultern und dem Schlüsselbund, der wenige Schritte hinter ihr stand. Niccolòs Gatter wurde geöffnet, die Frau stand auf, um hereinzukommen, ihn zu umarmen, ihm Zuneigung zu schenken. Menschliche Wärme.

Niccolò spurtete los, zwischen den Beinen der Frau hindurch, den Gang zwischen den Käfigen entlang, denn aus dieser Richtung war er gekommen, hier musste es wieder hinausgehen. Einige Menschen schrien, als er an ihnen vorbeiraste, eine Frau mit Beinen dick wie Schweinshaxen stellte sich ihm in den Weg und griff nach Niccolò, doch er entglitt ihr und gelangte bis zum großen Gatter. Dahinter lag die Freiheit, dort waren Alba, Giacomo und seine Menschen, alles, was er suchte, alles, was er brauchte.

Doch das Tor war verschlossen.

Laetitia trat aus Grarrs Höhle, aber fort ging sie nicht. In ihrem Fell spürte sie, woher der Wind wehte, und so versteckte sie sich hinter einem Zwergmispelstrauch am Höhleneingang, damit ihr Geruch nicht hineindrang. Sie schloss die Augen, um sich auf das Gespräch im Innern zu konzentrieren, welches drohte, vom Rascheln der dunkelgrünen Blätter des Busches überlagert zu werden. Grarr hatte bei der Paarung kein Wort mit ihr gewechselt, auch nicht vorher und nachher. So erging es seit einigen Jahren allen Wölfinnen.

Als Grarrs Vater Leitwolf gewesen war, hatte dieser die Wölfinnen mit Lauten und Flüchen bedacht, was ihnen sehr gefiel. Nun fühlten sich die Paarungen wie Arbeit an.

Vier Stimmen drangen so dumpf aus der Höhle, als stammten sie von Toten. Laetitita fing Fetzen auf, manchmal Sätze. Doch wenn einer der vier Wölfe im Inneren nicht in ihre Richtung sprach, brach der Strom der Worte ganz ab. Dann kam die Angst hoch, entdeckt zu werden, wenn der Wind kurz drehte oder eine von Grarrs Patrouillen sie erspähte. Laetitia versuchte, ihr Herz zu beruhigen, das immer lauter in den Ohren pochte. Warum setzte sie sich dieser Gefahr aus?

Weil sie einen Namen hören wollte, ohne danach fragen zu müssen. Nur darum.

Einen Namen, der immer weiter weg schien und den niemand des Rudels mehr auszusprechen wagte. Doch in Grarrs Höhle, die Laetitia nun wie ein weit geöffneter, lippenloser Schlund erschien, fiel er jetzt. »Verschwendet keine Gedanken an Aurelius, sein Weg ist vorgezeichnet. Niemand kann ihn davor bewahren. Er ist vollends allein. Unser Interesse muss Rimella gelten. Ich werde dort nun meinen Platz einnehmen. Habt ihr für alles Sorge getragen?«

Die Stimme der Kralle war jetzt zu hören. Wie immer sprachen sie langsam und monoton. Die drei Wölfe teilten eine einzige Weltsicht, und auch ihr Trachten war eins. Sie wechselten mitten im Satz von einem zum anderen über.

»Mit Rimella ist … verfahren worden … wie besprochen. Es ist eine Pracht … doch wir werden jagen … du rufst uns.«

Dann schossen sie aus der Höhle und den Hang hinunter wie Adler im Sturzflug, ihr Lauf kannte nur einen Rhythmus.

Der Wind drehte.

Aus dem Inneren der Höhle drang nur noch Stille. Laetitia schlich rückwärts, ihre Pfoten ertasteten sich den Weg durch den Busch, während sie unentwegt zum steinernen Höhleneingang zurückblickte. Keine Schnauze erschien, Grarr würde wohl schlafen.

Sie würde jetzt Aurelius suchen. Sein Weg war nicht vorgezeichnet, sie würde ihn schützen. Aurelius mochte ein dummer, alter, verstockter, eigensinniger Wolf sein, aber ein einsamer wäre er bald nicht mehr.

»Hast du noch nicht genug bekommen?«, zischte plötzlich Grarr hinter ihr, dann stürzte er sich auf sie. Laetitia sah nur noch weiß, versuchte zu beißen, doch wusste nicht wohin, schlug ihre Zähne immer geradeaus zusammen, spürte die Spitzen seines Fangs an ihrem Nacken, das Fell durchpflügend, ihre Haut berührend, fühlte seine Krallen auf ihrem Bauch.

Laetitia war eine gute Kämpferin. Als Leitwölfin musste sie täglich ihren Platz behaupten, musste das Rudel ebenso schützen können wie Grarr.

Doch es war zu Ende, bevor es angefangen hatte.

»Bei Romulus und Remus, was soll das?«, brachte Laetitia hervor. »Darf man dich nicht mehr aufsuchen, um einen Rat einzuholen? Wird man sogleich erlegt?«

Sein Biss lockerte sich. Er ließ es zu, dass Laetitia sich aufrappelte, doch sein Haupt blieb gesenkt, seine Zähne gebleckt. So wütend hatte die Wölfin ihn noch nie gesehen. Grarr war sonst immer sehr besonnen.

»Welchen *Rat* wolltest du denn? Wie man lauscht, ohne dabei ertappt zu werden?« Er kam wieder näher. »Wenn ich dich noch einmal dabei erwische, töte ich dich!«

Mit großer Beherrschung drehte Laetitia sich um. Sie benahm sich, als hätte sie nichts zu befürchten. »Ich wollte dich nur fragen, ob es ratsam für mich ist, nach Rimella zu gehen. Bisher durften nur die Patrouillen dorthin.«

»*Das* wolltest du also wissen?«, zischte Grarr und kam so nah, dass sie seinen Atem spürte. »Aber das geht dich nichts an. Nur was ich dir sage, geht dich von nun an etwas an. Hast du mich verstanden?«

Laetitia ging weiter, den Kopf stolz erhoben. Er mochte der Leitwolf sein, doch sie war die Leitwölfin, keine Lakaiin, und erst recht kein Jungspund, dem man Manieren beibringen musste. »Dann sag mir jetzt, ob ich nach Rimella gehen kann!«

Grarr schlich um sie, und mit einem Mal spürte sie wieder seinen Fang am Nacken, doch er biss nicht zu. Die nächsten Worte quetschte er zwischen den Zähnen hervor. »Wer gegen mich kämpfen will, hat schon verloren. Ich werde in Zukunft besonders auf dich achten, Laetitia. Wenn es sein muss, mit sechs Augen.«

Als sie sich umsah, war er bereits fort, verschluckt von seiner Höhle. Laetitia behielt die schwarze Undurchdringbarkeit im Auge, als sie rückwärts weiterging, bis sie außer Reichweite war. Doch die Angst blieb, plötzlich wieder angegriffen zu werden.

Aurelius war Richtung Westen losgezogen, zu den hohen Bergen, diesen Weg würde auch sie nehmen. Sein Duft war längst verweht, und seine Spuren im weichen Waldboden waren nicht mehr zu erkennen. Doch sie wusste, wohin er wollte, und sie würde ihn finden, schnell finden.

Sie rannte los. Mit jedem Schritt fort von Grarrs Höhle wurde das Laufen leichter, denn die Angst schien wie schweres Winterfell von ihr zu fallen. Doch schon kurz nachdem sie angefangen hatte, zu rennen und durch den Wald zu jagen, kurz vor der Grenze des Reviers, wurde sie wie von einer riesigen Hand mit eisernen Fingern zurückgeworfen. Schnell sprang sie auf und rannte los, wieder in dieselbe Richtung. Sie würde heute nicht ein zweites Mal besiegt werden. Sie würde sich nicht aufhalten lassen.

Doch dann sah sie es und stoppte abrupt mit den Pfoten voraus. Es war riesig. Größer als ein Mensch, und bestand aus unzähligen silbernen Fäden, die kreuzweise übereinanderliefen wie gefrorene Blitze. Und als sie nach rechts blickte, endete es nicht, und auch nach links ging es immer, immer weiter. Laetitia hatte so etwas noch nie gesehen, es gehörte nicht zur Welt des Waldes, nicht zu jener der Weinberge und Felder. Sie war diesen Weg schon häufig gelaufen, auf der Suche nach Beute, auf der Flucht vor Zweibeinern, doch dieses Gebilde war nie hier gewesen. Laetitia ging in sicherer Entfernung entlang des Ungetüms, den Berg hinunter, und ein fremder Geruch, wie nach versteinerter Erde, wurde immer beißender.

Schon bald wusste sie, warum.

Sie hörte die Stimmen, bevor sie den Zweibeinern zu nahe gekommen war – gerade rechtzeitig, um sich im Schatten versteckt zu halten. Sie waren es, die dieses Monstrum bauten, das ihr den Weg verschloss und Aurelius den Rückweg versperren würde. Es waren viele Zweibeiner, und sie hatten Maschinen, die groß waren wie Häuser, mit Mäulern, welche die Erde fraßen.

Grarr musste dies erfahren. Sofort!

Also hieß es auf nach Rimella. Grarr hatte in der Höhle gesagt, dass er dorthin wolle.

Laetitia musste nicht lange rennen, und sie sah zwischen den Bäumen das Dorf der Zweibeiner unter sich auftauchen.

Doch ein solches war es nicht mehr.

An beiden Ortsausgängen hatten Wölfe Position bezogen. In der Siedlung selbst patrouillierten andere Mitglieder ihres Rudels, und hinter einem Balkonfenster am Marktplatz konnte sie Grarr erkennen, der über allem thronte.

Dies war nicht länger eine Siedlung der Menschen.

Dies war nun das Dorf der Wölfe.

Niccolò hatte keine Zeit, um nachzudenken. Die Stimmen hinter ihm wurden lauter, wütender und kamen näher. Er rammte seinen kleinen Kopf gegen das Gatter, welches metallisch ächzte, ohne nachzugeben. Blitzschnell nahm Niccolò wieder Anlauf, diesmal ein paar Schritte mehr, und versuchte es nochmals. Er schaffte es tatsächlich, das Gatter einige wenige Zentimeter nach vorne zu bringen, doch es schnellte sofort zurück, seinen schmerzenden Kopf mit voller Wucht treffend. Die Menschen kreisten ihn ein. Der kurzhaarige Wärter kam von links mit einem massiven Holzstab, an dessen Ende eine Schlinge befestigt war, von rechts näherte sich die dickbeinige Frau mit einer großen Decke, und von hinten kam ein sommersprossiges Mädchen mit zwei großen Schäferhunden, die wie tollwütig an den ledernen Leinen in seine Richtung zogen und bellten. Sie schien die beiden nicht mehr lange halten zu können.

Der Wärter mit der Schlinge rief etwas, die Frau und das Mädchen blieben stehen. Nur das Kletterhaus trennte ihn noch von Niccolò. Es war einst für Hunde mit großem Bewegungsdrang errichtet worden. Niccolò rannte instinktiv darauf zu, wollte in die Höhe, sich in Sicherheit bringen. Obwohl sein Verstand ihm sagte, dass dieser Plan Unsinn war, jagte er mit einer solchen Geschwindigkeit hinauf, dass er oben nicht mehr anhalten konnte, springen musste, und er hob ab. Sein kleiner Körper segelte durch die Luft und über die Absperrung des Tierheims hinweg. Niccolò landete unsanft, aber immerhin auf seinen Füßen, inmitten eines Grasstreifens. Vor ihm im Tal lag Alba und erschien wie der schönste Ort der Welt. Hinter ihm wurde verzweifelt nach dem Gatterschlüssel gesucht. Doch als er endlich gefunden wurde, war Niccolò längst nicht mehr zu sehen.

Der Turm der Cattedrale di San Lorenzo an der Piazza Risorgimento ragte wie ein stummer Hirte aus der Altstadt hervor. Niccolò prägte sich die Lage ein, bevor er in das Meer aus alten Ziegeln eintauchte, welches sich zwischen den Hügeln bis hinein ins flache Land ausbreitete. Niccolò rannte nicht querfeldein durch Gärten und Hinterhöfe. Er ging auf dem Bürgersteig, denn er wollte nicht auffallen, sondern wirken wie ein Hund, der schon immer in der großen Stadt gelebt hatte. Er lief deshalb auch nicht zu schnell und schnüffelte nicht an allem Neuen, sondern nur an den Markierungen anderer Hunde. Niccolò benahm sich wie zu Hause in Rimella. Doch Alba war wie ein Dutzend Rimellas, wie eine Herde Dörfer, die man eng zusammengetrieben hatte. Auch wenn er am Himmel nur selten den Turm der Kathedrale erspähen konnte, wusste er doch stets, wo sie liegen musste. Die größte Schwierigkeit auf dem Weg dorthin bestand darin, sich nicht durch verlockende Düfte vom Weg abbringen zu lassen, die seine Nase neckisch umspielten. Nicht von den Aromen nach Cacciatorini, nach Paprikaschoten in Öl oder nach Schnecken aus Cherasco.

Der Vormittag war ruhig, die Stadt atmete flach, nur wenige waren unterwegs. Die Piazza Risorgimento war menschenleer, als er dort ankam, selbst am Zeitschriftenkiosk an der Ecke zur Via Vittorio Emanuele II waren die Rollläden heruntergelassen. Die Kathedrale lag zu seiner Linken wie ein roter Berg. Hier irgendwo lebte Giacomo also in einem Palast. Der konnte nicht schwer zu finden sein. Niccolò hatte zwar keine Vorstellung davon, wie so ein echter Hundepalast aussah, aber wenn er ihn in all seiner Pracht sähe, würde er es sofort wissen.

Mit einem Blick war sich Niccolò sicher. Der Palast lag gegenüber dem Kiosk. Eine große Uhr zierte seine Front, darunter ein prächtiger Rundbogen. Als er durch diesen rannte, konnte er das edle Wappen mit rotem Kreuz, zwei Blätterzweigen und einer Krone sehen, deren Spitzen mit Edelsteinen und Perlen besetzt waren. Ein schweres gusseiserners Gitter versperrte den eigentlichen Eingang. Er konnte warten, dachte Niccolò, zu einem Hund wie Giacomo musste man vorgelassen werden, so viel stand fest, sicher kamen viele, um seine Hilfe zu erbitten. Also legte er sich in den kühlen Schatten und schlief, bis ihn ein Uniformierter mit dem Fuß leicht in das Hinterteil trat und versuchte, ihn zu verscheuchen. Niccolò bellte, erklärte, was und zu wem er wollte. Doch der Mensch verstand ihn nicht, gab ihm nur zu verstehen, dass er abhauen solle. Das Tor war mittlerweile geöffnet. Menschen gingen hinein, doch niemand mit einem Hund.

Was konnte das bedeuten?

Lebte Giacomo doch in einem anderen Palast? Aber auf der Piazza gab es keinen weiteren. Vielleicht war in den Seitenstraßen einer, der noch prachtvoller war, noch größer, mit noch mehr Glanz und Figuren an den Wänden, mit größeren Gittern und einem Wappen mit Hunden und Trüffeln darauf!

Niccolò suchte in jeder Straße, jeder Gasse, jedem Hauseingang, und der Tag wurde lang und länger, denn was er suchte, gab es hier nicht, und die Stadthunde, die an Leinen vorbeiflanierten, sprachen nicht mit ihm, dem verwahrlosten Streuner, knurrten ihn nur an, wenn er zur Begrüßung ihren Duft erschnuppern wollte. Nach dem Kampf mit dem Bullterrier in der Weinbergshütte und den Wunden durch den Autounfall war er zerrissen und zerschlissen wie ein alter Schuh. So abfällig hatten ihn andere Hunde noch nie behandelt.

Doch Niccolò gab nicht auf.

Vielleicht hatte er falsche Vorstellungen. Vielleicht sah ein Palast für einen Hund wie Giacomo ganz anders aus. Vielleicht lag sein Palast unter der Erde, bei den Trüffeln, und darüber war eine Metzgerei, die nur für ihn arbeitete.

Also suchte Niccolò weiter. Als er immer noch nicht fündig wurde, hielt er nach einer riesigen Hundehütte Ausschau, dann nach einer großen Eiche, die Trüffel ja so liebten. Doch auch solche Behausungen fand er nicht.

Als es Nacht wurde in Alba und plötzlich aus all den Häusern, die wie tot an den Straßen gelegen hatten, Menschen kamen, war keine Hoffnung mehr in ihm.

Er würde Giacomo hier nicht finden.

Der Dachshund hatte gelogen.

Niccolò war wütend über diese gemeine Lüge, dazu kam der Hunger, den er nach Beendigung der Suche nun stärker spürte als zuvor. Er war miserabeler Laune. Alles Essbare war ihm recht, und als er in einer kleinen Gasse zwischen zwei Restaurants landete, wo er Küchenabfälle vermutete, kam ihm ein Zipfel Crutinwurst sehr gelegen, der unter einer alten Tür hervorlugte. Mit einem Pfotenhieb hatte er ihn zutage gefördert und verschlang ihn sogleich. Er nahm sich nicht einmal Zeit, den Geschmack von luftgetrocknetem Schweinefleisch zu genießen, sondern schlang den Zipfel direkt herunter. Doch danach war er immer noch hungrig.

»Du hast gerade mein letztes Stück Crutin gegessen«, sagte ein Hund und zwängte sich durch den Spalt in der alten Tür. Er wirkte nicht wütend, eher lethargisch. Sein Körper wies Schrammen auf, wie von einem dornigen Busch.

»Wusste ja nicht, dass es deins ist. Was auf der Straße liegt, gehört allen.«

»Ich bin extra dafür in eine Menschenwohnung eingebrochen.«

»Ist mir doch egal, pass halt besser auf deine Sachen auf. Und reiz mich ja nicht! Ich mag klein sein, aber ich bin stinkewütend. Komm mir bloß nicht blöde! Solche Meckerer wie dich kann ich schon gar nicht leiden.«

»Du kannst froh sein, dass ich noch mehr aus dem offenen Kühlschrank mitgenommen habe, sonst würde ich dir jetzt das Genick durchbeißen.«

»Mach doch, wenn du dich traust! Aber du wirst es nicht schaffen. Und wenn ich Giacomo finde, ja du hast richtig gehört, *den* Giacomo, die Trüffel, dann wird er dich für alle Frechheiten zur Rechenschaft ziehen.«

»Ich bin Giacomo«, sagte der alte Hund und verschwand wieder im Haus.

Einen Tag und zwei Nächte wartete der freche, junge Hund vor Giacomos Tür, die dieser von innen mit einem alten Karton versperrt hatte. Tuma-di-Bossolasco-Käse, Salame Cotto Astigiano und eine große Focaccia füllten Giacomo in dieser Zeit aufs Angenehmste den Bauch, sämtlich Beute, die er aus dem Kühlschrank der verlassenen Wohnung geholt hatte. Seiner drängendsten Probleme entledigte er sich in dem Teil des verfallenen Hauses, der unter freiem Himmel lag. Er musste nicht vor die Tür gehen, er hatte alles, was er brauchte. Der kleine Hund würde sicher bald verschwinden. Er hatte keine Lust, mit ihm über *den* Giacomo zu reden, geschweige denn dieser zu sein. Es war ein altes Ich, das sich nun wie ein ungeliebter Zwillingsbruder anfühlte. Ein toter, ungeliebter Zwillingsbruder.

Doch als es nichts mehr zu essen gab, musste er den Karton fortschieben und sich durch den Spalt nach draußen zwängen, wo ihn der junge Hund empfing. Er sah noch schlechter aus als zuvor, schien all die Zeit über nichts gegessen und getrunken zu haben.

»Komm mit«, sagte Giacomo zu ihm und führte ihn in die Via Giacosa, wo sich der Hinterausgang der Pizzeria Brandi befand. Die Abfälle hier waren nichts für Feinschmecker, aber der Kleine konnte in seinem Zustand nicht wählerisch sein. Gierig fraß er sich durch die Überreste der Funghi, Tonnos und Margeritas, welche die Restaurantgäste nicht herunterbekommen hatten. Als er die salzigen Stücke verschlungen hatte, konnte Giacomo die Trockenheit in den Augen des Italienischen Windspiels erkennen. Wie bei altem Fisch ließ der Wassermangel sie trüb werden. Der Tanaro war zwar kein großer Fluss und sein Wasser trübe, doch da es seit Tagen nicht geregnet hatte, blieb nichts anderes übrig zum Stillen des Durstes. Nach einer kurzen Wanderung zur Uferböschung kehrte so das Leben in den Körper des kleinen Hundes zurück. Erst danach, die Lefzen noch feucht glänzend vom Flusswasser, sprach er wieder. Nun höflich, fast devot, den Kopf gesenkt.

»Zuerst habe ich nicht geglaubt, dass du wirklich Giacomo bist. Aber dann musste ich an deine Nase denken, die genau so ist, wie es immer gesagt wurde. Unförmig und verwachsen, abartig geformt.«

»Danke, reicht. Schön, dass es dir besser geht.«

»Nein, so war das nicht … sie ist toll! Eine großartige Nase! Und es geht ja auch nicht darum, wie sie aussieht, sondern nur, was sie kann!«

»Das macht es jetzt gleich besser. Ich bin dann weg. Mach's gut.«

»*Warte!*« Niccolò sprang vor ihn und baute sich zu voller Größe auf, was allerdings nicht viel war. »Ich hab dich gesucht. Du musst mir unbedingt helfen!«

»Hab ich doch schon, und jetzt leb wohl.« Er ging die Böschung hinauf in Richtung Altstadt, Essen suchen, *gutes*

Essen. »Der Giacomo, den du suchst, den gibt es nicht mehr. Und der Giacomo, den es gibt, den hättest du nicht zu suchen brauchen.« Er trottete davon, Niccolò hinterher, nun dank Pizzeriaabfällen und Flusswasser wieder voller Energie, selbst die Schmerzen an nahezu jedem Knochen, Knöchel und Muskel seines kleinen Körpers spürte er vor lauter Aufregung nicht. Endlich konnte er mit seinem Retter reden. Das Gespräch wurde jedoch zunehmend einseitiger. Irgendwann sagte Giacomo: »Ich tue jetzt einfach so, als wärst du gar nicht da. Okay?«, und von diesem Moment an sagte er nichts mehr. Niccolò wich ihm trotzdem nicht von der Seite, und als der alte Trüffelhund zurück in sein Haus ging und den Eingang verrammelte, blieb Niccolò draußen liegen, wie in der Nacht zuvor. Am nächsten Tag hatte Giacomo deshalb erneut einen Schatten in Windspielform, der ihn überallhin begleitete, aber nun langsam etwas einsilbiger wurde. Die Geschichte über die verschwundenen Dorfbewohner und über die Sehnsucht des kleinen Hundes nach seinem menschlichen Rudel hatte Giacomo zwar nicht unberührt gelassen, aber es waren eben nicht seine Menschen gewesen, um die es ging. Und seine Zeit für Heldentaten war längst vorbei. Sollte der Kleine sich doch einen jüngeren Trüffelhund suchen, es musste noch genug geben in der Langhe. Er würde hier bleiben, wo er regelmäßig ein Schälchen Barolo bekam.

Es geschah am Abend des dritten Tages ihrer gemeinsamen Zeit.

Niccolò, dessen einziger Plan darin bestanden hatte, Giacomo zu finden und mit seiner Hilfe alle anderen, war mittlerweile stumm wie ein Fisch geworden und trottete nur noch hinter dem alten Trüffelhund her, weil er nicht wusste, was er sonst tun sollte. Sie standen in der begrünten Insel im Inneren der Piazza Savona, im Wirbelsturm der das Rondell umkreisenden Kleinwagen und Roller, als sie den

Unglaublichen Houdini sahen, den Entfesselungskünstler unter den Zirkushunden. Es war ein schwarzer Affenpinscher mit abstehendem Fell, das ihm in seiner langen und erfolgreichen Karriere ermöglicht hatte, sich aus unzähligen Schlingen zu befreien.

Doch das Würgehalsband, in dem er nun steckte, schien selbst ihn vor eine unlösbare Aufgabe zu stellen. Zog er an der Leine, zog es sich zu. Der Unglaubliche Houdini zerrte trotzdem. Der Mensch am anderen Ende der Leine, eine untersetzte Frau mit strahlendblonden Locken und hochakkuraten Augenbrauen, hielt dagegen. Immer wieder riss sie die Leine an sich, was dem Unglaublichen Houdini den Atem raubte. Er röchelte nur noch.

Jetzt, wo Niccolò kurz vor ihr stand, erkannte er sie. Es war die Frau aus dem Tierheim.

Und auch sie erkannte ihn.

Unverzüglich holte sie mit ihrem schwarzen Stock aus und schlug auf Niccolò ein. »Da bist du ja, Mistvieh! Jetzt geht's zurück in den Käfig!« Sie griff mit ihren fleischigen Händen nach ihm, ließ dafür die Leine los, der Unglaubliche Houdini streifte das Halsband in Blitzesschnelle ab und raste davon.

Giacomo ging auf die Frau zu und biss in die Wade, bis er spürte, dass er mit seinen Zähnen zum Knochen vorgedrungen war. *Lagotto Romagnolo* wie er waren als anpassungsfähige Familienhunde bekannt, als gehorsam und genügsam, als aufgeweckte, liebenswürdige Tiere. Doch sie konnten auch anders, und ihr Gebiss war stark.

Das blutende Bein mit beiden Händen abpressend, wälzte sich die Frau auf dem Boden, vor Schmerzen aufheulend wie ein junger Hund.

»Ich habe nichts Wichtiges durchgebissen«, sagte Giacomo ruhig. »Aber jetzt kann ich hier nicht mehr bleiben. Entkommen werde ich wohl auch nicht. Einen bissigen Hund jagen die Menschen mit viel Ausdauer.« Er machte eine Pause. »Und dann schläfern sie ihn ein.«

Passanten waren stehen geblieben und zeigten nun auf den Trüffelhund mit der blutigen Schnauze, ein Jugendlicher mit gelglänzendem Haar wählte eine Nummer auf seinem Handy und sprach dann aufgeregt hinein.

Sie mussten weg. Sofort! Doch wohin?

Es gab nur einen Ausweg, doch der war mindestens so gefährlich wie aufgebrachte Menschen.

Die Kanalisation.

Mit den dort lebenden Dachshunden.

Kapitel 4

WOLFSGEHEUL

Die Zeit ohne Rudel dehnte sich für Aurelius als wäre sie ein zähes Stück Fleisch. Es war sein Leben, Teil des Wolfsverbunds zu sein, so wie ein Bein zu einem Körper gehört. Getrennt von diesem kam er sich unvollständig vor. Und doch würde er gleich den Willen des Gehirns ausführen, Grarrs Willen, denn er näherte sich dem Herrschaftsgebiet der Gebirgswölfe, die das Valle del Chisone am Nordrand der Alpen zu ihrem Revier auserkoren hatten. Wie Leuchtfeuer stachen die Urinmarkierungen des Leitwolfs und der Leitwölfin vor ihm in den zerbrechlich wirkenden Nachthimmel, der glitzernd über den scharfgeschnittenen Bergspitzen thronte. Die Botschaft war unmissverständlich: Komm nicht näher, verschwinde oder wir töten dich! Dies ist nicht deine Welt!

Aurelius überschritt die Grenze und widerstand dem starken Drang, eine eigene Markierung zu setzen. Es würde nur alles verkomplizieren. Die Gebirgswölfe würden ihn bald riechen können. Wann genau, hing davon ab, wo sich das Rudel in dem großen Revier aufhielt. Es würde vermutlich in der Nähe einer Herde sein, die ein vielversprechendes krankes oder altes Tier aufwies, das sich von seinen Artgenossen trennen ließ.

Da Aurelius es hasste, überrascht zu werden, entschloss er sich, den alpinen Bergkamm zu besteigen, der sich vor ihm aus dem blaugrünen Meer des nächtlichen Waldes erhob, den blanken Steinleib ungeniert im Mondlicht badend. Dort oben würde er sie kommen sehen, mit ihren gefletschten Zähnen, jeden Ausweg abschneidend, das Leitwolfpaar voran, die Stärksten und Zähesten des Rudels. Aurelius hoffte, dass es nicht mehr Schwarzreißer und Blutpfote waren, dass Jüngere sie überworfen und ein neues Kapitel aufgeschlagen hatten, eines, in dem Grarrs Rudel – sein Rudel – nur noch eine fast vergessene Sage war. Die Schritte hoch zum Bergkamm, wo ihm nichts als Warten übrig blieb, fielen ihm schwerer als alle zuvor. Ein paar Mal rutschte er auf dem steinigen, von Sturm und Regen glattgeschliffenen Fels ab, bis er endlich oben angekommen war und der Wind selbst weit entfernte Duftmarken in die Nase des alten Wolfes trieb, ihn die unsagbare Größe des Gebiets erahnen ließ. Ein so ausgedehntes Revier konnte nur ein großes Rudel kontrollieren. Wie viele Wölfe mochten es mittlerweile sein? Zehn? Ein Dutzend? Sogar mehr?

Durch die Steigung des Bergkamms erspähte er die Gebirgswölfe erst, als sie nur noch wenige Meter von ihm entfernt waren, mit ihren nebeneinanderstehenden Körpern eine unüberwindliche Mauer aus Klauen und Fängen bildend.

Instinkt, gespeist aus tausenden Jahren von Erfahrung, brachte Aurelius dazu, ebenfalls eine Kampfhaltung einzunehmen. Er senkte den Kopf und begann zu knurren, obwohl er nur reden wollte und bei einem Angriff nicht den Hauch einer Chance hätte.

Der Leitwolf erhob die Stimme. »*Aurelius*?« Er kam näher, sein Rudel folgte ihm in angemessenem Abstand. »Aurelius vom Rudel der Lupa Romana? Kann ich meinen Augen trauen?«

Es war Aurelius unmöglich, das Knurren zu beenden, denn wer sich ihm näherte, war niemand anderes als Schwarzreißer, der zäheste und unbarmherzigste Wolf, den er kannte. Sein Fell war beinahe vollständig schwarz, und seine Ohren waren fast so spitz wie seine Zähne, was ihn wie eine riesige Fledermaus aussehen ließ. Die Wölfin an Schwarzreißers Seite war nicht dessen alte Begleiterin Blutpfote, sie war jünger, hatte aber wie diese silbernes Fell und eine Blesse am Hals.

»Er ist es wirklich!«, rief Schwarzreißer. »Dann werde ich mit diesem Eindringling reden, bevor wir alle unseren Spaß mit ihm haben. Was für eine unerwartete Freude!«

Mit großer Überwindung drehte sich Aurelius auf den Rücken, unterwarf sich, bot seine Kehle dar, den kalten Fels unter sich spürend, wie eine Vorahnung seines baldigen Todes. »Ich bitte um Verzeihung, in euer Revier eingedrungen zu sein, Wölfe der Berge. Doch es geht um Leben und Tod!«

Schwarzreißer nahm die Unterwerfung nicht an, sondern setzte sich. Er wirkte ganz entspannt, fast amüsiert. »Natürlich geht es um Leben und Tod, Aurelius. Das bevorstehende Ende des einen und den Eintritt des anderen. Bei dir. Ich habe dich, gerade dich, nicht für so dumm gehalten, uns solch eine Gelegenheit zur Rache zu geben. Erzähl deine Geschichte. Wir sind gesättigt und haben genug getrunken, dein Tod eilt nicht. Erzähl und stirb dann. Denn sterben wirst du.«

Ein junger, noch pummeliger Wolf begann zu heulen, und die anderen stimmten ein, zuletzt Schwarzreißer und seine Gefährtin. Sie sangen den vollen Mond lange an, der Ton des Rudels durchströmte ihre Körper, ließ sie eins werden, den Moment wie frisches, pulsierendes Blut genießend.

Was die Wölfe der Berge elektrisierte, versetzte Aurelius in dunkle Furcht. Er richtete sich auf und wählte die folgenden Worte mit Bedacht. Auch wenn sein Leben schon verwirkt war, so konnte er vielleicht wenigstens seinem Rudel noch von Nutzen sein.

»Die Zweibeiner haben drei der unseren getötet. Darf so

etwas sein? Wir Wölfe sind die Herrscher des Waldes! Was für einen Eindruck macht ein solches Sterben auf unsere Beute? Ich sage es euch: Unser Rudel wirkt schwach, und damit alle Wölfe, auch ihr! Mein Bruder hat Rache geschworen und bittet um eure Hilfe. Es gibt Unstimmigkeiten zwischen uns, das ist wahr, aber für das größere Wohl sollten wir sie dieses eine Mal beiseitelegen. Es geht um uns alle.«

Die Wölfe des Bergrudels heulten wieder, doch Schwarzreißer stimmte nicht mit ein. Aurelius konnte erkennen, wie die Wut in ihm aufstieg und die Haare seines Fells hochstehen ließ.

»Unstimmigkeiten? Du sprichst von *Unstimmigkeiten*? Zwischen uns herrscht Krieg, Aurelius.«

Aurelius hatte genau diese Worte befürchtet. Sie klangen in der windigen Kälte der unwirtlichen Felspartien noch härter, denn der Schall hallte von den glatten Klüften. Es klang, als verhöhnte ihn der ganze Berg. Schwarzreißer kam nun noch etwas näher, das Rudel folgte ihm zu beiden Seiten wie an einer unsichtbaren Leine gezogen. Ihr Fell wirkte im Mondschein wie Fels, so grau und hart lag es auf ihren Körpern.

»Ihr seid Frevel an der Natur, Aurelius. Hör sich einer nur diesen Namen an! Aurelius!« Schwarzreißer wandte sich um, Zustimmung fordernd, seine Wölfe heulten wieder auf.

»Menschliche Namen tragen nur Degenerierte. Wollt ihr etwa sein wie Hunde? Devot und unterwürfig? Ihr dürft euch nicht wundern, wenn die Menschen, deren Nähe ihr wie hilflose Welpen sucht, euch eines Tages strafen. So machen es Eltern eben mit ihren Kindern.« Er drehte sich wieder um und erntete das erwünschte Aufheulen.

»Die Liste eurer Abartigkeiten ist lang, dabei weiß ich noch nicht einmal, ob mir alles zu Ohren gekommen ist. Am widerwärtigsten finde ich, dass Grarr nicht nur eure

Leitwölfin besteigt, sondern alle Wölfinnen des Rudels! Und dann lässt er diese Missgeburten, die ihr ›die Kralle‹ nennt, seine Arbeit machen, seine Kämpfe führen, seine Markierungen setzen. Ihr seid eine Schande für alle Wölfe! Um all eure Sünden und Verfehlungen aufzuzählen, mit denen ihr euch an der Natur, an dem Platz, der uns Wölfen zugewiesen wurde, versündigt, fehlt mir die Zeit und die Lust. Wie habt ihr euch immer gebrüstet, dass es eure direkte Vorfahrin war, die einst ihre Zitzen den menschlichen Zwillingen hinstreckte, die später Rom gründeten. Das war *Sünde*! Und alles, was folgte, eure immerwährenden Versuche, den Menschen nah zu sein, auch. Ihr seid nicht das auserwählte Rudel, von dem unsere Legenden erzählen! Und was Frieden zwischen Mensch und Wolf angeht, den gibt es nicht, und einen Krieg ebenso wenig, weil wir diesen nur verlieren könnten, gegen diese Betrüger, die sich Waffen nehmen, anstatt mit dem zu kämpfen, was ihnen die Natur gegeben hat. Sie leben ihr Leben, wir das unsere. Die Wege sollen sich nicht kreuzen. Niemals! Wenn ihr untergeht, werden wir mit großer Freude dabei zusehen. So wie ihr es getan habt, erinnerst du dich noch, Aurelius? Erinnerst du dich so genau daran wie ich, als ihr unser Ende in Kauf nahmt?«

Der alte Wolf erwiderte nichts.

»Natürlich weißt du es noch! Solch einen Winter vergisst man nicht. Ein Winter wie kein zweiter. Wir kamen damals zu euch, so wie du nun zu uns, baten um Hilfe, um Hinweise, wo wir Beute finden könnten, und was tatet ihr? Drangt in unser Revier ein, wildertet bei uns, fraßt das wenige, was noch da war, liefertet uns dem Hungertod aus. Meine Gefährtin Blutpfote starb damals, erfror kraftlos in einer Schneewehe. Viele von uns krepierten elendiglich, es brauchte lange Zeit, unsere alte Stärke wiederzugewinnen. Wie kannst du es wagen, nun anzukommen und *uns* um Hilfe zu bitten?«

Aus dem Nichts setzte Regen ein. Kalte, in den Höhen geborene eisige Tropfen, gemischt mit Hagel, der laut auf den Bergkamm prallte. Es klang wie das Schlagen von Trommeln. Das Wolfsrudel stand auf, ohne dass Schwarzreißer einen Befehl geben musste, und schritt auf Aurelius zu.

»Jeder meines Rudels kennt diese Begebenheit. Sie soll niemals vergessen sein, sie soll bis in alle Ewigkeit gesühnt werden. Mit jeder Generation aufs Neue. Das Fleisch unseres Rudels wurde genommen – jetzt holen wir uns das Fleisch von euch zurück. Und du wirst nur der Anfang sein!«

Aurelius wich zurück, seine Pfoten glitten ohne Widerstand über den glitschigen Fels. Die Gebirgswölfe bewegten sich sicher auf dem Untergrund und genossen die Angst in Aurelius' Augen, zelebrierten jeden so lange erwarteten Schritt auf den Beginn ihrer Rache zu.

Aurelius wich weiter zurück.

Schwarzreißer bedeutete seinem Rudel zurückzubleiben, nur mit seiner Gefährtin marschierte er weiter. Die ersten Bisse gehörten ihnen, so war es Gesetz. Und Gesetze wurden hier geachtet.

Mit einem Mal spürte Aurelius Halt für seine Pfoten, und er versenkte seine Krallen, spannte seine Muskeln und sprang.

Den Bergkamm hinab in die düstere Tiefe.

»Es war die Nacht, in der die Schienen unter dem Frühzug aus Firenze nachgaben und er in die Tiefen des Apennin stürzte, als Giacomo in einem feuchten Barolo-Karton der Familie Conterno in die Welt geworfen wurde. Er war der vierte und letzte Welpe seiner Mutter, nach ihm glitt nur noch eine Totgeburt auf den modrigen Holzboden. Als die jüngste Tochter des Hauses, Elena, hereinstürzte und den kleinen, völlig weißen Giacomo sah, sagte sie nur ein Wort, ›Trüffel‹, und deutete mit ihren stummeligen Fingern auf die unförmige Nase des Welpen, die in all ihrer verwarzten Pracht wie die mit Dreck bedeckte, kostbare Frucht der piemontesischen Erde aussah.«

»So wird es erzählt?«, fragte Giacomo. Der Regen über ihnen wurde immer stärker, und aus den äußeren Löchern des Kanaldeckels rann es auf Niccolòs und Giacomos Köpfe. Sie befanden sich am unteren Ende des Kanalschachts, die Pfoten in einem Rinnsal, über dessen Zusammensetzung keiner der beiden etwas wissen wollte.

»Deine Geburt ist zu einer sehr beliebten Erzählung geworden, zu einer Legende, genau wie dein Leben. Jeder Hund zwischen Cuneo und Asti kennt die Geschichten. Wie du die Riesentrüffel gefunden hast, wie du selbst im Friedhofsgarten ein Exemplar ausgemacht hast, wie du den fremden Hunden aus einem anderen Land gezeigt hast, wozu ein piemontesischer Trüffelhund in der Lage ist. Immer und immer wieder habe ich das von meiner Mutter erzählt bekommen.«

»Wie ermüdend das gewesen sein muss, ich entschuldige mich.« Giacomo blickte nach oben, von wo das Wasser immer eisiger herabfiel. »Jetzt sollten wir wirklich los. Rechtsrum müsste der kürzeste Weg aus der Stadt sein.« Giacomo ging voran. Schnell gelangten sie in vollständige Dunkelheit. Neben ihren Augen stellten schließlich auch die Nasen ihren Dienst ein, denn über dem Gestank des Kloakenrinnsals ließ sich nicht erahnen, von wo frische Luft drang und einen Ausgang verriet. Nur ab und zu fiel für einen Sekundenbruchteil die gesprenkelte Lichtsäule eines Kanaldeckels auf den Weg.

»Muss ich die ganze Zeit leise sein?«, fragte Niccolò ängstlich.

»Spielt keine Rolle. Sie hören uns so oder so. Wir können nur hoffen, dass wir wieder draußen sind, bevor sie uns erreichen. Allerdings gibt es da ein kleines Problem.«

»Und das wäre?«

»Ich bin mir beim Weg nicht mehr sicher.«

Erst als Giacomo seine Antwort beendet hatte, wurde ihm klar, dass es nicht Niccolò gewesen war, der die letzte Frage gestellt hatte.

»Dann solltest du besser nicht hier sein«, antwortete die Stimme. Oder war es eine andere? Dachshunde klangen für Giacomo alle gleich.

»Ihr seid wirklich schnell«, sagte er und stellte sich vor.

»Wir wissen, wer du bist. Du hast zusammen mit Bellachini unser Depot geplündert.«

»Ihr hattet es nicht markiert. Außerdem war noch genug da, als ich ging.«

»Aber nicht, nachdem die Zirkushunde alles ausgeräumt hatten.«

»Bin ich ein Zirkushund?«, fragte Giacomo in die Dunkelheit.

»Warum reden wir überhaupt mit ihm? Er hat hier nichts zu suchen.«

»Wenn ich etwas sagen dürfte«, war nun Niccolò zu hören. »Ich soll euch alle von … Zamperl grüßen.«

»Zamperl? Hat er gerade Zamperl gesagt?«

»Wo steckt er? Wir dachten, ihn hätte eine große Spülung erfasst.«

Giacomo konnte nicht anders, als die Vorstellung witzig zu finden, aber er verkniff sich eine Bemerkung.

»Er ist im Tierheim.«

»Hab ich es nicht gleich gesagt? Und ob ich es gleich gesagt habe!«

»Warte! Zamperl hat mir dir gesprochen? Einem Windspiel?«

»Jeden Tag, den ich im Tierheim war.«

»Wie geht es ihm?«

»Gut. Also den Umständen entsprechend. Er will natürlich wieder … in die Kanalisation.«

»Wenn du Zamperls Freund bist, dann bist du auch unserer!«

»Und was machen wir mit dem Trüffelhund?«

»Er ist mein Freund«, sagte Niccolò.

»Wer der Freund von Zamperls Freund ist, ist unser Freund. Selbst wenn er aus unserem Depot geklaut hat. Aber das war das letzte Mal, verstanden?«

»Das kann ich garantieren«, sagte Giacomo. Denn schließlich war Alba die längste Zeit seine Heimat gewesen.

»Was treibt ihr hier unten?«

»Wir müssen raus aus der Stadt, und zwar schnell. Kein Mensch darf uns sehen«, sagte Niccolò.

»Ich bring euch fort. An der Straße nach Neive gibt es eine Kanalöffnung mitten im Wald. Da sieht euch keiner. Aber weil der Trüffelhund so unförmig gebaut ist, müssen wir einige Umwege gehen.«

Giacomo sagte nichts zu dieser Beleidigung durch einen Dachshund. Deren Äußeres erinnerte ihn immer an Mortadellas auf Füßen. Gemeinsam mit Niccolò folgte er dem leisen, platschenden Getrappel ihres Führers, scheinbar endlos lang durch Gänge und Abzweigungen. Sie durchschritten mannshohe Röhren, Hallen, in denen Seen in rechteckigen Bassins schwappten, zwängten sich durch gelockerte Gitter und jagten an stinkenden Rattennestern vorbei. Ihr Dachshundführer bezeichnete die Nager allerdings als köstliche Futtervorräte. Obwohl sie den Weg für ›unförmige‹ Hunde gingen, musste Giacomo sich häufig ducken, kriechen oder sich durch etwas zwängen, über das er nicht genauer nachdenken wollte. Er hoffte sehr, dass seine Nase keinen bleibenden Schaden nahm. Irgendwann, als sie schon nicht mehr sagen konnten, wie viele Stunden sie gelaufen waren, traten sie endlich aus einem Rohr in die Nacht hinaus. Sie erschien ihnen nach der langen Zeit unter der Erde strahlend hell. Der Dachshund kam nicht mit hinaus in den immer noch strömenden Regen, sondern rief nur ein paar

Abschiedsworte und verschwand wieder im Labyrinth der Kanalisation Albas.

»Ich glaube, jetzt bin ich dir was schuldig, Kleiner«, sagte Giacomo und schüttelte sich lange, lange aus. Aber das konnte den Gestank nicht vertreiben. Hoffentlich, dachte er, regnet es die ganze Nacht durch.

»Heißt das etwa, du kommst mit nach Rimella?«

»Sag einfach, wo wir lang müssen.«

»Du wirst sehen, Rimella ist ein wun-der-ba-rer Ort. Da können wir Hunde noch so leben, wie wir wollen, und die Menschen in Rimella sind toll – also wenn sie wieder da sind. Es ist unglaublich friedlich dort. Und es gibt köstliches Futter, wahrscheinlich finden sich in den Wäldern sogar Trüffel. Bestimmt sogar! Jetzt, wo du mir hilfst, wird alles gut werden. Das spüre ich! Das kann gar nicht anders sein!«

»Ist ja gut, du musst mich nicht mehr überzeugen. Lass uns einfach gehen.«

Doch Niccolò bewegte sich nicht. Denn erst jetzt war ihm aufgefallen, dass er den Weg zurück gar nicht kannte.

Canini sprang auf den prallgefüllten Koffer und bellte. Isabella durfte nicht ohne sie fahren!

»Nun spring schon runter«, sagte diese und gab Canini einen Kuss auf die Stirn. »Ich hab dir doch gesagt, dass meine Mutter kommt und auf dich aufpasst. Das kennst du doch alles schon. Ihr zwei mögt euch doch so!«

Ein Bellen erklang als Antwort. Canini blieb sitzen und zog ihre Cockerspanielohren hoch, signalisierend: Ich verstehe dich nicht. Dieses Spiel war Isabella nur allzu vertraut. Sie zog sich einen Stuhl heran, setzte sich und versenkte das Gesicht in die Hände. Dann starrte sie Canini an. »Kann ich auch«, sagte sie. »Du musst mich nicht für blöd verkaufen, Prinzessin. Du weißt genau, was ich will.«

Und damit hatte Isabella, deren kurzes, blondes Haar igelgleich abstand und die ihren Regenbogenschal bereits reisefertig um den Hals geschlungen hatte, vollkommen recht. Canini wusste Bescheid. Genau deswegen würde sie ja nicht nachgeben. Entweder würden sie beide fahren oder zusammen in der kleinen Turiner Wohnung bleiben, deren Blick auf den Po sie so liebten. Hier ließ es sich gut leben, fand Canini. Auch wenn Isabella häufiger weg war und die Wohnung durch Aktenordner, Tierpräparate, große Mikroskope und unzählige Kartons mit Pfotenabdrücken und Fellproben mittlerweile bis in die letzte Ecke zugestellt war, so dass die Spanielhündin keine drei Meter mehr rennen konnte, ohne gegen etwas zu stoßen. Dadurch fühlten sich die zwei Zimmer, Küche, Diele, Bad für Canini aber auch wie der sicherste Ort in der Welt an. Es war zudem der Ort, an dem sie immer gewesen war, seit sie ihre Mutter und Geschwister verlassen musste.

»Komm, ich geb dir noch was von deinem Lieblingsfutter, ja? Dann lässt du mich gehen. Haben wir einen Deal, Prinzessin?«

Sie ging in die Küche. Canini hörte, wie die Dose geöffnet wurde – Leber, es war sofort zu riechen – und die Fleischstücke mit einem Löffel in den Napf geschabt wurden.

»Ach, Mist! Jetzt … Warum hab ich auch schon den blöden Schal um!«

Isabella kam zurück, einen Spülschwamm über den Schal reibend und das Futter vor den Koffer stellend.

Canini bellte. Wenn Isabella wirklich ging, würde sie mitkommen. Und wenn sie sich dafür im Koffer verbeißen müsste. Isabella hatte mit dem Futter zu unfairen Mitteln gegriffen, also konnte sie das ja wohl auch!

»Komm runter, oder ich nehm dir das Futter wieder weg und geb es dem dicken Nachbarshund. Es wäre doch schade, wenn das gute Zeug verkommt.«

Canini heulte auf. Isabellas feine Augenbrauen zogen sich überrascht auf die sonnengebräunte Stirn. Hatte ihre Hündin etwa verstanden, wohin sie wollte? Sie schüttelte den Kopf, die Idee schnell wieder verwerfend.

»Schön geheult, aber du kommst trotzdem nicht mit zu den Wölfen. Das ist viel zu gefährlich für dich. Das werde ich nie und nimmer riskieren. Und wenn ich warten muss, bis du schläfst, um an meinen Koffer zu kommen.«

Sie fing an, weitere Taschen in die Diele zu tragen. Canini erkannte den Beutel mit dem tarnfarbenen Zelt und die löchrige Isomatte, sah das zerbeulte Kochgeschirr und den alten Spirituskocher. Schöne Erinnerungen allesamt an gemeinsame Unternehmungen. Und zur spannendsten sollte sie jetzt nicht mitdürfen! Das würde sie sich nicht gefallen lassen. Wenn Isabella dachte, dass sie Wölfen nicht trotzen könnte, würde sie ihr das Gegenteil beweisen. Canini fletschte die Zähne und nahm Angriffshaltung an.

»Spinnst du jetzt?«, fragte Isabella und trat leicht gegen den Koffer, der daraufhin mitsamt der Hündin umfiel. »Bei dir piept's wohl, mich anzuknurren! Ich trag jetzt die Sachen runter, und du bleibst hier.« Sie nahm die erste Fuhre, warf die Tür hinter sich ins Schloss und war weg.

Als sie zurückkam, war die Hündin nirgends zu sehen.

»Schmollst du etwa?«, rief Isabella. »Von mir aus gern! Aber mach bloß nicht in die Wohnung, von wegen Protest und so. Du weißt, dass meine Mutter es im Rücken hat.« Es folgte eine Pause, und Isabellas Stimme hatte wieder die Wärme, für die Canini sie so liebte. »Du weißt doch, dass ich dich immer gern bei mir habe. Aber diese Wölfe verhalten sich merkwürdig, und ich will dich nicht in Gefahr bringen. Ich könnte nicht gleichzeitig auf dich aufpassen und sie beobachten. Es tut mir wirklich leid, Prinzessin. Glaub mir, es ist besser so!«

Da sie wieder mehrere Gepäckstücke auf einmal nahm,

wunderte sich Isabella auf dem Weg die Treppe hinunter nicht, dass ihre Picknick-Tasche, die sie für ihr Zeltzubehör zweckentfremdet hatte, so schwer war. Das kurze Aufquietschen, als sie die Tasche hektisch auf den Hartschalenkoffer warf, der sich bereits im Mini befand, überhörte sie im Turiner Straßenlärm.

Den Schmerz konnte Canini ertragen, hatte sie doch bei Isabellas letzten Worten in der Wohnung gespürt, dass diese tatsächlich traurig war, allein fahren zu müssen. Sie würde auf ihre Menschenfrau gut aufpassen. Auch in diesem Rimella, nahe dem das Lager aufgeschlagen werden sollte.

Und sie würde endlich Wölfe kennenlernen.

Die Pfoten hingen im kühlen Nass des Baches, der Körper lag am schlammigen Ufer, Feuchtigkeit kroch in das Fell. Aurelius wollte kein Wasser an den frischen Wunden spüren, wollte, dass sie sich schlossen, heilten. Er spürte jeden einzelnen seiner geborstenen Knochen und all seine gerissenen Muskeln, als er sich Richtung Heimat schleppte. Wegen der zugeschwollenen Augen konnte er nicht viel erkennen. Seine Nase war durch den Sturz in eine hochstehende Fichte mit weit ausladenden mächtigen Armen an etlichen Stellen eingerissen und nun so von verschorftem Blut bedeckt, dass nur noch wenig Luft hineindrang.

Es geisterten Bilder durch seinen Kopf, Gestalten im Zwielicht eines Tagtraums, die er roch, da das Leben, welches sich an ihm vollgesaugt hatte, nun wie eine fette Zecke abzufallen drohte. Es waren Bilder aus seiner Jugend, kindliche Spiele mit Grarr, dem Außenseiter, der ihm immer fremd gewesen war und den er doch gegen alle Anfeindungen in Schutz genommen hatte. Nur Erinnerungen des Glücks gab sein Kopf preis, ersparte Aurelius weitere Schmerzen. Laetitia tauchte auf, die Wölfin strich zärtlich an ihm vorbei, ihr Fell so rot wie das eines Fuchses.

Ein kleiner Stock, der gegen Aurelius' Füße trieb, holte ihn wieder in die Gegenwart zurück. Das langsam fließende Wasser schien kälter geworden zu sein, doch es befreite die Pfoten von Taubheit. Das leise Gurgeln brachte Aurelius wieder zu Laetitia, auf eine gemeinsame Jagd, bei der sie ein altes Reh rissen, Schnauze an Schnauze. Danach spürte er sie dicht an ihn geschmiegt im Winter, während der Schnee ihre Körper bedeckte, hörte ihren Atem, fühlte das Heben und Senken ihres Bauches. Bei den Paarungen hatte sie ihn bevorzugt. Zwar hatte sie sich stets mit jedem männlichen Wolf des Rudels verbunden, so wie es sich seit Urzeiten gehörte, doch öfter mit ihm als mit jedem anderen. Selbst in der Zeit ihrer größten Hitze, wo nur der Leitwolf zu ihr durfte, hatte sie ihn einmal zu sich gelassen, und als der Nachwuchs kam, hatte sie ihm die Welpen zuerst gezeigt, und Aurelius hatte es sofort gespürt. Der kleine Wolf mit dem roten Fleck um eines seiner Augen, Vespasian, war sein Sohn. Eine Ehre, die ihm eigentlich nicht hätte zuteilwerden dürfen, ein Geschenk, wie es kein wertvolleres geben konnte. Nie hatte er es zeigen, nie sagen dürfen. Doch oft war er ihm nah gewesen, ohne Verdacht zu erregen, da das ganze Rudel den Nachwuchs großzog. Er hatte ihn erstmals mit auf Patrouille genommen, ihm die Fallen der Zweibeiner gezeigt und die Verstecke der Beute, war dabei gewesen, als Vespasian seinen ersten Hasen erlegt hatte, das Gefühl väterlichen Stolzes durchströmte ihn nun warm, so als fiele Sonnenlicht auf ihn.

Flügelschlagen war zu hören. Aurelius erkannte daran, dass sich Raben und Krähen neben ihm niedergelassen hatten, das Ende erwartend, sein Aas herbeisehnend. Weitere würden folgen, nur Knochen würden von ihm übrig bleiben und im Licht ausbleichen.

Ein Schnabel traf ihn an der Schulter. Als er aufheulte, zog sich die fette Krähe wieder zurück. Sie würden von nun an immer wieder prüfen, ob er schon so weit war, ohne Gegenwehr aufgefressen zu werden.

Er wollte es ihm sagen. Den Blick in Vespasians Augen sehen, wenn er es erfuhr. Er musste es erfahren, bevor es zu spät war. Einige Augenblicke als Vater und Sohn würden ihm noch bleiben, und wenn er in die große Dunkelheit ging, dann sollten Vespasian und Laetitia bei ihm sein, ihn das letzte Stück begleiten, bis sich die Welten trennten.

Ihm war, als würden die beiden ihm aufhelfen, ihn stützen, verhindern, dass er umfiel. So kam er wieder auf die Beine. Dann ging er hinter ihnen her, wohl wissend, dass sie nicht da waren, nicht bei ihm. Doch sie gingen in die richtige Richtung.

Über ihm flogen Raben und Krähen, den alten Wolf immer im Blick.

Giacomo hatte gehofft, dass sich die Suche nach Rimella schnell erübrigen würde, weil hier ein Dorf wie das andere aussah, und es niemanden gab, der jemals von Niccolòs Heimatort gehört hatte. Doch dann war dem Windspiel eingefallen, dass Rimella nahe eines Flusses lag. Da es in dieser Gegend nur den Tanaro gab, und Niccolòs Beschreibungen nicht auf die Landstriche zutrafen, die der Fluss Richtung Asti passierte, machten sie sich auf den Weg Richtung Cherasco – was Giacomo sehr recht war. Ein Beagle, den es von dort nach Alba verschlagen hatte, war zum Gespött geworden, weil er im Schlaf immer von ›Baci di Cherasco‹ faselte. Giacomo hatte ihn darauf angesprochen und begeisterte Beschreibungen dieser Schmelzschokolade mit Nusscremefüllung erhalten. Der eingeschlagene Weg war ihm also recht, es war die Art von Glück, die Giacomo Schicksal nannte.

»Riechst du schon etwas?«, fragte Niccolò und sprang über einen alten Autoreifen, der zerfetzt wie ein überfahrenes Tier halb im Fluss lag. Das Wasser leckte nur widerwillig daran.

»Ja.«

»Super! Wie weit ist es denn noch?«

»Wohin?«

»Na, nach Rimella.«

»Woher soll ich das denn wissen?«

»Du hast doch gesagt, dass du was riechst.«

»Stimmt. Ich riech auch was. Unzählige Sachen. Den stinkenden Reifen da zum Beispiel, aus dem die Hitze alle Widerwärtigkeiten rauskitzelt, die umgestürzte und modernde Eiche da vorne und natürlich die ganze Zeit deinen Hintern, der unentwegt vor meiner Nase wackelt. Aber nichts davon sagt mir, wie weit es noch nach Rimella ist. Und warum? Weil ich keine Ahnung habe, wie Rimella riecht. Mal ganz davon abgesehen, dass Dörfer nicht riechen. Zumindest nicht einzigartig. Die riechen alle irgendwie gleich, es sei denn, sie haben eine Fabrik oder so was, die alles andere mit ihrem Gestank überlagert. Also: Können wir das Thema jetzt beenden und einfach dem Fluss folgen, bis du irgendetwas wiedererkennst?«

»Ich dachte, mit deiner Nase kann man alles erschnuppern.«

»Falsch gedacht. Aber ich verrat dir was: Mit meinem Mund kann man alles essen. Und ich wäre dir sehr dankbar, wenn du dich nützlich machen und was finden würdest.«

Erst als es Nacht wurde, machte Niccolò an einem einsam dastehenden Haus einen Mülleimer aus, in dem sich einige schlecht ausgekratzte Hundefutterdosen befanden sowie drei Ziegenknochen, an denen noch Fleisch und knusprige Knorpel hingen. Sie teilten sich den Fund zu gleichen Teilen, obwohl dies bedeutete, dass Niccolò am Ende deutlich mehr gesättigt war als der größere Giacomo. Doch dieser kannte den Hunger, und er hatte sich mit dem alten Weggefährten schon vor Jahren arrangiert. Zudem fand er, dass ein solches Mahl ohne einen Schluck Wein im Anschluss eh unbefriedigend war. Sie legten sich in ein altes Kinderiglu aus blauweißem Plastik, das auf der ungemähten Wiese des kleinen Hauses stand. Die beiden hofften, am nächsten Morgen vor Aufbruch noch etwas von den Resten des Frühstücks abstauben zu können. Der Weg nach Cherasco war lang, und Giacomo bezweifelte, dass sie vorher Rimella finden würden.

Im rechten Fenster des ersten Stocks ging Licht an, und eine ältere Frau mit grau meliertem Haar erschien, die einen Mops im Arm trug. Sie drückte ihn an sich und fuhr mit der Wange über seinen Kopf.

»So eine hässliche Kröte von Mops«, sagte Giacomo, »aber so eine liebevolle Menschenfrau. Damit dürfte das Thema Gerechtigkeit ja wohl abgehakt sein.«

»Sie sehen sehr glücklich aus«, erwiderte Niccolò, stand auf und sprang auf die Hütte, um besser sehen zu können. »Schau, wie sie ihn streichelt, sie krault ihm die Ohren! Das ist was Schönes, Ohrenkraulen. Nicht wahr, Giacomo?«

»Mag sein. Kann nicht behaupten, dass ich mich noch dran erinnern würde.«

»Jetzt hör aber auf, so was vergisst man doch nicht. Das Ohrenkraulen nicht, das regelmäßige Essen nicht, die zärtlichen Klapse aufs Fell oder wenn sie deinen Namen rufen, damit du ihnen Gesellschaft leistest. Weil sie dich brauchen. So was vergisst man doch nicht. Ich hab mir immer gewünscht, dass meine Familie einen kleinen Menschen bekommt und ich ihm beim Großwerden helfen kann. Die krabbeln ja zuerst noch, weißt du. Und man sagt, niemand liebt dich so sehr wie ein kleines Kind.«

»Und niemand quält dich so sehr wie ein kleines Kind. Können Bestien sein. Sehen harmlos aus mit ihren Kulleraugen, aber ob dir irgendwas wehtut, ist ihnen scheißegal.«

»Meinst du, der Mops und sie haben eine perfekte …«

Er traute es sich nicht auszusprechen, so wertvoll war die Bedeutung des Wortes. So unvorstellbar dieses Glück.

»Kann schon sein. Können wir jetzt schlafen? Dir mag das Rumgerenne im Matsch nichts ausmachen, aber ich bin hartes Pflaster und kurze Wege gewöhnt.«

»Hattest du auch einmal ... also konntest du schon mal die Gedanken eines Menschen lesen?«

Giacomo antwortete nicht, drehte sich nur ins Iglu hinein, weiter weg von Niccolò, der über ihm versonnen in Richtung Haus schaute, wo der Mops nun auf einen Tisch hinter dem Fenster gestellt worden war und gebürstet wurde. Er machte ein Hohlkreuz, so gut tat es ihm.

»Ich noch nie«, sagte Niccolò. »Dabei kann ich mir gar nicht vorstellen, wie man bessere Menschen haben kann als ich.«

»Darum geht es ja gar nicht. Eine *perfekte Verbindung* ist nichts weiter als eine Laune des Schicksals. Bei manchen geschieht es nach langer Zeit des Zusammenlebens, bei anderen macht es sofort Klick, bei den meisten nie. Das Wichtigste ist Vertrauen. Ohne geht gar nichts. Der Mensch muss dir völlig vertrauen und du ihm. Ansonsten bleibt da eine Barriere. Für immer.«

»Es tut mir leid, dass du nie den richtigen Menschen gefunden hast.«

Giacomo hob den Kopf und knurrte. »Wer behauptet das? Ich hatte ihn, und seine Gedanken waren genauso klar für mich wie meine eigenen. Aber wenn ein alter Hund wie ich über etwas nicht reden will, dann lässt man ihm seinen Willen. Vor allem wenn man ein kleines Windspiel ist, das nicht allein nach Hause findet. Haben wir zwei uns jetzt endlich verstanden? Thema beendet. Schlafenszeit.«

Die Frau am Fenster putzte dem Mops nun die Zähne. Auch das schien ihm zu gefallen, und er ließ sogar zu, dass sie danach einen lackschwarzen Zylinderhut mit Gummiband auf seinem Kopf befestigte. Dieser Bruder, dachte Niccolò, hatte Vertrauen. Volles Vertrauen.

»Ich muss dir noch was sagen, Giacomo. Darf ich? Es hat nichts mit … mit dem zu tun, worüber wir gerade gesprochen haben.«

»Meine Güte, Windspiel. Ist das Geplappere krankhaft bei deiner Rasse? Vielleicht von einem Irren angezüchtet?«

»Ich fand es sehr mutig, dass du den Menschen gebissen hast, der mich geschlagen hat. Das wollte ich dir nur sagen. Du hast mich gerettet.«

»Trotzdem war es dumm. Sieh doch, wohin es mich gebracht hat. Nichts für ungut, aber meine Pläne sahen anders aus.«

»Hast du schon öfters Menschen gebissen? Bist du deswegen nach Alba gegangen?«

»Was hältst du davon, endlich den Fang zu halten und zu schlafen? Ich hab gesagt, ich finde Rimella mit dir und schnüffel nach deinen Menschen, aber nicht, dass ich dir mein Leben erzähle.« Er versenkte seine Schnauze tief unter dem Vorderlauf. Dann blickte er doch noch einmal auf. »Aber bevor es dir den Schlaf raubt: Ich hab heute zum ersten Mal einen Menschen gebissen. Leider.«

»Wieso leider?«

»Gute Nacht, Windspiel.«

Obwohl Vespasian nicht wusste, wie Geister aussahen, suchte er nach ihnen. Er fuhr die fremdartig gemusterten Wände mit seinem Blick ab, lugte hinter die vor den Sichtlöchern hängenden Felle, legte sich flach auf den Boden, um auch unter den großen, weichen Gebilden nachzusehen, ja selbst in der Luft vermutete er sie und achtete genau darauf, wie die Sonnenstrahlen hindurchglitten. Noch größer als die Angst vor einem Geist war jedoch die, zu verschwinden. Einfach so, einen Lidschlag später nicht mehr da zu sein.

Wie das Haus der Zweibeiner.

Es hatte sich aufgelöst wie Morgennebel und war nirgends zu finden. Auch von all den Dingen im Inneren gab es keine Spur.

Gemeinsam mit Commodus hatte er Position im Innern des weinroten Hauses an der Hauptstraße bezogen, das wie von der Sonne geschrumpelt aussah und die kleine Bäckerei sowie eine Wohnung beherbergte. So sicher und vertraut der Wald für Vespasian war, so fremdartig und angsteinflößend war diese warme, eckige Höhle, durch die Treppen führten und deren Böden so flauschig waren. Es waren Käfige ohne Gitter, mit schönem Ausblick und warm. Seine Pfoten wollten sich einfach nicht daran gewöhnen.

»Alle sind jetzt auf ihren Plätzen«, hörte er Commodus sagen, der in dem einzigen offenen Fenster stand, das zur menschenleeren Straße hinausging. Es war, als würde die Stille von den Häuserwänden widerhallen. Sie schien die Schreie der in die Stadt eingedrungenen Vögel zu übertönen, welche sich auf alles Essbare stürzten, als gäben die Felder und Haine ringsum nichts mehr her.

»Da kommt etwas!«, rief Commodus. Vespasian stand fasziniert vor dem großen weißen Schrank in der Küche, der in regelmäßigen Abständen brummte und eine unangenehme Wärme ausstrahlte.

»Hörst du mich? Komm sofort her! Grarr hat gerade den Befehl gegeben.« Commodus drehte sich um, Vespasian fixierend. »Du bist dran. Schnell!«

Vespasian kam herbeigerannt und sprang auf den Sims, um zu sehen, was dieses Etwas war, das Grarr dazu gebracht hatte, die Verteidigung einzuleiten. Er musste nicht lange warten. Drei grüne Jeeps näherten sich, mit Ladeflächen, auf denen Zweibeiner standen, die hektisch ihre Arme schwenkten, so dass es aussah, als befänden sich riesige Spinnen auf den Wagen. Schlimmer noch waren die Geräusche. Unnatürlich anschwellende Töne, die riesigen Mücken gleich in die Gehörgänge der Wölfe stachen. Dazu kam der Gestank, der Vespasian wie der eines brennenden Waldes vorkam. Flucht, fort vom Feuer, schrien seine Instinkte. Doch dieser brennende Wald roch nicht nach verkohlendem Holz, kochendem Harz und schwelendem Waldboden, sondern war beißend und giftig.

»Wieso muss *ich* hinuntergehen? Wo du mir noch etwas schuldig bist. Du hast damals die Leiche der Hündin vor Grarr abgelegt und alles Lob, ich dagegen nur Grarrs Ärger zu spüren bekommen. Geh du hinunter!«

»Aber das ist doch deine Gelegenheit, Vespasian. Du kannst dich beweisen! Denkst du etwa, ich könnte hier oben Ruhm erlangen? Ich bin nur ein Kontrollposten, sonst nichts. Es ist der Augenblick gekommen, in dem *du* zum Helden werden kannst. Geh jetzt, Grarr blickt schon zu uns rüber. Sonst wird er dich strafen!«

Es gab nichts abzuwägen in Vespasians Gefühlswelt. Er hatte schreckliche Angst vor den Zweibeinern, die schließlich ganze Häuser verschwinden lassen konnten, doch noch größer war die Furcht vor den scharfen Hauern Grarrs und der Kralle. Letztere war nirgends zu sehen. Sie konnte überall sein. Konnte ihn retten oder strafen.

Die bedrohlichen Geräusche wurden lauter, als er sich der Haustür näherte. Nun konnte er auch die grausigen Schreie der Menschen hören. Als er auf die Straße trat, war der erste Wagen nur noch eine Baumlänge von ihm entfernt.

Dann fiel ein Schuss, zerriss die Luft.

Und alle Wölfe verschwanden. Keiner war mehr auf den Straßen zu sehen, niemand blickte aus den Fenstern. Sie waren fort.

Am ganzen Leib zitternd blickte Vespasian aus den Schatten auf das Geschehen.

Ein Bus erschien, der auf der Piazza Zweibeiner in dreckigen Hosen und schweren Stiefeln ausspuckte. Einige von ihnen machten sich sogleich an der Blechbox zu schaffen, die kleine rechteckige Schachteln zeigte. Sie lockerten diese mit silbernen Geräten, die Stöcken glichen. Vespasian kauerte sich immer enger zusammen und wünschte, ein erfahrener Wolf wäre an seiner Seite, einer wie Aurelius, in dessen Gedächtnis unzählige Schlachten aufgezeichnet sein mussten und der gewusst hätte, was zu tun wäre.

Plötzlich ertönte ein Aufheulen vom höchsten Balkon an der Piazza. Grarr war ins gleißende Tageslicht getreten, was niemand seines Rudels je zuvor gesehen hatte. Seine roten Augen stachen aus dem weißen Fell hervor wie frisches Blut. Sein Ruf erklang, scharf und mächtig, er durchschnitt den Lärm der Menschen, drang in die Muskeln und Knochen der Seinen, rührte sie an ihrem uralten Gebot, dem Leitwolf zu gehorchen. Doch es war noch mehr, Grarrs Geheul gab seinen Wölfen Kraft und Mut, brachte sie dazu, wieder zurückzukehren in die Schlacht. Er stellte das Heulen nicht ein, spürte, dass sie ihn brauchten, dass nun viel, wenn nicht alles auf dem Spiel stand. Rückzug war keine Option, Opfer würde er in Kauf nehmen.

Fast zeitgleich sammelten sich die Wölfe wieder auf dem betonierten Schlachtfeld. Jeder Ruf Grarrs trieb sie weiter voran. Wieder fiel ein Schuss, und alle zuckten, doch niemand wich zurück. Auch dieser Schuss hatte keinen von ihnen getötet. Vespasian sah, wie Laetitia am ersten Jeep hochsprang, das Maul weit geöffnet, und ein Gewehr zwischen ihre Reißzähne bekam, wie sie es herunterzerrte und gleich wieder emporsprang, um das nächste zu erwischen. Ihr Sohn tat es ihr nach, doch sein Mut war bei weitem nicht so groß wie der ihre.

Laetitias Tat war wie ein Signal für die anderen Wölfe, welche nun von allen Seiten auf die Jeeps losgingen, hechteten und versuchten, auf die Ladeflächen zu gelangen. Vespasian sah dem gebannt zu, bemerkte gar nicht, dass hinter ihm der dritte Jeep gewendet hatte.

Der Wagen erfasste ihn in der Flanke, doch verletzte er den geschmeidigen jungen Wolf nicht, der sich schnell fing und nun von Raserei getrieben hinter dem Wagen herjagte, aufsprang und mitten unter den Zweibeinern landete. Das Geheul Grarrs in den Ohren und den köstlichen Angstschweiß der Männer in der Nase, schnappte er um sich, geschickt den Gewehren ausweichend, mit denen sie nach ihm schlugen. Und einer nach dem anderen sprang vom Wagen, rannte aus Rimella, floh vor Vespasian. Grarrs Geheul erklang nun immer grandioser, da die Schlacht sich gewendet hatte.

Als niemand mehr auf dem Wagen war, hüpfte Vespasian herunter, neue Beine suchend, neue Arme und Gewehre. Doch es gab keine mehr. Seine Tat hatte sie vertrieben. Die Auspuffgase der Wagen lagen nur noch wie verglimmender Brand in der Luft, das schneidende Geräusch der Motoren war kaum mehr zu hören.

»Kommt her, meine Kinder! Kommt zu mir, stolzes Rudel!«, rief Grarr, fast heiser vom Geheul. Alle kamen sie. Aus den besetzten Häusern drangen die für den Ausguck eingeteilten Wölfe, die erschöpften Kämpfer rappelten sich von der Straße auf, alle strebten zur Piazza. Zuerst langsam, dann immer schneller. Der Kampfschweiß lag noch im Fell der Wölfe, der Sieg ließ ihn zum grandiosesten Duft werden.

»Bei Romulus und Remus, wir haben *gesiegt*!«, schrie Grarr und stellte seine Vorderpfoten auf das gusseiserne Balkongeländer. Sein weißes Fell strahlte, als sei die Sonne in ihm und nicht am Himmel. So schön, dachte Vespasian, als er bei seinen Brüdern und Schwestern auf der Piazza ankam, war er noch nie gewesen. Und noch niemals hatte ihn ein solches Glücksgefühl durchströmt, Teil dieses Rudels zu sein, das so tapfer gekämpft hatte, das so geschlossen füreinander einstand.

»Selbst die Zweibeiner können uns Wölfen nichts mehr anhaben! Ihre Kugeln treffen uns nicht, ihre Fahrzeuge fügen uns keine Verletzungen zu, ihr Gestank kann uns nicht mehr betäuben. Dies ist der erste Sieg gegen die Zweibeiner, doch es wird nicht der letzte sein. Wir sind auferstanden, meine Wölfe, und niemand wird uns wieder zum Darniederliegen bringen. Dieses Dorf ist nun unser Revier, für jetzt und alle Zeit! Und das, was sie um uns errichten, wird in diesem Augenblick von der Kralle niedergerissen. Die Zweibeiner stellen keine Grenzen mehr auf für uns Wölfe! Dies ist der Beginn eines neuen Zeitalters. Wir, die Kinder der Lupa Romana, haben unseren Platz wieder eingenommen. Gleichgestellt, nicht untertan. Wir werden alles und jeden vernichten, der sich Rimella nähert. *Niemand betritt unser Reich!*«

Es war, als stünde ein roter Neumond wie ein Feuerball am Himmel, so markerschütternd heulten die Wölfe Rimellas auf. Bis weit in die Nachbartäler drang ihr Siegesgeheul, jagte die Schafe und Ziegen, die Kühe und Hühner furchtsam in ihre Ställe.

Vespasian fühlte einen Stolz in sich, der ganz Rimella zu umfassen schien. Er konnte sehen, dass alle anderen des Rudels genauso empfanden. Dies war nun ihr Dorf, und sie würden darin leben, wie es ihnen gefiel.

Jeder sollte es wissen.

Die Wölfe waren endlich wieder da.

Kapitel 5

WITTERUNG

Aurelius, immer noch fast blind und ohne Geruchssinn durch die Verletzungen des Sturzes, merkte an der Beschaffenheit des Bodens, dass er dem Revier näherkam. Immer mehr der heimischen Mineralien waren darin gelöst. Sein Körper war mit der Erde auf eine Art verwoben, die jungen Wölfen noch fremd war. Sie liefen über das Land, als wäre es egal, was ihre Pfoten berührten. Aurelius wusste um die Einheit, welche zwischen Rudel und Land über Generationen herangereift war, wie eine kostbare Frucht. Er war ebenso Teil des Landes wie des Rudels. Eines guten Rudels, trotz der unseligen winterlichen Episode mit den Gebirgswölfen. Eines Rudels stolzer Wölfe, fast allesamt über Blut mit ihm verwandt, Hüter eines einzigartigen Erbes.

Es waren nur noch wenige Kilometer bis zur Höhle seines Bruders, und selbst zu seinem lädierten olfaktorischen System drangen die starken Reviermarkierungen durch. An der Biegung eines Haselnusshains fanden seine Pfoten wie von selbst einen Pfad, auf dem sie bereits oft patrouilliert hatten. Sie gingen alleine, trugen den alten Graurock, der sie nach langen Strecken auf scharfkantigem Boden stets sorgfältig geleckt und geschont hatte.

Doch plötzlich, da blieben sie stehen.

Durch die Schlitze seiner Augen erkannte Aurelius den im Sonnenlicht wie nassen Stein glitzernden Zaun. Nachdem das Rasseln seines Atems sich gelegt hatte, hörte er die Stimmen von Zweibeinern. Rasch versteckte er sich in einem dichten Dornenbusch, dessen Äste tief hingen und der neben neuem Schmerz auch Schutz versprach.

»Den müsst ihr heute noch fertigbekommen!«, sagte eine harsche Stimme, die fast so tief wie die eines Wolfes klang. Doch Aurelius verstand die Worte nicht. Diese Fähigkeit war einigen wenigen Hunden vorbehalten, ihm blieben die Laute fremd. Unter Schmerzen zwang er sich, die Augen weiter aufzureißen, um besser zu den Zweibeinern blicken zu können, zu sehen, worüber sie sprachen.

»Macht den Unterstand dicht«, war die Stimme wieder zu vernehmen, nicht mehr als ein unverständliches Grollen für Aurelius. »Ich will, dass alles fix fertig wird und genutzt werden kann. Damit nicht wieder einer dieser verdammten Wölfe meinen Zaun durchbeißt. Auge um Auge, Zaun und Zaun!« Jetzt lachte er, Aurelius dachte, er würde heiser bellen. Der Mann war ohne Fell am Kopf, hatte dafür aber den Bart einer Ziege am Kinn. Seine Haut erinnerte Aurelius an das helle Sommerbraun eines Bärenfells, auch der Mann selbst erinnerte ihn an das kraftvolle Tier mit der unförmigen Gestalt und der großen Kraft, die sich wie aus dem Nichts entladen konnte. Zu Füßen des Zweibeiners lag ein Dobermann. Das schwarze Fell mit braunen Inseln glänzte in der Sonne, und der elegante Hund schaffte es selbst im Liegen, hoheitsvoll zu blicken – was Aurelius nur lächerlich fand. Ein Sklave, der sich so benahm, war dumm. Der Dobermann war nichts weiter als der Befehlsempfänger eines Zweibeiners. Worauf konnte er stolz sein?

»Aber oben steht erst mal nur einer. Alle anderen brauche ich abends in Rimella. Heute sollen die Drecksviecher Betäubungspfeile in den Leib gejagt bekommen. Und wenn das nichts bringt, dann vergifte ich den ganzen Haufen. Naturschutz hin oder her!« Er begann zu heulen, ahmte einen Wolf nach.

Was mochte er wohl gesagt haben?, fragte sich Aurelius.

Vielleicht hatte es mit seinem Rudel zu tun, immerhin tat der Zweibeiner nun so, als sei er selbst ein Wolf. Der Dobermann würde es wissen, man musste ihn nur zum Sprechen bringen! Das würde er seinem Bruder erzählen, als Wiedergutmachung dafür, dass seiner Mission zu den Brüdern des Gebirges kein Erfolg beschieden war.

Der Mann ohne Fell lachte nun wieder heiser. Doch als auch die drei Männer ihm gegenüber lachten, wurde er ernst. Schlug dem ihm am nächsten stehenden – er trug einen metallenen Helm, unter dem wallendes Haar hervorkam – ins vollbärtige Gesicht.

»Findest du das etwa lustig? Ja? Ist ja nicht dein Geld, das hier kaputtgebissen wird. Deine Lohntüte wird ja nicht kleiner, weil diese grauen Biester mein Dorf besetzen wie verrückt gewordene Hippies. Ich schlag dich nicht gern, Ernesto, alter Freund, aber das kann ich mir nicht von dir bieten lassen. Das verstehst du doch, oder?« Er nahm den Kopf des Geohrfeigten liebevoll in die Hände. »Also lach nicht so blöd! Sieh dich vor, dass ich dich nicht noch mal schlagen muss.«

Er drehte sich um und ging, der Hund folgte ihm auf dem Fuß, als wäre er an das Bein des Menschen gekettet. Aurelius hatte genug gesehen und schlich sich durch das stechende Gebüsch weg, bis er wieder in einen Teil des Waldes kam, der noch keine glänzende Barriere aufwies.

Dort trat er aus den schützenden Blättern.

Und war nicht mehr allein.

Drei Schatten lösten sich aus dem Grau des Waldes.

»Schau an … wer da zurückkehrt, obwohl er es nicht sollte.« Zwischen den Bäumen manifestierte sich das Wesen, welches den Namen ›Die Kralle‹ trug. Es kam langsam näher, wobei die Wege sich teilten, so dass einer der drei von vorne, die beiden anderen seitlich auf Aurelius zuschritten.

»Ich habe meine Mission durchgeführt«, sagte Aurelius und duckte sich auf den Waldboden.

»Wie gut … dass wir hier auf der Lauer lagen … zwar wegen der Menschen … doch Arbeit ist Arbeit.« Wenn die Rede zwischen ihnen wechselte, geschah das so natürlich, wie bei einem Schwarm Vögel, der sich als ein Wesen fortbewegte und ansatzlos die Richtung änderte.

»Wir hatten schon lange Zeit nichts zu tun … und nichts zu fressen.« Sie legten den Kopf zur Seite, wie es junge Wölfe taten, wenn sie eine kleine Beute sahen, die versuchte zu fliehen, obwohl sie die Tatze schon auf deren Körper gelegt hatten.

»Bringt mich zu Grarr, ich habe ihm etwas Wichtiges zu sagen!«

»Dass du vor den Wölfen der Berge geflohen bist … weiß er doch längst … dein Bruder ist tief enttäuscht … dein Anblick würde ihn nur noch mehr schmerzen.«

»Es geht doch nicht um mein Treffen mit Schwarzreißer. Es ist etwas viel Bedeutenderes. Aber das sage ich nur meinem Bruder!«

»Wie schade … dann wird es niemand erfahren … auf diesen Moment haben wir uns … schon lange gefreut … du wirst die gleiche Ehre erfahren … wie alle vor dir.«

Die Kralle sprang auf ihn, warf den alten Wolf erbarmungslos um, spreizte die Krallen und schlitzte ihm den Bauch auf. Dieser schmerzte nicht, wunderte sich Aurelius in Agonie, sondern fühlte sich jetzt kühl an, wunderbar kühl.

So endete das Leben des alten Wolfes.

In Niccolòs Kopf existierte keine Vorstellung davon, ob die Erde eine Kugel oder eine Scheibe war, oder was es überhaupt war, auf dem er lebte. Doch sein Gefühl sagte ihm nach den langen Tagen, in denen er gemeinsam mit Giacomo dem Lauf des Tanaro gefolgt war, dass die Welt ein

Fluss war, der sich im Kreis drehte, sich wie eine Schlange selbst in den Schwanz biss und niemals endete. Giacomos Laune war miserabel. Vor allem schien ihn der Verlust seiner Barolo-Quelle in Alba zu schmerzen, denn wenn er einmal sprach, dann darüber.

»Wenn die Kellerei in der Nähe von Rimella, von der du erzählt hast, keinen Barolo hat, dann bin ich sofort wieder weg. Verstanden? Die Autos der Menschen brauchen stinkenden Saft, damit sie rollen, ich brauche Wein. Kein Wein, keine Nase. Das hast du doch verstanden, oder?«

Doch Niccolò hörte nicht hin, er war mit den Gedanken ganz woanders. Interessiert sah er sich die Kirche an, welche sich in dem Dorf erhob, das wie dutzende zuvor auf einem Hügel der Langhe balancierte. »Vielleicht ist die Welt doch eher wie eine Pizza. Vieles sieht auf ihr ähnlich aus, aber ist doch irgendwie anders.«

»Jetzt fängst du auch noch von Pizza an! Wunderbar, wenn man seit …, ich weiß nicht wie lang, von Fröschen und Mäusen lebt.«

»Und einem Maulwurf!«

»Genau. Einem Maulwurf. Wie konnte ich *den* nur vergessen?«

Niccolòs Blick ruhte immer noch auf der Kirche. Neben dieser lag eine ehemals prachtvolle, nun aber verfallene Villa, deren Dach etliche Löcher aufwies. Aus dem größten strömten Tauben heraus und bedeckten den klaren Spätsommerhimmel.

»*Lagiorno!*« Niccolò war, als stünde er plötzlich auf einer heißen Herdplatte, er musste springen und hüpfen und nochmals, immer höher. Rimella war nicht mehr weit! Bald war er wieder daheim, und er hätte Giacomo dabei. Los, er musste sofort los!

»Wartest du vielleicht auf mich?«, rief Giacomo hinter ihm her. »Ich dachte, dein Dorf hieße Rimella?«

»Komm schon! Komm *endlich!*«

»Jaja, plötzlich muss es schnell gehen. Jetzt muss der alte Giacomo plötzlich über die Felder jagen wie ein junges Häschen.«

»Fang mich!«, rief Niccolò im Überschwang der Freude.

»Fang dich doch selbst!«, murrte Giacomo und machte sich in langsamem Trab auf den Weg, hoch nach Lagiorno entlang einer Allee mit Kirschbäumen. Ihre Früchte standen kurz vor der Reife, sehnten spürbar den Moment herbei, in dem sich die letzten fehlenden Sonnenstrahlen in ihnen fingen, und sie vollends rot und süß würden.

Niccolò war längst auf der Kuppe angekommen und zwischen dem verputzten Mauerwerk der wie ineinandergeschoben wirkenden Häuser verschwunden, doch Giacomo war sich sicher, dass er schon auf ihn warten würde. Und tatsächlich: Immer wieder kam Niccolò angerannt, rief zur Eile auf, lief dann wieder vor, um kurz darauf erneut zurückzukehren und Giacomo anzubellen, zu stupsen oder gar zu zwicken.

Doch der ließ sich nicht hetzen.

Und sie kamen trotzdem an.

Dabei hatte der alte Trüffelhund ab dem alten, weit ausladenden Maronenbaum, den Niccolò einst zu seinem Schlummerort auserkoren hatte, das Tempo noch weiter verlangsamt, wie ein ausrollender Wagen. Ein Geruch war laut und bedrohlich in seinen Fang gedrungen, ein Geruch, den er schon sehr lange nicht mehr wahrgenommen hatte und der viele Erinnerungen weckte, die zu Recht geschlafen hatten.

Es roch nach Wölfen.

Niccolò stand wenige Meter vor ihm, an der Stelle, wo der Boden in einer sanften Welle ins Dorf Rimella abzusinken begann. Und er bewegte sich nicht, keinen Millimeter, wie aus Stein wirkte er, gleich der Cattedrale di San Lorenzo, selbst der Wind schien sein Fell nicht durchfahren zu können.

Ohne ein Wort nahm Giacomo neben ihm Platz und sah sich an, was ihn hatte versteinern lassen. Die Hauptstraße und die fünf seitlich davon abzweigenden Gassen Rimellas lagen vor ihnen, menschenleer, doch voller Leben. Dass die neuen Bewohner keine normalen Wölfe waren, erkannte Giacomo sofort. Er setzte sich nun näher, Fell an Fell, zu Niccolò. Der schwieg noch immer.

Die Wölfe bauten. Vier mächtige Grauröcke zogen, ihre Fänge um die Äste geschlossen, einen umgeknickten Eichenstamm aus dem angrenzenden Wald auf die Hauptstraße, wo bereits zwei weitere lagen. Auch am anderen Ende Rimellas wurde die Zufahrt geschlossen. Da der Wald von dort aus weit entfernt lag, zerrten die Wölfe Dornbüsche herbei. Ein Wolf mit schlohweißen Vorderbeinen schleppte gar einen Ast, an dem sich ein Wespennest befand. Hinter ihm lief in sicherem Abstand ein weiterer Wolf, mit rotem Fleck ums Auge, und überwachte die Barrikadierung. An einem Haus der Piazza löste eine schlankgewachsene, nahezu rote Wolfshündin einen Pflock aus der Erde, der aufgestapeltes Feuerholz sicherte. Elegant wich sie den auf die Straße rollenden Scheiten aus, die ein Fortkommen für Fahrzeuge auch hier unmöglich machten.

»Wo liegt dein Haus?«, fragte Giacomo, als sei es die normalste Frage der Welt. »Ich muss dahin, Witterung aufnehmen, sonst kann ich deine Menschen nicht finden. Es wird eh unheimlich schwer werden, so lange wie sie jetzt schon verschwunden sind.«

»Es ist die Straße in der Mitte, das Haus mit den blauen Fensterläden.«

»Gefällt mir.«

»Was redest du?« Niccolò drehte sich zu Giacomo. »Es liegt mitten in Rimella. Und überall sind *Wölfe*!«

»Ist mir nicht entgangen.«

»Wir kommen da niemals hin! Sie werden uns töten.«

»Das siehst du völlig falsch, mein kleines Windspiel. Schau genau hin. Sie richten ihr Augenmerk auf einen großen Angreifer. Deshalb blockieren sie die Straßen. Mit Hunden rechnen sie nicht. Wir sollten uns beeilen, bevor sie fertig sind.« Als Niccolò nicht reagierte, trottete Giacomo einfach ohne ihn in Richtung Rimella. »Also, ich mach mich jetzt auf den Weg. Komm mit oder lass es bleiben. Ich bin nicht die ganze Strecke von Alba gekommen, um Wölfen dabei zuzuschauen, wie sie sich breitmachen.«

Er drehte sich nicht um, denn er wusste, dass Niccolò ihm früher oder später folgen würde. Als er den jungen Windhund schließlich hinter sich roch, begann er wieder zu sprechen. »Das Schwierigste wird sein, über die Hauptstraße zu kommen. Wir probieren es nahe dem Kirchturm, dort, wo sein Schatten auf den Beton fällt. Und jetzt ist Schluss mit Reden.«

Giacomo versuchte nicht zu schleichen, denn genau das hätte die Aufmerksamkeit der Wölfe erregt, waren sie doch Meister des lautlosen Gangs. Er ging stattdessen mit dem Wind. Fuhr dieser westlich durch die große Wiese am Fuße Rimellas, so ging auch er westlich, in den sich biegenden Halmen kaum auszumachen, drehte sich der Wind, so wechselte auch Giacomo die Richtung, immer fürchtend, der Wind würde so drehen, dass er ihren Duft zu den Wölfen trug. Doch der Wind war gnädig mit den beiden Hunden und ließ sie unbehelligt die Häuser des Dorfes erreichen. Er ermöglichte Giacomo sogar, die Wölfe zu wittern und dadurch abzuschätzen, wie weit sie entfernt waren. Doch er konnte nicht erschnüffeln, ob einer der Besatzer sie bereits im Visier hatte. Ohne zu zögern ging Giacomo in den nicht umzäunten Garten hinter Signorina Elisabethas Friseursalon und strich mit beiden

Flanken an einem Komposthaufen entlang, bevor er die Luft anhielt und den Kopf so weit es ging hineinschob. Danach schüttelte er sich nur kurz aus, das Gröbste aus seinem gelockten Fell entfernend.

»Jetzt du.«

»Was soll das bringen? Meinst du, dann beißen sie uns nicht.«

»Nein, dann riechen sie uns nicht. Sondern nur einen Komposthaufen, dessen Duft der Wind plötzlich zu ihnen weht. Beißen würden sie uns sowieso. Um das zu vermeiden, müsstest du dich in Gülle wälzen. Habt ihr hier irgendwo Gülle?«

»Ich mach's ja schon.«

»Nein, ich mein es ernst. Habt ihr hier irgendwo Gülle?«

»So, ich hab mich gerieben. Und Gülle haben wir hier keine.« Er dachte nach. »Soweit ich weiß. Aber ich habe mich auch nie sonderlich dafür interessiert.«

»Musst dich nicht entschuldigen, Kleiner. Das kann jedem passieren.«

»Ich hab mich nicht … ach, lass gut sein.«

»Jetzt Ruhe. Ich pirsch mich an der Garage vorbei in den Vorgarten und kundschafte aus, ob irgendein Wolf in unsere Richtung schaut. Und wenn ich laufe, dann rennst auch du los. Nicht schleichen, sprinten. Klar?«

»Jaja«, sagte Niccolò, der sich in einem merkwürdigen Stadium der Gleichgültigkeit befand und sich nicht einmal an dem wunderbar vertrauten Duft aus dem Friseursalon erfreuen konnte, der ihn mit Gewalt an bessere Zeiten erinnern wollte. Er konnte immer noch nicht fassen, dass sein Rimella nun von Wölfen beherrscht wurde. Er hatte das Dorf verlassen, als es im Todesschlaf lag, wie ausgestorben und doch nicht dahingeschieden. Nun war es noch stiller, da die Lautlosigkeit von Wölfen bewacht wurde, den Meistern dieses Spiels. Rimella war nicht mehr sein Reich.

Wie sollte er seine Menschen zurückholen, wenn er ihr Haus im Stich gelassen und den Wölfen überlassen hatte?

In diesem Moment lief Giacomo los, über den Schatten zur anderen Straßenseite, und jagte in einen Hauseingang. Doch Niccolò blieb stehen, verharrte bei seinen schwermütigen Gedanken, die ihn an den Boden pressten.

Wofür das alles?

»*Jetzt beweg dich!*«, hörte er Giacomo. »Ich mach das hier nicht zum Vergnügen, sondern für dich, Kleiner. Nur für dich.«

Wie in Trance wandelte Niccolò über die Hauptstraße. Seine Pfoten berührten dabei nicht nur schattigen Boden, sondern auch den heiß gekochten Beton. Wie hatte er es immer geliebt, darüberzurennen.

»Schnell weiter! Ich will keine Zeit verlieren. Wer weiß, wo noch überall Wölfe stecken. Geh du jetzt vor, ich weiß ja nicht, wo der Eingang zum Haus deiner Menschen ist.«

Niccolò ging voran, während die Fragen mühlsteingleich sein Hirn zermalmten. Es waren nur wenige Schritte bis zu seinem ehemaligen Heim, dessen Glasscheiben ungeschützt dem Sonnenlicht ausgeliefert waren. So gehörte es sich nicht, die Fensterläden waren um diese Tageszeit sonst immer geschlossen. Damit es innen angenehm kühl blieb. Nun drang die Sonne in jede Ecke und bleichte alles aus.

Wortlos führte er den alten Trüffelhund in den Garten, wo seine Hütte neben den Mülltonnen stand.

»*Das* ist deine Behausung?«, fragte Giacomo und nahm sie genau in Augenschein. »Die haben es aber nicht gut mit dir gemeint, Windspiel. Eine Bruchbude ist das, und noch nicht mal eine Decke zum Drauflegen ist drin.« Er wandte sich zu Niccolò. »Redest du jetzt nicht mehr mit mir?«

Die Küchentür stand auf, und Niccolò ging hinein. Ein stechender Geruch schlug ihm entgegen, denn der Kühlschrank war unverschlossen. Alles war verfault und hatte die Farbe der Erde angenommen.

»Ich renn schnell ins Zimmer deiner Menschen, um die Fährte aufzunehmen, dann verschwinden wir wieder. Es ist das mit dem großen Bett hier, oder?« Giacomo erhielt keine Antwort, doch die war ohnehin nicht nötig. Er war schon am Wäschekorb, wo sich in den Fasern der schmutzigen Kleidung viel Schweiß gefangen haben würde. Er schob mit der Schnauze den Rattandeckel auf und versenkte den Kopf tief hinein, sog den Geruch in kurzen schnellen Schüben ein. Ein Bild in seinem Kopf entstand, so klar, als stünden die beiden Menschen vor ihm, er kannte nun ihre Größe, ihren Körperbau, er wusste sogar, was sie gerne aßen. Es steckte alles in dieser Kleidung, Spuren ihres Lebens.

»Bin so weit, Windspiel«, sagte Giacomo, als er wieder in die Küche trat. »Was starrst du so auf das blöde Hundefutter? Das ist doch billiges Zeug. Schund, weiter nichts. Friss das nicht!«

Es waren Niccolòs Leckerchen, oder das, was er dafür gehalten hatte. Er würde eine Packung aufbeißen und etwas essen. Vielleicht ging es ihm besser, wenn er den Geschmack seines alten Lebens im Maul hatte.

Die Wölfin kam aus dem Nichts.

Sie hatte Fell wie ein Fuchs, doch Augen wie ein ausgehungerter Vielfraß. Die Welt schien nur noch aus ihr zu bestehen.

Niccolò sah, wie der alte Trüffelhund im Bruchteil einer Sekunde reagierte und den rechten Hinterlauf der Wölfin attackierte. Nachdem diese wimmernd zusammengebrochen war und sich das verletzte Körperglied leckte, zog Giacomo ihn harsch am Nacken fort. Als die Wölfin bemerkte, dass die beiden flohen, folgte sie ihnen auf der Stelle, den Schmerz unterdrückend. Und sie heulte auf, die anderen ihres Rudels herbeirufend.

Als Giacomo und Niccolò aus dem Haus in die kleine Seitengasse rannten, warteten dort bereits andere Wölfe, große, unheilvolle Gesellen, angelockt vom Ruf der Wölfin. Doch sie schienen überrascht, zwei Hunde zu sehen, und rührten sich zunächst nicht, was den Flüchtenden einige Meter Vorsprung einbrachte. Erst als die Wölfin vorbeischoss, folgten auch die anderen. Niccolò lief nun vorneweg, Giacomo kam nicht so schnell mit, war unsicher, kannte hier kein sicheres Versteck. Schließlich erwischte ihn die Wölfin seitlich, ihre Zähne schlossen sich um das Fell an seinem Rücken, Giacomo hörte ein Reißen, spürte ein Brennen. Dann ließ die Wölfin plötzlich ab. Er blickte sich um, Fell klebte an ihrem Maul, doch kein Blut, und er rannte weiter, sah Niccolò. Der Dummkopf hatte auf ihn gewartet, anstatt sich in Sicherheit zu bringen! Dort, wo die Straße in einen unbefestigten Weg überging, der durch ein Feld führte, bepflanzt mit Kohl, Bohnen und Tomaten. Drei Schweine standen in einem Gatter und grunzten unbeeindruckt von den Geschehnissen vor sich hin.

Mit einem Blick erkannte Giacomo den einzigen Ausweg.

»*Spring!*«, schrie er Niccolò zu und stürzte sich in eine alte, rostige Badewanne, bis obenhin gefüllt mit Gülle. Dutzende fette grüne Fliegen kreisten darüber, um ihre Rüssel tief hineinzutauchen. Niccolò war die Wanne nie aufgefallen. Aber die Grassos, die hier gelebt hatten, gehörten nicht zu den Menschen, die viel für Hunde übrighatten.

Er sprang beherzt zu Giacomo. Nur seine Schnauzenspitze tauchte wieder auf, gerade so weit, dass er atmen konnte. Auch vom alten Trüffelhund war nur noch das unförmige Geruchsorgan zu sehen.

Die Wölfin ließ ihren Blick schweifen, langsam und eindringlich, als durchleuchte sie jeden Stein einzeln. Die anderen Wölfe kamen heran, wandten sich jedoch wieder ab, als sie keine Spur von den Hunden erblicken konnten.

Giacomo streckte langsam den Kopf aus der Gülle, um zu prüfen, ob die Luft wieder rein war. Die Wölfin stand immer noch da, und sie blickte genau in seine Richtung. Trotz seiner Angst kam er nicht umhin, das elegante Geschöpf zu bewundern, welches die Würde und edle Natur der Wolfsrasse so perfekt zum Ausdruck brachte.

Dann drehte sich die Wölfin um und rannte zurück ins Dorf.

Mit der Schnauze stupste Giacomo den immer noch untergetauchten Niccolò an, der daraufhin nach Luft schnappend wieder an die Oberfläche kam. »Und was jetzt?«, fragte er, nachdem er sein Maul von Gülle befreit hatte.

Giacomo sprang aus der Badewanne. »Dumme Frage. Ich habe Witterung aufgenommen, was sonst? Es ist dein Herrchen, sein Geruch liegt in der Luft. Lass uns der Spur folgen.« Die Gülle hörte nicht auf, von ihm zu tropfen. »Aber vorher ein Bach. Wenn sich keiner findet, bin ich auch für eine tiefe Pfütze dankbar.«

Caninis Welt war seit über zwei Stunden dunkel und bestand nur noch aus Motorgeräuschen und der Stimme von Isabella, die alte italienische Schlager trällerte. Dazu kamen sehr unsanfte Bewegungen, denn Isabella fuhr noch schlechter, als sie sang. Doch nachdem der Wagen eine ganze Weile schwer geruckelt hatte, war er nun endlich zum Stehen gekommen. Der Kofferraum wurde klackend geöffnet und die Tasche, in der Canini saß, herausgehoben.

»Was packst du nur immer so viel ein, Mädchen?«, sagte Isabella gut gelaunt zu sich selbst. »Wer so viel braucht, sollte regelmäßig im Kraftstudio trainieren!«

Auf und ab schaukelte Canini, die sich noch nicht sicher war, wann wohl der beste Moment wäre, durch ein Bellen auf sich aufmerksam zu machen und dadurch endlich wieder frische Luft schnappen zu können. Noch bevor sie zu einem Ergebnis kam, wurde die Tasche geöffnet, in der sie saß.

»Das gibt's doch nicht! Du kleines Luder!«

Canini bellte freundlich, denn das mochte Isabella. Dann sprang sie heraus und an Isabellas Bein hoch, den Kopf gereckt.

Das Ein-Mann-Zelt stand auf einer Anhöhe oberhalb eines kleinen Dorfes, am Rande des Waldes, der mit seinen knorrigen Bäumen und undurchdringbaren Büschen älter wirkte als alles, was Canini je gesehen hatte. Das tarnfarbene Zelt fiel hier gar nicht auf, es verschmolz mit den unzähligen Schattierungen von Grün. Die frische Luft war köstlich, fand Canini, voll interessanter Gerüche.

»Und jetzt soll ich dich auch noch dafür streicheln, dass du ungehorsam warst, ja?« Isabella tat es trotzdem. »Was mache ich bloß mit dir?«

Canini bellte wieder, diesmal bestimmter. Doch sie erntete keine Reaktion von Isabella, die gerade etwas im Ort erspäht hatte. Panisch suchte sie nun nach ihrem Fernglas, das sie eigentlich in die grüngestreifte Leinentasche gepackt haben musste!

»Das muss doch hier irgendwo … – Da ist es!« Sie setzte es an und blickte Richtung Rimella. Und sprach lange Zeit nicht mehr. Ihre Hände zitterten, weswegen Canini sich mit der Schnauze an sie schmiegte, den Kopf an ihr Knie gedrückt. Doch keine Reaktion. Deshalb biss sie neckisch in ihr Bein.

»*Was?*«, fragte Isabella, mehr überrascht als verärgert, und setzte das Fernglas ab. »Das glaubst du nicht, Prinzessin! Es war ja schon merkwürdig, was die Bauarbeiter über die Wölfe in Rimella erzählt haben. Aber das hier, das darf es eigentlich gar nicht geben. Das widerspricht allem, was ich je gelernt habe. Ich …« Ihr fehlten der Atem und der nächste Gedanke. »Ich muss schnell zu Ende aufbauen und mit den Aufzeichnungen beginnen. Das ist die Chance meines Lebens! So leid es mir tut, ich kann dich nicht wieder zurückbringen, und meine Mutter hat kein Auto, um dich zu holen. Also heißt es jetzt hierbleiben für dich – und wehe, du benimmst dich nicht!«

Sonst holt mich der Wolf, dachte Canini und rollte sich zufrieden über die Wiese, das frische Gras genießend. Hier ließ es sich aushalten. Wie gut, dass sie mitgekommen war.

»Wo sind denn die Schnüre?« Isabella sprang von einer Tasche zur nächsten. Bis zu jener, in der Canini gereist war. »*Hier* waren sie drin. Hast du kleines Biest sie etwa rausgeräumt, damit du Platz hattest?«

Canini bellte. Was blieb ihr auch sonst übrig? Die Beweise sprachen eindeutig gegen sie.

»Und womit soll ich jetzt das Zelt an den Heringen sichern? Mit meiner Unterwäsche? Du strapazierst ganz schön meine Gutmütigkeit, Prinzessin. Zur Strafe kommst du jetzt ins Zelt, während ich Ersatz suche. Da unten habe ich eben einen Geräteschuppen gesehen, vielleicht findet sich da was.« Sie nahm Canini auf den Arm und blickte ihr in die kastanienbraunen Augen. »Guck mich nicht so süß an, das ist nicht erlaubt! Auch wenn du nichts für meinen Ärger könntest, müsstest du jetzt ins Zelt. Damit du mir nicht einfach wegläufst. Aber wir tun jetzt einfach so, als wäre es eine Strafe.« Flugs wurde Canini in das Zelt verfrachtet und das Fliegennetz am Eingang zugezogen.

»Und wehe, du toilettierst da drin!«, rief Isabella lachend und lief den Hang hinunter, das offene blaue Leinenhemd über dem weißen Top flatternd, ihre Beine in halblangen Khakihosen, die Füße in dicken Wanderstiefeln. Gerne wäre Canini mitgelaufen, doch ihr blieb nur, durch das feinmaschige Fliegennetz zuzusehen, wie Isabella in der kleinen, fensterlosen Hütte verschwand, deren Holz mit der Zeit fast schwarz geworden war und die nur durch eine

Planke verschlossen war. Die von der Sonne ausgeblichenen Gräser und Kräuter züngelten gierig daran, versuchten zwischen den Spalten einzudringen. Sie musste ebenfalls mit ansehen, wie plötzlich ein Mann erschien, mit einem metallischen Helm auf dem Kopf, der sich so wenig beim Gehen bewegte, als sei er festgeschraubt. So viel Haar drang unter diesem hervor, dass Canini an den Schweif eines schweren Zugpferdes denken musste. Es fiel strähnig bis weit über die Schultern und sah aus, als habe jemand Butter hineingeschmiert. Auch im Gesicht selbst wuchsen Haare, nur Augen und Nase waren nicht verdeckt. Dieser Mann verriegelte nun die Hütte.

»Hören Sie, ich mach das nicht gern! Aber wenn ich es nicht tue, bekomme ich Ärger. Und Sie kennen meinen Chef nicht. Dies ist eine … *nette* Warnung. Sie bedeutet: Wir wollen Sie hier verdammt noch mal nicht haben, Frau Biologin. Verschwinden Sie, und zwar schnell, sonst werden Sie es bereuen. Und dafür kann ich, muss ich sogar, persönlich garantieren.«

Er prüfte noch einmal, ob die Tür richtig versperrt war, und kam dann auf Caninis Zelt zu, mit langsamen, aber unaufhaltsam scheinenden Schritten. Die Cockerspanielhündin hatte nichts von seinen Worten verstanden, nur begriffen, dass Isabella nicht zurückkommen würde. Sie verkroch sich in die hinterste Ecke des Zeltes, denn sie wollte nichts sehen und nichts hören. Selbst als sich das Zelt bewegte und etwas Großes darauffiel, rührte sie sich nicht. Auch nicht, als es neben ihr schepperte und Reißen und Treten zu hören waren.

Es würde sicher alles gut werden, wenn sie sich ganz ruhig verhielt.

Alles würde dann gut werden.

»Ist jetzt alles weg? Nun stell dich nicht so an und guck richtig!«

Niccolò ging vorsichtig näher. Die Gülle schien dank eines Bades in dem kleinen, schlammigen Waldtümpel größtenteils aus Giacomos Fell gewaschen zu sein, den Rest hatte er am Boden abgewetzt. Doch allzu genau wollte Niccolò nicht nachschauen. »Güllefrei.«

»Gut! Was wär ich in solchen Momenten froh, wenn ich so kurzes Fell hätte wie du. Und jetzt geh mal ein paar Schritte zur Seite, ich muss die Fährte finden. Glotz nicht so, du riechst nach nassem Hund.«

Niccolò schnupperte an sich herum, konnte aber nichts feststellen. Trotzdem ging er aus dem Weg. Als er einige Meter entfernt stehen blieb, war Giacomo immer noch nicht zufrieden.

»Doch nicht ausgerechnet in den Lufthauch stellen, der zu mir weht! Seid ihr Windspiele eigentlich nur zum Rennen gut?«

Nachdem Niccolò in die andere Richtung gegangen war, konnte er beobachten, wie sich Giacomos Augen schlossen, dann blähten sich seine Nüstern auf, er saugte in immer kürzeren Abständen die Luft ein. Schließlich war es, als würde Giacomos Nase vibrieren, was sich dann über den Kopf, den Hals bis in den Rumpf hinein fortsetzte. Plötzlich ging er los, weg vom Tümpel, die Augen weiter geschlossen, bis zu einem Pfad, über die Jahre ausgetrampelt von vielen Schritten. Hier begann er zu traben.

»Meine Nase sagt westwärts«, hörte Niccolò den alten Trüffelhund monoton sagen. Die Lider waren immer noch geschlossen.

Wie ein hauchdünner Faden in fahlem, fast transparent werdendem Rot lag der Geruch von Niccolòs Menschen über dem Weg. Dieser war schnell vorangeschritten, fast gelaufen, hatte nirgendwo angehalten, dabei geraucht, eine Zigarette nach der anderen. Wäre er nicht durch den alten Wald gegangen, in den sich der Wind nur selten wagte, hätte es keine Spur mehr gegeben. Selbst von Giacomo erforderte sie vollste Konzentration. Er nahm nun nichts mehr wahr außer diesem dünnen Faden alten Dufts.

Niccolò merkte, dass sie auf den Hügelkamm zuliefen, der vor nur wenigen Tagen auf ihn zugerast und Cinecitta unter sich begraben hatte. Rasch kamen sie dort an, und die Erinnerungen fielen auf sein Gemüt wie Gesteinsbrocken. In der aufgewühlten, dunklen Erde sprossen bereits wieder erste Keimlinge. Spuren deuteten an, dass die Tiere des Waldes und der Flur das Gebiet erneut in Besitz genommen hatten. Das Leben ging einfach weiter.

Giacomo verließ den Weg und scherte nach links aus. Er rannte über kargen, immer steiler werdenden Boden dem Himmel entgegen. Am Bergkamm angekommen, lief er ohne Pause weiter, wieder hinunter, immer noch mit geschlossenen Augen, ohne erschöpft zu sein, obwohl selbst Niccolò, der lange Strecken gewohnt war, unter der herbstlichen Sonne der Langhe seine Beine spürte.

Erst als sie wieder in den Wald eingetaucht waren, der sich nicht bis an die windumtoste Spitze des Hügels gewagt hatte, blieb Giacomo stehen und senkte seine Nase. Der dünne Faden des Geruchs hatte sich mittlerweile zu einem Band geflochten, das immer stärker an ihm zog. Das Blätterdach der Bäume verdunkelte den Boden fast völlig, als Giacomo stehen blieb, die Augen öffnete und Niccolò anblickte.

»Ich bin mir nicht sicher, ob du das willst.«

»Was wollen? Wovon redest du? Hast du die Spur verloren?« Er drehte sich um. »Dann lass uns wieder zurückgehen und von vorne anfangen.«

»Nein, nein, ich hab sie nicht verloren. Ich hab sie verfolgt. Bis zum Ende.« Er deutete mit der Schnauze auf eine Erhebung im Waldboden, die mit Blättern, Ästen und Moos bedeckt war.

»Du meinst, da *drunter*? Dann ist er …«

»Riech doch hin. Er ist schon lange tot. Einen Teil seines Körpers hat sich der Wald bereits zurückgeholt. Willst du ihn sehen? Dann leg ich ihn frei, Kleiner. Überleg es dir gut, den Anblick vergisst du nie. Vielleicht solltest du ihn besser lebendig in Erinnerung behalten.«

Niccolò zögerte, dann gab er Giacomo durch einen Blick zu verstehen, dass er Abschied nehmen wollte. Von Angesicht zu Angesicht. Der alte Trüffelhund scharrte den Körper frei. Unter der fauligfeuchten Kleidung war die Brust eingefallen, aus Öffnungen krochen Maden hervor, Fliegen hatten ihre glasigweißen Eier in ein tiefes Loch in der Herzgegend gelegt.

»So eine Wunde kenn ich. Dein Mensch wurde erschossen«, sagte Giacomo. »Ich lass dich jetzt mal allein.«

»Nein, bitte bleib hier. Geh nicht weg.«

Und er blieb. Sie schwiegen lange. Zum Abschied leckte Niccolò seinem Menschen über jene Wange, die noch zum größten Teil intakt war, und wandte sich mit gesenktem Kopf ab. Er sprach erst wieder, als sie aus dem Wald herausgetreten waren und die Sonnenstrahlen ihre Häupter wärmten.

»Was sollen wir jetzt tun, Giacomo?«

»Wenn du seine Katze wärst, würdest du ihn wahrscheinlich anknabbern. Aber so sind wir Hunde nicht. Wir können gar nichts mehr machen. Er hat seinen endgültigen Platz auf dieser Welt gefunden.«

»Das meine ich nicht. Was machen wir jetzt wegen meiner Menschenfrau und dem Menschenkind?«

»Tut mir leid, wenn ich das sagen muss, Kleiner, aber das war's. Von denen habe ich außerhalb des Hauses nur bis zur Straße etwas riechen können. Danach nichts mehr.«

Niccolò blickte Giacomo intensiv an, seine kleinen Augen schienen mit jedem Wort zu wachsen. »Wir *müssen* sie finden! Ich gebe nicht auf, bis ich weiß, was mit ihnen geschehen ist. Hörst du, Giacomo? Wir müssen sie finden, selbst wenn sie beide tot sind!«

»Du weißt, dass du dein altes Leben niemals zurückbekommst, oder? Das ist dir doch klar?«

Doch das war es nicht. Bis zu diesem Moment. Es war für Niccolò, als liefe er gegen eine Wand. Aus vollem Lauf. Sein altes Leben war fort, und es war nie so glänzend gewesen, wie er es gesehen hatte. Giacomo hatte Recht, als er vorhin über die schäbige Hütte und das schlechte Essen gesprochen hatte. Viel mit ihm gespielt hatten sie auch nicht. Das kannte er nur aus den Erzählungen der anderen. Er war für die Tochter, Gianna, geholt worden. Doch die hatte nach einigen Monaten das Interesse verloren und sich ein Pferd gewünscht, das sie dann auch bekommen hatte. In einer Koppel bei Alba stand es. Keine Zeit hatte sie seitdem mehr für ihn gehabt, nur auf ihre Pferdeposter gestarrt und mit ihren Plüschgäulen gespielt. Er hatte immer nur gestört und sich dann an den Vater gewandt. Der ließ ihn ab und an wenigstens auf seinen Schoß springen, manchmal kraulte er ihn sogar. Das hatte Niccolò viel bedeutet, denn mehr hatte es nicht gegeben. Und er hatte sich nie eingestehen wollen, dass liebende Menschen viel mehr gaben.

Dieses Leben war vorbei.

»Was kommt jetzt?«, fragte er Giacomo. »Für mich?«

»Ich bin nur eine Nase auf vier alten Beinen«, sagte Giacomo. »Es kommt bestimmt was. Es kommt immer was. Ob es gut ist, weiß ich nicht. Aber was willst du machen? Es kommt so oder so.«

»Das hilft mir nicht weiter.«

»Du bist ein freier Hund, wer kann das schon von sich sagen? Die ganze Langhe steht dir offen. Es ist genug Platz da zum Leben.«

»Es ist viel Platz da zur Suche, Giacomo. Vielleicht erhalte ich mein altes Leben nicht zurück, und wahrscheinlich würde ich es auch nicht mehr wollen. Aber vielleicht gibt es noch einen Teil davon, auf den ich aufbauen kann. Und vielleicht wird es besser, als es vorher war. Das ist doch einen Versuch wert. Das wünsche ich mir, verstehst du?«

Giacomo wusste keine Antwort mehr und schwieg deshalb. Sie saßen lange da, und die Sonne sank immer tiefer in den dunkelblauen Himmel, als sei sie erschöpft vom vielen Brennen. Der alte Trüffelhund blieb an Niccolòs Seite. Der Kleine weiß nicht mehr wohin und wofür, dachte Giacomo, doch sein Magen wird ihm auf beides bald eine Antwort geben.

Doch vorher geschah etwas ganz anderes.

Aus dem Wald traten, einer nach dem anderen, fünf Hunde und stellten sich im Kreis um sie. Sie glichen Skeletten, kaum Fleisch war an ihren Flanken, ihre Augen trieben unruhig in den Höhlen. Niccolò erkannte sie, wenn auch nicht sofort. So hatte er sie nicht in Erinnerung.

Ein Bassett stand ihm am nächsten. Die Ohrenspitzen des alten Freundes waren vom kraftlosen Schleifen auf dem Boden wund, der Glanz in den Augen war erloschen. »Beppo! Der gute Beppo!«, rief Niccolò, und der Bassett nickte traurig. Freundschaftlich stupste Niccolò ihn, mit dem er so oft spielerisch gerauft hatte, in die Flanke und beschnüffelte ihn so, wie es sich gehörte. Beppo tat es ihm nur zögerlich nach.

Beim nächsten Hund, einem Boxer, musste Niccolò schon genau hinschauen, um den Halbstarken zu erkennen, der sich hinter der ausgezehrten Maske verbergen musste. »James Dean, was ist mir dir passiert?« Seine Menschenfrau, Gigliola, die mit ihrem Mann Marco die kleine Trattoria des Ortes führte, hatte ihm einen schwarzen Lederumhang mit Nieten und Reißverschlüssen schneidern lassen, damit er aussah wie ihr Idol. Dieser hing nun zerschlitzt an seinem Körper, wie abgerissene Haut.

»Was soll passiert sein, Niccolò? Mir geht es gut. Ging mir noch nie besser! Ich weiß nicht, was du meinst.« James Dean reckte stolz das Kinn. Es sah erbärmlich aus.

Neben ihm stand Blitz, ein ehemals dicker Chow-Chow, der seinem Namen wegen eines fehlenden Beines niemals hatte Ehre machen können. Auch der Golden Retriever von Donadoni, dem Metzger, war Teil der Runde. Sein Mensch hatte ihn immer nur Hund gerufen, weswegen die Vierbeiner Rimellas ihn auf den Namen ›Knorpel‹ getauft hatten. Denn das war es, was er anderen an guten Tagen abgetreten hatte. Er hatte immer herrlich nach frischem Fleisch und Blut geduftet, doch davon war nun nichts mehr zu riechen.

Letzte in der Runde war eine kleine Hündin. »Du musst Franca sein. Oder? Bist du das, Franca?«

Die Pekinesenhündin wandte beschämt den Kopf ab. Sie hatte Signorina Elisabetha, der Inhaberin des Friseursalons, gehört und war mit ihrem nun verfilzten Fell kaum zu erkennen. Dabei hatte sie früher immer sehr auf sich geachtet. Und andere wegen ihrer Frisuren verspottet.

»Schön, dass du wieder bei uns bist«, sagte Beppo nun und bedeutete ihm zu folgen. »Komm mit, wir bringen dich zu Sylvio.«

»Sylvio? Aber der ist doch tot. Ich habe es selbst gesehen! Sein ganzer Bauch stand offen.«

»Er wird sich freuen, er wird sich sehr, sehr freuen!«

Einatmen, ausatmen, eingetaucht in das Braungrün des Zeltes, das sich um sie geschlossen hatte wie eine fleischfressende Pflanze und sie straff gespannt niederdrückte, so dass jede Bewegung unmöglich war. Die Plane schien immer näher zu kommen, als wolle das Zelt sie verdauen. Und die Luft wurde immer knapper, das, was noch da war, schmeckte alt und fahl. Der Mann war schon lange weg, es kam Canini in diesem Gefängnis wie eine Ewigkeit vor, und Isabella war nicht zurückgekehrt. Dabei wurde die Sonne bereits schwächer, kroch immer mehr Schwarz in das Braungrün.

»Um Gottes willen! *Canini!*«

Isabellas Stimme. Die kleine Spanielhündin wollte zu ihr springen, ihr durch das Gesicht lecken, sich drücken lassen. Doch sie konnte sich nicht bewegen, zu eng lag die Zelthaut auf der ihren, einen Laut brachte sie auch nicht mehr hervor, ihr fehlte die Kraft und noch mehr die Luft.

»Lebst du noch? *Sag* doch was!« Die Zeltplane vibrierte, als Isabella zu ertasten versuchte, wo ihre Hündin lag. Dann fühlte Canini ihre Hand, warm selbst durch den Stoff, zärtlich fuhr sie über ihren Rücken. »Da bist du ja! Beweg dich doch, Canini. *Beweg dich!*«

Isabella schubste und drückte, doch da war kein Platz, um sich zu regen. Wie gern hätte Canini sie beruhigt, wie gern ihr die Angst genommen. Und um wie viel mehr wollte sie dieses Gefängnis verlassen.

Isabellas Hände verschwanden. Dann war ein Ächzen in der Luft, ein Schnaufen und Pressen.

»Verdammt, verdammt, verdammt! Ich bekomme diesen Baumstamm nicht runter!«, schrie Isabella wütend. »Der will sich nicht rühren!« Canini kannte diese unbändige Wut Isabellas von den Momenten, wenn sie als junge Hündin Kleidung zerfetzt hatte, die nicht unbedingt dafür vorgesehen gewesen war.

»*Der! Will! Einfach! Nicht! Weg!*«

Das Ziehen hörte auf.

»Dann so. Du bleibst da keinen Moment länger drunter. Und wenn es dir nicht gutgeht, dann bringe ich den Kerl um!«

Etwas klackte, und plötzlich entspannte sich die straff anliegende Welt mit einem schneidenden Geräusch, dann öffnete sie sich weit und war erfüllt von einer Isabella, der beim Anblick der hechelnden Canini Tränen in die Augen schossen, die ihr Survivalmesser ins hohe Gras fallen ließ, um ihre Hündin zu umarmen.

»Warum hast du denn nichts gesagt, du dummes, dummes Ding!«

Zu schwach um zu bellen, konnte Canini sich nur drücken lassen. Selbst wenn ihr dabei wieder die Luft wegblieb, tat es gut, sehr sogar. Isabella zeterte immer noch, über den Zeltverwüster und ihre schweigsame Hündin, doch wandelte sich die Stimmungslage allmählich von trotziger Wut in Erleichterung und weiter in entschlossenen Enthusiasmus.

Isabella ließ sich nicht kleinkriegen, das wusste Canini. Nicht vom Hausverwalter, der sie bereits dreimal wegen ausstehender Miete vor die Tür setzen wollte und per Anwalt, mit einer geerbten Perlenkette und einem Eimer Putzwasser zur Ruhe gebracht worden war. Und nicht von Männern, die immer wieder in ihr Leben traten, für Tage, Wochen, manchmal Monate, aber immer wieder gingen, und Isabella unter Tränen, einem zerwühlten Bett und einer abgenutzten Zahnbürste zurückließen. Jedes Mal. Trotzdem gab es stets schnell wieder einen neuen Mann, dessen Augen glänzten, wenn er über die Schwelle der kleinen Wohnung trat, mit einer Flasche Nebbiolo in der Hand und mit der anderen sein dichtes Haar durchfahrend.

»Jetzt schau dir das an, Prinzessin!« Isabella deutete in Richtung des kleinen Dorfes, während sie Caninis Ohren kraulte. »Hast du jemals ein solch großes Wolfsrudel gesehen? Ich noch nie. Meist sind es unter sechs Tiere, in wenigen Fällen über zehn und allerhöchstens zwanzig – das ist aber enorm selten. Doch dieses hier, ich habe vierundzwanzig Tiere gezählt! Das ist das mächtigste Rudel, das jemals gesichtet wurde. Als es das letzte Mal gesehen wurde, war es noch viel kleiner. Seit Ewigkeiten hat es sich nicht mehr gezeigt. Und wir beide können es jetzt beobachten! Und wir lassen uns nicht verjagen, oder?« Sie legte ihren Arm um die Spanielhündin, drückte sie an sich. Der Stoff von Isabellas Jacke erinnerte Canini an die Zeltplane, und sie wurde unruhig. Sie wollte nie mehr in das Zelt zurück – und wenn es noch so stürmte.

»Ich werde gleich einen guten Freund anrufen, Domenico, er arbeitet bei der *La Stampa di Torino*. Wenn er einen Artikel schreibt, kann uns keiner mehr was. Das traut sich dann niemand. Außerdem ist mein Messer scharf – und deine Zähne sind es auch!« Ihre Stimme drückte Entschlossenheit aus. Das beruhigte Canini, auch wenn sie die Worte nicht verstand.

Plötzlich beugte sich Isabella vor, kniff die Augen zusammen, rannte dann zurück zum Zelt, wo verwüstet und weit verteilt Kleidung und Ausrüstung lagen, und suchte. Sie fand schnell. Mit ihrem Fernglas in der Hand setzte sie sich wieder neben Canini, drehte daran und senkte ihre Augen tief hinein. »Zwei Marder?«, sagte sie leise. »Sie gehen in die Stadt. Was machen Marder hier?«

Ein Fernglas brauchte Canini nicht, um das merkwürdige Geschehen in dem kleinen Ort zu beobachten, der wie den Hang hinuntergekugelt in einer Kuhle lag. Doch sie beobachtete nicht die Marder, sie beobachtete vier Menschen, die ihr merkwürdiger erschienen, als es ein Tier je könnte. Sie trugen Helme auf dem Kopf, und an ihre Schultern hatten sie Gewehre gepresst. Von Rimella selbst aus würden sie nicht zu sehen sein, denn sie hatten sich auf einen verlassenen Traktoranhänger gelegt, der noch mit Heuballen beladen war. Nur die Rohre schauten hervor, wie die Fühler einer Schnecke, und zeigten in Richtung dreier patrouillierender Wölfe. Das heißt, einer zog nicht seine Runde, sondern leckte sich ausgiebig den rechten Hinterlauf, der wohl verletzt sein musste. Er war schlanker, graziler als die anderen, und hatte rötliches Fell.

»Was machen die denn da?« Isabella sprang auf. »*Nein!*«, schrie sie. Doch ihre Stimme trug nicht bis hinunter nach Rimella, die Bäume, Felsen und der Wind verschluckten den Ruf wie einen kleinen Vogel.

Dann fielen Schüsse.

Die zwei patrouillierenden Wölfe jaulten auf und versuchten, die Geschosse sogleich aus den Einschusslöchern zu beißen, doch ihre Kraft versagte. Auch der verletzte Wolf war getroffen. Er jagte noch auf den Traktoranhänger mit den Schützen zu, aber die Beine gaben nach, das Rennen wurde ein Torkeln, und schließlich fiel er um.

Die Männer johlten und kamen aus ihrem Versteck, die Gewehre im Anschlag.

Und sammelten ihre ersten Opfer ein.

II

VON DER DICKE DES BLUTES

Kapitel 6

WEGKREUZUNGEN

Die Gerüche der anderen Hunde sagten Niccolò, dass er sich inmitten seines alten Lebens befand, doch was die Augen sahen, strafte seine Nase Lügen. Beppo ging falsch. Der federnde Galopp, der seinen langen Bassett-Ohren immer einen besonderen Schwung versetzt hatte, war einem Schleichen gewichen, und auch die langen Schlappohren schleiften nunmehr müde über den kiesigen Boden.

Giacomo lief schweigend hinter Niccolò her. Seit dem Auftauchen von dessen alter Gang hatte er kein Wort mehr von sich gegeben. Je länger sie gingen, desto weiter entfernte er sich von Niccolò. Der Kopf des kleinen Windspiels war voll von unerfreulichen Gedanken. Zu den Fragen, die sie aufwarfen, gab es keine Antworten. Zumindest keine guten.

James Dean, Blitz, Knorpel und Franca redeten ab und an, doch sie schienen es stets mit sich selbst zu tun, denn niemand antwortete. Sie waren auf dem Weg zu dem einzigen, der ihnen Antworten geben konnte. Sylvio war wie ein Vater gewesen, für alle Hunde des Dorfes. Nicht weil er der stärkste war oder der erfahrenste, obwohl beides zutraf, sondern weil er die größte Ruhe ausgestrahlt hatte. Bei dem Mastiff schien immer alles unter Kontrolle zu sein. Egal, ob ein Unwetter über sie hereinbrach oder die Hauptstraße von Presslufthämmern aufgerissen wurde. Sylvio gab Halt.

Der Höhleneingang, an dem Beppo nun stehen blieb, sah mehr wie ein Brunnen aus. Er war nahezu rund, und das Innere schien nicht schwarz zu sein, sondern von dunklem

Blau. Noch mehr irritierte Niccolò, dass keine Pflanzen über den Fels wucherten, sie hielten fast gleichmäßig Abstand zur Rundung. Dies war kein Menschenwerk, dies war Natur, doch eine Natur, wie er sie nicht kannte. Trotzdem fühlte es sich an, als würde er nach Hause zurückkehren, in den Schoß der Mutter. Dabei hatte er diese Höhle nie zuvor gesehen.

»Nur du, Niccolò«, sagte Beppo. »Nur du kannst mit. Sylvio ist sehr schwach.«

»Giacomo muss ihn auch kennenlernen«, beharrte Niccolò. »Er ist einen weiten Weg gekommen. Er ist *der* Giacomo.«

Beppo nickte anerkennend. Wie auch den anderen waren ihm der tiefe Respekt und die Bewunderung für den alten Trüffelhund anzumerken. »Du hast völlig Recht. Dann gehen wir drei. Sylvio wird sich sehr freuen. Es wird ein guter Tag für ihn. Das spüre ich.« Dann wandte er sich zu den anderen. »Sucht ihr inzwischen die guten Pilze. Wir wollen Niccolò doch angemessen begrüßen.«

Langsam, als ginge er über unsicheres Blattwerk, betrat Beppo die Höhle, deren blaues Licht von einem kleinen Tümpel kam, auf den die Sonne durch eine kreisrunde Öffnung in der Höhlendecke fiel. Es war kalt wie in einem Kühlschrank, nur Moose bedeckten die Wände wie grüne Teppichfetzen.

Sylvio lag gegen die Wand gelehnt, die Augenlider geschlossen.

»Er schläft viel, sogar noch mehr als früher«, sagte Beppo. »Es ist wie an Ferragosto, nur jeden Tag.«

Sylvio hatte immer das Feuerwerk verschlafen, das bei dieser Feier Mitte August stattfand. Irgendwann hatten die Hunde Rimellas begonnen, an diesem Tag nicht mehr ängstlich an den Himmel zu schauen, sondern auf ihren Anführer Sylvio, der so friedlich jeden Böller, jede Explosion auf den

Treppen der kleinen Dorfkirche Santi Giacomo e Cristoforo verschlief. Tiefer Frieden ging von ihm aus und nahm allen anderen die Angst vor Querschlägern.

»Ich dachte, die Erdlawine hätte ihn begraben«, sagte Niccolò. »Ich war doch dabei.«

»Erinnere dich doch richtig, Niccolò«, sagte Beppo und setzte sich in angemessenem Abstand vor Sylvio. »Du standest bei Cinecitta. Wir haben dich noch gerufen, als wir ihn geholt haben, aber du hattest nur Ohren und Augen für sie. Als wir wiederkamen, warst du weg. Einfach weg.«

Niccolò ging näher zu Sylvio. Er hatte vermutet, dass ein Schatten auf dem Mastiff lag. Doch dem war nicht so. »Sein Fell«, stieß Niccolò aus. »Was ist damit?«

»Er putzt sich nicht mehr, unser Sylvio. Franca hat mal ein wenig von dem Dreck weggeleckt, doch er hat sie hinausgescheucht. Also lassen wir es jetzt. Wenn er es so will. Sieht er nicht glücklich aus?«

»Er ist definitiv tot«, hörte Niccolò hinter sich Giacomos Stimme. »Habt ihr Durchgeknallten das denn nicht gerochen?«

Beppo drehte sich um, erbost die Augen aufreißend. »Wie kannst du es wagen! Er redet mit uns.«

»Ach ja, und was sagt er denn so, wenn der Tag lang ist?« Giacomo atmete durch den offenen Mund, um den Leichengestank nicht aufnehmen zu müssen.

»Meist ist er schlecht gelaunt und schickt uns weg. Sagt, dass wir nicht hier hingehören, nicht seine Kinder wären und seinen Ruheplatz entweihen würden. Aber das wird jetzt alles besser, wo Niccolò wieder da ist. Er war ihm immer der Liebste. Nicht wahr, Niccolò?«

Giacomo ging näher auf Beppo zu, sondierte ihn mit den Augen, als würde er vermuten, dass irgendwo eine lockere Schraube hervorstünde. »Habe ich das richtig verstanden: Ihr redet mit einem Toten?«

»*Er ist nicht tot!*«

»Doch, ist er«, sagte Niccolò. »Komm doch her, Beppo, sieh ihn dir genau an.«

»Ich weiß doch, dass es schlimm aussieht. Aber er *spricht* mit uns, Niccolò. Sylvio braucht nur Zeit, dann wird er wieder völlig gesund. Jetzt, wo du da bist, wird alles gut.«

In Beppos Worten lag die Erleichterung, dass nun derjenige die Bürde tragen würde, der immer schon dafür auserkoren war. Niccolò.

Dieser wollte sagen, dass Sylvio verscharrt werden musste, zurück in die Erde, aus der sie alle kamen. Doch er brachte es nicht heraus. Sylvio war der dünne Faden, an dem der mickrige Rest von Beppos Seelenheil hing, und solange kein neuer Halt gefunden war, durfte dieser nicht gekappt werden. »Was macht ihr mit ihm?«, fragte Niccolò. »Bringt ihr ihm Futter?« Die Fragen sollten nicht wie eine Anklage klingen, doch Beppos Antwort zeigte, dass sie es taten.

»Wir machen alles richtig, Niccolò! Glaub mir! Wir haben ihm alles Mögliche zu essen gebracht, aber er rührt nichts an, gar nichts. Blitz meint, er würde nachts das Moos von den Wänden fressen, das würde ihn von innen heilen. Manchmal legt sich einer von uns zu ihm, damit es ihm nicht zu kalt wird. Bis er uns dann wieder fortschickt. Er kann sehr böse werden.«

»Ich muss hier raus, an die frische Luft«, sagte Niccolò und rannte aus der Höhle. Dort saßen die anderen Hunde und sahen ihn erwartungsvoll an. »Hat der Chef mit dir gesprochen?«, fragte James Dean. »Bringt ihr zwei uns jetzt im Siegeszug zurück nach Rimella, zurück nach Hause?«

Niccolò war zu mitgenommen, um dem Boxer zu antworten. Er wollte mit jemand Normalem reden, mit Giacomo. Er würde wissen, was zu tun war, würde die richtigen Worte finden, solche, die Sinn machten, die nichts mit Toten zu tun hatten.

Doch Giacomo war nirgends zu sehen.

»Wo ist er?«, fragte Niccolò in die Runde.

»Wen meinst du? Der olle Beppo kommt gerade aus der Höhle.« James Dean deutete mit der Schnauze in die Richtung.

»Giacomo. Ich meine Giacomo!«

»Der ist abgedüst«, sagte der Boxer. »Hat gesagt, er geht zurück nach Alba.«

Isabella ging in die Knie, so tief sie konnte. Sie wollte Kopf an Kopf mit Canini sein, die mit hochgezogenen Ohren zu ihr schaute.

»Hast du alles verstanden, Prinzessin?« Isabella setzte sich neben die Spanielhündin ins hohe Gras. »Du musst hierbleiben, aber ich werd dich nicht wieder ins Zelt sperren. An einen Pflock binden will ich dich auch nicht, weil du dich dann nicht in Sicherheit bringen könntest, wenn was passiert. Deshalb musst du in die Holzhütte«, sie zögerte, »du weißt schon, wo mich der Irre eingesperrt hatte. Das verstehst du doch, oder? In der Hütte bist du sicher. Und damit du dort nicht vergessen wirst, falls mir was passiert, rufe ich jetzt Domenico an.« Sie nahm Caninis Kopf in die Hand. »Es tut mir leid, Prinzessin! Aber es geht nicht anders.« Ein langer Kuss auf die Stirn folgte, dann hob Isabella die Hündin hoch und ging mit ihr zu der Hütte. Schnell setzte sie Canini darin ab und verriegelte die Tür von außen, lehnte sich mit dem Rücken dagegen und atmete erst einmal durch. Zwang sich, die Luft ruhig ein- und auszuatmen, auch wenn ihr Herz ein ganz anderes Tempo vorlegte.

Jetzt musste es schnell gehen. Sie holte das Handy aus ihrer Hosentasche, als wäre es ein Revolver. Rasch drückte sie ab.

»Domenico? Hör zu, ich hab nicht viel Zeit. Nein, es geht nicht um ein Date. Kannst du auch mal an was anderes denken?« Sie ging den Hang hinunter und hörte kopfschüttelnd, was der Redakteur der *La Stampa di Torino* ihr zu erzählen hatte. »Will ich alles nicht wissen. Es geht um was Ernstes. Ich bin hier in Rimella, dem Dorf mit den Wölfen. Du hast doch sicher davon gehört. Die Typen von der Baufirma haben gerade drei Tiere erschossen! Kannst du dir so was vorstellen? Ich schleich mich jetzt ins Lager und nehm Fotos von den Leichnamen. Dann hast du einen Aufmacher. Denen machen wir die Hölle heiß.« Isabella warf sich blitzschnell auf den Boden. Nur knapp hundert Meter von ihr entfernt rumpelte ein gelber Kleinbus über den Feldweg. Der Beifahrer hielt ein Gewehr.

»Du, ich muss Schluss machen. Ja, ich pass auf mich auf, natürlich. Eine Sache noch. Was ganz Wichtiges.« Sie erzählte von Canini und legte erst auf, nachdem sie das gewünschte Versprechen erhalten hatte. Mit den Augen folgte Isabella dem Kleinbus, der hinter einer nahen Hügelkuppe verschwand. Der aufgewirbelte Staub lag wie ein brauner Schleier in der Luft.

Sie würde eine andere Route einschlagen, durch das Gebüsch gehen. Isabella wusste nicht, was sie am Ziel erwarten würde. Sicher kein Hochsicherheitstrakt mit Wachtürmen, schließlich war dies ein ganz normales Bauunternehmen. Sie würden die Wölfe jetzt vermutlich verbrennen oder irgendwo verscharren und Beton darübergießen, damit sie nicht gefunden wurden. Sie musste sich verdammt beeilen, wenn sie noch etwas mit ihrem Fotoapparat einfangen wollte. Gebückt lief sie weiter, den Kopf so nah am Boden, dass sie den von ihr aufgewirbelten Staub einatmete.

Domenico würde sagen, dass sie nicht in eine so unmögliche Situation geraten wäre, wenn sie endlich begonnen hätte, ein eigenes Leben zu führen, statt das der Wölfe zu erforschen. Sie würde ihm dann wieder einmal erklären müssen, wie faszinierend diese eleganten, ebenso räuberischen wie zärtlichen Tiere waren, und wie klug. Und er würde es als romantisches Geschwätz abtun und sie daran erinnern, dass das Leben mehr zu bieten hatte und sie sich besser einen Beruf ausgesucht hätte, der sie mit Menschen zusammenbringt.

Wenn der wüsste, dachte Isabella nun und hielt kurz inne, um Luft zu holen. Genau das war ja ursprünglich der Grund gewesen. Sie mit einem Menschen zusammenzubringen, einem Mann. Damals im Biologie-Studium, als dieser gutaussehende, kantige Schotte mit dem wunderbaren Akzent sich auf Wölfe spezialisiert hatte und sie jedes nur erdenkliche Seminar besucht hatte, das irgendwie das Thema streifte, um mit ihm eine Arbeitsgruppe gründen zu können. Die Liebe war schnell erloschen, als sie merkte, dass er sich mehr für sein eigenes Geschlecht als für das ihre interessierte, aber zu diesem Zeitpunkt hatten die Wölfe sie schon längst geschnappt und verschlungen. Die Grauröcke gaben sie nicht mehr her.

Johlen erklang, es mutete ein wenig wie Heulen an. Isabella war fast um die Hügelkuppe herum, begann nun zu kriechen. Das Geschrei wurde lauter, Gläserklirren mischte sich darunter.

Es gab tatsächlich keinen Stacheldrahtzaun und keine Wachtürme mit Scheinwerfern. Stattdessen sah sie Gitterboxen mit Leergut und durch Wellblechdächer geschützte Edelstahltanks. Eine Weinkellerei. Außer ein paar Wagen und Baufahrzeugen deuteten nur die in Rimella abgebauten Zigarettenautomaten, Plakatwände, Satellitenschüsseln und Leuchtreklamen darauf hin, dass hier das lokale Hauptquartier der Tarcisio Burgnich Real Estate Group war. Burgnichs schwarzweiß gestreifter Lamborghini stand vor der Tür. Isabella konnte den kahlgeschorenen Muskelzwerg förmlich vor sich sehen, wie er mit einem Zigarillo im Mund einhändig den Wagen steuerte. Es wunderte sie nur, dass er mit dem teuren Gefährt den unbefestigten Weg hierhergefahren war. Das Wolfsproblem musste ihn wirklich Nerven kosten.

Gut so.

Würde ihn eine Weile vom Partymachen in Turin abhalten, und die Straßen wären wieder etwas sicherer. Isabella wusste, dass sie mit ihrer Meinung ziemlich allein dastand. War Burgnich hitzköpfig? Ja. Angeberisch? Nicht zu knapp. Eine Stütze der Gesellschaft? Unbedingt. Er förderte diverse soziale Projekte, vom SOS-Kinderdorf bis zur Armenküche, und was noch wichtiger war, Burgnich saß im Vorstand von Juventus Turin, Isabellas einziger die Zeiten überdauernder Liebe neben den Wölfen.

Der Mäzen selbst war nicht zu sehen, dafür sieben seiner Bauarbeiter. Sie tranken den Wein direkt aus Flaschen, und ihre Stimmung schien dadurch in Schwung gekommen zu sein. Einer der Männer schlug eine Flasche an der Anhängerkupplung eines Kleinbusses auf, hob sie in die Höhe und sprach einen Toast aus. Wieder grölten alle, aber diesmal mischte sich ein weiterer Laut ins Gejohle, was zu großer Erheiterung unter den Männern führte.

Es war der Laut eines Wolfes.

Und er hatte Angst.

Einer der drei Wölfe lebte noch!

Ohne nachzudenken, heulte Isabella zurück. Das arme Tier musste doch beruhigt werden!

Das Grölen erstarb, ein Mann schnappte sich das Gewehr vom Beifahrersitz des kleinen Busses und feuerte blind in Isabellas Richtung. Er verfehlte sie nur knapp. Wäre sie nicht gekrochen, die Munition des Narkosegewehrs wäre in ihrer Brust gelandet. Isabella rührte sich nicht, den nächsten Schuss erwartend. Unter der stechenden Sonne zerrannen die Sekunden.

Dann ging das Grölen wieder los.

Die Männer mussten alles wohl für einen durch Alkohol verursachten Fehlalarm gehalten haben. Gelobt sei der Wein, dachte Isabella. Als ein scharfer Wind aufkam, verzog sich die Truppe, etliche Weinflaschen in Händen haltend, ins Haus.

Isabella beschloss, besser nicht noch einmal zu heulen, sondern lieber schnell zu dem großen, hellen Holztor mit den zwei Flügeln zu laufen. Dahinter ging es anscheinend direkt in den Hang. Wenn sie einen Wolf verstecken würde, dann sicher nicht im Haupthaus der Kellerei, das zweigeschossig und mit Säulen im Eingangsbereich ausgestattet war, als sei es eine römische Villa. Es machte jedem Besucher unmissverständlich klar, was der Wein hier kostete, und wer unwürdig war, in diese geheiligten Hallen einzutreten. Ein Wolf würde nur Dreck verursachen.

Nachdem sie das Tor wie selbstverständlich geöffnet hatte, trat sie seelenruhig herein. Isabella machte sich nicht einmal die Mühe, hinter sich zu schließen. Links und rechts von ihr standen vierfach übereinandergestapelt Fässer, deren Reihen immer tiefer in den Gang führten. Isabella konnte nicht anders, als eines davon zu berühren, um zu ertasten, woher der wunderbar schwere Weingeruch stammte, der den Raum so generös erfüllte. Sie sah nicht, dass kleine Holzkeile die untersten Fässer vor dem Wegrollen bewahrten, und trat im Nähertreten aus Versehen gegen einen. Sie hörte ein schweres Rumpeln. Doch sie drehte sich nicht um.

Und blickte nicht auf.

Grarr ließ sie nicht in seine Höhle. Das wäre zu viel des Guten gewesen. Sie waren Beute, und schon dass er mit ihnen redete, fühlte sich unnatürlich an.

»Es ist eine Ehre«, sagte die Krähe und breitete ihre Flügel als Willkommensgruß aus. »Neue Zeiten brechen an. Gute Zeiten! Freundschaft zwischen den Wesen der Lüfte und denen der Erde mag uns fremd sein, und doch ist es sicher von Vorteil für beide …«

»Genug«, unterbrach Grarr. Er hasste Krähen. Wie oft hatte dieses gierige, fliegende Ungeziefer von der durch sein Rudel erlegten Beute vertrieben werden müssen? Nun war er gezwungen, ihre Hilfe anzunehmen. Alle Worte schmeckten wie Gift. Zuvor hatte er schon mit den kriecherischen Steinmardern einen Pakt schließen müssen. Sie würden von nun an die Wagen der Zweibeiner ausschalten, indem sie deren Leitungen durchbissen. Für ihre Hilfe sollten sie einen Kaninchenstall mitsamt seinen Bewohnern erhalten.

»Lasst uns zunächst zusammen kämpfen, dann wollen wir über die Zukunft reden. Es ist ein erster Versuch. Ihr seid für die Überwachung vom Himmel aus zuständig. Informiert uns darüber, was die Zweibeiner treiben, ob sie sich unserem Dorf nähern, ob sie mit ihren Wagen kommen, ob sie irgendwo etwas errichten oder sich endlich zurückziehen. Wir wollen alles wissen. Kriegt ihr das hin? Mit wie vielen bist du hier?«

»Wir sind zwölf. Mehr haben wir in der kurzen Zeit nicht zusammenbekommen. Aber wenn du noch mehr von uns brauchst, dann werden sie da sein, sobald es geht. Wir Krähen stehen zu euch. Uns vertreiben die Menschen Tag für Tag von den Feldern, uns schießen sie ab, und unsere Nester, unsere Brut, zerstören sie. Wir sind zu allem bereit!«

Grarr nickte. »Vespasian wird dich und die Deinen einteilen.«

Der junge Wolf trat aus dem grünen Schatten der Bäume und führte die Krähen fort. Grarr hatte ihn nach seinem mutigen Angriff auf die Zweibeiner befördert.

Doch trotz aller Pakte schien Grarr die Zukunft nicht auf alle Zeit gesichert. Deshalb würde er nun den Weg nehmen, den er schon zu lange nicht gegangen war. Aus Furcht, kein Lob, sondern nur Vorwürfe und Missgunst zu hören. Er wollte sich nicht wieder wie ein kleiner, dummer Welpe fühlen müssen. Doch noch weniger wollte er das Falsche tun, zu viel stand auf dem Spiel. Eigentlich alles, wofür er gelebt hatte.

Die Kralle tauchte auf, er hatte sie nicht kommen hören.

»Der Weg ist nun frei … Da waren nur ein paar Hunde, die wir … fortjagen mussten … Gestörte Wesen … wir gehen ihnen nun nach … die Jagd ruft.«

»Lasst sie besser noch am Leben. Wenn die letzten Schweine gerissen, die Vorräte in der Metzgerei und den Kühlschränken aufgebraucht und alle Dosen in den Kellern geöffnet sind, werden wir froh sein, noch etwas Frischfleisch zu haben.« Grarr wusste, wie schwer es für ein Rudel dieser Größe war, alle Mäuler stopfen zu müssen. Vor allem wenn es nicht auf Wanderschaft war und ständig neue Jagdgebiete durchquerte. Doch er würde Wege finden. Niemand der Seinen sollte verhungern.

»Dann werden wir … schon einmal andere Beute suchen … wir schauen … uns gerne um.«

Ohne Demutsbezeugung rannten sie davon und ließen Grarr allein. Seinen nun folgenden Weg waren sie niemals mitgegangen. Grarr vermutete, dass sie Angst davor hatten.

Und er konnte sie gut verstehen.

Grarr ging die Strecke wie in Trance. Und verharrte lang, als er angekommen war.

Einige kleine Ranken lugten aus dem grünen Kreis um das Auge der Höhle. Er war schon zu lange nicht mehr hier gewesen, das würde er zu hören bekommen. Grarr begann am unteren Ende damit, das vorwitzige Grün abzubeißen, und arbeitete sich dann einmal im Kreis herum. Er ging nicht in die Höhle hinein, sondern wartete am Eingang, bis ein Zischeln aus dem Inneren zu hören war und kalte Höhlenluft zu ihm drang, Kondensnebel bildend.

Er sah den Frevel sofort. Dort lag der vermisste Sylvio, Anführer der Hunde Rimellas, und schlief. Ohne zu zögern, schloss er seinen Fang um den Nacken des Mastiffs und schleifte ihn unter Aufbietung all seiner Kräfte hinaus. Dann riss er ihn, zerrte gar Ohren, Fell und Haut vom Schädel, so lange, bis nicht mehr zu erkennen war, ob die in weitem Bogen vor der Höhle verteilten blutigen Reste von einem Hund oder einem anderen Tier stammten.

Grarrs weißes Fell war rot gesprenkelt vom Blut. Jeder Tropfen schien ihm mehr Kraft gegeben zu haben, denn als er wieder in die Höhle trat, tat er dies erhobenen Hauptes. Er setzte sich an den Rand des Tümpels, wie er es immer tat, wie es schon sein Vater und dessen Vater getan hatten, und so weiter zurück bis zum Beginn, als die Gebeine von Rom aus hergetragen und in Sicherheit gebracht wurden, in diesem Wasser versenkt, und die Höhle über Generationen vergrößert und verteidigt wurde, mit ihren Krallen, mit ihren Fängen, mit ihren Leben.

Für sie.

Für die eine.

»Was hast du mir nur angetan?«, hörte er nun ihre Stimme, wie einen Windhauch, der sich in der Höhle verfangen hatte, rau und rauschend, doch tief und alles durchdringend, sein Herz und seine Seele. »Missgeburten haben meine Ruhestatt entweiht, haben hier eine unwürdige Seele abgeladen! Sie sind nicht verschwunden, als ich es verlangte. Niemand meines Rudels ist gekommen, um sie zu vertreiben. Du hast mich vergessen! Nie zuvor ist solches geschehen. Schande über dich, Sohn Grarr. Schmerz soll mit dir sein!«

Die letzten Worte erklangen noch tiefer, sie legten sich wie eine Schlinge um seinen Hals und zogen zu, die Luft aus ihnen pressend.

»Die Hunde sind nun vertrieben. Es kommt nicht mehr

vor!«, brachte Grarr heraus. Sie hatte ihn gebraucht, und er war nicht da gewesen.

»Sprich nicht so, als hättest du mir damit einen Gefallen erwiesen. Es war deine Pflicht. Doch du bist sicher nicht gekommen, um diese zu erfüllen. Du kommst immer nur, wenn du Fragen hast.«

»Und an deinem Ehrentag!«

»Werde nicht frech, in dem du dies herausstellst! Es ist unser Tag, die Feier unseres Rudels.«

»Wie Recht du hast, Mutter«, sagte Grarr.

»Berichte! Wie geht es Aurelius? Hält dein älterer Bruder dir immer noch den Rücken frei, wie er es stets für dich getan hat?«

»Es geht ihm … sehr gut, Mutter. Er hat großen Frieden an seinem Platz gefunden.«

»Du tust gut daran, ihn zu ehren! Er hat dir die Würde, das Rudel zu leiten, freiwillig zuteilwerden lassen. Sag ihm, er soll mich bald wieder aufsuchen.«

»Ich werde es ihm ausrichten, Mutter. Doch es gibt Wichtigeres. Ich bin zu dir gekommen, weil unser Rudel sich in tödlicher Gefahr befindet, kein anderer Grund hätte mich so lange von dir fernhalten können! Drei der unseren sind getötet worden. Dabei hatten sie keine Schuld auf sich geladen. Wir haben daraufhin das Dorf der Zweibeiner eingenommen, schlafen nun in ihren Höhlen, laufen über ihre Straßen, fressen ihre Nahrung. Wir haben sie in einer Schlacht geschlagen, sie vertrieben. Doch die Zweibeiner kamen zurück und erschossen wieder drei der Unseren. Darunter Laetitia. Sie nahmen uns die Leitwölfin, Mutter! Unser Rudel schwindet. Wir bauen nun eine neue Verteidigungslinie auf, mit Krähen und Mardern. Doch wird es reichen? Was soll ich tun?«

Der leichte Nebel schien sich zu verfestigen. »Die Zeit ist gekommen.«

»Du meinst deinen Traum?«

»MACHE MICH STOLZ, GRARR! MACHE MICH GLÜCKLICH!«

Grarr wollte sagen, dass sich die schwierige Situation dadurch noch weiter zuspitzen würde. Doch die letzten Worte der Mutter, gesprochen in glorreicher Erwartung, ließen keinen Widerspruch zu. Er musste gehorchen, ihren Willen erfüllen. Sie hatte bisher immer Recht behalten.

»Dann werden wir so verfahren, wie du es wünschst, Mutter. Bei Romulus und Remus!«

Als Grarr aus der Höhle trat, drang kein blaues Licht mehr heraus. Der Nebel hatte eine neue Farbe angenommen.

Er war rot.

»Denen haben wir es voll gezeigt, was? Diesen Schissern!« James Dean stellte sich in Positur und kläffte das Waldstück an, aus dem sie gerade von der Kralle verscheucht worden waren.

»Die haben schnell begriffen, mit wem sie sich angelegt haben. Wir waren sechs gegen drei!« Die anderen Hunde gingen weiter, während der abgemagerte Boxer noch einen letzten lauten Beller tat, bevor er ihnen folgte.

»Gehen wir jetzt Fleisch finden?«, fragte Knorpel den neben ihm hertrottenden Niccolò. »Du weißt doch bestimmt, wo es frisches Fleisch gibt, oder? Schön saftiges Fleisch, noch blutig, wie es mein Mensch immer gemacht hat, solches Fleisch meine ich! Du bist doch zurückgekommen, um uns zu zeigen, wo wir es finden? Du weißt doch sicher, wo ein Fleischlager ist?«

»Jetzt hör doch mal auf mit deinem blöden Fleisch!«, schnaubte Franca, und ihr kleiner Körper plusterte sich auf. »Immer höre ich von dir nur Fleisch, Fleisch, Fleisch. Als wenn es nichts anderes auf der Welt gäbe! Sieh dich doch mal an, wer sollte einem so heruntergekommenen Hund schon etwas zu essen geben? Schau dir uns alle an! Bevor wir nicht zurechtgemacht sind, wird es gar nichts geben. Deswegen bringt uns Niccolò nun erst mal zu einem Hundefriseur. Alles andere ergibt sich dann schon. Am besten auf direktem Weg, Niccolò. Wir haben keine Zeit zu verlieren. Wir wollen Sylvio doch nicht zu lang allein lassen.«

Niccolò blieb stehen, Wut und Unverständnis rangen in seinem Inneren um die Hoheit und platzten schließlich gemeinsam heraus. In Form von Worten, die alle anderen verletzen, ja schmerzen sollten, wie ihn ihre Dummheit traf, ihre Weigerung, das Schicksal anzunehmen.

»Begreift ihr denn gar nichts? Wir sind *vertrieben* worden, aus Rimella, aus unserer Heimat. Die Wölfe haben jetzt dort das Sagen, und wir werden daran nichts ändern können. Nicht den Hauch einer Chance haben wir gegen sie! Fleisch gibt es nur, wenn wir selber etwas fangen – und keiner von uns hat das Zeug dazu. Euer Fell wird nur glänzend, wenn ihr es selber leckt, bis die Zunge wund ist, und selbst dann wird es nicht so seidig sein wie mit Bürsten und diesen Shampoos.« Sie starrten ihn fassungslos an. Aber Niccolò war noch nicht fertig. »Und Sylvio, den toten, verfaulenden Sylvio, werdet ihr *niemals* wiedersehen! Denn Wölfe sind jetzt bei der Höhle. Habt ihr das verstanden? *Wölfe!* Ihr solltet endlich euer verdammtes Glück begreifen, noch am Leben zu sein. Wer weiß, wie lange das noch so ist! Der Einzige, der uns retten könnte, ist nämlich weg. Wir können nur hoffen und nochmals hoffen, dass Giacomo bald wiederkommt.«

Er war bestimmt nur auf der Suche nach Barolo, dachte Niccolò. Das war alles. Mit seinem Gerede über Alba wollte er die Verrückten sicher bloß veralbern. So musste es sein.

Als er wieder weiterging, fühlte er sich ein gutes Stück besser. Die anderen fünf folgten ihm nicht. Das gefiel ihm, denn es zeigte, dass sie endlich der Realität ins Auge blickten.

»Warte, Niccolò!«, rief Franca ihm nun nach. »Wenn wir schon keine Menschen finden, dann sag mir doch wenigstens, wo ich Shampoo und Bürsten bekomme. Ich mach das dann selbst! Ich hab das bei meiner Menschenfrau oft genug gesehen. Sie hatte natürlich Hände, aber das bekomme ich hin, ganz bestimmt!«

Niccolò blickte sich um und sah, dass ihre Augen leuchteten.

»Zeigt Giacomo uns dann, wie man jagt?«, war nun Knorpel zu hören. »Ich wollte schon *immer* jagen! In mir ist ein wildes Tier, das spüre ich jeden Tag. Ich hol mir mein frisches Fleisch selbst. Lass uns Giacomo finden. Super, Niccolò, gut, dass du wieder da bist!«

Sie redeten aufgeregt miteinander, darüber, was ihnen der alte Trüffelhund alles beibringen würde. Sie waren wie Welpen, dachte Niccolò, die nicht gemerkt hatten, dass sie im Gewitter spielten.

Plötzlich stand Blitz neben ihm.

»Kennst du die Geschichte von Giacomo?«, fragte er. Blitz sprach immer so schnell, als müsse er mit Worten die Langsamkeit seiner drei Beine wettmachen. Er überschlug sich häufig beim Reden, stolperte über seine Zunge.

»Ja, natürlich. Jeder kennt sie«, sagte Niccolò abwesend.

»*Die* meine ich nicht. Sondern die, welche nur wir Trüffelhunde kennen und hüten. Guck nicht so! Als ich noch ein junger Hund war, bevor sie bei mir die … Krankheit gefunden haben, hatte mein Mensch den Traum, einen echten Trüffelhund aus mir zu machen. Verstehst du? Einen wie Giacomo. So einen. Ich habe nie viel von dem verstanden, was mein Mensch gesagt hat, wir waren weit von einer perfekten Verbindung entfernt, aber den Namen des berühmtesten Trüffelhundes, meine Güte, Niccolò, den bekam ich jeden Tag von Neuem in den Napf! Von klein auf haben sie mich mit dem Duft nach Trüffeln geimpft, aber es half nichts. Wir Chow-Chows sind von den, wie heißen sie? Die mit den schmalen Augen? Chinesen! Von denen sind wir doch als Braten gezüchtet worden, nicht als Spürhunde.« Seine blaue Zunge hechelte, Kühlung suchend, denn das schnelle Reden strengte ihn an. »Trotzdem lernte ich andere Trüffelhunde kennen. Natürlich hab ich die nach Giacomo gefragt. Mir haben sie auch von ihm berichtet. *Alles* meine ich. Trüffelhunde erzählen die Geschichten über ihre Art nur untereinander. Die von Giacomo sind die besten, die allerallerbesten, kannst du mir glauben! Die guten kennst du sicher, die sind, obwohl es sich ja eigentlich nicht gehört, an viele Rassen weitererzählt worden. Die Geschichte über sein Ende jedoch nicht. Gut so, wenn du mich fragst. Sehr gut so. Geht keinen was an!«

»Wie meinst du das mit seinem Ende? Er lebt doch noch.« Niccolò blickte sich kurz um, die anderen Hunde waren außer Hörweite. Wenn Blitz etwas Schlechtes über Giacomo wusste, wollte er nicht, dass es auch die anderen erfuhren.

»Ja, klar. Aber *nicht* als Trüffelhund. Was seine Bestimmung ist. Willst du wissen, wie es dazu kam? Ich erzähl es dir, unter dem Siegel der Verschwiegenheit, klar? Ich hab nichts gesagt!« Blitz wartete noch nicht einmal eine zustimmende Antwort ab. »Also: Giacomo und sein Mensch waren die Besten, ein Traumpaar, ein eingeschworenes Team, mit perfekter Verbindung natürlich. Der Mensch hatte keine Familie. Nur Giacomo. Der war sein Ein und Alles. Sie brauchten fast nie ein Wort miteinander zu sprechen, das ging alles so. Sie wussten einfach Bescheid. Das muss ganz groß gewesen sein! Naja, irgendwann ist der Mensch dann gestorben. Giacomo muss das Essen aus Trauer verweigert haben, bis sie es ihm wie einer Gans reinstopften! Die Schwester seines Menschen lebte weit weg in Mailand, sie verkaufte Giacomo dann einfach an den Nächstbesten. Der hatte aber keine

Ahnung von Trüffelhunden und glaubte, dass er durch Giacomo steinreich würde. Aber es kam keine Verbindung zwischen den beiden zustande. Giacomo muss sich bemüht haben, aber der neue Mensch wusste überhaupt nicht, wo Trüffel zu finden waren, führte ihn immer in die falschen Gebiete. Kurz gesagt: Es klappte nicht. Absolutes Desaster. Der Mensch hatte viel Geld für Giacomo bezahlt und war stinkewütend, dass es sich nicht gelohnt hatte. Also schlug er ihn mit einem Stock. Oh, es muss schrecklich gewesen sein! Er schlug ihn fast zu Tode. Bis heute weiß keiner genau, wie Giacomo entkommen konnte.«

Jetzt wurde Niccolò klar, warum Giacomo eingeschritten war, als ihn die dicke Frau auf der Piazza Savona geschlagen hatte. Da musste alles hochgekommen sein, wie ein toter Fisch an die Oberfläche. Da hatte er sich gegen einen Menschen zur Wehr gesetzt – weil er es damals nicht getan hatte. Das hatte Giacomo ihm doch gesagt. Niemals zuvor hatte er einen Menschen gebissen.

Blitz fuhr atemlos mit seinem Bericht fort, seine Zunge schien dabei immer länger und blauer zu werden.

»Danach war Giacomo nicht mehr der Alte, er wollte sich nie mehr an jemanden binden, an keinen Menschen, an keinen von unserer Art. Nur allein wollte er noch sein. Ich konnte es nicht glauben, als ich ihn bei dir sah! Keine Ahnung, wie du das geschafft hast, aber jetzt ist er wieder weg. Zurück kommt er bestimmt nicht. Das passt nicht zu ihm! Das musst du verstehen.« Er holte keuchend Luft. »Und was Sylvio angeht: Du wirst schon noch feststellen, dass er lebt. Er hat mit mir gesprochen, gesagt, dass er mir am liebsten den Hals durchbeißen würde. Er hatte schon immer einen merkwürdigen Sinn für Humor.«

In Niccolòs kleinem Kopf stempelte sich ein Wort rasend schnell auf jede Hirnwindung: Nein. Vielleicht war Giacomo einmal so gewesen, doch auf der Reise nach Rimella waren sie doch Freunde geworden, Gefährten? Da ging man doch nicht ohne ein Wort für immer auseinander! Da ließ man den anderen doch nicht einfach in seinem Elend zurück! Zurück nach Alba konnte er ohnehin nicht, da würden sie ihn doch nur jagen und einschläfern. War Giacomo das wirklich lieber, als hier an seiner Seite nach den Menschen zu suchen, die ihm fehlten? Oder konnte Giacomo nur das dumme Gehabe über den toten Sylvio nicht ertragen und wollte seine Nerven mit seinem geliebten Barolo beruhigen? Bestimmt hatte er die Witterung der kleinen Weinkellerei aufgenommen, die vor zwei Jahren direkt neben einer nahegelegenen alten Villa in den Fels getrieben worden war.

»Ich bringe Giacomo wieder zurück«, rief Niccolò. »Bin gleich wieder da, ihr werdet sehen!«

Und er rannte, so dass es seinem Namen alle Ehre machte. Wie der Wind. Er konnte die Fässer voll Barolo zwar nicht erschnuppern, doch den Weg fand er auch so, hatte er den Menschen doch bei den Bauarbeiten zugesehen. Er hatte im Schatten gelegen, sie in der Sonne geschwitzt. Steinladung für Steinladung hatten sie aus dem Loch im Hügel herausgeholt. Es war ein schöner Sommer gewesen.

Niccolò rannte so schnell, dass er erst spät bemerkte, was anders war. Er stoppte kurz von dem Tor, das dort hineinführte, wo früher Stein gewesen war und heute Wein in Fässern ruhte. Als er die fremden Bagger, Betonmischer, Hubwagen und Laster sah, floh er in den einzigen Ort, der ihm sicher erschien. Den Keller. Er war erst wenige Schritte gelaufen, hatte sich gerade erst an die Dunkelheit gewöhnt, an die unheimliche Stille und Kühle des langen Steinschlauchs mit seiner gerundeten Decke, als er sah, wie sich etwas bewegte. Ein Fass geriet aus dem Gleichgewicht, rollte aus seiner Halterung und bewegte sich in Richtung einer Frau, die mit dem Rücken zu ihm stand. Er sprintete los, begann zu bellen. Die Frau drehte sich um, er schoss weiter auf sie zu, um sie wegzudrücken, umzuwerfen, fort aus der Gefahrenzone.

Doch dadurch begab er sich selbst mitten hinein.

Die Frau war dank seiner Warnung längst den entscheidenden Schritt zurückgegangen. Niccolò stand nun dort, wo sie eben gewesen war, und das Fass hatte sich längst weiterbewegt, war nun über ihm, stürzte auf ihn herunter, um ihn unter sich zu begraben, zu zerdrücken wie eine Fliege.

Es würde schnell gehen.

Zwei Hände packten ihn ungelenk und schmerzhaft an den Vorderläufen, rissen ihn fort. Schon ertönte ein Krachen hinter Niccolò, ein Splittern und ein feuchtes Rauschen. Das Fass war auf dem Boden zerborsten, und weitere Fässer stürzten nun herunter. Die Frau hielt ihn in den Armen und überlegte panisch, wo sie sich verstecken konnte. Denn die Männer, welche hier lebten, machten ihr Angst. Außerdem dachte sie an einen Wolf, der sich hier aufhalten musste, am unteren Ende des Kellers.

Sie dachte sehr viel in sehr kurzer Zeit.

Und er verstand alles.

Er kannte jeden einzelnen ihrer Gedanken.

Als wären es seine eigenen.

Nie zuvor hatte er dies gekonnt.

Und nicht mehr gehofft, es jemals zu erleben.

Trotzdem war ein Schmerz in Niccolò. Denn er hätte Giacomo so gerne gleich davon erzählt.

Der Umweg über Cherasco hatte sich wahrlich gelohnt. Giacomo genoss das schwere Gefühl im Magen, weil er wusste, dass es von den köstlichen Schnecken kam, die er mit einem beherzten Sprung auf den Bistrotisch ergattert hatte. Mit den nachfolgenden, wunderbar schokoladigen Baci hatte ihn ein

Kind vor dem blütenweißen Arco Trionfale versorgt – bis dessen Mutter dahinterkam.

Das Leben hatte also doch noch erfreuliche Seiten. Heute Abend würde er wieder zu Hause in Alba sein und gleich morgen vor Giovanna Battistas Tür stehen, um Barolo zu bekommen, den eleganten aus La Morra.

Sein geliebtes Alba ließ ihn zwar die Müdigkeit vergessen, nicht aber Niccolò und die traurige Truppe von Hunden, die nun den Wölfen ausgeliefert war. Er hatte das Windspiel wirklich ins Herz geschlossen. Dieses dumme, kleine, traurige Windspiel, das die Hoffnung nie aufgab, sich einfach weigerte, die Wirklichkeit zu akzeptieren, das den Verlust seines alten Lebens nicht wahrhaben wollte, genauso wenig wie seine durchgedrehten Freunde den Tod des dicken Mastiffs. Dieser Niccolò ließ einfach nicht locker. Wie er sich bis nach Alba durchgekämpft hatte. Fast zu Tode hatte er sich gehungert, um ihn zu überreden. Zurück in Rimella hatte das Windspiel die Angst vor den Wölfen überwunden, damit eine Fährte aufgenommen werden konnte. Und obwohl sein Herr tot war, gab er immer noch nicht auf. Wie ein Terrier hatte er sich in die Hoffnung verbissen. Wahrscheinlich würde er ohne sie verrückt werden.

Die Hoffnung war ein gefährlicher Freund. Denn wenn er verschwand, kam kein anderer mehr.

Das hohe Gras lichtete sich vor dem alten Trüffelhund und gab das Kanalrohr frei, welches an der Straße nach Neive austrat. In ihm war er mit Niccolò aus Alba herausgekommen, diesen Weg würde er auch zurück nehmen.

Er ging in die Dunkelheit.

Sie machte ihm keine Angst. Sie biss nicht, trat nicht, schlug ihn nicht mit einem Stock. Selbst an den faulen Geruch und die stets nassen Pfoten gewöhnte er sich nach einiger Zeit. Das gelegentliche Quieken der Ratten hätte genauso gut von Fledermäusen stammen können. Giacomo verfiel in einen langsamen, gleichmäßigen Trott. Kam ein enger Gang, zwängte er sich hindurch, auch wenn er dafür seine Nase in das dreckige Rinnsal unter sich tunken musste. Einfach immer geradeaus. Er hatte keine Ahnung, wohin er lief, was aber nichts ausmachte, denn grob stimmte die Richtung, und er wusste eh nicht genau, wohin er wollte. Nur zu wem.

Nach einer Biegung weitete sich der Abflusskanal zu einer kleinen Halle, was er am Echo seiner Schritte bemerkte.

Hier traf er sie.

»Da kommt er ja endlich.«

»Wir haben dich schon von Weitem erkannt, Giacomo. Du platschst gewaltig. Verschreckst die Ratten!«

»Dass du dich noch einmal hertraust.«

»Suchen die Menschen immer noch nach mir?«

»Wissen wir doch nicht, was die Menschen machen. Dein kleiner Windspiel-Freund hat gelogen, er war gar nicht mit Zamperl befreundet.«

»Oh.«

»Ja, oh! Das mögen wir nicht. Belogen werden.«

»Das sagt ihr mir jetzt, wo ihr mich im Dunkeln umzingelt habt? Ihr hättet euch keinen besseren Zeitpunkt aussuchen können.«

»Nichtsdestotrotz konnte ich dank der Lüge des Windspiels befreit werden.«

»Dann musst du Zamperl sein«, sagte Giacomo, hörbar erfreut, und drehte sich in die Richtung, aus der die Stimme gekommen war. »Ich freu mich ehrlich, dich kennenzulernen.« Zumindest deine Stimme, dachte Giacomo. »Und noch mehr freue ich mich über das, was du gerade gesagt hast. Das klingt gut. Ich fühl mich gleich nicht mehr ganz so unwohl hier.«

»Hast du davon gewusst? Von der Lüge?«

»Ich hab dem Kleinen genauso vertraut wie ihr, Jungs.

Und Mädels?« Giacomo war sich nicht sicher, ob es Dachshündinnen gab. Aber irgendwie mussten sich ja selbst diese Leberwürste vermehren.

»Dann kannst du passieren.«

»Da danke ich ganz herzlich. Aber vielleicht könntet ihr mir sagen, wo ich hingehen muss.«

»Wo willst du denn hin?«

»Ich muss dringend zum Spürer. Ich habe einen Toten für ihn.«

Kapitel 7

RÜCKKEHR

Sie drückte ihn an sich wie ein Baby. Allerdings hielt man Babys sicher selten die Schnauze zu. Die Männer standen direkt vor ihnen. Jedes Wort konnte zu viel sein. Nur ein kostspieliger Weinsee trennte sie, und drei geborstene Fässer, die den Weg blockierten. Sie sahen aus wie gesplitterte Gerippe.

»Was für eine Scheiße! Gott sei Dank bin nicht *ich* hier zuletzt drin gewesen, sondern *du*!«

Isabella hatte sich mit Niccolò hinter einer noch stehenden Fässerpyramide versteckt. Doch wenn die Bauarbeiter auch nur vier Schritte weitergingen, würde man sie entdecken. Niccolò dachte nicht darüber nach. Seine Gefühle suhlten sich in der Umarmung, wie ein Wildschwein in der Schlammpfütze.

»Willst du damit andeuten, *ich* hätte hiermit was zu tun? Bist auf Ärger aus, ja? Kannst du gerne haben, Arschloch!«

Niccolò konnte hören, wie jemand geschubst und an seiner Kleidung gezerrt wurde.

Atem und Pulsschlag der Menschenfrau entspannten sich nun merkwürdigerweise. Sie fühlte sich sicherer und dachte wieder an den Wolf. Wollte diesen befreien. Warum kümmerte sich ein so netter Mensch nur um eine solche Bestie? Diese diebischen Kreaturen hatten sein ganzes Dorf geraubt!

Doch die Menschenfrau dachte auch an ihn, und dass er ihr das Leben gerettet hatte. Die Dankbarkeit hatte bereits tiefe Wurzeln in ihrer Seele geschlagen, Niccolò sah sich durch ihre Augen. So hatte er sich noch nie betrachtet.

»Jetzt hast du mir auf die Schulter geschlagen! Du weißt doch, dass ich sie mir am Wochenende verrenkt habe. Lass stecken, ja? Ist gut. Komm! Reg dich ab. Ich bin doch nicht so blöd und erzähl Burgnich davon. Dann müsste ich die Sauerei nämlich gleich wegmachen. Von mir erfährt keiner was. Ist mir vollkommen wurscht, ob du das warst oder nicht. Unser wilder Baulöwe wird die Bescherung schon selbst sehen, wenn er heute Abend wieder an dem alten Fass da hinten schöne Träume zapft.«

Der Atem der Frau wurde noch ruhiger, ihr Griff um seine Schnauze entspannte sich. Sie hob ihn höher und drückte ihren Kopf zärtlich an seinen Rücken. Niccolò wünschte sich, dass die Männer nie mehr fortgingen.

»Wenn der kommt, ist die Plörre hier längst zu Essig geworden und stinkt wie Sau. Dann kann er sich vor Fruchtfliegen nicht mehr retten. Am besten lassen wir das Tor auf.«

»Und die Wölfe?«

»Seit wann können Wölfe durch Gitter gehen? Denen wird scheißegal sein, ob das Tor auf ist oder nicht. Bis morgen früh wird schon nichts passieren. Dann kümmern wir uns eh um die. Bin ich froh, wenn dieses blöde Geheule aufhört. Da hab ich schon Kopfschmerzen von.«

Die Männer verließen den Keller.

Damit endete Niccolòs Umarmung, er wurde auf den Betonboden gelassen. Die Frau kniete sich vor ihn hin: »So, kleiner Mann. Ich glaube, ich muss mich sehr bei dir bedanken! Ich bin übrigens Isabella. Und du? Hast du ein Halsband?« Sie fand es. »Niccolò? Der Name passt zu dir.« Sie strich ihm über Kopf und Ohren – genau über die richtigen Stellen. »Niccolò, ich weiß, du kannst mich nicht verstehen. Aber du musst jetzt leise sein, und auch nicht wegrennen! Ich muss jetzt etwas ganz Wichtiges machen. Ja?«

Niccolò verstand jedes Wort. Er würde genau tun, was Isabella sagte. Er wollte ihr alles recht machen.

Sie ging tiefer in den Kellertunnel. Als sie einen Schalter an der Seite betätigte, verschwand die Dunkelheit, weitere Fässer zeigten sich, und eine Wand, die aus dem rohen Stein des Hügels bestand, davor ein großer Flaschengitterkäfig, in dem sich drei Wölfe befanden. Sie waren hellwach und blickten zu ihnen. In ihren Mienen erkannte Niccolò eine gefährliche Mischung aus Angst und Wut. Isabella näherte sich ihnen langsam von der Seite, ohne mit den Armen zu fuchteln, und sprach dabei tief und monoton, sagte ihnen, dass sie nichts Böses wolle und dass sie gleich den Käfig öffnen würde. An vorderster Stelle stand eine stolze Wölfin, deren ungewöhnlich rotes Fell Niccolò sogleich wiedererkannte. Für ihn war es zwar nur grau, doch eines ohnegleichen. Es war fraglos dieselbe Wölfin, die Giacomo und ihn durch die Gassen Rimellas gehetzt und in Todesangst versetzt hatte.

Isabella sah sich das Schloss an, die beiden Wölfe waren in den hinteren Teil des Käfigs zurückgewichen, doch die Wölfin blieb vorne stehen. Ein Prankenhieb durch das breite Gitter würde Isabella schwer verletzen, die nun unachtsam mit dem Kopf näher an das Schloss ging.

»Tu ihr nichts, bitte.«

»Setzt du dich für deine Herrin ein, Sklave?«, fragte die Wölfin barsch. »Erwarte kein Verständnis für dich oder die Zweibeinerin. Ihr Kopf gefällt mir gut. Es scheint, als habe sie nicht viel Fell, das die Haut schützt.«

Niccolò lief knurrend zu Isabella vor. Er wollte nicht schon wieder einen Menschen verlieren. Die Verbindung zu ihr war wie ein wertvolles Geschenk, köstlicher und betörender als jede Speise, es füllte sein Herz und seine Seele bis zum Rand.

»Ich habe keine Ahnung wieso, aber sie will euch Verbrechern helfen und euch befreien! Hörst du? Ich würde euch hier verrotten lassen. Aber sie ist anders.«

»Zuerst schießen sie uns ab, sperren uns ein wie dummes Vieh, und dann lassen sie uns einfach so wieder frei? Verkauf uns nicht für dumm, Missgeburt.«

»Was habt ihr denn zu verlieren?«

»Eine Gelegenheit zur Rache«, sagte die Wölfin.

In diesem Moment hob Isabella den Kopf und blickte zu Niccolò. »Die Zahlenkombination war 0000! Genau wie bei mir zu Hause. Ich bin immer zu faul, mir was anderes zu merken. Jetzt können wir die Wölfe wieder rauslassen.«

Die Wölfin näherte sich, das Haupt gesenkt.

»Was ist denn das?« Isabella kam mit dem Kopf wieder näher an das Gitter. »Die Wölfin muss gebissen worden sein!« Isabella ging einen Schritt zur Seite, damit sie keinen Schatten auf das Tier warf. »Gott sei Dank ist die Wunde nicht tief, sieht gut verheilt aus. Wenn Wölfe miteinander kämpfen, kann es ganz schön zur Sache gehen.« Sie sagte dies zu Niccolò gewandt, dem nun einfiel, wer die Wölfin gebissen hatte.

»Tut ihr nur nichts, wenn sie euch freilässt. Mehr will ich nicht.«

»Was hast du schon zu wollen? Dich töten wir zuerst. Du stehst doch mit den Zweibeinern im Bunde. Ich hätte dich damals in Rimella vernichten sollen.«

»Dafür muss man aber schneller sein, als ihr Grauen es seid. Viel schneller!«

»Glaubst du etwa, ich hätte damals nicht gesehen, wie du und dein Freund in der Gülle gesteckt habt? Wenn ich es gewollt hätte, dann wärst du jetzt tot, du kümmerlicher Hund.«

»Und warum wolltest du es nicht?«

Die Wölfin schwieg.

Isabella stand auf, holte sich zwei der geborstenen Fassdauben, deren Enden besonders spitz waren, und kam zurück zum Käfig. »Stell dich am besten hinter mich, Niccolò. Da bist du sicher vor den Wölfen.«

Aber Niccolò lief zum Ausgang.

»Hör zu, Wölfin!«, rief er von dort Richtung Käfig. »Wenn ihr der Menschenfrau irgendetwas antut, belle ich, dann kommen die Männer wieder. Die sind bestimmt nicht so nett zu euch.«

»Was machst du?«, rief Isabella leise, Angst in ihrer Stimme.

Niccolò lief es eiskalt den Rücken herunter, so gut gefiel ihm das. Er sprang vorsichtig auf die Fässerpyramide, ganz nach oben. In Sicherheit vor den Wölfen.

Als sie dies sah, nahm Isabella das Schloss ab, ging ein paar Schritte zurück und stieß mit einer der spitzen Dauben das Gatter auf. Die Wölfin wartete keinen Augenblick und rannte los, leicht humpelnd, ihre Mitgefangenen jagten hinter ihr her. Weder Isabella noch Niccolò würdigten sie eines Blickes, sprangen nur elegant über die geborstenen Fässer, glitten hintereinander aus dem offen stehenden Tor und waren weg, ohne dass von draußen ein Geräusch zu hören war, ein Warnruf oder ein Schuss.

Freudestrahlend kam Isabella zu Niccolò, der von den Fässern zu ihr herunterhüpfte. »Du bist mein Glücksbringer, kleiner Niccolò! Tust du mir noch einen Gefallen, bevor wir dein Herrchen suchen? Ich würde mich sehr freuen, wenn ich dich zu einem kleinen Festmahl einladen könnte, um mich bei dir zu bedanken. Außerdem möchte ich dir gerne jemanden vorstellen.«

Laetitia hatte es gesagt.

Und jetzt war es passiert.

Darum war Vespasian hier. Und riskierte alles.

»Wenn ich eines Tages einfach verschwinden sollte,

musst du die Kralle beobachten. Versprichst du mir das? Aber lass dich bei Romulus und Remus nicht erwischen!« Was seine Mutter damit gemeint haben könnte, wofür die Beobachtung der unheimlichen Beschützer ihres Rudels gut sein würde, wusste der junge Wolf nicht. Er gehorchte seiner Mutter, auf deren Weisung er sich immer hatte verlassen können. Ihr Verschwinden bedrückte ihn, doch Vespasian war wie jeder Welpe vom ganzen Rudel aufgezogen worden, Laetitias Fortgang war genauso schmerzhaft für ihn, wie es der jedes anderen Wolfs gewesen wäre.

Doch es galt, ein gegebenes Wort zu halten.

Sein Versprechen hatte ihn auf eine Straße geführt, die von der Mittagssonne erhitzt wurde. Um diese Zeit waren selten Zweibeiner unterwegs. Trotzdem konnten sie jederzeit auftauchen und ihn entdecken.

Es war schwer, die Kralle im Blick zu behalten, ohne entdeckt zu werden. Ein Kirchturm war auszumachen, daneben ein hohes Dach, das ein großes, dunkles Loch aufwies.

Vespasian hatte seine Krallen eingezogen, um kein Geräusch zu verursachen, wenn seine Pfoten den warmen Asphalt berührten. Der Untergrund war ungewohnt, und er begriff nicht, warum die Kralle auf dieser Straße lief, wo doch jeden Moment ein Wagen der Zweibeiner auftauchen konnte. Sonst scheute die Kralle Gefahr, schlug lieber aus dem Hinterhalt zu, ging kein Risiko ein. Dies hier war Irrsinn. Und dass er hinterherlief, genauso. Was hatte ihm Laetitia da nur für ein Versprechen abgerungen!

Die Kralle wurde langsamer, als sie zu den ersten Häusern am Ortsrand kam, die noch nicht so eng aneinandergerückt waren wie die im Zentrum um den schützenden Kirchturm versammelten.

Zeitgleich blieben die drei Wölfe stehen und hoben ihre Köpfe.

So verharrten sie.

Auch Vespasian blieb stehen, wusste aber nicht, was nun zu tun war. Er traute sich nicht näher, zurück konnte er aber auch nicht. Aus einem Reflex heraus begann er hektisch sein Fell zu lecken, immer wieder aufblickend. Die Kralle stand fest verwurzelt da, nur die Köpfe glitten mal ein wenig in die eine, mal in die andere Richtung.

Dann setzten sie sich wie ein einziges Wesen wieder in Bewegung und gingen in den Ort, langsam, die Schnauzen hoch erhoben. Alle Gerüche gierig einsaugend. Vespasian beendete sofort seine Fellpflege und folgte ihnen. Sie schienen so konzentriert, dass er sich weiter an sie herantraute. Dies war auch nötig, um sie in den kleinen verwinkelten Sträßchen, durch die sie jetzt liefen, nicht zu verlieren. Vespasians Herz pumpte Angst in seine Glieder, denn dies war im Gegensatz zu Rimella eine Siedlung, in der noch Zweibeiner lebten. Aus manchen Fenstern drangen Geräusche, einmal sogar Schüsse.

Vespasian fühlte sich wie vor einer bevorstehenden Schlacht. Gegen eine Überzahl von Menschen oder, schlimmer noch, gegen die Kralle. Konnte Laetitia wirklich wollen, dass dies geschah? Sie hatte doch immer versucht, ihn zu beschützen, mehr noch als ihre anderen Welpen. Wenn sich alle ums Fleisch rauften, hatte sie ihm stets ein Stück gebracht, damit er sich nicht in den Kampf werfen musste. Wenn er mit anderen tollte und diese wilder wurden, ihm Schmerzen zufügten, hatte seine Mutter sie zurechtgestutzt. Sie hatte für ihn immer alle Steine aus dem Weg gerollt.

Wieso hatte sie gerade ihm diese Aufgabe aufgebürdet? Sie hatte es getan, nachdem Aurelius fortgegangen war. Dadurch hatte sie sich verändert. Auf eine gewisse Art hatte sich seitdem alles im Rudel verändert.

Die Kralle verschwand in einem Haus. Es war neu und kantig, sein Dach flach, Fensterläden fehlten völlig. Vespasian konnte es auf Anhieb nicht leiden. Die Fassade war ohne Risse, keine Flecken zeigten Spuren von Leben. Es sah aus wie eine Maschine. Wie konnten Menschen nur darin leben?

Ein Kind schrie auf, es klang wie eine läufige Katze. Das Kind brüllte laut und ausdauernd. Tauben stoben aufgeschreckt aus dem Dach des großen Hauses neben der Kirche. Es wurde lauter im Inneren des Hauses. Die Kralle musste immer noch drin sein, denn herausgekommen war sie nicht. Etwas klirrte. Die Fensterläden von anderen Häusern öffneten sich, der ganze Ort schien zum Leben zurückzukehren. Immer noch war nichts von der Kralle zu sehen. Die Situation wurde immer bedrohlicher für Vespasian. Bald würde ihn jemand auf der Straße entdecken. Er sollte zurücklaufen, solange er noch konnte.

Doch wenn es dieses merkwürdige Geschehen war, weshalb seine Mutter die Verfolgung von ihm verlangt hatte, dann musste er gerade jetzt bleiben, dann durfte er nicht fortrennen, wie er es vor Kurzem noch getan hätte und wie es sein Körper immer noch wollte, als bliese ihn ein Sturm zurück nach Rimella. Er musste auf die Kralle warten, genau deswegen war er schließlich hier.

Plötzlich schossen blaue Blitze durch den Himmel. Sie schienen von überall zu kommen, und ihre Intensität nahm stetig zu. Sie kreisten das Haus und Vespasian ein wie ein Schwarm hungriger Raubvögel. Schnell waren sie an den Häuserwänden zu sehen. Vespasian rannte davon, in die einzige Gasse, die klein und verwinkelt auf die Straße traf, von wo aus er gerade noch die Augen nach der Kralle aufgehalten hatte. Sie war nicht zu sehen. Die Blitze würden sie treffen.

Vespasian blickte sich kurz um, sah, dass die Blitze aus den sich drehenden Köpfen der Wagen kamen. Nur noch eine kurze Strecke bis in die sicheren Weinberge. Doch Vespasian konnte den Blick nicht von dem Dorf abwenden. Das rhythmisch wiederkehrende Licht der Blitze beleuchtete dort noch etwas. Einen Wolf. Als er bemerkte, dass Vespasian ihn gesichtet hatte, lief er augenblicklich fort. Kräftig gebaut, sein Fell grau, die Vorderbeine schlohweiß.

Commodus.

Caninis Name wurde gerufen. Es war die Stimme, auf die sie so lange in der Dunkelheit gewartet hatte. Sie wusste nicht wohin vor lauter Freude, drehte sich im Kreis, jagte dem eigenen Schwanz hinterher, kläffte unentwegt, sehnte das Öffnen der Tür herbei, den Sprung in die Arme Isabellas. Endlich wurde der Riegel fortgeschoben, drang Licht herein. Doch als sich ihre Augen daran gewöhnt, als die verschwimmenden Konturen Schärfe gewonnen hatten, da saß zwar Isabella in der Hocke vor ihr, doch ihr Arm lag auf dem Rücken eines Windspiels.

»Schau mal, wen ich mitgebracht habe, Prinzessin! Darf ich vorstellen: Niccolò.«

Mit einem Sprung kam Niccolò auf sie zu, doch Canini ließ ihn nicht schnüffeln. Wer war das? Was machte er bei Isabella? Wollte sie nicht Wölfe befreien gehen? Canini schritt an ihm vorbei zu Isabella, leckte ihr durchs Gesicht, dabei immer darauf bedacht, dass dieses Windspiel nicht an ihr Hinterteil kam. Wenn sie ihn nicht beachtete, verschwand er vielleicht wieder.

»Du musst die Überraschung für mich sein«, sagte Niccolò. »Jetzt lass dich doch mal richtig beschnüffeln. Wir werden ab jetzt sicher viel Zeit miteinander verbringen.«

»Was redest du da? Scher dich weg!« Sie leckte Isabella noch mal durchs Gesicht, obwohl dieses schon an nahezu allen Stellen feucht war.

»Nicht so wild«, sagte Isabella. »Oder ist mein Gesicht so dreckig, Süße?« Als Canini nicht aufhörte, schob Isabella sie zärtlich, aber bestimmt von sich weg und stand auf. »Jetzt reicht's aber.«

Canini wandte sich zu Niccolò und knurrte. »Was hast du mit ihr gemacht, dass sie nicht mehr mit mir schmusen will?«

»Ich? Gemacht? Ich hab ihr das Leben gerettet, das hab ich gemacht. Wenn ich sie nicht gewarnt hätte, läge sie jetzt tot unter Weinfässern. Und danach hat Isabella mich gerettet.«

Isabella hatte sich bereits auf den Weg zum Zeltlager gemacht. »Kommt, ihr zwei, es gibt was zu essen.« Schnell rannte Canini an ihre Seite, lief so nah an ihrem Bein, dass sie beinahe strauchelte. »Du bist ja ganz wild heute! Aber ich hab dich ja auch lange allein gelassen, viel zu lange.« Sie strich ihr über den Kopf.

»Habt ihr auch eine perfekte Verbindung?«, fragte Niccolò und trabte hinterher.

Canini blieb stehen, als sei sie gegen eine Mauer gelaufen. »*Was* hast du gesagt?«

»Ob ihr auch eine perfekte Verbindung habt. Ich kann immer noch nicht glauben, dass ich das endlich erleben darf.«

Canini lief wieder los, nun noch entschlossener den Blick nach vorn gewandt. »Du redest Blödsinn!«

»Du lebst doch schon lange mit ihr, oder? Wie ist es? Für mich ist das alles ja ganz neu.«

»Ich habe keine perfekte Verbindung. Eine gute, eine sehr gute sogar, aber keine perfekte. Und du auch nicht. Das geht bei ihr gar nicht.«

Niccolò rannte zu ihr. Es gefiel der Spanielhündin überhaupt nicht, wie dieser kleine, zierliche Hund sie ansah. Und beim Näherkommen hatte dieser Lügner auch noch an ihr rumgeschnüffelt.

»Pass auf«, sagte er. Sie näherten sich nun dem Zelt, das wie ein schlafender Bär am Hang in der Sonne lag. »Sie denkt gerade, dass sie dir ein Stück Murazzano geben will, weil du so lange auf sie warten musstest. Du isst gern Käse?«

Canini sagte nichts, sondern wartete ab, bis sie das Zelt erreicht hatten und Isabella wieder herauskam. Sie reichte der Spanielhündin ein Stück Käse. »Als kleine Entschuldigung. Was ist? Wieso nimmst du es nicht?«

»Purer Zufall«, sagte Canini zu Niccolò.

»Jetzt wird sie dir etwas Torrone holen, weil du den Murazzano nicht fressen wolltest. Sie wird das Stück Käse selbst futtern. – Ich mag Torrone ja nicht, da bleiben einem immer so Stücke an den Zähnen hängen.«

Isabella steckte sich den strohgelben Schafskäse in den Mund und fischte ein noch eingepacktes Stück Torrone mit köstlich aussehenden Haselnüssen aus dem Zeltinneren. »Du bist heute wohl eher auf etwas Süßes aus, was?«

»Ich glaub dir trotzdem kein Wort!«, sagte Canini und legte sich etwas abseits der beiden ins hohe Gras.

Das folgende Festmahl fand ohne sie statt und bestand aus einer Dose Thunfisch und einigen extrem trockenen Salzcrackern. Niccolò liebte es. »Ich wünschte«, sagte er zu Canini, die so tat, als würde sie nicht zuhören, »meine Freunde wären jetzt hier. Außer mir sind noch fünf andere Hunde aus Rimella übrig, und dann ist da noch Giacomo. *Der* Giacomo. Er hatte auch mal eine perfekte Verbindung, er ist großartig.«

Die Spanielhündin sah ihn gespielt bewundernd an. »Natürlich kennt einer wie *du* auch den großen Giacomo! Wo ist er denn jetzt, na? Denkt Isabella vielleicht gerade an ihn?«

»Ich weiß nicht, wo er ist«, sagte Niccolò, und zum ersten Mal sank seine Hochstimmung etwas. Was Canini freute. Allerdings schämte sie sich direkt ein bisschen dafür. Trotzdem musste dieser Angeber so schnell wie möglich wieder aus ihrem und Isabellas Leben verschwinden.

Plötzlich fielen zwei Schatten auf das Zelt. Sie stammten von zwei Männern, die zwar nicht sonderlich groß waren, doch genau in der Sonne standen. Und keinerlei Wärme ausstrahlten.

Isabella sah auf. »Herr Burgnich, welch unerwartete … Überraschung.« Sie aß beiläufig weiter.

»Ich dachte mir schon, dass ich mich nicht vorzustellen brauche, meine liebe Isabella Tinbergen, Biologin der Universität Turin, Assistenzstelle im Fachbereich Verhaltensbiologie, die gerade zur Verlängerung ansteht, wohnhaft in der Via …«

»Woher wissen Sie das alles?«, fragte Isabella und stand auf, sich Strähnen aus der Stirn streichend.

Niccolò verfolgte ihre Gefühle und Gedanken genau. Gerade die über den Dobermann interessierten ihn sehr, denn einen solchen hatte er noch nie gesehen. Das Tier trug ein teures, glitzerndes Halsband, das Fell glänzte perfekt, sogar die Haare an den Pfoten hatten exakt die richtige Länge. Niccolò konnte solche Feinheiten dank etlicher Monologe Francas zum Thema Hundefrisuren erkennen. Auch der Name des Dobermanns kam in Isabellas Gedanken vor: Junior. Sein Herr schleppte ihn anscheinend überall mit hin, in Diskotheken, Schickimicki-Restaurants und sogar in die VIP-Lounge beim Fußball. Was einigen Frauen ihr Fuchs um den Hals, dachte Isabella nun, das ist Burgnich sein Dobermann am Fuß. Es waren unglaublich viele Gedanken, die ihr nahezu gleichzeitig durch den Kopf gingen.

»Ich weiß halt gerne, wen ich auf meinem Besitz als Gast begrüßen darf, Frau Tinbergen. Wie läuft Ihre Arbeit? Ach, das ist natürlich eine dumme Frage. Eben hat mich ein Journalist der *Stampa* angerufen und mich auf den neuesten Stand gebracht. Faszinierende Tiere, diese Wölfe, nicht wahr?«

»So faszinierend, dass Sie sie mit Betäubungsgewehren jagen und in einen Weinkeller sperren. Ich wusste nicht, dass Tierliebe heute *so* aussieht.«

»Setzen wir uns doch, Frau Tinbergen. Im Sitzen plaudert

es sich doch viel entspannter. Und wir wollen doch beide eine entspannte Situation, nicht wahr?«

»Deshalb lassen Sie mich auch in eine Hütte einsperren. Weil Sie eine entspannte Situation wollen.« Isabella setzte sich nicht hin. Sie straffte im Gegenteil nochmals ihren Körper.

»Ein unglückliches Missverständnis, sonst nichts. Genau wie die Schüsse auf diese liebenswerten Wölfe. Ein übermotivierter Mitarbeiter, beide Male, ich habe ihn zur Rechenschaft gezogen. Ich selbst hätte die Wölfe freigelassen, wenn Sie mir nicht zuvorgekommen wären.« Er zündete sich einen Zigarillo an und blies ihr den Rauch ins Gesicht. »Die zerstörten Weinfässer samt Inhalt werde ich der Universität natürlich in Rechnung stellen müssen. Es tut mir sehr leid, dass dies gerade jetzt passiert, wo Ihre Vertragsverlängerung diskutiert wird. Aber mir ist ein Schaden entstanden, und der muss beglichen werden. Ich habe kein Geld zu verschenken. Wegen der Wölfe, Sie verstehen. Wenn das anders wäre, ja dann …« Er zwinkerte.

»Ich lasse mich nicht kaufen.« Isabella verschränkte die Arme. »Sie werden schon noch merken, dass man sich trotz Geld nicht alles leisten kann. Die Öffentlichkeit lässt sich nicht belügen.« Sie stockte. »Zumindest nicht in diesem Fall. Dafür werde ich sorgen! Ihre Verbrechen werden alle aufgedeckt.«

»Meine liebe Frau Tinbergen …«, Burgnich ging einen Schritt auf sie zu, wollte ihren Arm packen, doch Isabella wich aus, wodurch sie fast das Gleichgewicht verlor. »Ich würde nie gegen das Gesetz verstoßen. Sie werden mir nichts vorwerfen können, seien Sie dessen gewiss. Natürlich passieren manchmal … Unglücke. Für die *niemand* etwas kann. Meine guten Freunde von der Stampa, die so ausnehmend gern die Juve-Spiele in meiner VIP-Lounge verfolgen, werden das genauso sehen.«

»Es gibt andere Medien. Sie kommen damit nicht durch!«

Ab diesem Moment lauschte Canini, die kein Wort verstanden, nur die Stimmung Isabellas gespürt hatte, einem anderen Gespräch. Das angeberische, verlogene Windspiel führte es mit dem Hund zu Füßen des Zweibeiners. Einem glänzend aussehenden Dobermann, der Ehrfurcht gebietend den Kopf hob, als überschaue er ein großes Revier.

»Mein Herrchen will, dass neue Menschen nach Rimella kommen«, sagte er. »Damit sie glücklich werden, will er bessere Häuser, er will auch, dass es Kühe gibt, Ziegen, Schweine, so wie es früher war. Alles soll besser werden. Dann werden auch wir, ihre Begleiter, glücklich sein. Nur die verdammten Wölfe sind im Weg. Sie müssen fort. Bist du auf unserer Seite, oder gehörst du zu dieser verrückten Frau?«, fragte der Dobermann. Canini sah, wie sich die Muskeln des Dobermanns unter dem Fell bewegten, wie Schlangen in einem Sack.

»Auf deiner Seite, ganz klar auf deiner«, sagte das Windspiel. »Aber mit dieser Frau bin ich verbunden, ich will nicht, dass sie zu Schaden kommt. Ruf mich, wenn du mich brauchst! Ich tue alles, was in meiner Macht steht. Es sind auch noch andere Hunde da, die dir helfen werden, Rimella zurückzugewinnen. Wir besorgen dir alle Informationen, die du brauchst, und wir kämpfen an deiner Seite.«

Canini drehte den Kopf fort, sah nicht mehr hin, hörte nicht mehr zu. Was war nur mit ihrem Leben geschehen? Heute Morgen war es noch so wundervoll gewesen. Jetzt gab es einen Feind darin. Einen Feind, der Isabella näher war als sie selbst.

Zwei Krähen drehten träge ihre Runden über Rimella. Vespasian fühlte sich beobachtet. Er misstraute allen Tieren, die fliegen konnten. Auch die anderen Neuankömmlinge, die Marder, gefielen ihm nicht. Und er hasste es, dass sie ihnen ein Haus hatten abtreten müssen. Er selbst war nun mit Commodus in der kleinen Kirche stationiert. Der sprach kaum noch mit ihm, dabei sehnte sich Vespasian so nach den Worten des Freundes, zusammen mit dem er seit Welpentagen durch die Wälder gestreift war. Doch nachdem sich die Hierarchie geändert hatte, nachdem Vespasian dank seines Kampfes gegen die Zweibeiner einen höheren Rang bekleidete, war alles anders geworden. Es fiel ihm immer noch schwer, Commodus Befehle zu erteilen. Es war viel einfacher gewesen, nur gehorchen zu müssen.

Was die Begegnung in Lagiorno betraf, hatte Commodus zuerst abgestritten, da gewesen zu sein. Später hatte er dann behauptet, er wäre auf einer Erkundungsmission zur Futterfindung gewesen, einem Spezialauftrag von Grarr, und hätte weder die Kralle noch ihn gesehen. Vespasian glaubte ihm nicht und begriff traurig, dass er ihm nun vieles nicht mehr würde abnehmen können.

Der Kirchturm war der beste Aussichtspunkt im Dorf. Selbst die merkwürdige Zweibeinerin, die mit ihrem schlappohrigen Hund in einem winzigen runden Haus am Waldrand lebte, konnte von hier aus beobachtet werden.

Trotzdem hatte Commodus angeblich nicht gesehen, wie Placidia und ihr Sohn Valentinian von den Zweibeinern geraubt worden waren. Merkwürdigerweise hatte niemand etwas bemerkt, noch nicht einmal die widerlichen Krähen. Das verunsicherte alle Wölfe. Die Verteidigungsmaßnahmen schienen nicht auszureichen. Der Feind konnte jederzeit ungesehen zu ihnen dringen. Sie waren ihm ausgeliefert. Vespasian spürte die Nervosität, jedes Mitglied des Rudels war gereizt, alle suchten sich nun besonders sichere Plätze für den Schlaf und versuchten, diesen so kurz wie möglich zu halten. Das war der Stimmung nicht zuträglich.

Grarr hatte Commodus für das Versäumnis nicht bestraft, was alle überraschte. Auch war die Verteidigung nicht gestärkt worden, außer dass Septimius, Laetitias jüngster Sohn, zu den Wildschweinen entsandt worden war. Die bevorzugte Beute um Hilfe zu bitten, war ein verzweifelter Schritt. Doch Vespasian konnte Grarr verstehen. Ein Keiler in Raserei war ein mächtiger Verbündeter.

Vespasian entschied sich, keinen neuen Versuch zu unternehmen, mit Commodus ins Gespräch zu kommen, trank stattdessen aus dem Taufbecken und ging auf die Piazza. Er musste die Augen nach der Kralle offenhalten.

Doch sein Blick entdeckte anderes, und er senkte das Haupt. Theophanu kam des Wegs, die frisch erkorene Leitwölfin, welche nun eine neue Dynastie begründen würde. Das ließ sie all jene spüren, die eng mit Laetitia verbunden gewesen waren. Dass sie einst auch deren Nähe gesucht hatte, mehr als andere, das Wissen der alten Wölfin aufgesaugt und ihre Zuneigung genossen hatte, spielte nun keine Rolle mehr. Theophanu sonnte sich im Glanz der Krönung und markierte das nun ihr gemeinsam mit Grarr zustehende Revier, wo immer sie konnte. Es galt, sich Respekt zu verschaffen, nach innen und nach außen. Sie forderte Demut, was ihr gutes Recht war. Gefallen musste es Vespasian trotzdem nicht.

Als sie auf ihn zukam, drehte er sich auf den Rücken und ließ sie sein Geschlecht lecken. Sie war nicht nur die prächtigste der jungen Wölfinnen, sondern ohne Frage auch die gerissenste.

»Gibt es etwas zu berichten?«, fragte sie.

Vespasian erhob sich und blickte ihr fest in die schönen Augen. »Bist du jetzt für die Kontrolle der Wächter verantwortlich?«

»Erhalte ich Antwort oder muss ich erst Grarr über dein Verhalten informieren?« Ihre Stimme wurde wieder geschmeidiger. »Haben wir uns nicht immer gut vertragen? Ich wünsche sehr, dass dies so bleibt.«

»Laetitia hat mich niemals kontrolliert.«

»Sprich diesen Namen nicht mehr aus! Ihre Zeit ist vorbei. Je eher du dies begreifst, desto besser wird es dir ergehen. Meine Zeit der Hitze kommt wieder, und du möchtest doch dann auch mit dabei sein, oder irre ich mich da?«

Das tat sie nicht. Und einen Streit mit Grarr galt es auch zu vermeiden. Vespasian senkte wieder sein Haupt. »Es gibt nichts zu berichten. Alles ist ruhig. Keine Sichtung von Zweibeinern oder ihren Maschinen.«

»Gute Arbeit, Vespasian! Das lob ich mir. Bis bald.«

Doch als sie sich wieder zurück zur Straße wandte, erstarrte Theophanu. Denn sie sah Laetitia, wie sie mit Tiberius und Domitian zu Grarrs Heimstatt schritt. Es war der roten Wölfin anzusehen, dass sie erschöpft war. Vespasian erschien es, als kehre ein Fluss nach langer Trockenheit in sein Bett zurück. War er nun auch nur ein Rinnsal, er würde ohne Zweifel bald wieder reißend werden.

Laetitias Weg führte zum Haus, das Grarr ausgesucht hatte. Ohne ein Wort des Grußes ging sie mit ihren Begleitern an den Wärtern vorbei hinein, gefolgt von Theophanu und Vespasian. Sie fanden Grarr in einem Raum, der vollends in Weiß eingerichtet war. Bodenfliesen, Gardinen, Lampen, Schränke und Konsolen, ja sogar die Uhr an der Wand. Die Bilder steckten in weißen Rahmen, darin Zeichnungen in Schwarzweiß, auch sämtliche Buchrücken waren weiß. Alles zusammen ergab eine blendende Helligkeit, wie inmitten eines Schneesturms. Es dauerte, bis sie Grarr ausmachen konnten. Er lag reglos auf einem Sofa, das ein weißes Leinenlaken mit gestickten Ornamenten bedeckte, und schaute erst auf, als Laetitia ihn fixierte.

»Dich hatte ich nicht mehr erwartet.«

»Ich bin zurück und nehme wieder meinen Platz an deiner Seite ein.« Laetitia sprang zu ihm auf das Sofa, doch er knurrte sie sofort herunter. Seine Zähne blitzten auf, die Lefzen zuckten. Doch als sie wieder auf dem Boden war, wurde Grarr sofort ruhiger, gab seiner Stimme sogar einen freundlichen Unterton.

»Ich war mir sicher, dass du tot bist. Genau wie Tiberius und Domitian. Ich freue mich, dass es den beiden gutgeht.«

Theophanu sprang zu Grarr auf das Sofa, schmiegte sich an ihn.

Laetitia hielt ihr Haupt erhoben. »Die Zweibeiner haben uns schlafen gemacht. Als wir aufwachten, waren wir in einem Käfig eingesperrt. Doch uns wurde die Flucht ermöglicht.«

»Von wem? Das wäre von besonderem Interesse für mich.« Grarr stieg auf die Sofalehne und blickte durchs Fenster hinaus auf die Piazza. »Ich will es genau erfahren.«

»Von einem Zweibeiner. Aber einem anderen. Er hat mit denen, die unser Dorf einnehmen wollen, nichts zu tun.«

»Beeindruckend, Laetitia. Du scheinst die Zweibeiner mittlerweile gut zu kennen. Verdächtig gut.« Grarr drehte sich nicht um, tat so, als beobachte er etwas Wichtiges auf der Piazza. »Ob man dir noch trauen kann? Sprich nicht! Ich will noch einmal rekapitulieren: Die Zweibeiner haben dich eingefangen und dich dann wieder freigelassen. Einfach so. Dass soll ich dir glauben?«

»Du zweifelst an mir?«

»Das wird die Zeit zeigen.« Er stieß mit der Pfote gegen eine weiße Porzellanvase auf der Fensterbank, die weiße Schneeglöckchen aus Plastik enthielt. Sie zerschellte auf dem Boden. »Die Wahrheit ist ein zerbrechliches Gut. Genau wie Vertrauen. Und sind sie einmal zerstört, heilen sie nicht wieder.«

»Ich war dir immer eine vollendete Partnerin. Du hast keinen Grund zur Klage und …«

»Unser Gespräch ist beendet.« Er wandte sich noch einmal zu ihr, den Schwanz erhoben. »Nimm deine Position wieder ein. Die am Ende der Straße meine ich. Theophanu ist nun an meiner Seite. Es war Zeit für einen Wechsel, und ich werde ihn nicht rückgängig machen. So ist es besser für alle. Nun geht, alle. Auch du, Theophanu, ich muss nachdenken.« Die junge Wölfin, die gerade noch die Brust gestreckt hatte, als ihre Position bestätigt worden war, fiel nun in sich zusammen. »Es gibt Wichtiges zu planen«, fuhr Grarr fort. »Ein Sturm wird kommen, sehr bald. Wie es ihn noch nie zuvor gegeben hat. Ich will gewappnet sein. Streit in meinem Rudel werde ich nicht dulden.«

Die Worte ließen keinen Widerspruch zu. Die Wölfe gingen zur Tür, in der, ohne dass es jemand bemerkt hatte, die Kralle stand. Sie wich nicht zur Seite, machte keinen Platz, zwang alle, sich an ihr vorbeizuwinden. Auch Theophanu.

Laetitia lief die marmornen Treppenstufen ganz nah bei Vespasian hinunter und flüsterte ihm etwas zu. Die Worte waren leise, doch Vespasian spürte, dass es zurückgehaltene Schreie waren. »Wir müssen reden! Wenn die Sonne untergeht. Allein! Im ausgebrannten Gefährt der Zweibeiner. Sag niemandem etwas davon, hörst du? *Zu niemandem ein Wort!*«

Giacomo fand bewundernswert, wie es die drei Dachshunde schafften, den Gullydeckel hochzuwuchten, während sie auf rutschigen Metallsprossen standen.

»Der Spürer wird dich finden, wenn du ihn brauchst. So ist es immer.«

»Dann kann ich ebenso gut da warten, wo es nett ist.«

»Du weißt, der Preis für seine Dienste ist hoch.«

»Sehr hoch.«

»Viel zu hoch!«

»Ich hab davon gehört, ja. Aber ich ziehe es vor, nicht daran zu denken. Danke.«

Als Giacomo an die Oberfläche gelangte, genoss er die Düfte Albas wie ein Kraulen am Nasenrücken. Nach dem fürchterlichen Kanalisationsgestank waren sie so köstlich wie Barolo. Er wandte sich noch einmal an die Dachshunde.

»Danke für alles. Ihr habt ...«

Doch da wurde der Deckel schon wieder zugezogen. Er hörte die drei Dachshunde mit einem fröhlichen Bellen in die Tiefe plumpsen und in der Kloake landen. Irgendwie hatte er die Burschen mittlerweile richtig lieb gewonnen. Einen deutlich geräumigeren Platz in seinem Herzen nahm jedoch das Gebäude vor ihm ein mit seinen fast unanständig großen, dunkelgrün umrandeten Schaufenstern in einer Seitenstraße der Via Vittorio Emanuele II. Der Schatten Giovanna Battistas huschte im Inneren umher, zwei Flaschen Wein hoch erhoben in den Händen, die sie einem Gast präsentierte. Der alte Trüffelhund weidete sich an diesem Anblick, trank die Vorfreude, als sei es ein köstlicher Barbera, der seinen Gaumen kitzelte, bevor die großen Glücksmomente kamen. Doch schnell verlangte seine Zunge mehr, und er baute sich vor der alten Glastür des Ladens auf, die Gefahr entdeckt zu werden in Kauf nehmend. Endlich wieder einen guten Barolo trinken! Endlich wieder glücklich sein, sich endlich wieder so fühlen, als wäre das Fell nicht alt und verbraucht.

Giovanna Battista entdeckte ihn, stellte die Flaschen ab und schlug die Hände vor dem Gesicht zusammen, bevor sie lachend die Tür öffnete und ihn hereinließ.

Erstmalig trat er hinein ins Wunderland.

»Gerade haben wir über ihn gesprochen, und schon ist er da! Pass auf, ich zeig es dir gleich!«

Neben der Besitzerin, die sich nun mit zitternden Händen einen Zigarillo anzündete, stand ein junger Mann. Mit langen Haaren wie ein Bobtail, das schrill gemusterte Hemd oben offen und unten aus der Hose hängend. Er lehnte lässig an einem Nougat-Regal, das Becken vorgereckt. »Dein Wunderhund kommt mir irgendwie bekannt vor. Den hab ich schon mal wo gesehen.«

Giacomo drehte seinen Kopf. Nicht um sich die unzähligen Leckereien anzuschauen, sondern um sie besser riechen zu können. Einige Düfte, wie jener eingepackten Nudeln, waren wie ein Versprechen kommender Gelüste, andere, wie die der Marmeladen und Terrinen, forderten hier und jetzt unablässig eingesogen zu werden. Vor allem die Trüffel durchdrangen Glashüllen und Metall, um gefunden, gefressen und danach wieder im Wald verteilt zu werden. Sie schrien geradezu danach.

Zwei Näpfe wurden mit einer schwungvollen Bewegung vor Giacomo gestellt. Barolo. Aus La Morra und Serralunga, das erkannte er sofort. Er hängte seine Zunge zunächst in den mit dem eleganteren Wein, trank aber danach auch den kräftigeren leer. Die Näpfe wurden unter dem Gelächter der Menschen gleich wieder gefüllt. Diesmal mit einem gereiften Barolo und einem jungen, der nach Kork roch. Den rührte Giacomo gar nicht erst an, stieß sogar den Napf um.

»Glaubst du mir jetzt?«, fragte Giovanna Battista und packte den jungen Mann am Kragen, fuhr ihm dann mit der Zunge ums Ohr. »Siehst du ein, dass du falsch lagst, und mir in Zukunft alles, alles glauben musst?« Sie wurde von ihrem Gespielen mit beiden Händen in den Po gezwickt.

»Und was hast du jetzt davon?«

»Das«, sagte Giovanna Battista und schloss die Tür ihres Geschäfts ab. »Der wird mein Maskottchen, macht mich berühmt. Es gibt sicher etliche Fernsehshows, bei denen ich mit ihm landen kann. Sie werden mir danach die Bude einrennen!« Sie füllte Giacomos Schälchen neu, nun mit

Weißwein. »Der eine ist schon ewig offen und oxidiert, den schenke ich nur meinen allerliebsten Kunden ein.« Sie lachte hoch und schrill. Giacomo trank sogleich den frischen Roero Arneis. Daraufhin bekam er eine neue Schüssel hingestellt, diese deutlich größer. Giacomo stürzte sich darauf. Er musste im Himmel sein. Der alte Trüffelhund bemerkte gar nicht, wie Giovanna Battista noch einmal vor den Laden ging, die Fensterläden schloss und beim Zurückkommen neckisch ihre Schuhe auszog, während sie einige Lampen in ihrem Laden löschte. »Lass uns feiern! Hier auf dem Tisch!« Sie setzte sich darauf, spreizte die Beine.

»Warte, Giovanna!«, sagte der Mann lachend. »Ich geb ihm vorher etwas von dem Trüffelkäse, Wein allein macht nicht glücklich. Und ich leg gleich noch ein paar Paste di Meliga dazu, er isst bestimmt auch Kekse. Dann haben wir sicher erst einmal unsere Ruhe, und er stört uns nicht. Schau, wie er zulangt. Was für ein Spaß!« Er näherte sich der Ladenbesitzerin, sein Hemd aufknöpfend. »Du bist göttlich, Giovanna, einfach nur zum Niederknien!«

In der dank Alkohol wunderbar schlingernden Welt des alten Trüffelhundes tauchten großartige Leckereien auf, und er schlang sie herunter. Und verlangte mit einem Bellen nach mehr.

»Verdammt!«, sagte der Mann und zog die Hände unter Giovanna Battistas Rock hervor. »Ob er auch Tramezzini frisst? Ich hab noch eins in der Jackentasche. Es ist gut, selbst gemacht. Mal schauen, was dein Feinschmecker dazu sagt.« Er warf es ihm hin.

Ein Tramezzino! Giacomo würde nie mehr fortgehen, er würde fressen und saufen und die Welt würde nicht mehr stillstehen. Besser konnte das Leben nur sein, wenn der kleine Niccolò jetzt bei ihm wäre und diese Genüsse mit ihm teilen würde! Dann wüsste das Windspiel, was Leben wirklich bedeutete, wie grandios es sein konnte.

»Jetzt weiß ich, woher ich ihn kenne!«, rief der Mann plötzlich. »Das ist der Scheißhund, der diese Frau vom Tierheim ins Bein gebissen hat. Bis zum Knochen durch. Der Hund ist irre, Giovanna, der kann jeden Augenblick hochgehen wie eine Bombe!«

Giacomo trank und trank, obwohl er schon lange keinen Durst mehr hatte, doch er trank für all die Tage mit Niccolò, in denen er hatte entsagen müssen, löschte jeden einzelnen dieser Dürste aus, löschte jede Erinnerung an die Tage ohne Wein.

»So betrunken, wie der ist?« Giovanna Battista giggelte und zog sich die schwarze Seidenbluse über den Kopf. »Ich will nicht, dass er eingeschläfert wird. Ich lass ihn beim Hundefriseur umfärben, dann erkennt ihn niemand. Und wenn er keine Weintricks machen soll, bekommt er einfach einen Maulkorb aufgesetzt. Okay? Können wir jetzt feiern? Feier mich endlich! Und sei nicht zimperlich!«

Giacomo trank weiter, nun für alle zukünftigen Momente, in denen er keinen Wein haben würde. Er musste vorsorgen, auch wenn der Wein nur noch schwer die Kehle runterging, und die Welt an den Seiten bereits ausfranste. Immer mehr schwankte sie, oh, wie sie schwankte, es schien, als laufe er an den Wänden entlang und wieder auf dem Boden, dabei drehte er sich. Es ging schnell, dachte Giacomo, unheimlich schnell, und sein Magen schien nicht nachzukommen, er wurde immer schwerer, und all die guten Sachen wollten sich mitdrehen. Meine Güte, was kam da plötzlich alles aus seinem Magen raus! Hatte er das wirklich alles gefressen und getrunken? Unglaublich, was alles in seinen Bauch passte, einfach unglaublich.

Nachdem er den persischen Läufer vor dem Kassentresen vollgekotzt hatte, wobei er praktischerweise im Kreis gegangen war, um auch ja eine möglichst große Fläche zu bedecken, setzte eine halbnackte und wild fluchende Giovanna Battista den beständig würgenden Trüffelhund ruppig vor die Tür.

Der kühle Sauerstoff des nächtlichen Alba brachte Giacomos Körper dazu, mit einem Schlag zu begreifen, wie übel es ihm ging. Giacomo war schlecht, so schlecht, gute Güte, so schlecht war ihm noch nie gewesen. Er hatte sich seit Jahren nicht mehr so lebendig gefühlt, doch nun war ihm eher nach Sterben zumute. Die Welt drehte sich mittlerweile so sehr, dass er immer wieder auf den Boden und gegen die Fensterscheibe des Delikatessenladens geworfen wurde, bis er schließlich umkippte und sich die Augen schlossen, langsam und zuckend, wie klemmende Rollläden.

Sein Körper drehte sich noch einmal, ohne dass Giacomo dies mitbekam, und plötzlich drang etwas durch seine Augenlider. Es holte ihn zurück aus dem so wunderbar gefühllosen Nichts. Das Licht war gleißend hell, glich weder der Sonne noch dem Mond. Es umrahmte eine Silhouette, schien sie an den Übergängen gar zu durchdringen, so als sei das Wesen, welches darin stand, weder von dieser noch von der jenseitigen Welt.

Starb er gerade?

War dies schon das Ende? Er schloss die Augen.

Giacomo wünschte sehr, dass es so war und dass sein Magen vor ihm das Zeitliche segnete.

»Guck mich an«, sagte eine Stimme, die überraschend fest klang, nicht wie aus Licht gesponnen. Nüchtern und hart. Giacomo gehorchte. Ein Border-Collie trat aus dem kalten Licht der Straßenlaterne, das Fell verfilzt und ausgeblichen wie ein Pullover, der lange im Wald gelegen hatte. Grau hatte sich wie Fäulnis auf seinem Körper ausgebreitet, auch auf die Augen, welche wie Steine aussahen und kein Licht mehr ins Innere ließen.

»Die Suche ist beendet, Giacomo. Ich bin der Spürer, lass uns gehen. – Aber wehe, du reiherst mich voll!«

Kapitel 8

DIE SPRACHE DER TOTEN

Sprich doch endlich! Worum geht es, Mutter?« Vespasian lief rückwärts vor Laetitia, um sie endlich zum Stehenbleiben zu bewegen.

»Beim ausgebrannten Auto, dort sprechen wir. Nicht vorher. An diesem Platz wird uns niemand belauschen. Habe ich dich nicht Geduld gelehrt?«

»Wer sollte uns denn hier hören?«

»Die Kralle, sie ist überall. Und nirgends. Kannst du dir sicher sein, dass sie nicht irgendwo lauert? Das Auto steht in einer Lichtung, und es scheint unsere Stimmen zu fressen. Jetzt möchte ich keine Widerworte mehr von dir hören!«

Vespasian legte sich ihr in den Weg. »Die Kralle ist sicher nicht in der Nähe. Sie bringt ständig Fressen zur Höhle der Großen Mutter. Also erzähle nun, worum es geht. Ich muss rasch zurück auf meinen Posten. Commodus ist bereits misstrauisch genug geworden. Mutter?«

Laetitia war ohne anzuhalten am Zaun entlanggelaufen und setzte ihren Weg auch fort, als dieser endete, als nur Wald vor ihr lag, in den noch keine Schneise getrieben war, der keine Grenze kannte.

Doch plötzlich senkte sie ihr Haupt und stolperte, obwohl keine Wurzel aus dem Waldboden hervorstand, obwohl kein Stein sie aus dem Tritt gebracht hatte. Es war, als hätten ihre Beine einfach nachgegeben, als wären sie plötzlich weich wie Blumenstängel geworden.

Als der augenblicklich zu Laetitia rasende Vespasian bei ihr ankam, hatte sie sich bereits wieder aufgerappelt, stand da, das Haupt leblos am Körper hängend. Ein rötlicher Stein inmitten der grünbraunen Erde. Angst heftete sich gierig wie Zecken an Vespasians Körper. Der Geruch eines toten Artgenossen überschattete alles. Das Blut dieses Wolfes stach in seine Nase. Es war ihm fast, als nähere er sich seinem eigenen Leichnam, als erfahre er, wie er selber zu Waldboden und feuchter Erde wurde.

Nun erkannte er den Wolf, der vermodernd neben einem Baumstamm lag, die Augen ausgestochen, der Bauch ausgeräumt. Eine Hülle, nicht mehr als eine Hülle.

Sie gehörte Aurelius.

»Komm näher«, sagte seine Mutter. »Du sollst dies sehen. Wende dich nicht ab! Schau hin, schau lange hin.« Sie begann die Stirn des toten Wolfes zu lecken. Vespasian kannte die Zärtlichkeit von ihren Liebkosungen neugeborener Welpen. Vorsichtig glitt Laetitias Zunge über den Kopf des toten Aurelius, als könnte sie ihn noch zum Leben erwecken, als würde er die Wärme spüren.

»Ich habe genug gesehen, lass uns zum Auto gehen. Er hat seine letzte Ruhestätte erreicht.«

Es war traurig, dass es der alte, kampferprobte Wolf nicht zurück zum Rudel geschafft hatte, so kurz vor dem Ziel. Nun war er selbst zur Speise anderer geworden. Es war nicht erfreulich, schließlich waren sie die Jäger, doch so war es für alle vorgesehen.

»*Sieh hin!*«, herrschte ihn Laetitia an. »*Mach deine Augen auf, du dummer Junge!*«

Nochmals blickte Vespasian auf Aurelius' Leichnam. Als er sich nicht heranwagte, trieb Laetitita ihn mit der Schnauze voran, ihr Atem so schwer, als sei sie einen langen Weg gerannt.

Dann sah er es.

Der Bauch war aufgeschlitzt worden, die Krallenspuren stammten von Wölfen.

Er kannte nur eine Wesenheit, die so vorging.

Laetitias Stimme erklang direkt neben seinem Ohr. »Jetzt sieh dir den Waldboden an! Tiefer als die Abdrücke derjenigen, die sich an Aurelius vergangen haben, bohrten sich Pfoten dreier Wölfe hinein. Sie kamen von unterschiedlichen Seiten auf Aurelius zu, der nur kleine Schritte machen konnte, weil er Blut verlor, kraftlos war. Aurelius ist von seiner eigenen Art getötet worden. Und die Jäger gehörten zu unserem eigenen Rudel.«

»Die Kralle«, brachte Vespasian stockend hervor.

»Sie arbeitet stets im Auftrag Grarrs«, sagte Laetitia und schob den verunstalteten Leib so zusammen, dass es aussah, als sei er niemals gerissen worden. Die alte Wölfin schaute ihn lange an, als wollte sie sich noch einmal vorstellen, wie es wäre, wenn er wieder aufstehen könnte. Zu ihr kommen. Wenn er diese Welt nicht verlassen hätte.

Ansatzlos wandte sich Laetita plötzlich ab und lief fort. »Sie haben ihm aufgelauert und ihn erledigt. Es war kein Unglück.«

Vespasian hechtete ihr hinterher. »Aber warum sollte Grarr so etwas befehlen? Aurelius war sein Bruder. Und er hat ihm seine Position nie streitig gemacht.«

»Hast du keinen Respekt vor Alter und Erfahrung? Glaubst du mir etwa nicht?«

»Doch, Mutter. Natürlich.« Vespasian drückte sich an sie. »Aber Aurelius war doch nur ein alter Wolf, ein Weiser, einer mit gutem Herzen, keine Bedrohung. Er war nicht wichtig.«

Laetitia antwortete nicht sofort, Vespasian konnte den Kampf in ihrem Inneren spüren, denn ihr Schritt wurde ungleichmäßig, fast drohte sie wieder zu fallen, sie, die immer so elegant, so gleitend über den Boden gelaufen war, als hätte sie ihn nicht berührt.

»Wenn du wüsstest, wie mich deine Worte schmerzen … Nein, ich sage nichts! Ich musste es versprechen, auch wenn ich dies nun bereue, bei Romulus und Remus und der Großen Mutter.«

»Wovon sprichst du?«, fragte Vespasian, denn ihre Worte waren voll unterdrückter Wut gewesen. Es hatte sich angehört, als wäre diese Wut sehr alt und trocken wie die Erde im Hochsommer, wenn der Boden nur noch Staub war, alles darin zu darben schien. Als er keine Antwort erhielt, begriff er, was zu tun war. »Ich frage nicht mehr, Mutter.«

»Daran tust du gut, oh, wie gut du daran tust. Verfolge von nun an die Kralle, wann immer es dir möglich ist. Selbst wenn du wenig Schlaf bekommst und kaum Zeit zum Fressen hast, folge ihr. Sie wird der Schlüssel sein.«

»Ich habe dir doch noch gar nicht berichtet, was ich bereits beobachtet habe. Ich habe mich genau an unser Versprechen gehalten.«

»Nicht jetzt! Vorbereitungen müssen getroffen werden. Viele Vorbereitungen.«

Vespasian mochte nicht, wie Laetitia sich verhielt. So kannte er seine Mutter nicht. Sie sah ihn an, und es war, als ginge Kälte von ihr aus, als sei alles um sie herum gefroren, so still stand die Luft in diesem Moment. »Ein neuer Wind wird über das Land streichen. Und er wird rein sein.«

»Meine Güte, kannst du nicht zur Abwechslung irgendwas Erfreuliches erzählen?« Giacomo war miserabel gelaunt. Sein Magen hatte sich bemerkenswert schnell von dem unschönen Erlebnis bei Giovanna Battista erholt und trauerte mittlerweile dem entgangenen Umweg über Cherasco mitsamt seiner Schnecken und Baci-Kekse nach.

»Was bist du nur für ein dünnhäutiges Küken? Zuerst schweige ich deiner Meinung nach zu viel, nun stört dich mein Gerede. Was für Geschichten hast du denn von mir erwartet? Solche von flauschigen Welpen?« Der Spürer trottete stinkend hinter Giacomo her, die toten Augen ins Nirgendwo gerichtet.

»Hast du nicht vielleicht was mit Essen auf Lager? Von einem großen Fressgelage? Würde mir schon reichen, so was hör ich immer wieder gern.«

»Warum sagst du das nicht gleich? In Asti habe ich mal mit einem toten Dalmatiner gesprochen, der so viel köstliches Eis fraß, dass sein Herz aussetzte. Er hatte wohl größtenteils Gianduja aufgeschleckt, aber auch …«

»Danke, reicht. Du weißt wirklich, was Hunde wünschen.« Giacomo rannte in leichtem Trab über die verbuschte Hügelkuppe, die in der trüben Sonne ruhte wie eine faule Katze.

Er konnte es überhaupt nicht leiden, wenn jemand ständig hinter ihm lief, und er war es nicht gewohnt, mit einem Hund zu reden, der noch älter war als er selbst. Der Spürer behandelte ihn doch tatsächlich wie einen jungen Hüpfer, wie einen Halbstarken, der noch viel zu lernen hatte. Das hasste Giacomo – doch ein kleiner Teil in ihm schien dankbar dafür zu sein, sich nun ohne Reue kindisch und dumm benehmen zu dürfen.

»Willst du mir nicht doch erzählen, wie du mich gefunden hast?«

»Kein Interesse«, sagte der Spürer.

»Dachte ich mir. Ich wollte nur noch mal fragen. Konversation treiben. Nett sein.«

»Halt lieber die Schnauze.«

»Gute Idee. Schweigen wir und lauschen den Vögeln.«

»Du bist ja unanständig blöd. Die singen doch nur morgens und abends. Was hast du nur in deinem verschissenen Leben gelernt?«

Giacomo lächelte innerlich, denn er hatte den Spürer ein wenig aufregen können, und legte einen Zahn zu. Der Weg nach Rimella war nicht weit, wenn man wusste, wo sich die Abkürzungen befanden. Giacomo freute sich schon darauf, Niccolò zu sehen. Was würde der staunen, wenn er begriff, dass er noch ein letztes Mal mit seinem Menschen würde sprechen können. Abschied nehmen. Nur selten wurde ein Hund wie der Spürer geboren. Selbst die Menschen erzählten ihren Kindern und Kindeskindern von diesen besonderen Tieren. Die beim Tod ihres Herrchens, das in diesem Moment weit entfernt war, aufheulten. Es war eine Gabe, mit der Schattenwelt Kontakt aufnehmen zu können, doch auch ein Fluch. Denn es forderte viel vom Herzen eines Hundes.

Der alte Trüffelhund war froh, den Weg durch den dichten Wald zur Höhle des toten Sylvio gewählt zu haben, wo die Hunde ihr Quartier hatten. Denn so konnte er etwas sehen, bevor er gesehen wurde. Und dieses Etwas waren zwei Wölfe, die vor dem Eingang saßen.

»Warum hältst du an?«, fragte der Spürer. »Nicht schlappmachen, auch Tote bleiben nicht ewig.«

»Wölfe«, sagte Giacomo, und es klang wie das Eingeständnis einer Niederlage. »Dort, wo Hunde sein sollten.« Und er sah noch mehr. Rot gesprenkelt war der Boden vor dem Höhleneingang. Giacomos Nase sagte ihm, was es damit auf sich hatte. »Sie haben die Leiche des Mastiffs gerissen. Es ist nun ihre Höhle. Aber ich kann keinen Geruch anderer Toter unserer Art wittern. Die Hunde Rimellas müssen entkommen sein.«

»Was hat es mit den Wölfen auf sich? Du hast verdammt noch mal nichts davon gesagt, dass unsere wilden Brüder in die Sache verwickelt sind! Ich muss alles wissen. Hast du das verstanden?«

Giacomo unterdrückte seine Wut, die ihn an jene erinnerte, die er einst auf seinen herrischen Vater gehabt hatte. »Sie haben nichts mit dem toten Menschen zu tun.« Glaubte er zumindest. »Kannst du vielleicht eine Verbindung mit dem toten Sylvio herstellen? Er würde uns sagen können, was hier passiert ist.«

»Ich spüre keine Vibration in der Welt, nichts, das auf eine Brücke zum Jenseits hinweist. Dieser Sylvio muss bereits zu weit weg sein, oder seine Leiche wurde bewegt. Der Geist reißt dann ab. Es ist nur ein schmales Band, das uns auf der Erde hält. – Findest du nicht auch, dass es hier plötzlich saumäßig stinkt? Riecht noch schlimmer als deine Rotwein-Kotze.«

Die Ursache des Gestanks sprach nun zu ihnen. Es war Knorpel. »Ich hab gewusst, dass du zurückkommst!«

Giacomo drehte sich um und sah, wie der Golden Retriever sich ausschüttelte. »Worüber habt ihr gerade geredet? Über Sylvio? Ich hab es nicht genau mitbekommen, weil noch zu viel Ziegendreck in meinen Ohren steckt.«

»Will ich wissen, warum du da Ziegendreck hast?«, fragte Giacomo und kannte die Antwort eigentlich schon.

»Weil ich Essen drin gesucht habe! Manchmal kacken die Viecher doch tatsächlich auf gutes Futter. Man muss nur suchen, ohne Scheu. Soll ich dir das Gehege zeigen?«

»Nein, danke. Nettes Angebot. Aber du hast es gefunden, du darfst … ernten.«

»Du bist echt großzügig, genau wie Niccolò erzählt hat.« Der Golden Retriever blickte versonnen zur Höhle. »Ist es nicht toll, wie Sylvio die Stellung hält? Wir anderen sind alle von den Wölfen vertrieben worden, aber er ließ sich nicht verjagen. Mittlerweile bringen sie ihm schon Fressen, große Mengen. Seltenes Menschenfutter sogar! Ich wette, er hat ihnen die Hölle heißgemacht und gezeigt, wer der Chef ist!«

Ein Schreien erklang in der Höhle, hoch und durchdringend.

»Hat er gerade Besuch, oder ist das seine Stimme?«, fragte Giacomo.

»Nein, Quatsch! Es sind bestimmt andere Tiere, die seinen Rat suchen. Aber man kommt ja nicht ran.«

»Also, wenn es um den Mastiff geht, der ist …«, raunzte der Spürer.

»… *wohlauf*«, beendete Giacomo den Satz.

»Weiß ich doch!«, sagte Knorpel. »Ihr klingt ein bisschen verrückt, wisst ihr das?«

»Wenn du das sagst«, erwiderte Giacomo. »Kannst du uns zu Niccolò bringen? Wir haben eine Art Verabredung.«

Knorpel lief vor, Giacomo und der Spürer in gehörigem Abstand hinterher. Die Welt schien trotzdem nur nach Ziegendung zu stinken.

Das neue Lager der letzten Hunde Rimellas war eine umgestürzte, abgestorbene Eiche, die mit ihrem Wurzelwerk einen großen Klumpen Erde herausgerissen hatte: Gemeinsam mit ihrem Stamm bildete er nun den Unterschlupf. Franca stand obenauf und leckte sich das filzige Fell, während Beppo, Blitz und James Dean in der Kuhle darunter schliefen. Als sie Giacomo erspähten, kamen sie augenblicklich auf ihn zugerannt. Der alte Trüffelhund war überrascht über so viel Herzlichkeit. Es stellte sich heraus, dass Niccolò viel von ihm erzählt hatte, und nur die Hälfte davon war wahr.

Als Giacomo den Spürer vorstellte, wichen die anderen Hunde zurück.

»Ihr seid mir vielleicht Schisser«, sagte der blinde Border-Collie verächtlich. »Dabei habt ihr überhaupt nichts zu befürchten. Ihr habt ja keine Vereinbarung mit mir getroffen, ihr werdet nicht zahlen müssen. Im Gegensatz zu Giacomo.«

Die Hunde schienen der Sache nicht zu trauen. »Warum ist er denn hier?«, fragte Franca. »Wir leben doch alle noch. Müssen wir etwa bald sterben?«

Bevor Giacomo darauf antworten konnte, kam Niccolò

angerannt, drei Zwieback im Maul. Das Windspiel kam aus Richtung eines kleinen grünbraunen Zeltes, das so auf einer Lichtung am Waldrand stand, dass es nur schwer auszumachen war. Als Niccolò ihn erkannte, ließ er seine Mitbringsel fallen und bellte fröhlich auf.

»Jetzt kann nichts mehr schiefgehen!« Er schleckte Giacomo ungestüm über die Lefzen. »Du glaubst ja nicht, was hier in der Zwischenzeit alles passiert ist. Ich habe einen Verbündeten gefunden, einen Dobermann, der zu einem mächtigen Menschen gehört. Er will die Wölfe auch weghaben und Rimella wieder den Menschen und Hunden zurückgeben. Besser und schöner, als es jemals war!« Das Windspiel redete ohne Unterbrechung, es sprudelte alles aus ihm heraus, er schien den Spürer überhaupt nicht zu bemerken. »Und ich habe eine perfekte Verbindung! Ich habe wirklich eine gefunden. Also da war diese Frau, Isabella, im Weinkeller, und ich habe ihr das Leben gerettet, dann sie mir. Zack, da war die Verbindung! Es war der Wahnsinn, das kannst du mir glauben. Und da gibt es eine Hündin, eine Spanielhündin, sie ist ganz anders als Cinecitta, aber irgendwie auch nicht, so eine unnahbare, aber dabei total süß und zickig, genau mein Typ. Eine, die erobert werden will, die sich ziert. Und jetzt bist du wieder da, das ist großartig. – Wer ist eigentlich dein Freund?«

»Das ist der Spürer, Niccolò. Ich freu mich auch, dich zu sehen«, und das tat er. Doch die Freude des jungen Windspiels über seine tollen, neuen Gefährten versetzte Giacomo einen Stich. »Jetzt sollten wir schleunigst zu deinem Menschen gehen. Reden.«

Giacomo ging langsamen Schrittes voraus. Er wusste, dass Niccolò einige Momente brauchen würde, bis die Bedeutung der Worte sein Hirn erreicht hatte. Das Windspiel musste schließlich ein ganzes Stück rennen, um Giacomo und den Spürer noch einzuholen. Hinter ihm liefen Beppo,

Franca, James Dean, Knorpel und als Letzter Blitz, der versuchte, seine drei Beine so zu setzen, als gäbe es ein unsichtbares viertes. Der Weg war steil und schwer, doch die Sonne blickte nur trübe auf die Langhe und schonte die merkwürdige Prozession.

»Ich dachte, er ist nur so eine Geschichte«, sagte Niccolò zu Giacomo, als er ihn endlich erreicht hatte.

»Tust du kleiner Kläffer bitte nicht so, als ob ich taub wäre!«, sagte der Spürer. »Blind zu sein reicht mir nämlich völlig. Danke!« Er wandte sich zu Giacomo. »Ist das der Hund, wegen dem wir hergekommen sind? Wirklich ein reizender Bursche! Naja, wenigstens stinkt er nicht so wie der andere.«

Giacomo war mittlerweile mulmig zumute, denn es passierte nicht jeden Tag, dass er mit Toten sprechen würde. Und er dafür zahlen musste. Trotzdem wollte er alles so schnell wie möglich hinter sich bringen. Er gab das Tempo vor und erhöhte es, je näher sie dem Fundort der Leiche kamen. Es war nicht zu überriechen, dass sie immer noch dort lag. Wie ein Wirbel aus vermoderten Erdfarben durchdrang der Geruch die frische Luft der Langhe.

»Der Geist ist nicht fort«, sagte der Spürer sofort, als sie eintrafen. »Und was für ein wütender Bursche!«

»Was sollen wir machen?«, fragte Giacomo und nahm etwas Abstand von dem blinden Border-Collie. »Sollen wir einen Kreis um dich bilden? Heulen? Müssen wir die Augen schließen?«

»Es reicht, wenn ihr einfach die Schnauzen haltet. Bis auf den Hund, der mich eben für taub hielt. Er darf Fragen stellen.« Mit diesen Worten legte der Spürer sich auf den Boden, sein Körper am Bein des toten Menschen. Die Augen des Spürers waren offen, mochten sie auch nichts sehen können. Sein Atem wurde ruhiger, er drehte sich auf die Seite. Dann wurde es still, totenstill. Giacomo hörte überhaupt nichts mehr. Er sah zwar, wie die Blätter sich über ihm in den Baumkronen bewegten, spürte den Wind in seinem Fell, wusste, dass er atmete, doch hören konnte er nichts, ebenso wenig riechen. Die Welt war wie unter Glas, als wäre sie von ihm getrennt worden, als gehörte er nicht mehr hierher.

Der Mund des Spürers öffnete sich. Nur einen Spalt. Eiskalter Atem entströmte. Und Worte, die dumpf klangen, als wären sie schon Vergangenheit, bevor sie ausgesprochen wurden. Giacomo konnte sie hören, wie ein fernes Echo.

»Er war auf einem ausgiebigen Spaziergang, als er ihn sah. Da drüben, nah an der Hügelkuppe, stand ein Mann mit silbernem Helm, lange Haare hatte er, und einen Bart. Dieser Mann machte etwas Verbotenes, er bereitete eine Explosion vor, er wollte den Berg einstürzen, nein, abstürzen lassen. Das sah der Tote, und er wurde wütend. Er schlug auf den Mann ein, beschimpfte ihn, riss die Kabel los. Dann«, der Spürer machte eine merkwürdige Pause, presste das Maul zusammen, als würde er sich selbst am Sprechen hindern. »Dann fiel ein Schuss, von hinten, er stürzte und starb.«

»Hat er den Mörder gesehen?«, platzte es aus Niccolò heraus.

»Nein. Es ging alles zu schnell.«

»Waren Wölfe da?«

»Keine Wölfe. Die Frage erstaunt ihn sehr.«

»Wo sind meine anderen Menschen?«

»Er sagt, sie müssten zu Hause sein.«

»Sind sie aber nicht. Sind sie auch … tot? Sind sie bei ihm?«

»Er ist hier, und sie sind es nicht. Ob ihre Seelen sich schon von den Körpern gelöst haben, weiß er nicht.«

»Wo kann ich sie dann finden?«

»Er ist tot, kein Hellseher.« Dies klang wieder mehr wie die missmutige Stimme des Spürers.

»Was soll ich tun? Frag ihn das! Er soll es mir sagen.«

»Er würde gerne seine Lieben wissen lassen, dass er an sie denkt. Doch du wirst es nicht ausrichten können. Ihr sprecht nicht dieselbe Sprache. Sein Wunsch wird unerfüllt bleiben.«

»Sag ihm, dass er mir wichtig war!«

»Er hatte dich auch ins Herz geschlossen«, antwortete der Spürer. »Auch wenn es ein Stück Weg für ihn war.«

Niccolò schwieg.

Und legte sacht eine Pfote auf den Leichnam.

Giacomo fragte sich, was jetzt wohl in dem kleinen Hund vorging. Was hätte er an seiner Stelle noch gesagt? Was würde er seinem alten Trüffelsucher mit auf den Weg geben wollen, gäbe es die Möglichkeit?

»Alles Gute«, sagte Niccolò, und der alte *Lagotto Romagnolo* konnte hören, dass er mit den Worten nicht zufrieden war. Dass sie ihm nicht reichten, doch keine besseren da gewesen waren.

Plötzlich sprang der Spürer auf, biss in die Luft, schien mit etwas zu ringen, zog dann den Kopf blitzschnell zurück, und die Welt mit ihren Geräuschen und Gerüchen fiel mit einem Mal wie ein Schwall heißes Wasser auf Giacomo und die anderen Hunde.

»Er ist fort«, sagte der Spürer. »Mehr wollte er nicht sagen. Er war dankbar, dass er dies noch durfte, arme Seele.« Er kam auf Giacomo zu und sprach leise, das Flüstern war heiß und gierig.

»Jetzt werde ich endlich entlohnt. Komm mit, Giacomo. Du hast es versprochen!«

Giacomo war einfach verschwunden und hatte ihn mit den Antworten allein gelassen. Antworten, zu denen nun unzählige Fragen krochen, wie Maden zu einem faulenden Apfel. Niccolò drehte sich um, wollte Canini davon erzählen, doch diese rannte fort, zum wild wuchernden Ufer des kleinen Tümpels. Isabella kniete nackt darin und schüttete sich klares, kaltes Wasser mit einem Messbecher aus Plastik über die Schultern, ließ es immer wieder genussvoll über Brüste und Bauch laufen. Niccolò faszinierte, dass Menschen nur an so wenigen Stellen Fell hatten. Einzig Schweine ähnelten den Menschen, doch schienen die Vierbeiner nicht den gleichen Wert auf Sauberkeit zu legen.

Er ging näher ans Ufer zu Canini. Sie redete wenig mit ihm. Es hatte nichts geholfen, ihr zu sagen, wie sehr Isabella sie liebte und dass die Gefühle, die sie für Niccolò hegte, da nicht mithalten konnten.

»Komm her«, rief Isabella ihm plötzlich zu. »Komm ins Wasser, Niccolò! Ich mach dich sauber. Oder stör ich euch zwei gerade? Ihr seid ja schon ein süßes Paar. Auch wenn meine Prinzessin gerade zickt, doch so sind sie eben, die Damen von Welt.« Niccolò sprang ohne zu zögern zu ihr in den Tümpel, das Wasser reichte ihm bis zum Hals. »Mach dir nichts draus, Niccolò.« Sie schüttete ihm das kühle Nass übers Fell und fuhr mit ihren grazilen Fingern darüber. Niccolò mochte Wasser nicht besonders, aber ließ es geschehen.

»Was soll ich nur mit dir machen? Ich hab schon etliche Telefonate geführt, aber nirgendwo wirst du vermisst. Nur in Alba suchen sie einen wie dich – aber das ist ja viel zu weit weg. Das heißt dann wohl, dass ich mich erst mal um meinen kleinen Lebensretter kümmern muss. Wäre das denn okay für dich?«

Er schmiegte sich nah an Isabella, obwohl sie klitschnass war. Er genoss es so lange, bis er Caninis Blick sah. Randvoll mit Unglück. Schnell schüttelte er sich aus, Isabella nass spritzend, was sie zum Lachen brachte, und ging an Canini vorbei zurück zum Zeltlager.

Als die beiden wieder zu ihm stießen, fiel die Nacht

schon dunkel auf die Langhe. Isabella zündete den kleinen Gaskocher an und setzte eine Tütensuppe auf, Canini und Niccolò bekamen Trippa alla fiorentina aus der Dose – jeder auf einem eigenen Teller. Das kleine Windspiel liebte Kutteln, besonders mit Tomaten.

Von Giacomo war immer noch nichts zu sehen. Eigentlich sollte er sich keine Sorgen machen, dachte Niccolò, denn nach seinem ersten Verschwinden war der alte Trüffelhund ja auch zurückgekommen, doch diesmal fühlte es sich anders an. Die merkwürdige Traurigkeit in den Augen des *Lagotto Romagnolo* konnte er nicht verstehen. Er hatte es schließlich geschafft, den Spürer nach Rimella zu holen.

Vorsichtig schmiegte er sich an Isabella, die gut roch, irgendwie nach Äpfeln. Zwar schien etwas an diesem Duft nicht zu stimmen, denn er war viel zu sauber, doch Niccolò beschloss, ihn zu mögen, bettete seinen Kopf auf ihre Beine, die sie zum Lotus-Sitz gefaltet hatte, und blickte nach Rimella.

Er sah es zuerst.

Ihm war sofort klar, dass es keine Glühwürmchen waren. Die tanzten nicht in solchen Zacken, die züngelten nicht Richtung Himmel. Es war ein Feuer, und es blieb nicht lange allein. Überall um Rimella herum erwachten brennende Nester, aus denen unablässig Flammen und Rauch traten. Ein Kreis hatte sich schließlich um das kleine Dorf gebildet, der nur eine einzige Öffnung aufwies, dort, wo die Güllebadewanne stand und die Schweine hausten, bevor die Wölfe sie gerissen hatten.

»*Diese Tiere!*«, rief Isabella, die mittlerweile stand. Sie meinte es wohl als Beleidigung, doch Niccolò verstand nicht wieso. »Sie räuchern die Wölfe aus. Der ganze Ort wird dabei draufgehen. Wie kann man nur so skrupellos sein? – Wo sind sie? Damit kommen sie nicht durch! Denen werde ich's zeigen! Die werden sich noch umschauen.«

Endlich hatte sie ihr Handy gefunden. Niccolò sah zu ihr, während Canini unruhig im Kreis lief. »Es ist wegen des Feuers«, sagte Niccolò zu ihr. »Sie macht sich wieder Sorgen um die verdammten Wölfe.«

Isabella hatte Empfang bekommen. »Ist dort die Feuerwehr? Hier ist Isabella Tinbergen. Ich betreue eine … Forschungsstation oberhalb des Ortes Rimella. Das ist das Dorf, in dem jetzt Wölfe leben.« Sie stockte. »Ja, schön, dass Sie davon wissen. *Hier brennt es!* Überall ums Dorf herum, es wird abgefackelt, hören Sie? Sie müssen sofort Wagen schicken, viele Wagen, sonst ist es zu spät!«

Die Feuer wurden immer größer, der Rauch schwebte dick wie Nebel, nur der Kirchturm stieß noch hervor, an dem sich die Schwaden wie Wasser an einem Felsen brachen.

»Was soll das heißen: Sie wissen es bereits? Es ist doch gerade erst ausgebrochen!« Sie begann auf ihren Fingernägeln zu kauen. »Dann rücken Sie also bald an?« Sie schien sich zu beruhigen. Aber nur kurz. Dann brüllte sie fassungslos ins Handy. »Von *Tarcisio Burgnichs* Firma? Er hat es gemeldet und gesagt, er würde sich drum kümmern?! Hören Sie, das war eindeutig Brandstiftung, und zwar durch ihn, er will die Wölfe weghaben. Kommen Sie sofort her, Sie werden sicher Brandbeschleuniger finden. Und schicken Sie gleich die Polizei zu ihm.« Das Fingernägelkauen schien nicht mehr zu reichen, denn nun krallte sie sich mit der freien Hand tief in den Unterarm. »Ich weiß selber, dass Brände jederzeit ausbrechen können. Aber doch nicht *kreisrund* um ein Dorf!« Isabella schüttelte entschieden den Kopf. »Das hier ist *gelegt* worden, und niemand löscht es.« Sie wurde immer lauter. »*Ich bin nicht hysterisch!*«, schrie Isabella. »Ich bin Wissenschaftlerin. Und wenn Sie jetzt niemanden schicken, hetze ich Ihnen die gesamte Presse auf den Hals, hören Sie? Hallo? Ich rede mit Ihnen! Hallo …?«

Sie sah zu Niccolò und Canini. »Aufgelegt, einfach aufgelegt. Was sollen wir jetzt machen? Was können wir tun?«

Die kleine Kirche Rimellas stand an der Piazza, aber bildete gleichzeitig auch den Rand des Dorfes. Noch war kein Rauch eingedrungen, doch der Gestank des Brandes hatte längst einen Weg gefunden, füllte den Raum wie ein Fluch, der Schlimmeres heraufbeschwor. Commodus stand oben im Glockenturm und heulte, denn Grarr hatte ihm den Befehl gegeben, alle Wölfe in die Kirche zu rufen, den größten und am stärksten befestigten Bau, dessen Mauern Sicherheit zu bieten schienen. Der weiße Wolf selbst stand am Eingangstor, von dem ein Flügel bereits geschlossen worden war. Nach und nach drängten die Mitglieder des Rudels hinein, tranken Weihwasser, um den Rauchgeschmack aus dem Maul zu bekommen, oder leckten ihr brenzlich stinkendes Fell. Doch eine Wölfin kam und kam nicht. Laetitia. Das Feuer wurde immer lauter, Äste barsten, und es prasselte, als hätten sich nun auch die Heuballen hinter der Kirche entzündet. Der Rauch wurde immer dichter. Vespasian aber ließ sich nicht aufhalten, rannte hinaus, mitten hinein in die Schwaden, spürte die verbrannte Luft wie spitze Kiesel in seinen Lungen, doch spurtete er weiter in die Richtung, wo sich seine Mutter aufhalten musste, das Haus am Dorfrand, von wo er ein großes Feuer ächzen hörte. Wo so viel Rauch geboren wurde, dort musste sie sein. Hoffentlich.

Am Leben.

Das Heulen hinter ihm wurde leiser, doch Commodus rief weiter in die brennende Nacht hinein.

Mit einem Mal stieß Vespasian hart gegen eine Barrikade aus Holzscheiten und stolperte kopfüber. Doch er rappelte sich sofort wieder auf, rannte in Richtung der Flammen. Hier musste es gleich sein. Vespasian wurde langsamer, wollte nicht wieder gegen etwas stoßen, traf dann mit der Schnauze auf die Hausmauer und strich an ihr entlang, stets mit dem Fell seitlich schleifend, bis er zum Eingang gekommen war.

In dem Laetitia stand. Ihre Augen tränten vom Rauch, der schon länger in sie zu dringen schien.

»Worauf wartest du?«, fragte Vespasian. »Komm, lauf dicht hinter mir!«

»Ich hoffe, das Feuer brennt alles nieder, dann müsste ich meinen Plan nicht in die Tat umsetzen«, sagte Laetitia und blickte am Haus hoch zum lodernden Feuer, die Flammen wuchsen schnell in den Himmel, trieben wie neue Äste aus.

»Von welchem Plan sprichst du, Mutter?«

»Alles zu seiner Zeit. Er reift heran. – Ich will nicht Grarrs Ruf folgen. Willst du es?«

»Ich will nicht sterben. Komm schon!« Der Rauch schien immer noch dichter zu werden. Auch Vespasians Augen brannten nun, er schloss die Lider.

»Lass uns in den Wald gehen, Sohn. Das Feuer kann doch nicht überall sein.«

Wie ruhig sie war, wunderte sich Vespasian, als mache der Tod ihr keine Angst. Genau das machte ihm jedoch welche. Gemeinsam mit der Angst vor dem Feuer erdrückte sie den jungen Wolf fast.

»Es gibt einen Ausweg, aber Grarr will die Stadt nicht verlassen. Alle sind in der Kirche – außer uns!«

»Wirklich alle?«, sagte Laetitia und klang erstaunt.

»Ja, *komm*. Bitte, Mutter! Dein Rudel braucht dich.«

»Du sprichst wahr, Vespasian. Sehr, sehr wahr. Ich danke dir. Geh vor.«

Und sie brachen auf. Das Dach krachte ein.

Kein Heulen war mehr von der Kirche her zu hören.

Sie setzte das Fernglas noch einmal ans Auge, als hätte es gerade ein falsches Bild gezeigt. Niccolò beobachtete sie, auch weil er nicht nach Rimella blicken wollte – oder dahin, wo Rimella liegen musste. Der Rauch hatte sich wie ein dickes graues Schaf quer auf den Ort gelegt, selbst der Kirchturm war nun darin versunken. Ein zufälliger Beobachter hätte annehmen können, dort unten in der schmalen Senke brenne bloß eine trockene Wiese ab.

Und keine Heimat.

»Sie löschen tatsächlich, diese *verdammten* Hurensöhne. Der Ort wird nicht abgefackelt, natürlich nicht, da steckt ja Burgnichs Kohle drin.«

Niccolò wendete seinen Blick nun doch noch einmal Richtung Rimella. Canini starrte schon eine ganze Weile gebannt auf Feuer und Rauch. Sie zitterte. Er stellte sich direkt neben sie, ohne sie zu berühren. Er wollte nur für sie da sein. Und selbst nicht verlassen werden.

Jetzt sah auch er, was Isabella wieder fluchend zum Handy greifen ließ. Am Rand Rimellas waren durch den Rauch Männer zu erkennen, mit Lampen auf dem Kopf. In den Händen hielten sie Schläuche, die an Tankwagen befestigt waren, wie er sie vom Gülletransport kannte. Die Männer sahen wie Bauarbeiter aus.

Doch das Merkwürdigste war etwas anderes.

»Hallo? Ist da die … Ja, ich bin es wieder. Burgnichs Männer sind jetzt hier.« Sie wurde unterbrochen. »Ja, sie löschen. Aber darum geht es nicht. Lassen Sie mich doch ausreden, verdammt noch mal!«

Das Paradoxe war, dass sie nicht die Feuer löschten. Sie schienen bloß den Abschnitt zwischen den Brandherden und Rimella zu wässern.

»Sie verhindern nur, dass die Feuer auf den Ort übergreifen. Sie wollen die Wölfe ausräuchern, verstehen Sie mich? Und nachher heißt es, das Feuer wäre von selbst ausgebrochen und sie hätten es heldenhaft gelöscht. Das werde ich nicht zulassen!« Sie kniff die Augen zusammen. »Ich sehe es ja gar nicht ein, mit Burgnich zu telefonieren. Sie sind es, der einen Waldbrand am Hals hat, zu dem keine Leute geschickt wurden, nicht ich. Trauen Sie unqualifizierten Leuten wie Burgnichs Truppe die Löschung zu? Es ist Ihr Job, nicht meiner, viel Glück.«

Sie beendete das Gespräch. Und sah dabei wieder ein wenig zufriedener aus.

Vespasian zählte durch. Und noch mal. Er hatte sich leider nicht vertan.

»Schließ endlich das Tor!«, rief ihm Grarr zu, nun schon ungehalten. »Willst du uns umbringen?«

Entschlossen schüttelte Vespasian den Kopf. »Vier fehlen noch, ganz sicher.«

»Er kann zählen«, sagte Grarr, der auf dem steinernen Altar stand, als sei er eine der Heiligenstatuen. Zu seinen Pfoten lag Theophanu mit erhobenem Kopf und blickte herab. »Aber denken kann er nicht.«

Das erheiterte das verschüchterte Rudel etwas, doch die Angst hatte sich längst wie ein Parasit in ihren Nervenbahnen eingenistet.

»Septimus sichert die Sakristei, und die Kralle ist in meinem Auftrag unterwegs. Sie sind in Sicherheit. Genau wie wir hier. Die Zweibeiner haben diese Mauern vor langer, langer Zeit errichtet, damit sie allem trotzen, was die Natur zu bieten hat. Jedes Feuer erlischt irgendwann, das ist gewiss. Und wir können warten. Wenn uns die Zweibeiner nicht aus unserem Dorf vertreiben können, wird es eine Feuersbrunst erst recht nicht schaffen! Wir haben hier sogar Wasser.« Er deutete mit der Schnauze auf das gut gefüllte Taufbecken. »Morgen schon wird die mächtige Wildschweinhorde eintreffen, und dann werden die Menschen nicht nur aus dem Ort verschwinden, sondern auch aus unserem ganzen Revier!«

Vespasian musste an die Frau denken, die oben am Wald lebte und immer zu ihnen schaute. Sie tat ihnen nichts, doch die Wildschweine würden keinen Unterschied machen, wenn sie einmal in Raserei gerieten. Sie kannten keine Grenzen, sie waren wie ein Sturm, der sich erst legte, wenn alle Kraft ausgetobt war.

Laetitia schob ihren Sohn ruppig zu dem hölzernen Beichtstuhl, der etwas abseits im linken Schiff der kleinen Kirche stand. Da hier in den hohen, länglichen Fenstern der Schein der Flammen zu sehen war, hatten die Wölfe den Bereich gemieden. Grarr hielt währenddessen weiter seine Durchhalterede, kämpfte mit Worten gegen den immer drückenderen Rauch an, der die Fenster nun anscheinend mühelos durchdrang.

»Was ist los, Mutter?«, fragte Vespasian. »Du wirkst plötzlich so wütend. Aber für ein solches Feuer kann doch niemand etwas.«

»Du meinst, dass mich die Flammen stören? Nein, ich hab nur endlich begriffen, dass ich mit Schafen zusammenlebe und nicht mit Wölfen. Schau sie dir an, schau dich an. Ihr folgt alle lieber der unsinnigen Order eines fehlgeleiteten Wolfes, statt euren Instinkten zu gehorchen, die euch immer weise Ratgeber waren.«

»Aber …«

»Spar dir deine Entschuldigungen! Sei mir lieber eine Hilfe. Hast du in der Zwischenzeit etwas herausgefunden?«

Es knarzte über ihnen. Das Holz schien sich dem Rauch entziehen zu wollen, brach aber noch nicht. Auch die Fenster hielten stand, doch die steigende Hitze war zu spüren. Vespasian gab dem Druck seiner Mutter dagegen nach. Gerade als er anfangen wollte zu erzählen, erhob Grarr wieder die Stimme, lauter als zuvor.

»Dieses Feuer ist kein Fluch, es ist uns gesandt worden. Es vertreibt die Feinde, reinigt unsere neue Heimat von den alten, stinkenden Gerüchen der Zweibeiner, zeigt den Beginn von etwas Neuem. Lasst es ruhig die Dächer und Häuser fressen, so wie wir unsere Beute verschlingen. Danach werden wir immer noch hier sein, doch die Zweibeiner nicht, denn sie wollen geschützte, warme Höhlen, in die kein Regen dringt. Wir sind anders! Ein Feuer ist nur fatal für die Menschen. Wir Wölfe sind Brüder des Feuers.«

»Hör auf, ihm zuzuhören«, sagte Laetitia, lauter als beabsichtigt, und sah sich danach um. Doch niemand achtete auf sie.

»Er ist mein Führer und mein Vater. Ich weiß nicht, was er mit der Bluttat an Aurelius zu tun hat. Aber du hast mich immer Gehorsam gelehrt, es war stets das oberste Gebot!«

»Sag mir endlich, was du gesehen hast.« Laetitia schien selbst erschrocken über ihren scharfen Ton, denn sie leckte Vespasian wie zur Entschuldigung über die Schnauze. »Du bist ein guter Sohn, aber ich kann dir zur Zeit keine gute Mutter sein. Doch hoffentlich bald wieder.«

Den Kopf von Grarr abgewendet begann Vespasian zu erzählen, was er gesehen, aber nicht verstanden hatte. Dass die Kralle in das Nachbardorf gelaufen war und es dort einen Tumult gegeben hatte, dass Commodus ihn beschattet hatte, und was er vor der Höhle beobachtet hatte.

»Sie bringen Essen dorthin, immer wieder. Warum, weiß ich nicht. Ich bin nicht hineingegangen, das kannst du nicht von mir verlangen!«

»Erzähl weiter, Vespasian. Da war noch etwas, oder? Du hast mir noch nicht alles berichtet.«

»Valentinian, der Welpe von Placidia, er kam aus der Höhle, spielte kurz draußen, und dann …«

»Ja?«

»Dann holte ihn seine Mutter herein.«

Wieder erhob sich Grarrs Stimme. Nun musste er fast brüllen, um das immer lauter werdende Ächzen des Holzes zu übertönen. »Die Zweibeiner rauben unsere jungen Mütter und Kinder! Ich selbst habe gesehen, wie Placidia und Valentinian verschleppt wurden, in Fallen wie Hasen wurden sie gefangen. *Wie Hasen!* So, als wären wir Beute. Ist das nicht eine Unverschämtheit, meine Brüder, meine Schwestern und meine Kinder? Ist das nicht eine bodenlose Unverfrorenheit?«

Das Rudel antwortete mit Geheul. Es schien ihnen neue Kraft zu geben, nur Vespasian und Laetitia nicht.

Dann krachte es.

Das Getöse raste wie ein verletztes Tier in der Kirche umher. Ein dumpfes Brechen gesellte sich dazu. Plötzlich schoss Septimus mit brennendem Schwanz herein. Alle Sicherheit, die Grarr den Seinen gegeben hatte, war fort.

»Die Sakristei, sie brennt! Rettet euch! *Der Tod kommt!*«

Grarr sprang wie ein Blitz vom Altar und trieb Septimus vor sich her zum Taufbecken, in das er ihn zu springen zwang. Zischend erlosch die Flamme.

»Unter die Bänke!«, befahl er, während der Zusammensturz der Sakristei wie Höllenlärm dröhnte. »Lasst uns dieses Feuer gemeinsam durchleben.«

Die Flammen wanderten auf Rimella zu, ließen den Kreis aus Feuer enger werden. Nun gab es keinen Ausweg mehr für jene im Inneren. Es war eine brennende Schlinge, und sie zog sich fester zu.

Doch plötzlich kam Wasser. Aus denselben Schläuchen wie zuvor, nur diesmal bedeckte es tatsächlich das Feuer, Dampf ersetzte Rauch, er war weißer, schien die Wunden lindern zu wollen, welche die Flammen aufgerissen hatten.

»Jetzt, wo es sein wertvolles Dorf gefährdet, lässt dieser Mistkerl löschen. Jetzt, wo es …«

Sie sagte die nächsten Worte nicht, nur in ihrem Kopf ging der Satz weiter. Niccolò hörte ihn: »… für die Wölfe zu spät ist.« Isabella wollte es nicht aussprechen, da es dann in der Welt gewesen wäre. Dort wollte sie es nicht haben. Lieber eine Hoffnung. Ohne Worte.

Die Löscharbeiten gingen schnell vonstatten, zuerst waren die Brandherde um Rimella erstickt worden. Länger brauchte man für Sakristei und Kirche, wie auch für das hölzerne Eckhaus am südlichen Ortseingang, das die Flammen innerhalb kürzester Zeit bis auf das Gerippe abgenagt hatten.

Als sich der Dampf verzogen hatte, fiel das Sonnenlicht auf ein geräuchertes Dorf, das sich benahm, als wäre nichts passiert. Einige Fenster standen offen, Wäsche hing immer noch auf Leinen, Markisen spendeten Schatten. Doch der Ruß verriet die Katastrophe. Und die Straßen waren leblos.

Bis die Männer in den Ort drangen. Sie johlten und warfen ihre Helme in die Luft, tanzten auf der Piazza, als stünden ihre Schuhe in Flammen. Einer rannte zur Kirche und öffnete das Eingangstor, riss es geradezu auf, und etwas schwappte heraus, eine graue Woge. Statt einer Schaumkrone hatte sie Klauen und Fänge, statt zu rauschen knurrte sie, statt zu versickern breitete sie sich aus und jagte jeden Menschen, der ihr in den Weg kam. Niccolò konnte den Ruf des einzigen Wolfes hören, der still verharrte, dessen weißes Fell zu leuchten schien und der auf den Brunnen der Piazza gesprungen war.

»Kein Mord«, rief er, »die Mutter will es so. Verjagt sie nur ein für alle Mal aus unserem Reich!«

Seinen Worten folgten Bisse. Kein einziges Mal jedoch stürzte sich das Rudel gemeinsam auf ein schwaches Opfer, obwohl es an Gelegenheiten nicht mangelte. Nur Beine und Arme waren ihre Ziele, Kehlen und Köpfe ließen sie unberührt. Schmerzen trugen die Menschen trotzdem zuhauf davon.

»Geschieht ihnen recht!«, jubelte Isabella und sprang immer wieder in die Höhe, die Fäuste reckend, schrie ihr Glück hinaus. »*Geschieht euch recht, ihr Drecksäcke!*«, brüllte sie hinunter in den Ort. Canini tanzte um sie herum, hohe Kläffer von sich gebend. So ausgelassen hatte Niccolò die Spanielhündin noch nie gesehen.

Seine Stimmung lag am anderen Ende des Gefühlsspektrums. Die Besetzer waren nicht vertrieben worden. Selbst Feuer hatte ihnen nichts anhaben können.

Was hatten diese Wölfe nur an sich? Sie waren nicht normal, das stand fest. Aber irgendeine Schwachstelle mussten sie doch haben, und er war derjenige, der sie finden würde.

Ein Heulen war zu hören, doch diesmal stammte es nicht von den Wölfen. Es war der Dobermann des Menschen, der ein neues, besseres Rimella errichten wollte. Er klagte von der Ladefläche eines etwas entfernt von Rimella stehenden Lasters aus die Welt an. Denn das Glück seines Herrn lag ihm am Herzen, genauso wie Niccolò das von Isabella. Niccolò spürte ihre Freude, doch sie verletzte ihn. Sie war ihm so nah und doch so unglaublich fern.

»Ab morgen, Niccolò, wird sich alles ändern! Dann kommen meine Freunde und viele andere Menschen, alle werden sie hier oben bei uns bleiben und dafür sorgen, dass den Wölfen nichts mehr passiert. Eine Armee wird kommen, ein ganzes Heer von Verbündeten.«

Es fühlte sich an, als wäre eine alte Wunde aufgerissen worden, die längst verheilt schien. Zum Schmerz gesellte sich der Schrecken, dass sie immer noch existierte. Als Giacomo in der Morgendämmerung hinter dem Spürer herging, hoffte er auf Heilung. Durch den, der ihm dies angetan hatte. Warum, wusste er nicht. Er versuchte nicht zu denken. Nur zu gehen.

Der Spürer hatte nach der Bezahlung gesagt, er spüre die Seele einer anderen verstorbenen Kreatur in der Nähe, eine starke, wütende, die etwas erzählen wollte. Dort würde er hingehen. Also war Giacomo ihm gefolgt.

Der Tag kam so schnell, als habe er es eilig, die Nacht in die Schranken zu weisen. Der Tau verflüchtigte sich, und die Welt hörte auf zu blitzen.

Erst als der Boden unter seinen Füßen hart wurde, bemerkte Giacomo, dass sie über die Hauptstraße Rimellas gingen. Im Dorf hatte sich der Gestank von Rauch festgesetzt, er schien aus jedem Mauerstein zu dringen und verwandelte Giacomos sonst so farbige Geruchswelt in ein einziges, schlieriges Grau. Er schaute auf und sah, dass Wölfe auf der Straße standen. Jedoch nicht, um sie aufzuhalten oder anzugreifen. Sondern einfach nur um zu schauen. Die Blicke galten dem blinden Border-Collie vor ihm, die Wölfe flüsterten miteinander und schienen etwas wie Ehrfurcht, vielleicht sogar ein wenig Angst zu empfinden.

»Ich komme wegen keinem von euch«, sagte der Spürer an niemanden Bestimmtes gerichtet. »Zumindest nicht deshalb, weswegen ihr euch fürchtet.«

Als sie an der Piazza angekommen waren, sah Giacomo einen Wolf mit weißem Fell am Brunnen stehen und demonstrativ in aller Seelenruhe trinken. Seine intensiv hervorstechenden Augen erinnerten ihn an Kirschen.

Er mochte keine Kirschen.

Und diese folgten ihm.

Nicht dem Spürer.

Ihr Blick galt eindeutig ihm.

Deshalb war er froh, als sie wieder aus dem Dorf traten, die betonierte Straße hinter sich ließen und den Wald erreichten. Dort spürte er die reifenden Trüffel im Boden unter seinen Pfoten. Die Wunde riss noch weiter auf, sein ganzer Kopf schien nun zu brennen. Er musste an alte Zeiten denken, als er mit seinem Menschen solche Wege gegangen war. An ein anderes Leben, einen anderen Giacomo. Dieser war tot, aber die Leiche lag immer noch in seinem Inneren.

»Wir sind gleich da – oder zumindest ich«, sagte der Spürer. »Du hast noch einen weiten Weg vor dir, und ich hab nicht die geringste Lust, ihn mit dir zu gehen. Möchtest du ihn denn überhaupt selbst auf dich nehmen?«

Er wollte keine Fragen mehr beantworten. Stattdessen würde er an etwas Angenehmes denken. Barolo zum Beispiel. Giacomo versuchte, sich darauf zu konzentrieren. Doch es fiel ihm schwer. Sich Glück vorzustellen war plötzlich harte Arbeit geworden. Glücklich zu sein fühlte sich falsch an. Was würde es für ein Leben sein, wenn er nicht einmal mehr an Wein denken konnte? Geschweige denn ihn trinken.

Er brauchte dringend Hilfe.

»Ich bin am Ziel«, sagte der Spürer. »Hier ist noch eine unruhige Seele. Unruhiger sogar als du«, er schien das für einen Scherz zu halten und amüsierte sich. »Eigentlich gut, dass du dabei bist. Ich mag Publikum, denn es neigt dazu, von meinen Taten zu erzählen. Ein wenig Werbung kann nie schaden.« Seit seiner Entlohnung war der Spürer unangenehm gut gelaunt.

Vor ihnen lag ein toter Wolf mit aufgeschlitztem Bauch, aus dessen unnatürlicher Öffnung sich etliche hungrige Mäuler bedient haben mussten. Auch die Augen des Tieres waren längst wieder in den endlosen Kreislauf der Natur eingetreten. Notdürftig war versucht worden, die Wunden zu kaschieren, doch die Aasfresser hatten sich ihren Weg längst wieder gebahnt.

Wieder wurde die Welt still. Zwar bewegte sie sich weiter, doch machte sie keinen Laut dabei. Aus dem Maul des Spürers drang ein eisiger Hauch. Diesmal dauerte es nicht so lange wie bei Niccolòs Menschen, bis die ersten Worte kamen. Abermals schienen sie lange Zeit zuvor gesagt worden zu sein, auch wenn sie erst jetzt aus dem Mund des Spürers drangen.

»Er ist von den Seinen getötet worden, nachdem er von den Wölfen der Berge kam. Diese sollte er um Hilfe bei der Verteidigung des Dorfes bitten.«

Das fehlte gerade noch, dachte Giacomo, ein Familientreffen sämtlicher Wölfe des Landes. Würde bestimmt nett werden. Vor allem für alle anderen.

Es wurde alles immer schlimmer.

»Doch sie weigerten sich. Das ist es aber nicht, was ihn traurig macht. Er wollte einer Wölfin unbedingt sagen, was er für sie fühlt. Weil er es nie zuvor ausgesprochen hat. Niemals richtig. Laetitia heißt sie, und er hier trägt den Namen Aurelius. Er wünscht, dass sie erfährt, wie sehr er an ihr hing, wie viel sie ihm bedeutete. Dass er sie liebte. Genau wie seinen Sohn Vespasian, der bis heute nicht weiß, wer sein wirklicher Vater ist. Es schmerzt ihn, dass er ihm nie sagen durfte, wie stolz er auf ihn ist. Dass er sein größtes Glück war. Jemand müsse das den beiden sagen.«

Der Spürer biss über der Leiche des alten Wolfes hart in die Luft. »Was für ein elend sentimentaler und weinerlicher Wolf. Eine Schande für seine Art, wenn du mich fragst.« Er beugte sich zur Leiche herunter und riss ein weiteres Stück der Bauchdecke auf, um an die Lungen zu gelangen, die er genüsslich verspeiste. »Brauchst gar nicht so gierig zu hecheln, du kriegst nichts ab. Verzieh dich jetzt! Wir zwei sind fertig miteinander. Du bist es anscheinend sowieso.«

Kapitel 9

VON ALTEN UND NEUEN FREUNDEN

Es war ein Volksfest, dachte Niccolò, ein Volksfest für Rimella. Die Menschen fielen sich in die Arme und bauten ihre Zelte auf oder schliefen in Bussen, die Gardinen hatten. Fahrende Häuser. Sie erinnerten Niccolò an Schnecken.

Isabella umarmte die neuen Menschen und schien hocherfreut, wenn sie noch einen weiteren im Wald unterbringen musste. Als sie abends alle beim Lagerfeuer beisammensaßen und auf ihren Gitarren spielten, die Niccolò immer an große Schinken mit einem Loch drin denken ließen, setzte er sich neben Canini, die noch verlorener aussah als sonst.

»Du bist ein Angeber«, sagte sie, bevor er das Maul öffnen konnte. »Und ein Dieb.« Doch sie ging nicht fort, sie blieb.

»Bin ich auch ein Angeber, wenn ich behaupte, dass du mich trotzdem gut leiden kannst?«

»Ein Lügner bist du dann. Sonst nichts.«

»Soll ich dir Geschichten erzählen, die keine Lügen sind?«

»Wenn es sein muss. Allerdings muss ich mich jetzt pflegen.« Sie begann sich zu lecken, obwohl ihr Fell makellos war.

Niccolò erzählte von seinem Leben in Rimella, dem Verschwinden der Menschen, seiner Reise nach Alba, der Zeit im Tierheim, von den Dachshunden und vom Weg zurück. Er schmückte aus, was keinen Tand gebraucht hätte.

»Dann hab ich die Wölfe gesehen und direkt gedacht: Ihr macht mir keine Angst! Ich führe Giacomo jetzt ins Dorf, damit er Witterung aufnimmt, und wenn ich dafür jeden Einzelnen von euch töten muss.«

»Fertig«, sagte Canini, stand auf und ging durch das Gewühl von Bastmatten, leeren Flaschen und im Schneidersitz gekreuzten Beinen in den Wald. Niccolò folgte ihr. »Willst du die Geschichte nicht zu Ende hören?«

»Ich hab Durst«, sagte Canini. »Ich werde ja wohl noch trinken dürfen, braucht man schließlich zum Leben.« Damit verschwand sie zwischen den Bäumen, den Weg zum Tümpel einschlagend.

In Niccolòs Kopf explodierte eine Bombe.

Seit Langem schon brannte eine Lunte. Doch es hatte keinen Sprengsatz gegeben, an dem sie befestigt werden konnte. Jetzt war er da. Dank Canini.

Niccolò wusste nun, wie er die Wölfe aus Rimella bekommen würde. Es gab jemanden, mit dem er seine Idee teilen wollte. Einen Dobermann namens Junior.

Er wählte den direkten Weg, den ungeschützten, der ihn am schnellsten zur Weinkellerei brachte. Oder zumindest bringen sollte. Er rannte schnell, versuchte nicht, leise oder unauffällig zu sein, sprang sogar übermütig voran und gab ab und an freudige Kläffer von sich.

In einer still schlafenden Natur.

Als er gegen das riesenhafte Wildschwein stieß, war er gerade mitten in der Luft. Der Eber war viel härter, als es Niccolò erwartet hätte – wenn er in diesem Moment etwas erwartet hätte.

»Komm' von 'än Mänschn«, sagte eine Stimme, die mit etwas weniger Artikulation als Magenknurren hätte interpretiert werden können. »Gehört zu 'änen. Tötn.«

Die Augen der Rotte funkelten nicht in der Nacht. Sie wirkten wie Löcher im Dunkel, die zu einer noch düstereren Welt führten. »*Tötn! Tötn! Tötn!*«, erklang es von überall um Niccolò herum. »Für dä' Wölf!«

Wo war nur Giacomo? Jetzt brauchte er ihn so sehr, seine Erfahrung, seine Gewieftheit, seine Ruhe. Der alte Trüffelhund würde wissen, was zu tun wäre.

Die verdammten Besatzer hatten sich die Bestien also zur Verstärkung geholt. Er musste sie aufhalten, sich ihnen entgegenstellen, er musste zu dem Hund werden, von dem er Canini eben so stolz erzählt hatte.

Der mächtige Eber, gegen den er gestoßen war, dessen Hauer aussahen, als könnten sie den Himmel selbst auftrennen, näherte sich ihm mit messerscharfen Spitzen. »Kläina Hund! Läcka«, grunzte er. Der Kopf senkte, das Maul öffnete sich. Alles ging viel schneller, als Niccolò erwartet hatte, der von diesen Kreaturen immer nur gehört, aber nie eine gesehen hatte.

Jetzt würde er kämpfen!

Es allen zeigen.

Vor allem sich.

Er rannte. Und zwar blitzschnell an den Hauern vorbei, als sie gerade in die andere Richtung schwenkten, schoss an der Flanke des Ebers entlang in die Dunkelheit und ließ die aufgrunzenden Wildschweine nach wenigen Metern hinter sich, denn die Nacht hatte ihn in ihrer Unersättlichkeit verschluckt.

»Wiä kriegän dich noch!«, hörte er den großen Keiler brüllen. »Väsproch'n!« Dann war etwas zu hören, das für die Wildschweine wohl Lachen bedeutete, doch für Niccolò klang es, als würden große Felsbrocken bewegt.

Wieder rannte er ohne Vorsicht, doch diesmal stieß er gegen keine Wand aus Pelz. Das Weingut drückte sich an den Hügel, als verspreche er Schutz. Es schimmerte nur schwach aus zwei Fenstern. Noch außer Atem schaffte es Niccolò, zweimal kurz zu bellen. Ein Vorhang wurde zur Seite geschoben, und einige Minuten später öffnete sich die Haustür, begleitet von einem »Um die Uhrzeit musst du noch raus? Als wärst du ein kleines Mädchen. Beeil dich verdammt noch mal!« Die Tür blieb einen Spalt geöffnet.

Der Dobermann ging schnurstracks auf Niccolò zu. »Was Wichtiges, hoffe ich?« Es klang, als würde er ihm ein Ohr abreißen, wenn dem nicht so wäre.

»Klar, sonst hätte ich mich nicht mitten in der Nacht auf den Weg gemacht und eine Wildschweinrotte ... ausgetrickst. Ist die Verstärkung für die Wölfe, und genau um die geht es.«

»Das hatte ich gehofft.«

»Ihre Schwachstelle, die ist mir jetzt klargeworden.«

Der Dobermann kam näher und schnüffelte an Niccolò. »Ich rieche deine Angst. Wovor hast du Angst? Was führst du im Schilde?«

»Was redest du da für einen Blöd...«

»Vorsicht, Windspiel! Ich bin ein Krieger, kein Spieler. Und mein Gegner sind die Wölfe. Wenn du auf meiner Seite bist, hast du einen starken Verbündeten. Doch vor Verbündeten hat man keine Angst, nicht wahr? Bist du also gegen mich ...«

Niccolò ging nicht darauf ein. Er begriff nicht, warum sein Gegenüber plötzlich so schroff war, wollte nur endlich mit der guten Nachricht herausrücken.

»Der Brunnen! Auf der Piazza. Alle Wölfe trinken daraus, weil ihr Leitwolf, der weiße, es auch macht. Wenn das Wasser verdorben wäre, würde es alle Wölfe treffen. Das ist die Gelegenheit!«

Der Kopf des Dobermanns legte sich verwundert zur Seite. »Hinter dem Gabelstapler findest du einen toten Hasen, den ich letzte Nacht gerissen habe. Ich hatte noch keinen Hunger. Du kannst ihn haben.«

»Wie willst du es machen?«

»Ist das wichtig? Mein Herr wartet.«

»Wie willst du etwas in den Brunnen geben?«

»Ich?«, er schnaubte verächtlich. »Mein Herr wird es tun.«

»Aber wie willst du ihm das klarmachen? Es wird nicht reichen, zum Brunnen zu laufen und zu bellen.«

»Hast du eine perfekte Verbindung?«

Die Frage überraschte Niccolò, doch er war sehr erfreut, sie mit »Ja« beantworten zu können.

»Dann weißt du zu wenig darüber. Am Tage können wir die Gedanken der Menschen nur lesen. Doch im Traum sind ihre Geister beweglich. Wie Wasser, in das ein Stein fällt. Aus den kleinen Wellen werden große, und diese können alles bewegen. Du musst dich nah an die Stirn deines Menschen legen, berühre sie am besten, steig in seinen Geist und übe an der richtigen Stelle Druck aus. Doch du darfst nie zu heftig pressen! Sonst könnte dein Mensch verletzt werden. Erzwinge nichts, hörst du? Nie! Es könnte bleibenden Schaden anrichten.«

Niccolò rannte sofort los, ohne ein Wort des Abschieds, denn es gab eine Frage, die er in Isabellas Träume werfen wollte.

»Vergiss den Hasen nicht!«, rief der Dobermann. »Und wunder dich nicht über die alten Schlingenspuren am Hinterlauf, er ist frisch erlegt.«

Giacomo merkte sofort, dass er ohne den Spürer in Rimella nicht willkommen war. Die Wölfe schlichen knurrend auf ihn zu, zeigten ihre Zähne. Rasch bat er um ein Treffen mit dem weißen Wolf, zeigte sich devot, gab seinen Bauch preis.

»Wir werden dich vorlassen, weil du ein Freund des Spürers bist. Grarr wird entscheiden, ob wir dich auch wieder ziehen lassen.«

Zu beiden Seiten flankierten ihn hochgewachsene Wölfe, unmissverständlich deutlich machend, dass ein Rückzug nun nicht mehr möglich war.

Mit ihnen durch ein Treppenhaus der Menschen zu gehen, fühlte sich falsch an. So, als würde er mit Menschen in einem Körbchen liegen. Es passte einfach nicht zusammen. Giacomo blieb aber kaum Zeit, sich länger unwohl zu fühlen, denn nach nur kurzer Wartezeit wurde er in einen weißen Raum eingelassen. Von der Sofaecke funkelten ihn zwei Augen an. Sie gehörten zu dem Wolfswesen, das mit dem weißen Polstermöbel fast verschmolz.

»Ich fasse es nicht«, sagte Garr. »Giacomo! Wie lange ist es her?« Er sprang herunter. »Ich konnte es vorhin kaum glauben, als ich dich mit dem Spürer sah.«

So freundlich sich die Worte anhörten, so unsicher war Giacomo, was der Albino im Schilde führte. Er war nicht mehr der Alte, das war unübersehbar. Sein Fell war blitzblank geleckt, er versuchte nicht mehr wie früher, sich so lange im Dreck zu wälzen, bis niemand mehr sehen konnte, dass er schlohweiß war. Grarr war schnell, das wusste Giacomo, er hatte es immer sein müssen, denn der Spott der anderen hatte sich seit frühester Jugend über ihn ergossen. Grarr hatte sich deshalb entschieden, stets besser zu sein als all seine Artgenossen.

Die Augen des Albinos verrieten nichts, als er sich Giacomo jetzt näherte. Würde er ihm nun die Kehle durchbeißen, da die gemeinsamen Zeiten so lang zurücklagen? Oder würde er als Reminiszenz an diese mit ihm tollen, sich übermütig auf ihn stürzen und durch den Raum kullern? Es war verdammt lange her, dass sie sich so benommen hatte. Giacomo spürte trotzdem immer noch den jungen Hund in sich, der gerne wieder eine Runde drehen würde.

Grarr schnüffelte an Giacomos Hinterteil und gewährte auch diesem die traditionelle Begrüßung. Wie sie ihrem Alter entsprach.

»Zwölf Läufe der Sonne ist es her! Damals warst du noch …«

»Alle raus«, unterbrach Grarr ihn. »Lasst mich allein mit diesem Hund.«

Er sagte nicht *Freund,* dachte Giacomo, und seinen Namen nannte er auch nicht. Er war hier also nur ein Hund. Und er wusste, was dieses Wort für Wölfe bedeutete. Verräter.

»Es ist wirklich überraschend, dich wiederzusehen. Gerade jetzt. Bist du immer noch den Trüffeln verfallen?«

»Das hört nie auf, oder ist es bei dir etwa anders?« Giacomo sagte es mit einem Glitzern in den Augen, das er nun auch bei Grarr sah.

»Es sind schöne Zeiten gewesen, Giacomo«, sagte Grarr und stupste den alten Trüffelhund spielerisch mit dem Fang. »Aber sie kommen nicht wieder, oder?«

Auf unerlaubten Ausflügen hatte Giacomo den jungen Wolf getroffen, und gemeinsam hatten sie Trüffel ausgemacht und verschlungen, bis nichts mehr in sie hineingepasst, bis das Glück ihre Körper vollends ergriffen hatte.

»Anscheinend nicht«, sagte Giacomo, der sich nicht sicher war, auf welche Antwort Grarr gehofft hatte. »Zumindest dein Leben hat sich stark geändert.« Er blickte sich um. »Ein ungewöhnliches Plätzchen für einen Wolf. Aber sehr angenehm. Viele Hunde würden sich hier sehr wohl fühlen.«

»Willst du mich necken, alter Freund? Oder mich einfach nur beleidigen? Wo ein Wolf ist, da darf er auch sein. Wir müssen uns von den Zweibeinern nichts gefallen lassen. Wir sind gleichberechtigt.«

»Weil einmal eine der Euren zwei Menschen großgezogen hat?«

»Das war ein Pakt, ja. Aber der Grund ist, dass wir und die Zweibeiner Jäger sind, und Jäger lassen sich ihren Raum. Sie sollten einander nicht vertreiben und wie Beute jagen. Es geht um Respekt, Giacomo, gegenseitigen Respekt. Unter Gleichen. Das ist für euch Hunde sicher schwer zu verstehen.«

»Wir gehen Freundschaften mit den Menschen ein«, sagte Giacomo und wusste, dass es leider nur zu oft nicht stimmte.

»Jetzt hör doch auf! Ihr werdet verkauft. Ihr seid Besitz, Gefangene.«

»Wir haben uns domestizieren *lassen*, es ist der gewählte Weg unserer Vorväter. Im Gegenzug erziehen wir oft genug die Menschen. Sie merken es nur nicht, wenn sie uns bestes Futter bringen und eine saubere Heimstatt bieten.«

»Hast du Trüffel gefressen, oder wie schaffst du es, deine Gedanken so zu verdrehen?«

»Es ist noch keine Saison«, sagte Giacomo. »Aber sehr, sehr bald. Sie werden reif, sie kitzeln schon an meinen Pfoten, wenn ich über den Boden laufe. Sollen wir noch mal gemeinsam, wie vor langer Zeit …?«

»Was willst du wirklich, Giacomo? Wir wissen doch beide, dass das hier kein nettes Wiedersehen ist. Krieg herrscht, und du stehst auf der Gegenseite. Du bist einer der Angreifer. Wir verteidigen nur, was uns zusteht.«

Giacomo ging zum größten Fenster des Zimmers und sprang auf den Sims. »*Das* soll euch gehören? Ich sehe Straßen aus Beton, Laternen mit falschem Licht und unbewachsene Mauern. Das ist nie für euch gedacht gewesen. Eure Pfoten sind nicht hart genug für diesen Boden, Grarr. Bald wird Blut daran kleben.«

Grarr sprang auf den Sims neben ihm, doch er setzte sich nicht, sondern blieb stehen und hob das Haupt. »Deine Augen sehen wenig. Du siehst nur das Hier und Jetzt. Vor Jahrzehnten waren hier Wälder, herrschten Wölfe. Es war einst unsere Heimat, Giacomo! Und wir setzen jetzt und hier ein Zeichen, ziehen eine Grenze. Viele helfen uns, freie Tiere wie wir, deren Reviere, deren Leben bedroht ist. Wie viele Bewohner der Wälder und Wiesen sind schon ausgerottet? Jäger wie Beute? Hier ist Schluss. Die Menschen haben den

Ort von sich aus verlassen. Wir sind eingezogen, jetzt ist es wieder unsere Heimat!«

Grarrs Zähne zeigten sich, schimmerten intensiv gelb im Sonnenlicht. Und verdammt scharf.

»Ich kann deine Sichtweise verstehen«, sagte Giacomo und senkte den Kopf. »Aber jetzt wollen sie wieder zurück in ihre Häuser. Und die Dorfhunde, ohne Frage eine verwöhnte und verhätschelte Truppe, werden langsam«, er stockte, »verrückt. Um es deutlich zu sagen: Die drehen total durch. Aber einer ist dabei, der ist wie wir, als wir jung waren. Niccolò heißt er, ein Windspiel. Keine Ahnung vom Leben, aber alles für möglich halten. Ein Träumer.«

»Die Zeit des Träumens ist leider lange vorbei. Es gibt viele andere Dörfer, mit vielen anderen Häusern. Wir wollen nur dieses eine Dorf. Mehr nicht. Ist das denn zu viel verlangt? Wenn du und deine Hundefreunde es wollen, kommt es euch doch holen. Freiwillig werden wir es aber niemals zurückgeben.« Er sprang hinunter, die angelehnte Tür wurde aufgestoßen. Giacomos Wolfseskorte stand dahinter. Sie sah hungrig aus.

»Ein letztes Mal freies Geleit für dich, alter Freund. Niemals wieder.«

»Ich habe noch etwas gut bei dir«, sagte Giacomo und bewegte sich nicht. »Du erinnerst dich an den jungen Jäger mit der Schrotflinte? Und an die mickrige Grube? Ich dachte …«

»Es gibt keinen Gefallen mehr einzufordern. Er ist hiermit eingelöst. Du lebst einzig aus diesem Grund noch. Sag deinen Hundefreunden, dass wir sie töten werden, wenn sie unser Dorf betreten.«

Grarr drehte sich um, sprang in Richtung Sims, öffnete das Maul, und plötzlich fand sich Giacomo unter dem alten Spielkameraden, dessen Zähne am Hals, zudrückend, dort, wo die Luft durch die Kehle drang. »Ich rette dich vor diesem Wolf«, stieß Grarr hervor. »Er ist ein großer Jäger, und gerade hat er die Witterung eines Hundes aufgenommen, der zu viele alte Geschichten erzählt.«

Grarr ließ los. Die Wölfe rannten in den Raum und schubsten Giacomo mit den Schnauzen hinaus, die Treppe hinunter, dass er fiel und sich mehrmals überschlug, bis er hart auf den Pflastersteinen der Piazza landete.

In diesem Moment wurde dem alten Trüffelhund klar, dass dies mit Abstand der miserabelste Tag seines Lebens war. Nein, das drückte es noch nicht richtig aus.

Es war der beschissenste.

»Unglaublich, un-glaub-lich! Ihr *müsst* herkommen. Kommt ihr?« James Dean drehte sich um die eigene Achse. Er jagte vor lauter Aufregung seinen Schwanz, da nichts anderes sich bewegte. Bis Beppo die Augen öffnete.

»Sind sie schon weg?«

»Wer?«, fragte James Dean und hörte auf, im Kreis zu rennen, obwohl er fest davon überzeugt war, dass er seinen Schwanz im nächsten Moment bekommen hätte.

»Die Wölfe natürlich«, sagte der Bassett und hob den scheinbar tonnenschweren Kopf mühsam in die Höhe. »Sind sie endlich weg? Ich will nämlich wieder nach Hause. Und sind meine Menschen zurück? Haben sie auch die Leine? Ich will doch wieder an meine schöne Lederleine.«

»Nein, Alter. Die einen sind noch da, und die anderen noch nicht. Aber bald ändert sich das, keine Frage. Und ich sag dir, von wo wir das alles beobachten können: von dem supergenialen Aussichtspunkt, den ich gerade entdeckt habe. Erste Sahne!«

Jetzt erst wurde Niccolò aufmerksam und lauschte James Deans Bericht. Dieser hatte etwas im Gras gejagt. Der Boxer wusste nicht mehr, was es war, aber plötzlich stand er genau an diesem Punkt, der eine unglaubliche Aussicht auf sein

Heimatdorf bot. Von dort aus konnte man sogar Einzelheiten erkennen und Wölfe ausspionieren, ohne selber gesehen zu werden, denn Holundersträucher überwucherten die Klippe. Da der Wind zudem stetig von Rimella herkam, konnte man auch nicht gerochen werden.

Sie machten sich sofort auf den Weg. Vom Dorf aus hatten sie die Klippe schon oft gesehen, doch es war ihnen niemals in den Sinn gekommen, wie wichtig sie einmal werden konnte. Es war nicht weit, und als sie dort standen, wussten Blitz, Knorpel, Beppo, Franca und Niccolò sofort, dass diese Entdeckung mehr wert war als ein gut abgehangener Schinken.

Zumindest auf lange Sicht.

Niccolò stellte sich ganz nah an den Abgrund, der unter ihm senkrecht abfiel, als wäre er mit einem großen Brotmesser geschnitten worden. Die Wölfe wechselten gerade ihre Wachposten aus. Das Schlimmste war nicht, der Belagerer gewahr zu werden, sondern ansehen zu müssen, mit welcher Selbstverständlichkeit sie durch die Straßen Rimellas flanierten. Sie schauten nicht ängstlich um Ecken, schnüffelten nicht vorsichtig an Häuserwänden oder sahen sich nach dem richtigen Weg um.

Sie waren hier nun zu Hause.

So schön es war, Rimella wieder so nah vor Augen zu haben, so sehr schmerzte dieser Anblick. Vom Zeltplatz aus, fiel es leichter, weil das ferne Dorf irgendwie fremd aussah. Hier wirkte es, als könnte man mit einem großen Satz in die Heimat springen. Niccolòs Erinnerungen hafteten fest daran. Ob an Donadonis Metzgerei, der Trattoria von Marco, Lucas Bäckerei oder der kühlen Kirche Santi Giacomo e Cristoforo, ob an der Piazza, an deren Brunnen sich alle Hunde trafen, am halbverfallenen Haus vom alten Gigi oder an der Mülltonne der Grassos. All diese Erinnerungen wirkten nun bereits vergilbt und blätterten ab wie alte Plakate.

Als Niccolò sein früheres Haus sah, fiel ihm mit Schrecken auf, dass er schon lange nicht mehr an seine verschwundenen Menschen gedacht hatte. Die Frau und das Mädchen. Sie lebten ja vielleicht noch. Doch er merkte nun, dass sie ihm schon fast egal waren. Wollte er überhaupt wieder zurück nach Rimella?

Nein. Denn es gab keinen Grund mehr. Seine Sehnsucht, einst wie ein aufgewühlter See, lag nun ruhig und ohne die geringste Wellenbewegung vor ihm. Er wollte zurück zu Isabella. Egal, wo sie steckte.

Alles andere war ein Traum, aus dem er längst erwacht war. Und er wollte ihn nicht mehr träumen. Über ihm schrie laut eine Krähe, doch er schenkte ihr keine Beachtung.

Wenn die Sache mit dem Gift klappte, würde er seine Pflicht gegenüber den alten Freunden erfüllt haben, und ein neues Leben könnte beginnen. Je eher, desto besser. Aus irgendeinem Grund verließen sie sich auf ihn, deshalb musste er ihnen helfen die Heimat zurückzugewinnen. Das war er ihnen schließlich schuldig, für all die guten Jahre.

»Wie schalten wir die Wölfe am besten aus? Schnell und heftig muss es sein!«, hörte Niccolò den hinter ihm stehenden James Dean sagen. Der Boxer zog hektisch an den Fetzen seines Lederwamses, damit dieses wieder ungefähr an der richtigen Stelle saß, und leckte die verschmutzten Nieten blank. Es war seine Rüstung, dachte Niccolò, James Dean wappnete sich. Er und die anderen wollten definitiv zurück, sie hatten gute Gründe zu kämpfen. Ihre Menschen lagen nicht tot am Hang.

»Die Wölfe haben sich mit den Wildschweinen starke Verbündete geholt. Das können wir doch auch, nicht wahr, Niccolò?«, fragte Blitz.

»Ja?«, sagte Niccolò und drehte sich um. »Wen denn?«

»Kaninchen«, sagte Blitz. »Ich kenne viele von denen, die mögen mich.«

»Ja, klar«, warf James Dean ein. »Weil du zu langsam bist, um sie zu fangen! Wie sollen Kaninchen uns denn helfen? Sollen sie die Wölfe tothoppeln?«

»Eulen!«, schlug Franca vor. »Sie können nachts sehen und sind mächtig groß für Vögel. Die helfen uns bestimmt.«

»Warum sollten sie?«, fragte Niccolò und erntete Schweigen. Niemand sprach, deshalb tat er es schließlich. »Sie haben keinen Grund. Ihnen wurde nichts weggenommen, und schuldig sind sie uns auch nichts. Warum sollten sie für uns ihr Leben riskieren?«

»Katzen«, sagte Knorpel. »Die haben immer was zu essen bei mir geschnorrt.«

»Meine Güte«, rief Niccolò. »Habt ihr mal nachgezählt, wie viele Katzen in letzter Zeit hier rumgelaufen sind? Ich sag es euch: keine einzige. Die sind abgehauen, dahin, wo Menschen sind, die ihnen Futter geben, wenn sie an der Tür kratzen. Es ist ihnen völlig egal, wo das ist. Sonst noch Vorschläge?«

Niccolò sah den Steinmarder, der durch das hohe Gras strich, doch beachtete ihn nicht weiter. Solange er keinen blöden Vorschlag von sich gab, konnte er rumstreunen, wo er wollte.Wahrscheinlich war er auf der Suche nach Kaninchen, Fröschen oder Insekten.

»Schweine und Ziegen?«, fragte Beppo, mehr als zögerlich. »Ich meine, die lebten schließlich auch bei unseren Menschen.«

»Und wurden von ihnen aufgefressen, genau«, sagte Niccolò und vergrub sein Haupt unter den Vorderpfoten. »Die übrigen haben mittlerweile die Wölfe verschlungen.« Er schaute wieder auf. »Kann man übrigens prima von hier oben aus sehen.«

Der Marder kam näher. Doch Niccolò bemerkte ihn nicht, denn er war wütend. Über ihre Hilfosigkeit. Und über sich selbst, weil er keine Lust mehr auf eine Schlacht hatte.

»Ratten«, rief Blitz hektisch. »Die brauchen Menschen. Ohne Menschen keine Abfälle, und ohne Abfälle haben sie nichts zu futtern. Die werden uns helfen, bestimmt, und es gibt viele von denen, verdammt viele, hab ich selbst gesehen, und ihre Zähne sind scharf wie Rasierklingen. Die machen die Wölfe fertig, da bin ich mir ganz sicher!«

»Das gibt's doch nicht«, sagte Franca, die schon eine ganze Zeit am Abhang stand und sehnsüchtig auf den Friseursalon von Signorina Elisabetha blickte. »Da ist Giacomo! Warum hat er denn nicht gesagt, dass er ins Dorf geht? Er hätte mir doch meine Pferdehaarbürste mitbringen können.«

Niccolò sprang zur Felskante und sah Giacomo mit einer Leibgarde Wölfe über die Piazza schreiten. Der alte Trüffelhund ging voraus wie ihr Anführer, sie folgten ihm. Er war beim Feind. Keinen einzigen der Wölfe schien das irgendwie zu wundern.

Was für ein Spiel trieb er?

Wie konnte er ihn nur so hintergehen?

Als Niccolò sich umdrehte, sprangen zwei Marder zeitgleich aus dem Gras. Die flinken Raubtiere nahmen sich die ihnen am nächsten stehenden Hinterläufe vor. Sie gehörten Beppo und Knorpel. Blitzschnell fletschten die Hunde ihre Zähne, stürzten sich auf die Angreifer. Die Marder würden keine Chance haben, dachte Niccolò. Warum attackierten sie dann?

Die Antwort kam aus dem Himmel und vom Hügelkamm. Von oben stürzten kreischend vier Krähen herab, ihre spitzen Schnäbel suchten die Augen der Hunde. Vom Hang kamen sechs Wölfe heruntergerannt.

Es war eine Falle!, durchzuckte es Niccolò, der den Angriff einer Krähe abzuwehren versuchte, deren Schnabel immer wieder Richtung Schädel schoss. Er und seine Freunde würden hier nicht lebend herauskommen. Sobald die Wölfe eintrafen, wäre es vorbei.

»Flieht!«, brüllte er. »Zu den Menschen. Nicht zurückschauen. Nur rennen!« Er spurtete los. Die anderen folgten ihm.

Die Wölfe taten es nicht. Sie hatten nur kurz angesetzt und schnell begriffen, dass der Abstand zu groß war. Sie liefen stattdessen zur Klippe und aßen. Denn Beppo und Knorpel hatten es mit ihren von Marderzähnen durchtrennten Hinterläufen nicht geschafft. Sie waren Beute geworden.

Ihre Körper wurden in die Luft geschleudert, da jeder an ihnen zerrte, bis die Knochen zerbarsten, und sie zerteilt wurden.

Die fliehenden Hunde konnten all das riechen.

Der Gestank lag wie Gift in der Luft.

Laetitia spielte ›Was wäre wenn?‹. Und es machte ihr überhaupt keine Freude. Denn mit allen Fragen war Vespasians Name verbunden. Er war nicht in der Kirche auf seinem Posten, nahe der Höhle befand er sich auch nicht. Sie hatte sich so weit genähert, wie es nur irgend ging, ohne entdeckt zu werden – und war dann noch einen Schritt weiter gegangen.

Kein Vespasian, kein Hauch seines Geruchs, keine Spuren. Nur einige Wortfetzen konnte sie in Rimella aufschnappen, in denen er vorkam. »… merkwürdig in letzter Zeit …«, hörte sie am Brunnen, bevor Tiberius und Theophanu tranken, »… bald erledigt …«, an der Holzbank vor dem kleinen Friedhof. Sie rannte in die Kirche zu Commodus. Sie wusste, das konnte sie in Gefahr bringen, denn Commodus' Loyalität stand außer Frage. Doch ohne ihren stärksten Verbündeten, Vespasian, wäre sie in noch größerer Gefahr. Commodus war sein Partner. Zwar waren sie zerstritten, doch wenn jemand etwas wusste, dann er.

Der Wolf mit den schlohweißen Vorderläufen saß im

Kirchturm. Er schaute missmutig zu Laetitia, als sie die steile Leiter hinaufstakste.

»Nein!«, sagte er. »Ich werde nicht gegen die Glocke springen. Ihr seid voller Erwartung, wie das klingen mag, doch ich habe den klaren Befehl Grarrs, sie nur im Fall eines Angriffs läuten zu lassen.«

»Ein guter Platz«, sagte Laetitia und setzte sich neben ihn. Der Wind war hier viel stärker zu spüren, und die Luft war frischer, denn sie hatte keine Zeit in den engen Gassen Rimellas verbringen müssen.

»Ich werde nicht läuten! Auch nicht für dich.«

»Eine wichtige Aufgabe, die Grarr dir zugewiesen hat.«

Commodus wurde unruhig, zuckte mit dem Haupt. Er war sichtbar nervös. »Was meinst du damit?«

Laetitia hatte vorgehabt, auf freundliche Art und Weise die gewünschte Information aus Commodus herauszulocken. Doch nun erkannte sie, dass es einen erfolgversprechenderen Weg gab. Er hieß Angst. Laetitia war zäher, agiler als der junge unbeholfene Commodus, und dieser saß nahe am ungeschützten Abgrund. Sie rückte an ihn heran.

»Was glaubst du denn, was ich meine, kleiner Commodus?«

»*Geh weg!*«

»War ich nicht immer gut zu dir, als du zu uns stießt, ein junger Wolf aus einem fremden Rudel? Viele waren misstrauisch. Ich habe mich deiner angenommen. Andere hätten dich lieber einen Abgrund hinuntergestoßen.« Sie kam noch ein Stück näher. »Ich möchte bloß wissen, wo Vespasian ist. Eine harmlose Frage, wie ich finde.« Commodus konnte nirgendwohin ausweichen, denn der Betonpfeiler des Glockenturms würde sich keinen Zentimeter bewegen.

»Grarr würde mich umbringen lassen. Du kennst ihn doch, bei Romulus und Remus!«

»Der Boden der Zweibeiner ist sehr hart. Nicht wahr, Commodus?«

Wenn sie solch einen jungen Wolf nicht mehr in den Griff bekam, was war sie dann noch wert? Sie mochte nicht mehr die Jüngste sein, aber immer noch fit genug. Und vor allem ausreichend verschlagen.

»Dir kann es bald genauso wie Vespasian ergehen. Ich werde nichts verraten! Selbstverständlich werde ich dies alles hier mit keinem Wort erwähnen!«

Noch schaute niemand zu ihnen hoch. Doch das konnte sich jeden Augenblick ändern. »*Sprich endlich*, sonst langweile ich mich noch und wende mich der Aussicht zu. Wobei von meinem jetzigen Platz aus nicht genug zu sehen ist …«

»Sie haben ihn wahrscheinlich abgeholt«, brachte Commodus hervor. Laetitia hörte sein Herz rasen, und bei seinen letzten Worten begann ihres es seinem gleichzutun. »Befragen werden sie ihn, warum er in Lagiorno war und die Kralle beobachtet hat, warum er um die Höhle der Mutter schleicht, und …« Er stockte.

Laetitia rückte noch ein Stück näher, den letzten Widerstand brechend.

Commodus sprach weiter. »… was *du* vorhast.«

»Was sollte ich schon vorhaben? Ich gehorche unserem Leitwolf, wie ich es immer getan habe.«

Es fiel Laetitia schwer, an sich zu halten, das Wilde in ihr wollte freigelassen werden und den Überbringer der schlechten Nachricht büßen lassen für das drohende Unheil.

»Grarr denkt«, sagte Commodus, seine Stimme ein ängstliches Flüstern, »dass du dich vom Rudel lossagen willst und versuchst, so viele wie möglich mitzunehmen. Das ist nicht im Sinne der Mutter, sagt er.«

Grarr wusste es also. Jemand musste geredet haben, jemand, dem sie vertraut hatte. Und das waren nur Söhne und Töchter gewesen. Die Situation war nun sehr ernst.

Laetitia schubste Commodus an, dieser kippte wie ein Stein über die Brüstung. Doch dann packte sie ihn am Nacken und zog ihn wieder auf die Glockenplattform hinauf. Sie wollte ihn ›Verräter‹ nennen, doch sie wusste, was er geantwortet hätte. Dass er nur dem Befehl Grarrs gehorchte. Denn das war schließlich die herrschende Ordnung.

Tarcisio Burgnich kämmte sich die Haare, legte sich eine Strähne frech in die Stirn. Wie immer mit dem Lauf einer kleinkalibrigen Pistole. Geladen. Das gab der Sache erst den richtigen Kitzel und ließ ihn sich einen ganzen Kopf größer fühlen.

Genau das brauchte er zur Zeit. Die Kreditgeber standen ihm nicht länger auf den Füßen. Sie saßen ihm im Nacken. Dass sie vor allem aus seinem Vater bestanden, machte die Sache nicht besser. Dieser hatte nämlich beschlossen, ihn wie jeden anderen zu behandeln. Damit er etwas fürs Leben lernte. Auch auf die Gefahr hin, dass es dadurch kurz werden könnte. Tarcisio Burgnichs Vater betrieb keine offizielle Bank, es war mehr das Hinterzimmer einer Bar, in der sich Freunde halfen. Ganz unbürokratisch und schnell.

Er schaltete den Fernseher an. Lokale Nachrichten. Und wen sah er da? Die Wolfstussi! Und über wen redete sie? Über ihn natürlich. Die Mediensperre auf seinem Grund und Boden war also unterlaufen worden. Er würde nachbessern müssen. Niemand sollte mehr hierher kommen, bis er alles geregelt hatte. Die Straßenbarrieren hatte er schon organisiert.

Burgnich holte sich ein Glas, aber keinen Wein. Lieber Grappa. Isabella Tinbergen klagte ihn gerade an, er habe die Wölfe ausräuchern wollen, doch das sei ihm glücklicherweise nicht gelungen. In Rimella spiele sich ein einmaliges Naturschauspiel ab, ein nationaler Schatz Italiens sei entstanden. Hinter ihr brach Jubel aus, und plötzlich sprangen halbnackte Hippies mit Transparenten ins Bild. Sie hatten sich Wolfsköpfe auf die Brust gemalt. Also die Männer. Die Frauen hatten die Oberarmvariante vorgezogen.

Burgnich machte die Glotze wieder aus. Wie hatte es nur so weit kommen können? Das hier sollte ein Spaziergang werden. Die Kosten waren überschaubar, die Risiken gering. Doch dann kamen die Wölfe, und mit ihnen der Ärger. In Form von Kabel zerbeißenden Mardern, ihren Kot bevorzugt auf seinen Arbeitern abladenden Krähen, neuerdings auch Wildschweinen sowie Ökospinnern und durchgeknallten Hunden. Als er heute die Straßenarbeiten beaufsichtigt hatte, waren zwei davon, ein uralter Collie und ein nicht viel jüngerer *Lagotto Romagnolo*, durch Rimella spaziert, hintereinanderher wie Enten auf Landurlaub. Und was machten die Wölfe? Gafften den beiden blöde hinterher. Toller nationaler Schatz! Eher eine nationale Tier-Irrenanstalt.

Aber morgen würde all dieser Spuk ja eh vorbei sein.

Die besten Ideen kamen ihm doch immer noch im Schlaf!

Das Pulver war leicht gelblich und stand in einer durchsichtigen Tüte neben seinem Rasierschaum. Es ließ sich Zeit mit der Wirkung. So dass keins der Biester misstrauisch werden konnte, wenn plötzlich jemand neben ihm in tiefen Schlaf fiel. Es würde erst losgehen, wenn alle schon getrunken hätten. Er selbst würde die Wölfe dann ›retten‹ und sie genesen zurück in ihr altes Revier bringen. Was für eine Werbung!

Die Schutzausrüstung würde Ernesto heute mitbringen. Damit konnte man zum Brunnen auf der Piazza rennen. Mit ordentlichen Überlebenschancen.

Eins mit den Schatten zu sein fühlte sich kühl an, als sei er zu einer wandelnden Nacht geworden. Die Kralle hatte Vespasian ins Dunkel gedrängt, denn sie hatten ihn gesucht, gejagt, doch nicht gestellt. Nur im Schatten war er fortan sicher, und er stand in diesem, als Commodus die Leiter zu ihm hinunterstieg, lange Zeit nachdem Laetitia fort war. Vespasian hatte sie nicht ansprechen, nicht in Gefahr bringen wollen, die von nun an immer bei ihm sein würde wie eine eiternde Wunde.

»Bist du schon einmal gejagt worden, alter Freund? Gehetzt? Von deinem eigenen Rudel?«

»Vespasian!« Seine Stimme klang unsicher. »Du wirst schon überall gesucht. Wie gut, dich zu sehen. Sprich, wohin hatte es dich verschlagen?« Er wollte heruntersteigen, doch Vespasian trat auf die erste Sprosse und knurrte ihn an.

»Ich habe alles gehört, was du meiner Mutter erzählt hast. Du hast mich verraten.«

Commodus heulte auf, einen Hilferuf sendend. Vespasian schlug sofort gegen seine Hinterläufe und stieß ihn von der Leiter. Doch jemand konnte Commodus gehört haben, jetzt eilte die Zeit.

»Wir müssen gehen, Commodus. Sofort.«

»Nirgendwohin gehe ich mit dir! Deine Tage sind gezählt. Und jetzt werde ich wieder heulen, und du kannst nichts dagegen tun.« Doch, das konnte er. Kämpfen. Allerdings wollte Vespasian dies nur riskieren, wenn es nicht mehr anders ging. Aber er hatte während seiner Zeit in der Dunkelheit nachgedacht, und es war nun genug Düsternis in ihm, um den Plan durchzuführen.

»Tu es nur, alter Freund, und du wirst genauso tot sein wie ich. Zwei Verräter, derer sich entledigt werden muss.« Er hinderte Commodus nicht, als dieser zum Heulen ansetzte.

Genau das ließ diesen unsicher werden. Commodus entschied sich, vorerst doch nicht um Hilfe zu rufen.

»Du willst ihm Lügen über mich auftischen, Vespasian? Grarr würde sie dir auf keinen Fall glauben!«

»Ich würde ihm erzählen, wie wir beide Sylvios Leiche vor ihm in Sicherheit gebracht haben.«

»Was für ein Unsinn!«

»Wer anderes soll einen solchen Frevel begangen haben als der Verräter Vespasian? Der die Leiche doch in Grarrs Auftrag finden sollte? Und alle Zeit für die Tat hatte. Aber wenn ich es war, was ist dann mit dir? Du warst doch die ganze Zeit bei mir! Dann bist du Teil des Verrats.«

»Niemals wird er *das* glauben!«, sagte Commodus. Doch er heulte immer noch nicht auf.

»Vielleicht erinnere ich Grarr auch daran, dass wir als Erste dort ankamen, wo Laetitia die beiden Hunde verloren hatte, welche unerlaubt in unser Dorf eingedrungen waren. Alle anderen kamen erst deutlich später. Grarr fand es immer schon merkwürdig, dass wir sie nicht erwischt haben. Nun wird er sich sicher sein, dass die Verräter Laetitia, Vespasian und Commodus den Hunden die Flucht gemeinsam ermöglichten.«

»So ein Unsinn! Aus welchem Grund sollten wir das denn getan haben?«

Darüber hatte Vespasian nicht nachgedacht, doch es erforderte nur wenig Fantasie, um sich Grarrs Gedanken vorzustellen. »Weil sie uns später helfen sollen, Grarr zu stürzen. Dafür braucht man schließlich Verbündete, oder? Das war doch alles dein Plan, Commodus. Alle wissen, dass du klüger bist als ich.«

Commodus sagte nichts, starrte Vespasian nur an, als hätte er ihn noch nie zuvor gesehen. Vespasian setzte nach, während er darauf horchte, ob jemand den Ruf des alten Freundes gehört hatte und sich näherte. »Am meisten wird Grarr aber darüber enttäuscht sein, dass du ihn nicht frühzeitig vor dem Feuer der Zweibeiner gewarnt hast. Dabei hast du dies natürlich kommen sehen, als höchstgelegener Beobachtungsposten. Aber du wolltest unseren Mitverschwörern einen zeitlichen Vorsprung geben. Du könntest jetzt natürlich behaupten, du hättest es einfach verschlafen, weil deine Schicht so lang war und die Ablösung nicht kam. Aber wer sollte dir das nach so viel Ungereimtheiten noch glauben?«

»Ich habe wirklich geschlafen!«

»Natürlich hast du das.«

Gerade als Commodus in sich zusammenfiel und die Kraft seine Augen verließ, schien ihn ein Gedanke wie ein Blitz zu durchzucken. Sein Rücken wurde wieder gerade, sein Maul wieder feucht.

»Aber ich habe dich *verraten*!« Er schien stolz darauf zu sein.

»Natürlich, um deinen Kopf zu retten, weil du so tief mit drin steckst. Du hast gerade so viel verraten wie nötig, aber ohne etwas Wichtiges über unsere Pläne preiszugeben.«

»Ich weiß von keinen Plänen! Was soll das?«

»Ruf Grarr, mach schon. Ich hindere dich nicht.«

»Was willst du?«

Vespasian wollte Antworten. Er wollte wissen, was seine Feinde im Schilde führten. Nun waren es nicht mehr die Menschen, welche es zu besiegen galt. Nun waren es die stärksten Wölfe seines Rudels.

»Komm mit mir zur Höhle der Mutter. Oder ich sorge dafür, dass Grarr auf der Stelle eintrifft.«

Die verzweifelte Suche nach einem Weg aus der Misere jagte über Commodus' Gesicht, zog seine Schnauze mal in diese, mal in jene Richtung, ließ seine Augen zucken und die Ohren sich heben. Doch die Suche fand keinen Halt, keinen Kristallisationspunkt, an dem sie zu einer Idee werden konnten. Als Vespasian das Haupt hob, sein Maul öffnete und Luft holte, um das Geheul auszustoßen, das ihr Ende besiegeln würde, sprach Commodus endlich. »Dann durch die Sakristei! Dort können wir ungesehen verschwinden. Was ist nur aus dir geworden, Vespasian? Du warst mal ein guter Wolf.«

»Viel zu gut«, sagte Vespasian. »Das ist mir gerade bewusst geworden.«

Nachdem sie aus Rimella heraus waren, gingen die beiden Wölfe einen weiten Umweg, der genügend Abstand zu den Routen der Wildschweine, den Verstecken der Marder und Schutz vor den Blicken der Krähen bot. Gesprochen wurde nicht viel, denn es galt zu lauschen. Sie näherten sich der Höhle von Westen aus, gegen den Wind, im Schatten der dichtesten Bäume. Ihr Rauschen schloss jeden Laut ein, sie waren ein eingespieltes Team beim Anpirschen. Doch diesmal schien ihre Hilfe gar nicht nötig zu sein, denn vor der Höhle spielte sich nichts ab. Niemand patrouillierte, kein Welpe tollte, es herrschte Stille.

»Ich weiß nicht, warum ich mit dir gehen sollte. Das hier hättest du auch ohne mich beobachten können«, sagte Commodus. »Du brauchst dich nicht bei mir zu erkundigen, was im Inneren geschieht. Ich weiß es ebenso wenig wie du, Verräter.«

»Das ist mir völlig bewusst, alter Freund. Deswegen wirst *du* nun auch hineingehen.«

»*Was?*«

»Sonst wäre doch der ganze Weg umsonst gewesen, du hast es selbst gesagt.«

»Niemals! Wenn ich entdeckt werde, bedeutet es mein Ende.«

Commodus klemmte die Rute. Was war nur aus ihm geworden? Früher war er durchtrieben und klug gewesen. Das Verschlagene, Furchtlose schien durch die Zeit in Rimella, auf diesem harten Boden, von ihm abgefallen zu sein.

»Wenn du entdeckt wirst, sag ihnen, du hättest mich beobachtet, wie ich vor dem Eingang lauere, und dass du dies doch sofort melden musstest.«

»Es ist mir verboten die Höhle zu betreten, aufs Strengste!«

»Du willst mich nicht melden? Aber ein Angriff scheint doch kurz bevorzustehen! Hinter mir rascheln die Nadeln der Kiefer, als verberge sich eine ganze Armee dahinter. Aber wenn du nicht willst, gehe ich vor. Falls sie mich fassen, sage ich ihnen, dass du gerade zurück nach Rimella rennst. Damit niemand mitbekommt, dass du zu mir gehörst. Gerne.« Vespasian ging vor, Licht fiel auf sein Fell, ließ den roten Fleck um sein Auge erstrahlen. Doch bevor er vollständig aus der Deckung treten konnte, sprang Commodus hektisch an ihm vorbei und schlich gebeugt zum Höhleneingang, aus dem wieder blaues Leuchten drang. Vespasian hatte für einen kurzen Moment das Gefühl, seine Mutter, Laetitia, sei in der Nähe.

Wie ein geprügelter Hund trat Commodus in das blaue Auge. Nach kurzer Wartezeit rannte Vespasian genau nach Plan hinterher. Er wollte sich nicht auf die Aussagen seines ehemaligen Weggefährten verlassen, er hatte nur eine Vorhut gebraucht. Als er die Höhle betrat, war das Tageslicht mit einem Schlag entschwunden, nur das blaue Leuchten des kleinen Tümpels blieb. An dessen Rand lag Placidia mit ihrem Welpen Valentinian, der abgemagert wirkte. Doch sie säugte ihn nicht, denn ihre Zitzen waren besetzt. Zwei kleine Zweibeiner tranken daran. Sie waren nackt und nur spärlich behaart. Placidia leckte einem von ihnen ausgiebig das Hinterteil sauber, während der andere die Augen geschlossen hatte und langsam wegdöste.

Commodus stand vor Vespasian, doch es schien, als wäre er zu einem grauen Stein geworden, einem Zacken, der aus dem Boden stach. Auch Vespasian verharrte. Das Schauspiel vor ihm, so unfassbar es war, hatte eine große Schönheit, einen Frieden. Wie die nackten Welpen dort an der Brust einer Wölfin tranken, so als gehörten Zweibeiner und Wölfe zueinander, als seien sie keine Feinde, sondern Brüder, das war wie ein Bild aus einer fernen, besseren Zeit.

Die Kralle musste die Kleinen in Lagiorno geraubt haben.

Um den alten, den großen Traum endlich wieder wahr werden zu lassen.

Einen einzigen Schritt wollte Vespasian näher heran, an dieses Unglaubliche, das seine Welt, den Kampf, plötzlich so nebensächlich erschienen ließ. Seine Pfote glitt nur ein kurzes Stück vor, doch als sie sich wieder auf den Boden senkte, lag dort ein Ast, und er knackte leise.

Die kleinen Zweibeiner wurden gestört, blickten auf, sahen die beiden unbekannten Wölfe und begannen zu heulen. Es klang wie Katzengeschrei. Verzweifelt versuchte die Wölfin, die jungen Zweibeiner zu beruhigen.

Plötzlich sprachen die Wände zu Vespasian und Commodus.

»GEHT ZURÜCK AN EUREN PLATZ UND LASST DIE BRUT DES NEUEN ZEITALTERS IN FRIEDEN. HÖRT AUF EURE MUTTER, SONST WERDE ICH EUCH STRAFEN, WIE NUR ICH ES VERMAG.«

Vespasian kannte Zorn, und er hatte in der Jugend auch den einer Mutter zu spüren bekommen, der alles dunkel überschattete, das er bis dahin zu kennen glaubte. Doch dieser Zorn hier schien über die Jahrhunderte herangereift zu sein, schien die Wut vieler Wolfsgenerationen zu bündeln. Er bereitete ihm körperliche Schmerzen, sein Herz schlug nicht mehr im Takt, es stolperte.

Vespasian und Commodus jagten hinaus, schnappten nach Luft, das Licht folgte ihnen, doch verharrte es im Höhleneingang, wo es wie blauer Dunst wirkte, der in sich selbst Spiralen bildete, ständig in Bewegung wie eine Schlangengrube.

Als er wieder Kraft in seinen Beinen spürte, rannte Vespasian weiter, den schweren Atem von Commodus im Rücken.

Der Weg führte wie von selbst nach Rimella. Doch als der Hügel sich senkte, um zu dem kleinen, an den Hang gedrückten Plateau zu werden, in das sich das Dorf schmiegte, blieben sie stehen, denn ein Wesen rannte in den Ort, das sie noch nie gesehen hatten. Es erinnerte an einen Zweibeiner, doch sein Kopf sah aus wie ein runder Stein, auf dem die Sonne blitzte. Sein Bauch, seine Arme und Beine wirkten wie aufgebläht.

Das Monster nahm den kürzesten Weg zur Piazza. Es schrie.

Dort angekommen führte ihn sein Weg einmal um den Brunnen herum, dabei streckte es beide Arme aus. Dann rannte es wieder zurück. Septimus und Domitian überwanden ihre Angst und attackierten das Wesen, rammten ihre Fänge in Beine und Arme. Obwohl es glückte und sie sich sogar festgebissen hatten, kam das Monster nicht aus dem Tritt. Es wurde nur langsamer, blutete aber nicht. Wie konnte das sein? Floss etwa kein Blut in seinen Adern? Wie konnte es dann getötet werden?

Weitere Wölfe stürzten sich auf den Eindringling und schafften es, ihn zu Fall zu bringen. Eine Zeit lang konnte Vespasian nichts mehr erkennen, da die graue Masse angreifender Wolfskörper das Wesen komplett bedeckte, doch dann erhob es sich mit einem tiefen Schrei und stürzte hinaus aus dem Ort, wo ein Wagen auf ihn zuraste und vier Zweibeiner es auf die Ladefläche hievten.

Dann war der Spuk vorbei. Die Wölfe im Dorf feierten es als Sieg. Sie schienen nun zu glauben, dass kein Wesen sie mehr besiegen konnte.

Kapitel 10

TRÜFFEL

Blitz war aus Angst vor den Wölfen immer weitergelaufen. Nicht schnell, aber stetig. Irgendwann war er tatsächlich angekommen.

Und wie er angekommen war.

Was er in den neuen Häusern sah, die vollkommen im Lot an der neu betonierten Straße standen, was er in den kahlen Gärten dahinter erspähte, in den Wagen davor und in den wenigen Geschäften, die auf der gegenüberliegenden Seite lagen, das jagte ihm einen wohligen Schauer nach dem anderen über den breiten Rücken.

Er war zurückgekommen, um über all das zu berichten. Doch nun wusste er nicht wie.

»Jetzt gib endlich Laut! Muss ich dich erst beißen, damit du das Maul aufmachst?« Franca kläffte wieder und wieder. Niccolò befürchtete langsam, dass sie ihn wirklich beißen würde. Oder dass James Dean, der nun schon seit Stunden im hohlen Baumstumpf lungerte, bei der Nachricht über einen weiteren Schicksalsschlag nie wieder ans Tageslicht kommen würde. Die Stimmung war gereizt, mehr als das, sie war auf dem absoluten Tiefpunkt, bei dem Hass und Frustration miteinander verschmolzen.

»Sie sind da!«, brach es plötzlich aus dem Chow-Chow heraus. »Ich bin nur geradeaus gerannt, und dann, also da, ich konnte es gar nicht glauben. Aber es ist so, wirklich!«

Franca, deren Maul die ganze Zeit zitternd offengestanden hatte, biss zu. Bei sich selbst, sie jaulte auf und blickte dann wieder zu Blitz nervöser als ein Frettchen auf Glatteis. »*Wer?* Sag schon! Was ist los? Spuck's aus!«

Niccolò beobachtete unterdessen. Nicht Blitz, sondern die Umgebung. Er hatte vorgeschlagen, ihr Quartier bei den Menschen aufzuschlagen, da die Wölfe dort keinen Angriff wagen würden. Doch die anderen wollten unbedingt zu diesem entwurzelten Baum, denn er war inzwischen zu einer Art Heimat geworden. Hier war nicht alles in Ordnung, aber zumindest etwas weniger in Scherben als die Welt drumherum. Hier hatten Beppo und Knorpel noch gelebt.

»Unsere Menschen meine ich. Sie leben! In einem neuen Dorf. Es ist strahlend weiß wie Schnee, und so sauber, so etwas habe ich noch nie gesehen.« Blitz starrte vor sich auf den Boden, als würde er sich gleich auftun und ihn verschlingen. »Es war furchtbar.« Er rückte näher an den Baumstamm, und schreckte James Dean hoch, als er dagegenstieß. Der Boxer bellte panisch auf, doch Blitz begann wieder zu erzählen, konnte den Fluss der Worte, der so lange eingedämmt war, nun nicht mehr halten.

»Ich hab Carabiniere getroffen.«

Alle Hunde spitzten die Ohren. Der Rottweiler hatte als bester Wachhund Rimellas gegolten. Nie hatte er seinen Posten verlassen, er war fast wie festgeschraubt in seiner Hütte gewesen. Sein Organ war mächtig und hatte manche Nacht im Dorf zum Tag gemacht. »Er blickt jetzt auf eine Straße – und sieht nichts.«

»Wie? Er sieht nichts?«, fragte Franca.

»Ist er erblindet?«, kam es von Niccolò, der seine kurze Hoffnung auf Verstärkung schon wieder schwinden sah.

»Nein, nein«, stieß Blitz hervor, nachdem er wieder Atem geholt hatte. »Es gibt kein Leben auf der Straße. Deshalb sieht er nichts. Selbst in Marcos neuer Trattoria soll es leer sein. Am Anfang wären sie alle da gewesen, jaja, hätten geredet, sogar mal gefeiert, aber jetzt hockten sie alle in ihren

Häusern, die Gärten hätten Zäune, und kaum ein Hund käme ihn besuchen. Das Einzige, was er sehen würde, wären Autos, die vorbeirasen. Da müsste er immer bellen, so gehört sich das ja für ihn, deshalb ist er immer heiser. Als er …«

»Wie geht es meiner Menschenfrau?«, platzte Franca heraus. »Hat sie dort wieder einen Salon, trimmt sie auch wie früher Hunden die Haare?«

Blitz achtete nicht auf sie. »Als er eines Tages ordnungsgemäß einen LKW verbellte, der direkt vor dem Haus geparkt hatte …«

»Ist meine Friseurin da?« Franca zwickte Blitz ins Fell. James Dean hörte das folgende Aufjaulen des Chow-Chow und fing wieder an zu bellen.

Irritiert wendete sich der Chow-Chow zu ihr. Als er Francas Miene sah, wurde er ängstlich. »Jaja, die Friseurin ist da, lebt und schneidet Haare, aber wenig Kundschaft, sagt Carabiniere, meist fummelt sie an Perücken rum und dekoriert ihr Fenster neu.«

»Hat sie einen … Hund?«

»Wieso? Nein. Du bist doch hier.«

Niccolò wusste, was Franca meinte. Sie hatte ausgesprochen, was sich alle Hiergebliebenen fragten. Waren sie zurückgelassen worden, weil die Menschen sie nicht mehr wollten? Viele der Hunde Rimellas waren schließlich mit ihren Menschen verschwunden, nur sie nicht. Ein neuer Hund bei Signorina Elisabetha hätte den Verdacht bestätigt. Als Franca nun hörte, dass dem nicht so war, veränderte sich nicht nur ihre Haltung, sondern auch ihr Herzschlag, das fast zittrige Pochen, das auf ihrem ausgemergelten Leib zu sehen gewesen war, verwandelte sich in ein kraftvolles Schlagen.

»Wo ist das Dorf? Ich will zu ihr!«, rief Franca nun und wedelte fröhlich. »Es ist nicht weit, oder? Ich werde bald wieder bei ihr sein!« Dann würde sie wieder schön sein, ihr Fell glänzend, und eine Schleife würde ihr Köpfchen krönen.

»Und *meine* Menschen? Die Frau und das Mädchen?«, fragte Niccolò. Die Frage war erst spät in seinem Kopf aufgetaucht, doch nun war sie drängend.

»Einfach die Hauptstraße runter in Richtung des großen Pappelwalds. Dorthin, wo lange nichts anderes kommt, nichts kam, denn jetzt kommt da ja was, das neue Rimella, das kommt da, du musst nicht lange rennen, aber pass auf die Autos auf, gut musst du aufpassen, denn sie fahren schnell, sehr schnell.«

Es war Blitz anzusehen, dass er nun den Faden verloren hatte. Die eine Frage hatte er beantwortet, aber war da nicht noch eine gewesen? Er blickte sich um, als wäre sie irgendwo auf den Boden gefallen. Franca war bereits losgerannt. Schließlich blickte er Niccolò in die Augen. »Du hattest etwas gefragt, oder? Was war es noch? Warte, ich komme gleich drauf, hab's gleich! Worum ging es noch?«

»Meine Menschen. Sind sie da? Und … allein?«

»Ach ja«, sagte Blitz und freute sich. »Das war es, genau. Danke!«

»*Und?*«

»Was, und? Du wolltest wissen, ob deine Menschen auch da sind. Und ob sie einen Hund haben, wenn ich dich richtig verstanden habe.«

»Genau *das* wollte ich wissen.«

»Sag ich doch!« Blitz drehte sich um und rief in den hohlen Baumstamm. »He, James Dean. Deine Menschen sind auch da. Die haben aber leider einen neuen Hund. Den kann keiner leiden, sagt Carabiniere. Ebenfalls ein Boxer.«

»Darf er auch schönes Leder tragen?«, kam es leise aus dem Dunkel.

»*Blitz!*«, sagte Niccolò laut.

»Danach hab ich nicht gefragt, James Dean. Tut mir leid. Aber Carabiniere hat jetzt ein Metallhundehaus erhalten, mit Gummimatte drin. Er meint, so was würden nur die besten Wachhunde bekommen. Aber er kann es trotzdem nicht leiden.«

»Bekomme ich endlich eine Antwort auf meine *verdammte* Frage?« Niccolò verlor die Geduld.

»Nein.«

»Wieso denn nicht?«

»Weiß ich auch nicht, aber sie sind nicht da. Ich hab extra gefragt. Carabiniere wusste auch nicht, wo sie sein könnten. Es fehlen überhaupt einige aus Rimella, nur ein Teil wohnt dort, es ist ja auch viel kleiner als unser altes Dorf. Mein Mensch ist auch nicht da, musst du wissen. Ich brauche nicht mehr hinzugehen. Das ist noch trauriger als hier, find ich. Hier ist wenigstens noch mein Haus. Und deins ist ja auch noch da.«

Von James Dean war nichts mehr zu hören. Der Baumstamm blieb stumm.

Niccolò war zurückgerannt. Zu ihr, zu Isabella. Nun wartete er auf ihren Schlaf, darauf, dass sie endlich die Augen schloss und ihr Geist beweglich wurde. Er sehnte die Dunkelheit herbei wie nie zuvor.

Er selbst hatte vorgehabt, bis zum Eintritt der Nacht zu ruhen, um dann bei klarem Verstand zu sein. Doch Fragen waren in seinem Hirn, seinem Herz, seinem kleinen Körper herumgeschwirrt wie Insekten. Wo waren seine Menschen? Warum waren die anderen Bewohner Rimellas Hals über Kopf weggegangen, um von einem schönen Dorf mit vielen Menschen in einen hässlichen neuen Straßenzug zu ziehen? Er musste es wissen. Für sich und die anderen Hunde Rimellas. Nur ein Mensch konnte ihm erklären, warum sie dies getan hatten. Isabella. Sie hatte bestimmt mit anderen über Rimella gesprochen. Er würde in ihren Träumen die Antworten erhalten.

Niccolò verfluchte die immer noch am Himmel stehende Sonne.

Isabella saß ruhig in ihrem Zelt und sah fern. Zuvor hatte sie mit anderen Menschen gesprochen, die tiefer im Wald lebten. Sie hatten es in der kurzen Zeit ihrer Anwesenheit geschafft, sämtliches herumliegende Holz in Lagerfeuern zu verbrennen, einen Berg Müllsäcke zu füllen und ihre Reviermarkierungen überall zu verteilen. Sie gingen dabei völlig unsystematisch vor. Alles überlappte sich. In der wunderbaren Brennnesselwiese nahe dem Hochsitz fehlten die Kotmarkierungen dagegen völlig. Es war schrecklich unordentlich.

Da Niccolò nichts Besseres einfiel, sorgte er für eine klare Struktur im Markierungsdschungel und zog einen sauberen Kreis um das menschliche Chaos. Als er endlich fertig war, brach die Nacht über Rimella herein und ließ die Augenlider der Menschen schwer werden.

Nach langem Gejaule schaffte es Niccolò, in Isabellas kleines Zelt eingelassen zu werden. Canini lag am Eingang und knurrte ihn an. Doch mit herein wollte sie nicht.

Niccolò stakste über Isabellas dicken Schlafsack, legte seinen Kopf nahe an den ihren. Doch achtete er darauf, dass sein Atem sie nicht kitzeln und am Einschlafen hindern würde. Sondern Stirn an Stirn. Ihre war warm, das gefiel Niccolò, und er merkte, wie ihn das Glück ihrer Nähe müde machte, wie die Nacht ihn zu sich zog, ihm warm über das Fell strich, seinen Körper schwer und seinen Atem tief werden ließ.

Isabella drehte sich grummelnd auf die andere Seite.

Die Nacht wich zurück von Niccolò. Das kleine Windspiel bewegte sich sachte zur anderen Seite des Zeltes, schmiegte seine Stirn wieder an die Isabellas und begann, seinen Plan ohne Umschweife in die Tat umzusetzen.

Dafür schloss er die Augen, alle Kraft wollte er für seine Gedanken haben. Zuerst sah er nichts, nur Schwärze. Niccolòs Atem wurde gleichmäßiger, und er stieß immer wieder gegen diese dunkle Barriere, rammte dagegen. Doch erst als er langsam darauf zutrat, mit Liebe im Sinn, glitt er sanft hindurch. Zuerst war auch dahinter Dunkelheit, doch sie war anders beschaffen, schnell tauchten Formen auf, hoben sich Konturen ab, tat sich eine Welt auf, die aus Bruchstücken zusammengesetzt schien, mit einem anderen Anstrich.

Sie war in Farbe.

Das war ein Schock für Niccolò, dem diese neue Welt unnatürlich vorkam. Doch er floh nicht, er blieb standhaft in Isabellas Kopf, wo nun Wölfe eine Stadt aus Holz errichteten. Isabella mitten unter ihnen. Hier wollte er nicht bleiben, er musste nach Rimella. Es kostete Kraft, den Blick zu wenden, der wie magnetisch an Isabella zu haften schien, die das Zentrum dieser Welt war. Erst als sie sich zu ihm bewegte, konnte er in die Richtung schauen, wo er Rimella spürte.

Und er hatte Recht.

Es sah falsch aus mit all den Farben, doch es war da. Über und über voll mit Wölfen, der Mond riesenhaft darüber, obwohl es hell wie am Tag war. Die Wölfe waren ausgelassen, einige heulten gemeinsam, andere rauften, ins Dorf zurückkehrende Rudelmitglieder wurden stürmisch begrüßt, Lefzen wurden geleckt, der Freudensprung vollführt.

Die alles entscheidende Frage nahm nun in Niccolòs Geist Gestalt an wie eine Wolke, die sich am Himmel auftürmt. *Wo sind die Menschen?*

Keine Menschen hier, dachte Isabella, nur Wölfe. Keine Störenfriede.

Die Menschen Rimellas?, dachte Niccolò.

Plötzlich stürzten die Häuser zusammen, als hätte sie eine

gewaltige Pfote zerdrückt. Sie wirkten nur noch wie Flecken auf den Straßen.

Sie sind geflohen, dachte Isabella, wegen des herabstürzenden Berges. Ein Mensch ist wohl verschüttet worden, aber er wurde nie gefunden. Hals über Kopf sind die Dorfbewohner fort, sie hatten schreckliche Angst, dass eine neue Erdlawine kommen und sie alle verschütten würde, diejenigen, die gerade beim Essen waren, ließen sogar ihre gefüllten Teller zurück, fuhren in ihren Autos davon, nur schnell aus dem Ort hinaus. Als sie fort waren, löste sich tatsächlich ein weiterer Teil des Berges. Erde legte sich über Rimella, aus der nach einiger Zeit Blumen in schreienden Farben wuchsen und riesige Bäume. Nun lebten die Wölfe hier, Isabella lief zu ihnen, tollte mit den Bestien.

Wann kommen die Dorfbewohner zurück?, fragte Niccolò, und er merkte, dass es schwerer wurde, die neue Frage zu bilden, weil Isabella an die Wölfe denken wollte, nicht an Menschen, weil ihr Geist sich wehrte, die neue Frage anzunehmen.

Niccolò strengte sich an und fühlte, wie ein Jaulen aus Isabellas Kehle drang, wie der Traum schwächer wurde, weil der Schlaf sich zurückzog. Er hielt Isabellas Geist krampfhaft fest, brachte die Frage zu Ende.

Es ist jetzt das Dorf der Wölfe. Nie kommen die Menschen zurück! Nie!

Niccolò presste weiter, die Antwort reichte ihm nicht, da musste doch noch mehr kommen! Er spürte, wie seine Schläfe klopfte, merkte seinen kurzem Atem, doch alle Kraft, die in ihm war, sammelte er in einem letzten Gedanken. *Und was machen die fremden Menschen hier?*

Sie lassen das Dorf altern, sie wollen ein echtes …

Die Verbindung riss ab.

Isabella wachte auf.

Voller Wut sah sie Niccolò an, warf ihn aus dem Zelt, zog den Reißverschluss zu. Tränen rannen über ihr Gesicht.

Canini sah auf. Zufriedenheit in ihrem Blick.

Als der Tag sich zurückgekämpft hatte, fielen nicht mehr nur herbstliche Blätter auf die Piazza. Auch einer der mächtigen Wildschweinkeiler sowie die Wölfe Tiberius, Domitian und Commodus näherten sich dem Erdboden und blieben dort liegen. Keinen ereilte das Schicksal direkt am Brunnen, sondern geradewegs dort, wo sie standen. Der Keiler war beim Fressen gewesen und landete mit der Schnauze tief schlafend im vergammelten Küchenabfall.

Grarr war in Aufruhr, denn immer mehr Tiere seines Rudels fielen um, selbst die Kralle raffte es dahin. Der weiße Wolf spürte, wie die Menschen mit jedem wegdämmernden Gefährten näherrückten, wie ihm Rimella entglitt, indem es einfach einschlief, und er nichts dagegen tun konnte.

Obwohl er es versuchte.

Er rief alle Wölfe auf die Piazza. Besonders Laetitia behielt er im Auge, die jemanden zu suchen schien, sich in die letzte Reihe stellte und jeden Hinterkopf sondierte. Vermutlich suchte sie Vespasian, doch dieser blieb unauffindbar. Er ließ sein Rudel im Stich. Das passte zu Grarrs Verdacht.

»Theophanu, lauf zu den Wildschweinen, ihr Anführer soll in unser Dorf kommen. Ich muss mich mit ihm unterhalten. *Sofort!*« Grarr wollte erfahren, ob es den Schweinen genauso erging. Ob die ganze Verteidigung einschlief.

»Krähen!«, rief er in den Himmel, und die Schwärze glitt herab. »Ihr müsst nun alle in die Lüfte, behaltet die Umgebung des Dorfes im Auge und schickt alle Wölfe her, die noch nicht gekommen sind. Bei Romulus und Remus, es geht um *alles*!«

Während die Krähen verschwanden, knickten weitere Wölfe wie Pappeln im Sturm um. Es war unmöglich vorherzusehen, wen der Schlaf als Nächstes überfallen würde. Grarrs Versuche, die Träumenden aufzuwecken, durch Gebell, Geheul, durch Tritte und Bisse, blieben erfolglos. Die Welt des Schlafs ließ sich nicht stören.

Laut schnaubend rannte ein Wildschwein ins Dorf hinein. Als es die Aufstellung der Wölfe sah, von denen zwölf bereits umgekippt waren, grunzte es belustigt auf. Hastig schnüffelte es an dem ersten, der vor ihm lag. Es war Commodus, und es wirkte, als prüfe es dessen Eignung als Mahlzeit.

»Waas'n los?«

»Schau doch selbst«, sagte Grarr und wies mit der Schnauze auf den eingeschlafenen Keiler.

»Waas'n mit Aaargh los? Waas habän Wölfä g'maacht?« Der Keiler nahm Anlauf, um Grarr umzurennen, der jedoch geschickt auf die Kante des Brunnens kletterte. Dort war er unerreichbar.

»Das Problem betrifft uns alle. Schläft *jeder* der Deinen?«

»Nä.Wildschwäin sin' waach un' hungrik!«

»Scheint mir nicht so, wenn ich ihn hier sehe.«

Ein Plumpsen war zu hören. Es stammte von Laetitia.

»Nua Aaargh wa' bei euch Wölfän. Värwaichlicht. Großä Schaandä!«

Wieder schlug ein Wolf hinter Grarr zu Boden. Doch der lauschte nur auf die Gedanken in seinem Kopf. Wieso hatte es nur den Keiler Aargh ereilt, der hier in Rimella gewesen war? Was hatte er mit ihnen gemeint? Er hatte nicht wie sie in einem Haus geschlafen, sondern unter einem Dach, das ein Zweibeiner einst für seinen Wagen gebaut hatte. Er hatte auch nicht dasselbe gegessen, das verfressene Viech. Nur das Wasser hatten sie geteilt. Das Wasser des Brunnens, auf dem er stand. Sonst nichts.

Es sah aus wie immer.

Doch war nicht dieses komische Monster um die Quelle herumgelaufen? Welchen Zauber hatte es fallen lassen? Würde sein Rudel jemals wieder davon befreit?

Doch plötzlich schrie eine Erkenntnis alle Fragen nieder.

Er hatte selbst davon getrunken!

Der Ruf einer Krähe erklang. »Die Zweibeiner kommen! Viele, viele!«

Doch Grarr konnte schon nicht mehr erkennen, wer genau gerufen hatte und von wo die Bedrohung kam. Der Schlaf schloss ihn sanft ein, wie eine wertvolle weiße Perle.

Mit einem Mal begannen die in der Erde schlummernden Trüffel der Langhe reif zu werden. Giacomo kam es vor, als würde der Boden unter seinen Pfoten vibrieren. Der Duft der Pilze ergoss sich wie eine maßlose Reviermarkierung über das Land. Und was für eine großartige es war!

Giacomo erwartete diesen besonderen Moment alljährlich mit der Nase eines Trüffelhundes – und mit dem Herzen eines Weintrinkers. Der Winter war mild gewesen und, noch wichtiger, die Zeit der achten Mondverwandlung nass, warm und reich an Gewittern. Es würde kein gutes Weinjahr werden, doch ein wunderbares für Trüffel. Damit konnte Giacomo viel besser leben, als wenn es andersherum gewesen wäre. Denn beim Wein gab es immer noch viele grandiose ältere Jahrgänge zu genießen.

Von der Ortsgrenze Rimellas aus, an der seine Wolfseskorte kehrtgemacht und ihn sich selbst überlassen hatte, war er gleich in den Wald gegangen, in dem der lockende Duft der Trüffel seine Nase prickeln ließ. Verheißung pur.

Giacomo konnte spüren, wie prallgefüllt der Boden war. Die reifen Trüffel wollten gefunden werden, mit ihrem durchdringenden Geruch, der an Knoblauch, Zwiebeln, Erde und vor allem an die Säfte der Paarung erinnerte, riefen sie danach, gefressen und dadurch schießlich verstreut zu werden. Denn sie wollten sich vermehren. Sie waren läufig, und wie.

Doch bei aller Vorfreude meldete sich Giacomos Phantomschmerz mit großer Wucht zurück. Es war kein Körperteil, das fehlte, es war kein Lauf, der ihm abgetrennt worden war und in dessen Pfote es jetzt stach. Es war sein Mensch, der nicht mehr da war. Seit den schrecklichen Erlebnissen mit seinem letzten Besitzer war er nicht mehr zur Trüffelsuche unterwegs gewesen.

Doch nun musste er an den Menschen denken, der ihn erst zu dem gemacht hatte, was er heute war. Tiefgefurchte Hände hatte sein Trüffelsucher gehabt, denn viel Erdboden hatte er mit diesen bewegt. Der alte, klapprige Mann hatte um das Zusammenspiel von Boden, Luft und Wetter gewusst. Deswegen hatte Giacomo stets in den richtigen Gegenden suchen lassen. Gewitzt war er gewesen, der alte Giacomo. Er hatte ihm seinen eigenen Namen gegeben – der Himmel allein wusste wieso. Schlitzohrig war er, hatte ja auch seine Konkurrenten täuschen müssen und all die unvorsichtigen Käufer, die von weither kamen. Denen hatte er die beschädigten Trüffel verkauft, die er mit Lehm kaschierte, wodurch sich Gewicht und Preis erhöhten. Da Trüffel sich am besten hielten, wenn die Erde erst kurz vor dem Verzehr gelöst wurde, prüften die Fremden die Waren nicht allzu genau beim Kauf.

Er war einfach wunderbar.

Ein Einzelgänger und misstrauisch, nur ihm gegenüber nicht. Zu ihm war er stets wie ein Vater gewesen.

Giacomo hatte das Gefühl, der greise Trüffelsucher würde nun wieder hinter ihm gehen. Immer wieder drehte er sich um. Denn er konnte ihn förmlich sehen, mit seinem wetterfesten Hut, der alten Soldatenjacke, den dreckverschmierten festen Lederschuhen, dem Beutel für die erhoffte Beute und einer scharfen Vanghetta in der Hand, mit der er die Trüffel stechen würde. In seiner Jackentasche war Weißbrot, das Giacomo zur Belohnung erhalten würde. Doch viel wichtiger wäre die kaum merkliche Freude im Gesicht seines Menschen. Der Stolz. Das Glück.

Trüffel gab es dagegen nur sehr selten für ihn. Das war in seiner Jugend anders gewesen. Giacomo erinnerte sich daran, als das Blätterdach über ihm nun dichter wurde und alles unwirklicher erscheinen ließ.

Zwei volle Sonnenkreise hatte seine Ausbildung gedauert. Er war damals so jung gewesen. Nichts hatte er gewusst, nur eine Nase hatte er gehabt, die schon damals alles versprochen hatte. Seit dem Welpenalter war er auf den edlen Pilz getrimmt worden, hatte Milch zu trinken bekommen, in der vorher Reste von Trüffeln ausgekocht worden waren, und Spielzeuge, in denen sie steckten. Als er schon etwas älter war, hatte ihn sein Mensch in ein einsames Waldgebiet geführt. Dort war eine kleine Hütte gewesen, an die er angekettet wurde. Dann ließ sein Herr ihn allein. So lernte er den Wald kennen. Nur einmal am Tag kam der alte Trüffelsucher und ließ ihn frei herumlaufen, brachte ihm Fressen. Aber erst, wenn er Kommandos befolgt hatte. Sie waren stets leise und bedacht gewesen. Und im Futter waren Trüffel versteckt. Erst als er genug gelernt hatte, durfte er wieder mit nach Hause. Doch nicht nur für Giacomo, auch für seinen Menschen war es eine wichtige Zeit gewesen. Denn er hatte seinen neuen Hund kennengelernt, dessen Blick, dessen Bewegungen, dessen Bellen und Winseln. Sie waren zusammengewachsen. Wie eine Trüffel mit dem Wurzelwerk eines Haselnussstrauches.

Im allumfassenden Geruch der reifen Trüffel konnte Giacomo plötzlich helle Punkte ausmachen, und er begann, unter einer Linde zu graben, zuerst mit einer, dann mit beiden Pfoten. Er fand kleine Trüffel, nah unter der Oberfläche. Sie wären zu mickrig gewesen, um sie auf dem Markt zu verkaufen. Solch ein Fund landete in der Fabrik, um Trüffelpaste zu werden.

Giacomo fraß sie.

Sie waren wirklich gut. Perfekt! Nicht überreif, keine Spur weich, sondern knackend hart.

Wenn sein Mensch ihn jetzt sehen könnte! In kürzester Zeit ein solcher Fund. Er hätte auf den Boden gespuckt vor Stolz, aber keine Miene verzogen. Als er Giacomo ausgewählt hatte, war er Spott ausgesetzt gewesen. Immerhin waren die meisten Trüffelhunde der Langhe Hündinnen. Er selbst hatte mit Schweinen gesucht, bis diese verboten worden waren. Sie ermüdeten nicht nur schnell, sie verletzten auch häufig mit ihrer groben Art das Geflecht um die Trüffel, so dass keine neuen Pilze entstehen konnten. Nichts verstanden sie von der feinen Kunst des Trüffelsuchens, fand Giacomo.

Erst wenn sie reif waren, konnte man sie riechen. Wie glänzender Nebel schwebte der Trüffelgeruch mittlerweile im Wald. Die hellen Punkte darin wurden größer, einer glich gar der Sonne. Giacomo rannte in dieses Licht, bis es brannte, doch nicht in seinen Augen, sondern in seiner Nase, die nun sein Handeln völlig beherrschte. Sie wollte diese Trüffel. Kleine, rötliche Fliegen kreisten über der von der Nacht noch feuchten Erde, sie liebten die Trüffel so sehr wie Giacomo. Ihre Eier legten sie in der Erde darüber ab, damit die schlüpfenden Maden nur einen kurzen Weg zum köstlichen Pilz hatten. Wenn eine Wasserstelle in der Nähe war, verrieten Frösche die Schwärme, da sie sich mit Vorliebe am fliegenden Futter labten.

Vor Giacomos Schnauze wimmelte es von Fliegen. Der Boden schien abgestorben, der Bewuchs war nur spärlich. Verbrannte Erde hatte sein Mensch dies genannt.

Oh, es musste eine königliche Trüffel sein, die einen solchen Hof bildete!

Giacomo buddelte und grub, doch die Erde gab nichts preis. Die Fliegen sanken neben ihm schwirrend in die Tiefe, denn auch sie rochen den immer intensiver werdenden

Duft. Je größer eine Trüffel war, desto heftiger scharrte Giacomo, bei dieser war er nahe der Raserei. Als sein Haupt schon völlig im Erdinneren verschwunden war, fand er sie endlich. Knochenhart und groß wie ein Hasenschädel.

Andere Hunde hätten nun den Befehl ihres Menschen gebraucht, um abzubrechen und die kostbare Trüffel nicht mit den Krallen zu beschädigen. Giacomo hatte stets von selbst aufgehört, sobald er auf Widerstand traf. Dann hatte er sich brav neben das Loch gesetzt und war nicht weggerannt, da sein Mensch die Fundstelle im verwirbelnden Laub sonst nicht gleich wiedergefunden hätte. Doch nun war der alte Trüffelsucher nicht mehr da. Sie gehörte also ihm.

Seine Zähne senkten sich hinein, wie kochend heißes Wasser brannte die vollreife Trüffel in seinem Maul. Er biss und fraß ohne Unterlass, bis er die gewaltige Frucht in sich aufgenommen hatte.

Ihre Wirkung trat sofort ein. Giacomo merkte, wie sein Kopf sich vom Rumpf hob und um die eigene Achse drehte. Es war ihm, als paare er sich mit dem Wald, in seinem Körper floss Exstase.

Giacomo wollte mehr.

Diesen Wald würde er leerfressen, und wenn es das Letzte war, was er tat. Von der opulentesten bis zur kleinsten, sandkorngroßen Trüffel!

Niccolò sah sich den Tümpel genau an, als könne das Wasser Antworten zu ihm spülen. Doch es lag still. Spiegelte die Fragen, ließ sie gar noch größer und unlösbarer erscheinen. Niccolò sah, dass seine Augen so schwer schienen, als würden sie bald aus den Höhlen fallen.

Vier Hunde gegen ein Dorf voller Wölfe, Marder, Krähen und Wildschweine. Was konnten sie schon ausrichten?

Und seine größte Hoffnung hatte sich als Verräter erwiesen.

Ein Frosch sprang in den Teich. Die Fragen verschwammen zu einer großen unruhigen Verwirrung, aus dem sein größtes Problem wie ein riesenhafter Hecht auftauchte und ihn zu verschlingen drohte.

Isabella hatte ihn verstoßen. Weil er nicht hatte loslassen können.

Er wollte all dies vergessen, auch den Gedanken, dass seine Menschen aus Angst geflohen waren, ohne auch nur einen Augenblick lang an ihn zu denken. Was brachte es schon, den Schmerz zuzulassen? Er musste ihn überdecken. So wie nasser Stoff ein Feuer erstickte.

Als das Wasser sich wieder glättete, beschloss er fortzugehen. Nach Alba. Wo es laut war und alle schwermütigen Gedanken übertönt wurden.

»Es gibt neues Futter«, hörte er plötzlich Canini sagen. »Dein Napf ist auch voll.«

»Kannst meins haben. Ich will nichts.« Er blickte noch nicht einmal hin. Warum musste sie ihn gerade jetzt stören?

»Danke! Das ist nett von dir«, sagte die Spanielhündin und setzte sich. Niccolò spürte, wie sie neben ihm ins Wasser starrte. »Ist da was im Tümpel? Willst du einen Fisch fangen?« Sie kam noch näher, stand jetzt neben ihm. »Gibt's da denn welche?«

»Kannst du bitte gehen? Mir ist gerade nicht nach Gesellschaft.«

»Ich glaube«, sie machte eine lange Pause, »Isabella vermisst dich. Sie ist auf einmal so unglücklich.«

»Es wird ihr bessergehen, wenn ich weg bin. Das kannst du mir glauben.«

»Mach ich aber nicht. Sie ruft dich nämlich ständig, sucht dich und fragt alle Menschen nach dir. Du fehlst ihr.«

»Sie will nur mit mir abrechnen.«

»Deshalb hat sie dir auch Futter hingestellt?«

»Damit will sie mich locken.« Er wollte nicht zu Canini

herübergucken. Den Blick ihrer tiefbraunen Augen würde er jetzt nicht ertragen.

»Jetzt hör aber auf!« Sie stellte sich vor ihn in den flachen Tümpel. »Ich weiß ja nicht, was mit dir los ist, aber ich will, dass Isabella wieder glücklich ist. Und wenn du wieder bei uns bist«, die nächsten Worte fielen ihr merklich schwer, »wird es ihr bessergehen. Sie braucht dich.«

Niccolò drehte sich weg vom Wasser, ging zu den Bäumen, hinter denen irgendwo Lagiorno liegen musste. »Ich will fortgehen, und *du* hältst mich zurück? Wenn ich verschwunden bin, hast du sie wieder für dich allein, das willst du doch. Jetzt sag nicht, dass es anders wäre!«

Canini senkte ihre Schnauze ganz nah an die Oberfläche des Tümpels. »Da war, glaube ich, gerade ein Fisch.«

»Natürlich, und Elstern können schwimmen.«

»Du gehörst jetzt halt dazu! Wir sind nun eben drei. Das ist schwer für mich, das geb ich ja zu. Du bekommst einen Teil der Liebe, die vorher nur mir galt. Aber du bist eigentlich nicht verkehrt. Außerdem hast du ihr ja das Leben gerettet.«

»Jetzt glaubst du mir also?«

»Du scheinst ehrlich zu sein. Kommst du jetzt mit? Bitte! Ich will nicht noch mehr nette Sachen sagen müssen. Mir fehlt da die Übung.«

Hinter ihnen raschelte es im Gebüsch. Dann brach ein großer Hund durch, der stank, als habe er sich gerade durch einen ganzen Zwinger gerammelt.

»Da bist du ja-ha!«, rief Giacomo, wobei die Worte sich so aneinanderlehnten, als hätten sie sich sehr lieb. »Guck mal, was ich mitgebracht habe!« Er ließ eine Trüffel fallen, die er irgendwo in seinem Mund versteckt haben musste. Sie schimmerte feucht. »Für dich, Niccolò. Die ist genau reif! Das ist die schönste, die ich gefunden habe. Mit Abstand! Die sind so geil dieses Jahr!«

Niccolò erkannte den alten Trüffelhund nicht wieder. Tapsig wie ein Welpe schwankte er leicht hin und her, bis er sich entschied, der Schwerkraft nachzugeben und auf den Boden zu sinken. Dann wälzte er sich auf den Rücken und streckte die Läufe in die Luft. »Ich hab alle Löcher brav wieder zugeschaufelt und Blätter draufgescharrt, die findet keiner mehr. Ich bin doch keine *Wildsau*!« Er war hochvergnügt.

»Ich will dich hier nicht sehen, Giacomo. Geh weg«, raunzte Niccolò.

»Magst du keine Trüffel? Das *gibt's* doch gar nicht! Los, beiß zu!« Er bellte freudig auf.

»Ich nehme nichts von Verrätern!«

»Musst du auch nicht! Ich verrate niemandem, wo ich sie herhabe. Der Hain ist mein Geheimnis. Ehrenwort!« Er kringelte sich.

»Du warst bei den Wölfen, ich habe dich gesehen. Du paktierst mit dem Feind!«

»Neeneenee.« Giacomo schlug mit den Pfoten in die Luft, als hinge dort ein saftiger San-Daniele-Schinken. »Grarr hab ich zwar besucht, aber der ist total durchgeknallt. Früher war der anders, der liebt nämlich auch Trüffel, weißt du? Ein *Wolf*, der Trüffel liebt!«

»*Das* soll ich dir glauben? Hast du ihnen nicht vielmehr alles über uns erzählt, damit sie uns eine Falle stellen können? Wen lieferst du als Nächsten aus? Ich verachte dich, hörst du? Du hast Beppo und Knorpel auf dem Gewissen! Obwohl es Wölfe und Marder waren, die sie gerissen haben, klebt ihr Blut doch auch an dir!«

Niccolò war überrascht, wie schnell der Rausch verflogen zu sein schien. Denn Giacomo kam nun schwankend auf die Beine und tapste auf ihn zu. »Es tut mir sehr leid um die beiden. Aber ich hab damit nichts zu schaffen. Hältst du mich wirklich für fähig, so was zu machen?«

»Tu doch nicht so!«, erwiderte Niccolò. »Ich hab's doch gesehen. Du hattest sogar eine eigene Wolfseskorte. Geh zurück nach Alba, oder wo auch immer sie dich noch nehmen.«

Giacomo brach in sich zusammen. Die Kraft reichte gerade noch, um die wunderschöne Trüffel fast zärtlich zu Niccolò zu rollen, der sie mit der Schnauze umgehend in den Tümpel schubste.

»*Da* seid ihr!«, war plötzlich eine andere, rauere Stimme zu hören. »Euch zwei habe ich gesucht. Ihr seid es doch, die in Rimella eindrangen und aus dem Dorf gejagt wurden, nicht wahr?«

Niccolò wollte nicht wissen, von wem die Stimme stammte. Er drehte sich einfach weg und blickte wieder auf den Tümpel. »Begreift denn hier keiner, dass ich meine Ruhe haben will? Einfach nur meine Ruhe. Haut alle ab!«

Canini rannte tatsächlich fort, doch Giacomo fing wütend an zu knurren. Als Niccolò sich umdrehte, begann auch er damit, ohne nachzudenken, seine Zähne präsentierten sich von alleine, schützten ihn. Denn ein Wolf stand vor ihm, ein junger Grauer, mit einem Fleck um sein rechtes Auge.

»Ich bin nicht hier zum Kampfe! Sondern als Verbündeter.«

Niccolò ging rückwärts ins Wasser. Hier würde er hören können, wenn sich von den anderen Seiten Wölfe näherten, denn im Wasser konnte sich niemand lautlos bewegen. »Habt ihr immer noch nicht genug Blut vergossen? Wollt ihr uns völlig ausrotten? Komm nur näher, und ich zeige dir, wie ein Windspiel kämpfen kann!«

»Mein Name ist Vespasian«, sagte der Wolf ruhig. »Wir haben dasselbe Ziel, mutiger kleiner Hund. Ihr wollt das Rudel aus dem Dorf verjagen, und ich will, dass alles wieder so wird wie früher. Dass die Fantastereien aufhören, dass wir einen Führer haben, der wie ein Wolf lebt.«

Als Vespasian sich näherte, sprang Niccolò mit weit geöffnetem Maul auf ihn zu. Mit einer kurzen Bewegung seiner Schnauze wehrte der Wolf den Angriff ab. »Wie dumm seid ihr Hunde eigentlich? Ich biete euch meine Unterstützung an, mein Wissen, meine Kraft!«

Niccolò attackierte erneut, geschmeidig wich Vespasian aus.

»Du bist Giacomo, oder?«, wandte sich der Wolf nun an den alten Trüffelhund. »Ich habe von dir gehört. Du sollst weise sein, so wird gesagt. Bist du weise genug, um meinen Worten zu lauschen?«

Giacomo beendete das Knurren und machte sich auf, die Szene zu verlassen. »Ich bin ein dummer alter Hund, Wolf. Mein Platz scheint nirgendwo zu sein.«

Abermals griff Niccolò an. Mit einem schnellen Tritt des Hinterlaufs brachte Vespasian ihn aus dem Gleichgewicht.

»Wollt ihr es nicht begreifen? Grarr wird euch alle töten, wenn ihr mir kein Gehör schenkt! Er ist wahnsinnig geworden!«

»Da gebe ich dir Recht«, sagte Giacomo und ging weiter. »Aber er ist nicht der Einzige. Es gibt noch andere, die nicht mehr wissen, wer ihre Freunde sind und was gut für sie ist. – Ich wollte dir noch etwas erzählen, Niccolò, was der Spürer mir berichtet hat. Es geht um deinen Menschen. Aber du würdest mir ja eh nicht glauben. Es sind ja die Worte des Feindes, die aus meinem Mund kommen.« Er erntete nur ein Zähnefletschen. »Ich bin weg.« Krumm gebeugt trabte er fort, sein Kopf hing schlaff herunter. Alles Jugendliche schien wie verdampft. Nach Euphorie und Kummer spürte er nur noch eine große Gleichgültigkeit. Er fühlte sie durch die Trüffel mit derselben Tiefe wie zuvor das Glück.

Auch Vespasian wandte sich ab vom schmutzig gewordenen, unablässig knurrenden Niccolò.

»Ihr habt es nicht anders verdient, Missgeburten. In Wildschweinmägen werdet ihr enden, und in den Mägen meines Rudels.« Mit einem Sprung ins Dickicht wurde er eins mit dem Wald, bald schon war kein Geräusch mehr zu hören.

Niccolò war wieder allein.

Und noch einsamer als zuvor.

III

DAS SPIEL DER KRÄFTE

Kapitel 11

BESTIEN

Die Welt öffnete sich für Laetitia nicht wie eine Auster, sondern wie ein Löwenmaul. Der Schlund war die dunkle Kirche Rimellas, die spitzen Zähne gehörten der Kralle, die hungrige Zunge war Grarr.

Der künstliche Schlaf drückte noch schwer auf ihren Kopf, doch schnell begriff sie, dass man sie in eine Decke gehüllt und hierher gebracht haben musste. Das Tor der Kirche stand offen. Entsetzte Schreie waren von draußen zu hören und bedrohliches Knurren. Laetitia konnte erkennen, wie Menschen auf die Straße getrieben wurden, hörte, wie sie verfolgt wurden. Grarr kam näher und starrte ihr in die Augen. »Sie ist so weit«, sagte er zur Kralle. »Bringt sie in die Sakristei.«

Hart packten sie die Zähne der Kralle am Nacken und den beiden Hinterläufen. Laetitia konnte ihre Glieder noch nicht wieder bewegen, nur ein unangenehmes Kribbeln war in ihrem tauben Körper. Doch ihr Maul bekam sie bereits auseinander. »Was ist passiert? Warum haben uns die Menschen hiergelassen?«

Sie erhielt keine Antwort. Kalter Rauch hing immer noch in den Trümmern der Sakristei, als die Kralle sie dort hinabließ. Die drei Wölfe wandten sich an Grarr.

»Schaffst du das … alleine? … Wir würden … ausgesprochen gerne … helfen.«

»Lasst sie mir bitte. Es ist eine persönliche Angelegenheit. Eine sehr persönliche.«

»Wir sichern … ab … Falls sie … fliehen sollte … greifen wir … sofort ein.«

Das Holz der Sakristei war verkohlt und an vielen Stellen gesplittert. Etliche Balken sahen nun aus wie gegen den Strich gebürstetes Fell. Der Boden war so kalt, dass Laetitia annahm, der Brand habe sämtliche Wärme des Gebäudes verschlungen.

»Lass uns reden«, sagte Grarr und machte eine Pause. »Nein, lass *mich* reden.«

Seine Muskeln verschoben sich angespannt unter dem Fell, als er sich näherte. Er hielt seine Aggression nur mühsam zurück, Hass wütete in seinem Körper.

Und Laetitia konnte sich nicht rühren.

»Erkläre mir doch bitte, was geschehen ist!«, sagte sie. »Ich dachte, wir würden es nicht überleben.«

»Du täuschst mich nicht, Laetitia! Egal, wie viel Wahrheit du in deine Stimme packst, die Lüge ist längst aufgedeckt. Du hattest erwartet, woanders aufzuwachen, nicht wahr? In einem Waldstück nehme ich an. Und dass ich nicht mehr zu mir komme, auch Theophanu nicht, und erst recht nicht die Kralle. Denn so hattest du es mit den Zweibeinern ausgemacht. Aber du hast nicht damit gerechnet, dass andere ihrer Art uns helfen würden. Es waren jene, die im Wald zelten. Von ihnen mussten wir uns retten lassen, welche *Scham*! Wir brauchten diese Hilfe – doch dankbar sind wir nicht dafür. Das, was wir erreichen wollen, soll unser ureigenes Werk sein.«

Laetitia wollte etwas sagen, öffnete das Maul, doch Grarr war wie ein Blitz über ihr, sein Maul um das ihre schließend. Er wartete nur darauf, dass sie etwas Falsches sagte oder tat, er sehnte den Tropfen geradezu herbei, der das Fass zum Überlaufen bringen würde.

Doch Laetitia tat ihm den Gefallen nicht.

Nur langsam und vor Erregung zitternd zog er sich

wieder zurück, blieb aber in der Nähe sitzen, kaum eine Schnauzenlänge von Laetitia entfernt.

»Sprich ruhig, Laetitia. Öffne dein Maul, auf dass ich es dir für immer schließe.«

Doch sie blieb stumm.

»Wärest du nur immer so weise gewesen, geliebte Laetitia. Du warst meine Gefährtin, die Herrscherin an meiner Seite. Aber auch die Mächtigen sind nicht vor dummen Gedanken gefeit. Glaubst du etwa, ich hätte nicht mitbekommen, wie du dich seit deiner so genannten Entführung verändert hast? Wie du hinter meinem Rücken intrigiert hast, wie dein Gift in Vespasian eindrang? Und der Zweck? Ein eigenes Rudel zu bilden, eines ohne mich. Ja, ich weiß davon! Sie haben es mir berichtet. Sind zu mir gekommen, um zu beichten. Was hast du erwartet? Du bist nicht mehr ihre Leitwölfin, und mit mir haben sie ihren größten Triumph errungen.«

»Wovon redest du?«, fragte Laetitia, die nicht länger schweigen konnte. Das war nicht ihre Art und würde es auch jetzt nicht werden. Egal, ob sie dadurch in Gefahr geriet. »Du hast uns ein leeres Dorf besetzen lassen – was für ein Erfolg! Gehören wir hier hin? Nein! Und wir werden es niemals. Aber ein neues Rudel wollte ich nur gründen, weil du, den ich so lange bewundert habe, der du über all die Jahre ein großer Führer warst, deinen eigenen Bruder töten ließest. Ich habe Aurelius' Leiche gefunden.«

Grarr stieß wütend einen verkohlten Holzbalken neben sich um, ein Teil des Daches krachte daraufhin hinunter. Laetitia bewegte sich nicht, der Großteil ihres Körper schlief noch immer.

»Er war eine Gefahr für mein Rudel. Alt und schwach war er, seine Zeit vorbei. Aurelius' Tod war für alle das Beste. In dieser schweren Zeit hätten wir keinen Zweifler gebrauchen können. Eine Spalterin wird ebenfalls nicht akzeptiert. Und nun wirst du mir verraten, wer zum innersten Zirkel deines

Aufstandes gehört. Vespasian sicherlich, so viel ist klar. Du wirst mir nun mitteilen, was er gerade treibt. Er ist sicherlich nicht ohne Grund verschwunden. Hält er den Kontakt zu den Zweibeinern, die unser Wasser vergiftet haben? Gibt er ihnen im Augenblick neue Hinweise, wie wir zu bezwingen sind?«

»Du beschwörst unseren Untergang doch selbst herauf, indem du Kinder von Zweibeinern entführen lässt!«

»Wer hat dir davon erzählt? Dein Spion Vespasian? Bei Romulus und Remus, den werde ich mir persönlich vornehmen. Es wird mir ein besonderes Vergnügen sein, ihn leiden zu sehen.«

Nie hätte Laetitia ihren Sohn verraten, der sich zu ihr geschlichen und alles berichtet hatte. Sie wusste nun, dass jede Diskussion mit Grarr, jeder Versuch, ihm seinen Irrweg klarzumachen, zum Scheitern verurteilt war. Sie erwartete nur noch die kommenden Schmerzen.

Und den Tod.

Doch Grarr hatte vorerst anderes im Sinn.

»Doch jetzt gehörst du erst einmal mir, Wölfin«, knurrte er, packte sie am Nacken und zerrte ihren Körper über einen heruntergestürzten Balken. Er wollte sie besteigen. Es würde ein bloßes Besitzergreifen sein. Nach dem traditionellen animalischen Spiel schien ihm nicht der Sinn zu stehen.

Es war Grarrs Recht, sich mit ihr zu paaren, und ihre Pflicht, für Nachwuchs zu sorgen. Doch über den genauen Zeitpunkt konnte sie immer noch mitbestimmen. Eine einfache Befehlsempfängerin war sie nie gewesen. Hier über dem verkohlten Balken zu liegen, sich nicht bewegen zu können, ihren Rang nicht behaupten zu dürfen, den Werber nicht abweisen zu können, war demütigend. Sie war noch nicht einmal in der Hitze. Laetitia begann zu knurren, ihre Züge verzerrten sich zu einer Fratze des Angriffs, die Zähne wollten sich in Grarr bohren, die Hinterläufe auskeilen.

»Jetzt bin ich endlich dran!«, schrie dieser. »Habe ich das nicht verdient?« Er stellte seine Vorderläufe auf ihren Rücken, drückte dann Laetitias Haupt herunter. Mit aller Härte gegen das verbrannte Holz.

In diesem Moment der Hilflosigkeit wurde die schon lange in Laetitia heranwachsende Rache endlich geboren. Sie war stark und fauchend, gierte danach, hinausgelassen zu werden und ihren einzigen Sinn zu erfüllen. Dafür prügelte sie Laetitias Körper von innen wach, fuhr in die Krallen, straffte die Sehnen, pumpte das Blut in alle Glieder.

»*Seht meine Stärke!*«, gröhlte Grarr. »Bin ich nicht der wahre Herrscher? Bin ich nicht derjenige, der mit unserer Mutter spricht?« Er verbiss sich in Laetitias Fell, sie spürte, wie er Wunden riss.

Erst zum Schreien lösten sich seine Zähne wieder. »Ich! Ich! Ich!«, brüllte er.

Dann wollte er zur Tat schreiten.

Doch plötzlich wurde es dunkler.

Die Kralle war durch die klaffenden Lücken des Mauerwerks gedrungen, sperrte mit ihren Leibern das Tageslicht aus.

»Genug, Grarr … Wen willst du täuschen … Wir haben eine … Entscheidung getroffen … Folge uns nun … es gilt sie … mit Blut zu besiegeln.«

Grarr ließ sofort von Laetitia ab. »Doch nicht vor *ihr*! Was ist mit unserem Pakt?«

»Sie wird … bald kein Problem mehr sein … aber später … es gibt nun … Dringenderes … wir werden … das Leben der kleinen … Zweibeiner beenden … sie belasten uns … im Kampf.«

Der Leitwolf folgte ihnen wie ein getretenes Hündchen. Jede Selbstherrlichkeit war verflogen.

In Laetitia wütete die Rache. Heißer als zuvor.

Und sie erhob sich zitternd.

Es sah aus, als wären Sterne auf den Waldhügel über Rimella gezogen, um dort ein Fest zu feiern. Sie bewegten sich sacht im Wind und funkelten, meist ordentlich in Reih und Glied, über einer vergnügten Menschenmasse. Sie aßen und tranken nach Herzenslust und waren in bester Laune. Niccolò hatte den Eindruck, als hätten sie eine Schlacht gewonnen. Er selbst versuchte sich einzureden, dass er ähnlich fröhlich sein müsste, befreit von dem Betrüger Giacomo und mit der neu gewonnenen Sicherheit, sich gegen einen hinterlistigen Wolf behaupten zu können. Ihm machte keiner mehr etwas vor! Er brauchte niemanden mehr, der ihm sagte, wie die Welt beschaffen war.

Niccolò lief in Richtung des Hügels, der die beste Aussicht auf Rimella bot. Das Dorf lag dunkel im Tal, ohne ein einziges beleuchtetes Fenster, das Leben verraten hätte. Plötzlich nahm er leichte Bewegungen eines Schattens wahr, ein Heben und Senken.

Als er nur noch wenige Meter entfernt war, sah er, dass dieses Schwarz ein Grau war. Es war Fell. Und er kannte es.

Niccolò setzte sich daneben, blickte auf Rimella. Das heißt, er sah es sich wirklich an, dieses kleine, altmodische Dorf mit den vielen schadhaften Dächern, den von Löchern übersäten Straßen, den lange nicht gestrichenen Fassaden. Und doch hatte es etwas. Alles Leben, das durch die Straßen und Häuser gezogen war, hatte seine Spuren hinterlassen. Sei es der große Katschen im Brunnen auf der Piazza, den Padre Franco in einer Winternacht verursachte hatte, als der Schnee gerade gefallen war und er angetrunken die Kontrolle über seinen kleinen Lancia verloren hatte, oder die Stelle an der Friedhofsmauer, gegen die alle Hunde pinkelten, wodurch sich über die Jahre eine Rille immer tiefer in den Stein gefressen hatte. Oder all die Ecken und Winkel, welche die Hunde den Menschen abgerungen hatten und auf die deshalb keine Straßenschilder, Zigarettenautomaten oder Stühle gestellt worden waren.

Dieses Dorf hatten sie mit geschaffen. Er, die Hunde neben ihm und alle Hunde Rimellas zuvor.

»Tut weh, oder?«, fragte er in Richtung der schweigenden Gruppe, die auf ihre alte Heimat blickte.

»Mir macht's Mut«, sagte der neben ihm sitzende Carabiniere, dessen Lederleine durchgebissen war und dessen Kopf verkrustetes Blut bedeckte, vor allem am rechten Ohr, das deutlich angerissen war. »Ist gut, ein Ziel zu haben.«

Ein kleiner Hund löste sich aus der Reihe und kam auf Niccolò zu. Es war Franca. Sie stank so nach Shampoo, dass es ihn in der Nase schmerzte. Ihren Kopf zierte wieder eine Schleife, ihr Fell war ordentlich gekämmt worden. So wie früher.

»Keiner fühlt sich wohl in diesem Neu-Rimella. Unsere Menschen auch nicht. Signorina Elisabetha hat geweint, als sie mich gesehen hat. Obwohl dadurch doch ihre Schminke verwischt! Sie hat mir Salbe auf die Wunden gerieben, mich gewaschen, die Haare getrimmt und mich so lange gebürstet, bis ihre Hände ganz rot waren. Sie wollte mich gar nicht wieder gehen lassen, doch ich bin durch den Türspalt entschlüpft. Sie ist hinter mir her auf die Straße gelaufen und hat gerufen. Doch ich musste ja die anderen hierherbringen!« Sie reckte ihren Hals, um die leicht verrutschte Schleife wieder zurechtzurücken. »Weißt du, Niccolò, die anderen haben sich schon einige Zeit gefragt, warum die Menschen, obwohl sie so unglücklich sind, nicht mit ihnen nach Rimella zurückkehren. Jetzt wissen sie es. Die Wölfe sind schuld. Wenn die endlich weg sind, werden unsere Menschen wieder zurückkommen. Nicht nur die aus Neu-Rimella, auch die anderen. Auch deine!«

»Wenn sie noch leben«, sagte Niccolò. Doch in seinem Geist konnte er sie bereits vor sich sehen, da war das dunkle

Rimella unter ihm wieder belebt, die Sonne schien. Niccolò wurde das Gefühl nicht los, dass es genau dieses strahlende Rimella war, auf das die Hunde neben ihm schon die ganze Zeit über blickten.

»Sie sind alle bereit, mit uns zu kämpfen«, sagte Franca. »Sogar der Lhasa Apso von Marco! Wir werden die Wölfe vertreiben. Je eher, desto besser.«

»Du riechst nach Schinken«, sagte Niccolò. »San Daniele.«

»Dahinten bei den feiernden Menschen«, antwortete Franca, »da gibt es einen Stand … Du musst nur schnell sein. Komm, ich bring dich hin, die anderen brauchen noch etwas Zeit. Zum Sattsehen.«

Es musste der erste Witz sein, den Franca seit dem Verlust ihrer Heimat gemacht hatte. Er war nicht gut. Aber immerhin ein Anfang.

Ein gestreiftes Absperrband war wie eine riesige Pappardelle-Nudel um die Buden und Tische gespannt, die einen kleinen Markt bildeten. Die meisten Stände boten Speisen an, aber es gab auch Plüschtiere in den Auslagen. Wölfe in allen Farben und Größen. Ein anderer Händler verkaufte T-Shirts mit Wölfen. Eine Frau mit einer Lederjacke, wie James Dean sie auch trug, malte mit einer Nadel Wolfsbilder auf die Haut, wobei ihre Kunden vor Schmerz die Gesichter verzogen. Obwohl sie da ganz offensichtlich freiwillig saßen.

Der Stand mit den Tramezzini schien merkwürdigerweise auch tote Tiere zu verkaufen, die nebeneinander von der Tischplatte baumelten. Von der Größe her mochten es Füchse sein. Verkauften sie die etwa zur Wolfsfütterung? Waren diese Menschen denn völlig von Sinnen?

Die Toten bewegten sich.

Sie hatten plötzlich allesamt Tramezzini im Maul und rannten fort. Hinter ihnen schrie der Verkäufer, doch er erntete nur lautes Lachen und keinerlei Hilfe von den Umstehenden. Als die Diebe Niccolò erkannten, kamen sie direkt auf ihn zu. Bei ihm angekommen, hatten sie ihre Beute bereits verschlungen. Es waren die Dachshunde.

»*Da ist er ja! Ich hatte ihn viel größer in Erinnerung.*«

»*Das macht das Mondlicht. Ist schlecht für die Beine. Ich fühl mich auch schon ganz schwach.*«

»*Blödsinn! Der Junge muss nur was essen. Dahinten gibt's super Tramezzini. Und der Mensch ist wunderbar langsam!*«

»Was macht ihr denn hier?«, brachte Niccolò überrascht hervor. Er freute sich irrsinnig, die verrückten Unterweltler wiederzusehen.

»*Rudelausflug!*«, rief einer.

»*Zurück zur Natur!*«, ein anderer.

»*Der Spürer hat erzählt, dass Hunde hier Hilfe brauchen*«, sagte ein Dachshund, den Niccolò für Zamperl hielt. Aber völlig sicher war er sich da nicht. »*Und dass du mit von der Partie bist und Giacomo. Und dass die Wölfe eine Armee gegen euch aufgestellt haben. Deshalb sind wir da! Um diesen Wilden zu zeigen, welche Kampftechniken man in der Kanalisation von Alba so aufschnappt.*«

»Glaub mir, Kleiner, die geben wieder an wie zehn chinesische Nackthunde.« Der rosa Pudel aus dem Tierheim beschnüffelte Niccolò ausgiebig zur Begrüßung und wedelte dabei. »Ich bin auch mit dabei, und das dürfte ja wohl einiges klarmachen. Außerdem sind die Zirkusburschen mit von der Partie. Die haben einiges an Tricks drauf, kann ich dir sagen. Optisch natürlich kein Vergleich zu mir, aber darüber musst du einfach hinwegsehen.«

»Ich dachte, du hättest längst neue Menschen gefunden?«

»Jaja, hatte ich auch. Aber da gefiel es mir nicht. Also habe ich sie dazu gebracht, mich wieder zurück ins Tierheim zu bringen. Ich wollte das so, klar, lass dir nichts anderes erzählen! Ich will nämlich nicht bei jedem leben, ich hab schließlich gewisse Qualitätsansprüche.«

Jetzt erst fielen Niccolò die vielen Hunde auf, die sich zwischen den Menschenbeinen tummelten. Er konnte den Unglaublichen Houdini ausmachen, auch den Großen Bellachini, dazu viele andere, die er nicht kannte, aber die es geschickt verstanden, sich ihre Abendverpflegung zu sichern.

Plötzlich waren Blitze zu sehen.

Jedoch nur in der Mitte des Platzes.

Dabei wurde geklatscht und gejohlt.

»Das wird morgen in allen Zeitungen stehen!«, schrie einer der Menschen und steckte seine Kamera wieder ein. »Ein Zeichen!«, jubelte ein anderer. Der Pudel war schon halb auf dem Weg zum Tramezzini-Stand, als er Niccolòs fragenden Blick sah. »Ein echtes Showtalent, unser Priester. Gehört ins Fernsehen, wenn du mich fragst. Größer als Adriano Celentano. Mindestens! Schlägt vielleicht sogar den Papst.«

Der Priester war also auch da.

Nun hatte Niccolò ebenfalls eine Armee. Eine, von der die Wölfe noch nichts wussten, von der ihnen auch ihr Verbündeter Giacomo nichts erzählen konnte. Diesen Vorteil galt es zu nutzen. Es musste schnell gehen. Noch heute Nacht.

Niccolò lief zurück zum hohlen Baumstamm, in dem sich Blitz und James Dean versteckt hielten. Er berichtete ihnen alles und sah das Leben in ihre Augen zurückkehren, als habe es nur darauf gewartet, endlich aus dem dunklen Tunnel zu kriechen, in den man die beiden verbannt hatte.

»Sagt schnell dem Dobermann Bescheid! Er und seine Menschen sollen ebenfalls bei Mitternacht zuschlagen. Jetzt zahlen wir den Wölfen und ihren Schergen alles heim.«

Das Hochgefühl, das durch den Körper des kleinen Italienischen Windspiels floss, war mit nichts zu vergleichen, was es jemals zuvor empfunden hatte. Das Unmögliche schien auf einmal möglich. Niccolò hatte einen Plan. Und es gab einen Hund, den er zur Durchführung unbedingt brauchte. Er rannte ins Gewühl und hörte nicht eher auf, bis er am Ziel war.

Es war Franca, die sich aufgeregt mit dem rosa Pudel unterhielt, wobei sie immer wieder dessen Lefzen leckte.

»Ich störe ungern«, sagte Niccolò. Dabei hätte er in diesem Moment nichts lieber getan. »Ich habe einen ganz besonderen Auftrag für eine ganz besondere Pekinesenhündin.« Er sah ihr in die Augen. »Du, meine Schöne, wirst jetzt die Wiedereroberung Rimellas möglich machen.«

Es war, als würden sie ihn anflehen, gefressen zu werden. Buddeln. Fressen. Buddeln. Fressen. Die Welt bestand aus nichts anderem mehr. Manchmal warteten die Trüffel schon dicht unter der Oberfläche auf ihn. Giacomo hatte das genießerische Schlemmen hinter sich gelassen, er war zu einer Fressmaschine auf vier Pfoten geworden. Er war glücklich, dass es etwas gab, das keine blöden Widerworte gab, sich freute, wenn er kam, nett zu ihm war, zu seinen Geschmacksknospen, und gut für die Stimmung.

Er fühlte sich so unglaublich gut! Ach was, besser, als er sich jemals zuvor gefühlt hatte! Grandios! Göttlich! Er brauchte nichts außer fressen, buddeln, fressen.

Würgen.

Der Wald um Giacomo war aufgerissen, als hätte eine Horde betrunkener Maulwürfe die Party ihres Lebens geschmissen. Der alte Trüffelhund hatte so hastig geschlungen, dass er bereits einen Gutteil Erde intus hatte. Doch diesmal war ihm ein größerer Beifang gelungen. Was er in seiner Raserei für eine Trüffel gehalten hatte, war in Wirklichkeit ein Stein gewesen, ein Kiesel, scharf und unwillig, in seinem Magen zu landen. Er verhakte sich im Schlund.

Versperrte der Luft den Weg, ließ das Gewebe anschwellen und endgültig den lebenswichtigen Durchgang verschließen.

Giacomo würgte, schüttelte seinen Kopf, riss das Maul auf. Doch seine Kraft schwand, sein Blick wurde glasig, er wälzte sich auf dem Boden.

Die Welt war Chaos.

Dann breitete sich plötzlich Ruhe in ihm aus, und Giacomo hörte einfach auf zu kämpfen. Ein merkwürdiger Moment, um zu sterben, dachte sein trüffelumflortes Hirn. Diese lange Reise, die ihn von Alba bis hierher geführt hatte und von der er dachte, dass es seine letzte sein würde, war doch noch gar nicht beendet. Die Entscheidung stand ja noch aus. Aber wann starb man schon im rechten Moment? Sein Dasein endete zumindest in einem grandiosen Trüffeljahr, und sein Magen war noch nie so voll mit diesen Wunderwerken der piemontesischen Erde gewesen.

Das Leben hatte sich schon weit entfernt. Bald würde es nicht mehr zu sehen sein.

Giacomo röchelte.

Dann wurde seine Welt erschüttert.

Und alle Luft verschwand für einen Augenblick völlig aus ihr.

Dies war der Moment, als die Zeit stillstand, Giacomos Uhr angehalten wurde.

Es war ein Schlag in den Magen gewesen, als habe sich ein Baumstamm in seine Seite gerammt. Er hatte seine Lungen geleert und den Kiesel hinauskatapultiert. Der lag nun, feucht und harmlos aussehend, geradezu lachhaft winzig in seiner Größe, ein gutes Stück vor Giacomo am Fuß einer jungen Eiche.

Die Luft strömte zurück, und Giacomo schnappte nach mehr.

»Ihr seid wirklich degeneriert«, sagte eine Stimme. »Es

gibt für alles ein rechtes Maß, doch eure Art kennt es weder bei der Wahl eurer Verbündeten noch beim Fressen.«

Die Trüffel taten ihr Werk und sandten mehr ihrer göttlichen Ingredienzien durch Giacomos Adern. Schnell fühlte er sich wieder besser – wenn auch etwas rau im Schlund.

»Ich sag jetzt trotzdem mal danke!«, antwortete er und erkannte den Wolf vom Tümpel wieder. »Schön, dass du ein Herz für Degenerierte hast, Grauer.« Giacomos Laune stieg, und er untersuchte den Wolf, als sei er einer seiner Art. »Du riechst … wütend. Aber auf eine *gute* Art.«

Vespasian ging einige Schritte rückwärts. »Du willst mir doch nicht weismachen, dass du das riechen kannst?«

»Na ja, kann ich auch nicht. Doch die meisten würden es mir zutrauen. Aber Recht hab ich trotzdem, oder?«

Der Wolf verließ seinen Platz und stellte sich gegen den Wind. Zu viel preisgeben wollte er wohl nicht, dachte Giacomo amüsiert.

»Ich weiß, wer du bist. Giacomo, genannt die Trüffel. Doch ich hatte dich anders in Erinnerung. Als du mit dem Spürer durch Rimella gegangen bist, warst du beherrschter.«

»Meine Güte, ich hatte *Schiss!* Normalerweise weiß ich, was von Wölfen zu erwarten ist. Sie sind gern unter sich, meiden die Menschen – aber ihr seid, nun ja, durchgedreht. Da wird man als Hund halt sehr unruhig.«

»Und warum läufst du dann jetzt nicht davon?«

»Och, bitte! Du bist allein, und ich bin größer als du. Außerdem lassen einen Trüffel die Welt anders sehen.«

Giacomo roch, wie das Testosteron in Vespasian hochschoss, wie der junge Wolf überlegte, ob eine Machtdemonstration angebracht war.

Doch er entschied sich anders.

»Ist der Spürer wirklich so, wie alle erzählen?«

Die Trüffel lockerten nicht nur Giacomos Zunge, sondern auch sein Herz, weiteten die Gefäße und ließen heraus, was sich dort verborgen gehalten hatte.

»Der Spürer ist das Allerletzte. Guck mich nicht so an! Nur weil er eine Legende ist, bedeutet es nicht, dass er auch ein klasse Kumpel wäre. Im Gegenteil.« Giacomo ließ sich seitwärts auf den Boden sinken, das Haupt nah am weichen Waldboden, aus dem die Trüffel weiter lockten. »Er wollte alles wissen, jedes Ereignis, jedes verdammte Detail. Er saugte mein ganzes Elend auf, als lechzte er wie ein Verdurstender nach Wasser. Das war seine Bezahlung. Er hat immer weiter nachgebohrt, bis er alle Demütigungen und Niederlagen kannte. Ohne auch nur ein einziges tröstendes Wort. Am meisten genoss er meine größte Angst. Ich erspar dir die Mühe, mich danach zu fragen, es ist eh raus. Ist eine Geschichte geworden. Ich will nicht noch einmal einen geliebten Menschen verlieren. So wie meinen Trüffelsucher. Das ist meine Angst. Wir waren vertrauter als Brüder. Wir waren auf der Suche eins, da gab es keine Einsamkeit, da war die Welt ein geteiltes Reich, wir waren ein Gedanke, ohne Worte, als hättest du einen stillen Beschützer neben dir, der alles über dich weiß und dich *trotzdem* bedingungslos liebt. Nach seinem Tod und dem Mist mit meinem neuen Besitzer hab ich mich ganz weit weg von allen gehalten, weil ich nicht wieder einen Gefährten verlieren wollte, verstehst du? Das Sicherste war, einfach keinen mehr zu haben. Doch ich dummer alter Hund hab mich wieder drauf eingelassen. Und es ist wieder passiert! Heute habe ich meinen neuen Gefährten verloren.« Er stupste mit seiner Nase in den weichen Waldboden, die warzige Oberfläche einer Trüffel wurde sichtbar. »Dafür habe ich einen alten wiedergefunden. Er ist ein echter Wunderheiler.«

Vespasian blickte sich prüfend um. Doch es war nur der sich im Wind bewegende Wald. Sie schienen sicher. »Und wenn der dich verlässt? Die Trüffelzeit endet schließlich beim ersten Mond.«

»Das ist noch lang hin, findest du nicht?«

»Zeit ist nicht mehr von Bedeutung für mich. Auch mein eigenes Leben ist dies nicht. Ich habe eine Aufgabe zu bewältigen.«

»Meine Güte, das klingt anstrengend. Wenn du Hilfe brauchst, ich hab nichts zu tun. Solange es dich nicht stört, dass ich zur Zeit unter Trüffeleinfluss stehe.«

Der Wolf kam zu ihm und leckte ihm die Lefzen. »Ich kann dich gut leiden, Hund.«

»Wie heißt du eigentlich, Grauer?«

»Vespasian.«

»Ist nicht wahr, oder?« Giacomo rappelte sich mühsam auf und besah sich den jungen Wolf nochmals. »Ich kann keine Ähnlichkeit erkennen. Aber was weiß ich schon von Wölfen.«

»Was redest du wirr! Gefällt dir mein Name etwa nicht?« Vespasian brachte wieder etwas Luft zwischen sich und Giacomo.

»Nein. Ich höre ihn nur nicht zum ersten Mal.«

»Mir war nicht bewusst, dass in Hundekreisen über mich gesprochen wird. Ist das eine Ehre?«

»Kein Hund, ein Wolf. Ein … ehemaliger. Sein Name ist, war, Aurelius.«

Der Wolf war bei ihm, schneller als ein Weinblatt im Sturm flog. »Was sprichst du da, bei Romulus und Remus?«

»Gehst du bitte wieder ein Stück zurück? Nimm es nicht persönlich, aber ich mag scharfe Dinger nicht so nah an meinem Hals. Und deine Zähne sehen verdammt scharf aus. Ich sag schon mal danke.«

Vespasian wich zurück. »*Sprich!*«

»Der Spürer hat ihn gefunden. Aurelius erzählte von seiner Liebe zu Laetitia und zu dir. Dein Vater hat sehr an dir gehangen. Wir Hunde erleben so was sehr selten, dafür werden wir einfach zu früh von unserer Familie getrennt. Die Menschen werden dann unsere Eltern. Aber dein Vater, er schien sehr stolz auf dich zu sein.«

»Was redest du? Grarr ist mein Vater, Aurelius nur dessen Bruder.«

»Nein, da muss ich dir widersprechen. Im Tod sagt man die Wahrheit. Ohne Frage.«

Vespasian sagte nichts. Er begann, seine Rute zu klemmen.

»Wenn das schon eine Überraschung für dich war, dann wird dich die nächste umhauen: Aurelius wurde von seinem eigenen Rudel getötet!«

»Das wusste ich schon«, sagte Verspasian, dessen Stimme nun klang, als stecke ein anderer Wolf in seinem Fell. Einer der Dunkelheit. »Nun wird mir vieles klar.« Er blickte hoch ins Blätterdach und stieß ein Geheul aus, das Giacomo zusammenzucken ließ. Solche Laute hatte er dem jungen Wolf niemals zugetraut.

»Wir haben einen neuen Grund, miteinander zu reden, Hund«, sagte Vespasian danach.

»Aber nur, wenn du ein paar Trüffel mit mir futterst!«

»Es könnte unser letztes Mahl werden.«

Giacomo fing wieder an zu buddeln. »So was hab ich heute schon mal gedacht.« Er stieß auf etwas Hartes, Verwarztes. »Ich verrat dir was, Wolf: Wir haben uns dafür genau den richtigen Ort ausgesucht!«

Wenn die Welt ihre Richtung ändert, ist es ratsam, langsamer zu werden, dachte Grarr und hörte auf zu traben, wechselte ins schnelle Gehen, wollte Zeit gewinnen. Zum Nachdenken.

»Du wirst … die kleinen Zweibeiner … töten … es wird dir … guttun obwohl sie … leider sehr jung … sind und … keinerlei Gegenwehr zu … erwarten ist.«

Grarr wusste, wie sehr die Kralle das Spiel der Jagd liebte, und noch mehr den Moment, in dem das Leben der Beute endete. Es war ein Sieg, den niemand mehr ungeschehen machen konnte. Es war die Erfüllung der ureigensten Aufgabe aller Wölfe, der Befreiung des Landes von Kranken und Schwachen. Doch die kleinen Zweibeiner waren zwar schwach, hatten sich für Grarr aber nie wie Beute angefühlt. Die Mutter wollte sie als Gleichberechtigte, diese Brut sollte der Beginn eines neuen Zeitalters sein. Sie sollten wie Brüder aufwachsen, die Wölfe wirklich verstehen, die Sprache des Waldes beherrschen. So würden sie später die Mittler zu all den anderen Zweibeinern sein können. So war es schon einmal vor Urzeiten geschehen. Mit Romulus und Remus. Nun sollte endlich wieder eine neue goldene Zeit für Wölfe und Zweibeiner anbrechen. Mit Rimella als ihrem Zentrum.

Die Tötung der Zweibeiner bedeutete das Ende für diesen Traum.

Grarr begann, den linken Hinterlauf schleifen zu lassen und klagende Laute von sich zu geben. »Ich muss auf einen spitzen Stein getreten sein, verzeiht mein Tempo.«

Die Kralle ging nah beieinander, Leib an Leib. Sie wurde langsamer. »So bleibt uns … mehr Zeit … für die Vorfreude.« Sie drehte sich um. »Du willst … sie nicht … töten, oder? Aber das … ändert nichts.«

»Es ist gegen den Willen der *Mutter!* Und ist sie nicht das Maß aller Dinge?«

»Erzähl uns doch … noch einmal unsere … gemeinsame Geschichte … weißer Wolf.«

»Meine Pfote schmerzt, mir ist nicht danach.«

»*Erzähl!*«, sagten alle drei gleichzeitig. Wenn sie dies taten, stand ein Angriff meist kurz bevor.

Obwohl Grarr den Gedanken stets verbannt hatte, so wusste er doch, dass er nur ein Kiesel war, den man so lange rollen ließ, bis es in die verkehrte Richtung ging. Die Kralle wollte ihren Erfolg wieder einmal auskosten, den Kiesel die zugewiesene Rolle spüren lassen.

Was konnte er schon tun?

»Damals, als ihr mir aufgelauert hattet, wäre meine Tötung ein Leichtes für euch gewesen. Doch ihr tatet es nicht, denn wir schlossen einen Bund.«

»Du weißt es … also noch … berichte von unserem … Bund!«

»Ihr wolltet die Macht, denn ihr seid die Stärksten unter uns. Niemand gleicht euch, keiner kann sich mit der Kralle messen.« Grarr holte tief Luft. Seine Klugheit hatte ihm zwar damals das Leben gerettet, aber ihm war nur eine Hülle geblieben. »Doch drei Wölfe können nicht Leitwolf sein. Außerdem hätte die Rudelführung viele Aufgaben mit sich gebracht, ständige Verteidigungen des Rangs und unendlich viele Entscheidungen. Weniger Jagd, weniger Freiheit. Ich bot euch die Macht im Geheimen. Seitdem bin ich euer …«

Er schaffte es nicht.

»*Sag es!*« Wieder sprachen sie mit einer Stimme.

»Seitdem bin ich euer Untertan. Ich durfte keine einzige Wölfin mehr besteigen und ihr alle.«

Sie hatten ihm die Paarungen genommen, die vornehmste Pflicht seiner Position. Die Wölfinnen mussten seit ihrer Machtübernahme den Akt in einer Höhlennische über sich ergehen lassen. Diese wies keinen Faden Licht auf, und der Aasgeruch übertünchte jeden persönlichen Duft. Sie wussten nicht, wer sie bestieg.

Plötzlich blieb die Kralle stehen. Teilte sich auf, wurde eins mit dem Wald, wurde Bäume und Blätter. Grarr verharrte ebenfalls und richtete sich zu voller Größe auf. Falls sich eine Gefahr näherte, wollte er ehrfurchtgebietend wirken, und wenn es eine Beute war, sollte sie sogleich Angst bekommen. Diese war wie ein lähmendes Gift. Er hatte es oft genug beobachtet.

Doch es zeigte sich weder ein Gegner noch Beute.

Der Wald rauschte so harmlos, als wäre nur der Wind in ihm. War dies die Chance, loszurennen und die kleinen Zweibeiner zu warnen? Oder sie nacheinander fortzutragen? Wenn die Kralle nun auf Jagd war, konnte es länger dauern. Die Zeit könnte reichen. Sie musste es einfach!

Vorsichtig bewegte Grarr sich in Richtung zweier mächtiger Bäume, zwischen denen der Pfad zur Höhle führte. Als er näher war, fast schon hindurch, standen drei Wölfe dort. Sie waren unfassbar dreckig. Getrockneter Schlamm, Erde, ja sogar Reste von Zweibeinerabfall schienen in ihren Fellen zu kleben. Sie waren abstoßend.

»Ihr müsst Grarr sein«, sagte der mittlere Wolf, ein junges Tier, dessen Augen eine große Klarheit aufwiesen und dessen Zähne scharf und unversehrt waren. Er senkte das Haupt. »Unsere Suche ist damit beendet. Wir hörten von eurem Kampf, dem wir uns anschließen möchten.«

Die Kralle erschien. Es war Grarr, als wüchse sie aus dem Boden, wie wuchernde Pflanzen. »Hättet ihr ihn … angreifen wollen … wäret ihr nun tote Brüder.«

»Jedoch nicht kampflos«, erwiderte der junge Wolf und heulte kurz auf. Aus dem Wald traten weitere seines Rudels, sicher mehr als zehn.

»Wer seid ihr, woher stammt ihr?«, fragte Grarr.

»Aus den Abruzzen, wo wir des Nachts bei den Menschen leben.«

»Daher rührt … euer Dreck … der eure Felle wie … Kloaken erscheinen lässt«, sagte die Kralle, welche sich herrisch näherte, um den Duft der Neuankömmlinge zu prüfen.

»Uns ist jede Hilfe willkommen«, sagte Grarr. »Geht nach Rimella, es liegt hinter uns, direkt unter der Sonne. Wir werden heute Abend über eure Aufgaben sprechen.«

»Wir«, der junge Wolf rückte näher, »wollen eure Leibgarde sein. Eure und die der Kralle. Selbst in den Abruzzen hat man von euch gehört.«

Die Kralle stürzte sich auf den Wolf, sperrte ihn zwischen sich wie in einen Käfig aus Leibern. »Wirken wir … als wäre eine … Leibgarde nötig?«

Einer der drei biss den jungen Schmutzwolf in den Rücken, so dass es blutete. Die anderen seines Rudels begannen zu knurren und einen Kreis zu bilden.

»*Genug!*«, ging Grarr dazwischen. »Ich werde einen Platz für euch finden. Nun geht ins Dorf, zu Theophanu, und sagt ihr, dass ich euch schicke. Ich bin froh, dass ihr gekommen seid. Ich kann euch sehr gut gebrauchen.«

Die Schmutzwölfe zogen ab, doch ihre Wut auf die Kralle war unübersehbar.

»Beeil dich, Grarr … wir möchten diese … Wölfe nicht lange … alleine lassen.«

Weil ihr sie nicht alle erspäht habt, dachte Grarr. Sie machen euch Angst. Das gefällt mir sehr.

Das erhöhte Tempo gefiel dem weißen Wolf dagegen gar nicht. Die Kralle trieb ihn an, trotz seiner verletzten Pfote rasch zu laufen. So erreichten sie die Höhle der Mutter, ohne dass er einen Plan hatte entwerfen können. Die Höhle lag träge in der Sonne, als wärmte sie ihr dickes, graues Gestein.

»Bring sie uns hinaus … wir mögen dieses … Loch nicht, die … Mutter ist eine … streitsüchtige Kreatur.« Als es im Eingang rot aufflackerte, duckten sie ihre Köpfe, als wollte jemand sie schlagen. »Wir werden es … vor den … Augen der Zweibeiner machen … damit sie sehen … wozu wir fähig sind … Es ist doch ein … großes Rudel Zweibeiner auf … dem Hügel … dieses soll es sehen … töte sie nicht sofort … spiele … ruhig mit ihnen.«

Grarr trat ein.

Und fand Leere. Keine Placidia, nicht deren Sohn Valentinian, nicht die beiden Zweibeinerwelpen. Noch nicht einmal die Stimme der Mutter, obwohl ihr Licht über dem Tümpel stand. Es war fahl, nur in seinem Inneren schien ein roter Ball zu pochen.

»Mutter?« Er ging näher zu ihrem Platz. Es gab keine Spuren eines Kampfes, kein Blut, keinen aufgewühlten Boden. Sie waren einfach nur weg. Doch ihr Geruch lag noch in der Luft. Grarr witterte Angst. Aber er konnte nicht erkennen, woher sie stammte.

»Mutter! Sprich mit mir!« Er trat an ihren Tümpel. »Bitte treibe kein Spiel mit mir! Was bedeutet das alles?«

Der rote Lichtball wurde größer, drohte zu zerbersten. Doch immer noch kein Wort von ihr.

Grarr beugte sich tief über das Wasser, bis seine Schnauze die Oberfläche berührte. Er tauchte seine Zunge hinein, leckte so zärtlich, wie Mütter das Fell ihrer Welpen pflegten.

Das Wasser war heiß. Es schmerzte.

Er richtete sich wieder auf. »Es ist ein Segen, dass sie nicht mehr hier sind, hörst du? Die Kralle will ihren Tod. Und wir beide wollen doch ihr Leben. Geht es ihnen gut? Weißt du, wo sie sind?«

Die Antwort kam zeitgleich mit dem Erglühen des Rots. Die Höhle erzitterte, als der Stein ein einziges Wort gebahr.

VERRÄTER.

Grarr spürte, wie das Wort seine Knochen angriff, wie sie Gefahr liefen zu zerbröseln, wie die Vibration sein Herz umfing und es aus dem Rhythmus brachte, wie der Hass ihn zu zermalmen drohte.

Wieder draußen berichtete er der Kralle.

Sie sorgte dafür, dass sein Fell nicht mehr länger blütenweiß war.

Die Kralle liebte es nun rot gesprenkelt.

Grarr schrie nicht. Er ließ sie gewähren. Sie brauchten

ihn noch, oder? Das musste ihnen selbst jetzt in ihrer Raserei bewusst sein!

Mit jedem Prankenhieb glaubte Grarr weniger daran.

»Niccolò!«

Es war merkwürdig, dass er seinen Namen durch all den Lärm hören und sogar die Stimme der Ruferin erkennen konnte. Es war Canini. Um zu sehen, wo sie war, sprang Niccolò auf einen Wagen, der in der Nähe eines Lagerfeuers stand. Er machte die auf und ab flatternden Spanielohren Caninis aus. Ein wenig wirkte es, als versuche sie abzuheben und zu fliegen. Direkt hinter ihr lief Isabella, deren Pupillen wie eingefangene Fliegen hin und her rasten.

Sie sah ihn. »*Windspiel!*« Die Biologin rannte auf ihn zu, bahnte sich, fremde Füße und auf dem Boden stehendes Abendessen missachtend, einen Weg, und schloss Niccolò fest in die Arme. »Es tut mir leid«, flüsterte sie in sein Ohr. »Ich weiß selber nicht, was mit mir los war. Plötzlich war da dieser … ach, vergiss es einfach, ja?«

Sie setzte ihn wieder vor sich ab und erzählte begeistert von der Wolfsrettung, die ihn bestimmt glücklich mache. Und dass alle Zeitungen sie wegen des betenden Hundes anriefen, dass sie sicher sei, Rimella für die Wölfe retten zu können. Sie schloss ihn wieder in die Arme.

»Hab ich es dir nicht gesagt?«, fragte Canini. »Aber auf mich hörst du ja nicht. Dabei …«

»Hast du eigentlich gehört, *was* sie gesagt hat? Wie kann sie nur so verblendet sein?«

»Ein bisschen was hab ich mitbekommen!«, sagte die Hündin stolz. »Ich kann ja verstehen, dass du die Wölfe weghaben willst, um in dein Dorf zurückkehren zu können. Aber sie sieht das alles aus einer anderen Perspektive.«

»Das ist doch schon lange keine Frage der Perspektive

mehr! Ihre geliebten Wölfe haben Beppo und Knorpel getötet.«

Isabella hob ihn hoch und machte sich auf den Weg zurück zur Beobachtungsstelle, die sich ein gutes Stück ab vom Trubel befand.

»Du kennst die Menschen doch«, rief Canini, die neben ihnen herlief. »Sie werden erst dann hellhörig, wenn jemand ihrer Art getötet wird.«

Es gab eine Menschenleiche, dachte Niccolò. Er wusste zwar nicht, wie die Wölfe mit dem Tod seines Herrn zusammenhingen, aber irgendwie mussten sie damit zu tun haben. Es konnte alles ändern. Mit den Menschen an seiner Seite wäre der Sieg sicher.

Er musste in Isabellas Gedanken einsteigen. Jetzt! Es war keine Zeit, um auf einen Traum zu warten. Vielleicht ging es auch so. Es musste einfach klappen. Er würde ihr die Bilder der Leiche und den Platz, wo sie zu finden war, einimpfen.

Doch der Weg zu ihren Gedanken war versperrt.

Wie getrocknetes Blut lag eine Schicht darum. Niccolò fühlte, dass sie sich erst lösen würde, wenn alles darunter verheilt war. Hier konnte er nichts ausrichten. Er leckte Isabella zärtlich durchs Gesicht und wand sich dann aus ihren Armen, die ihn so liebevoll hielten und deren Wärme er so genoss.

Er würde dieses Problem aus der Welt schaffen. Wenn die Wölfe weg waren, konnten sie nicht mehr zwischen ihnen stehen. Dann würde es wieder ruhiger werden. Alles würde an seinem vorherbestimmten Platz sein.

Die anderen Hunde hatten sich an der Klippe versammelt und blickten erwartungsvoll zum heranrennenden Niccolò. Das kleine Windspiel konnte es in ihren Blicken lesen. Von ihm versprachen sie sich Führung, Befehle, eine Lösung. Er war zu ihrer Hoffnung geworden.

Hinter ihnen füllte sich das Land mit weißen Wogen.

Zärtlich umschlossen sie die Hügel, hielten jeden Baum, jeden Strauch, jeden Grashalm in kühle Watte. Einen solchen Nebel gab es wohl nur hier im Piemont, dachte Niccolò. Er war wie der Schaum auf einem Espresso, undurchdringlich und weich.

Er passte wunderbar in seinen Plan.

Jetzt musste nur noch Franca kommen.

Bei Romulus und Remus, wann hörten diese Welpen endlich auf zu heulen? Laetitias Maul lag wie ein Deckel um den Mund des kleinen Zweibeiners, der sich nur langsam beruhigte. Erst als er wieder völlig ruhig atmete, ließ die alte Wölfin von ihm ab. Placidia löste wenig später das Maul vom anderen Zweibeiner, während ihr Sohn Valentinian im hohen Gras einer dicken Schmeißfliege hinterherhüpfte.

Zärtlich leckte Placidia dem kleinen Zweibeiner über das Gesicht, was diesen dazu brachte, seine wenigen Zähnchen zu zeigen und hohe keckernde Geräusche von sich zu geben. Er sah nicht aus, als würde er bald wieder schreien. Laetitia tat es ihr nach, mit dem gleichen Ergebnis. Ihr kleiner Schützling kringelte sich sogar, als plagten ihn Bauchschmerzen. Komisch sahen sie aus, so ohne Fell, mit diesen kleinen Zipfeln zwischen den Beinen. Wie konnte ein Wesen mit so unbeholfenem, wehrlosem Nachwuchs nur die Welt beherrschen?

Es gab keine Zeit, darüber nachzudenken, sie mussten weiter.

»Auf! Auf!«, rief Placidia und kauerte sich auf den Bauch. Der kleine Zweibeiner krabbelte auf ihren Rücken und krallte sich fest. Das Procedere kannten sie schon, nur so hatten sie die nackten Würmer vor Grarrs Ankunft von der Höhle fortbringen können. Sie waren danach mit dem Wind gelaufen, über Wege mit so vielen Blättern, dass sie keine

Spuren hinterlassen hatten. Trotzdem pochte die Angst laut in ihren Herzen.

»Wohin willst du?«, fragte Laetitia, als sich Placidia in Richtung Fluss aufmachte. »Zu den Menschen auf dem Hügel geht es mondwärts.«

»Was sollen wir denn dort?«, fragte Placidia, der ein weißer Fellstreifen flussgleich über den Rücken rann.

»Die Welpen zu ihrer Art bringen.«

»Das will ich nicht, sie gehören zu mir! Ich bin ihre Mutter.« Placidia wurde nicht langsamer in ihrem Trab, dessen Entschlossenheit der alten Wölfin erst jetzt auffiel.

»Es sind *Zweibeiner!* Sie gehören zu ihresgleichen.«

»Es sind *meine* Kinder. Ich liebe sie, als hätte ich sie selbst geboren. Keiner kann ihnen mehr geben als ich.«

Laetitia rannte vor Placidia und versperrte ihr den Weg. »Sie müssen in ihrem Rudel groß werden, so wie unsere Welpen bei uns heranwachsen. Das weißt du doch, Placidia.«

»Die beiden sind so … wundervoll. Ich habe sie tief in mein Herz geschlossen.«

Das Kind auf Laetitias Rücken zog nun stärker an ihrem Fell und wippte auf und ab. Es wollte anscheinend weiterrennen. Das Gezerre tat höllisch weh.

»Sie schreien, können nicht richtig laufen, trinken Unmengen deiner Milch, und du sagst …«

»Ja!«

»Ich kenne das.« Laetitia fing wieder langsam an zu laufen. Im Kreis. Damit der kleine Zweibeiner endlich aufhörte, an ihr herumzuzerren. »Du hast Recht, sie sind wie die unseren. Doch du wirst niemals ihre Sprache sprechen, und sie nicht deine. Mehr als einfache Befehle werden sie niemals verstehen können.«

»Das weißt du doch gar nicht!« Placidia wurde wütend, begann aber ebenfalls in leichten Trab zu verfallen.

»Denk doch nur, was es für die Menschen bedeuten würde, wenn zwei Wölfe ihre vermissten Kinder wiederbringen. Sie würden endlich das Gute in uns sehen. Keinen Krieg mehr gegen uns führen.«

»Ich will nicht zurück zu einem Leitwolf, der kleine Zweibeiner tötet! Wieso willst gerade du ihm bei der Verwirklichung seines großen Plans helfen?«

Das wollte sie nicht. Viel lieber wäre ihr, wenn die Menschen Grarr und die Kralle erschlugen, sie wie Beute verspeisten. Doch diese Welpen gehörten zu ihrer Mutter, es war nicht ihr Kampf, sie sollten nicht unter ihm leiden.

Die Jungen fingen wieder an zu heulen.

»Sie sind hungrig«, sagte Placidia. »Doch meine Zitzen sind leer. Lass uns zum Bienenstock laufen. Die Kleinen sehen ein wenig aus wie junge Bären, vielleicht fressen sie auch dasselbe?«

Alles, was die Zweibeiner zur Ruhe brachte, war gut, dachte Laetitia und folgte Placidia, um die Valentinian wie ein kleiner pelziger Mond kreiste.

Der Bienenstock hing nicht weit entfernt. Die alte Wölfin war froh, als sie die Krallen des kleinen Zweibeiners nicht mehr in ihrem Fell spüren musste. Die Heimat der Bienen fand sich tief an einem Baum und duftete herrlich. Doch die kleinen Zweibeiner beachteten sie nicht. Nur Valentinian zeigte Interesse. Als er mit der Pfote dagegen tappte, drehte sich der Bienenstock ein wenig und offenbarte, dass seine Rückseite fehlte, die Waben offen lagen. Die beiden Zweibeiner waren mittlerweile auf einen kleinen Erdhügel gekrabbelt, der ganz mit braunem Gras bedeckt schien. Sie versenkten ihre Köpfe hinein und gaben eine Art hohes Heulen von sich. Sie spielten offensichtlich. Laetitias Herz begann sich immer weiter für die kleinen Wesen zu öffnen.

Dann bewegte sich der Hügel.

Und erhob sich.

Streckte die Arme aus und langte nach den Störenfrieden auf seinem Rücken. Ließ ein markerschütterndes Gebrüll los, schüttelte sich, pflückte einen Zweibeiner herunter und ließ ihn fallen. Der andere konnte sich nicht mehr halten und rutschte ab in einen nahen Busch.

Der Bär war erwacht, Honigreste in seinem Fell. Er baute sich zu voller Größe auf und nahm Angriffshaltung ein. Er war ein mächtiges Tier, seine Pranken waren größer als die Köpfe der Wölfinnen, seine Spannweite gewaltiger als die eines Adlers. Er würde sie und die Jungen vernichten.

Laetitia stellte sich schützend vor das eine Junge. Valentinian war zu seiner Mutter gelaufen und baute sich vor ihr und dem anderen kleinen Zweibeiner auf, knurrte mit seinem hohen Stimmchen Richtung Angreifer.

Der Blick des Bären wanderte. Er nahm beide Gruppen in Augenschein.

Dann griff er nicht an.

Sondern sank zurück auf seine Hinterbeine, setzte sich hin, begann zu grummeln.

Laetitia wollte die Gelegenheit nutzen und den kleinen Zweibeiner beruhigen. Doch der krabbelte in hohem Tempo zum Bären, weil er anscheinend noch mal von ihm herunterrutschen wollte.

Zweibeiner waren fraglos merkwürdige Wesen.

Der Bär ließ den Welpen über seine Beine klettern. Auch das andere Junge war, trotz einiger Schrammen, schon wieder zurück bei dem gefährlichen Raubtier, das ihnen eigentlich unendliche Angst einflößen sollte.

Der Bär grummelte wieder. Es klang so tief, als würde die Erde beben. Doch es schien Sprache zu sein. Laetitia hatte davon gehört. Bären waren seit Urzeiten Einzelgänger, sie hatten niemals die Sprache der anderen Tiere erlernen müssen. Sie waren stets die Stärksten, die Gewaltigsten gewesen. Sie beherrschten neben ihrer eigenen nur zwei sehr ungewöhnliche Sprachen, die der Fische und die der Bienen.

Der Bär schien etwas von ihnen zu wollen.

Er versuchte es erst in den bizzaren Lauten der Fische, die klangen wie tropfendes Wasser, dann in jenen der Bienen, bei der es den Eindruck hatte, ein Schwarm hause in seinem Hals.

Der Bär schien enttäuscht, als er keine Antwort erhielt, wurde dann wütend, stand auf, hob seine mächtigen Pranken und brüllte. Griff sich daraufhin Laetitia und hielt sie vor sich. Sein aufgerissenes, stinkendes Maul blies wie ein scharfer heißer Wind in ihr Gesicht. Er schüttelte die alte Wölfin, wurde immer lauter, doch tötete sie nicht. Laetitia schien nicht so reagiert zu haben, wie er erhofft hatte. Die kleinen Zweibeiner schlugen ihre Hände zusammen und quiekten vergnügt. Der Bär sackte wieder zurück ins Sitzen, nur diesmal völlig in sich zusammengesunken. Laetitia wand sich aus seinem Griff.

»Auf! Auf!«, rief Placidia, doch die kleinen Zweibeiner hörten nicht. Sie waren wie ungezogene Wolfsjunge!

Was tun? Sie konnten nicht warten, bis der Bär noch wütender wurde und die Welpen verletzte. Oder bis andere ihres Rudels kamen, die sein Gebrüll gehört hatten. Dann wären sie erledigt. Sie mussten schnell weg. Placidia befahl den Kindern immer wieder, auf ihren Rücken zu steigen, doch sie tollten weiter um den Bären herum. Valentinian schien die Anspannung seiner Mutter zu spüren und begann zu heulen, das Rudel zu rufen.

Die Welpen der Zweibeiner stimmten mit ein.

Und auch der Bär.

Doch bei ihm klang es wie eine Frage.

Der Bär wiederholte das Geheul und blickte sich dabei um, als wüsste er nicht, wohin er gehen sollte.

Er wollte wissen, wo die anderen Wölfe waren!

Er wollte dem Rudel bei seinem Kampf helfen, wie es schon Marder, Krähen und Wildschweine taten. Schnell orientierte sich Laetitia, drehte ihren Körper in Richtung Rimella und knurrte mehrmals. Der Bär verstand, schüttelte die beiden kleinen Zweibeiner unsanft von seinen Beinen und lief begeistert los. Sie waren enttäuscht, als der Bär verschwand. Nach einiger Zeit, und mancher Träne, kletterten sie wieder auf die Rücken der Wölfinnen. Es blieb keine Zeit für einen Streit mit Placidia über das Ziel ihrer Reise. Erst einmal hieß dieses nur: fort von hier.

Als sie den Hügelkamm über dem Dorf erreicht hatten, von dem vor gar nicht langer Zeit die Erde wie morsches Holz abgefallen war, blickte sich Laetitia noch einmal um, denn sie wusste nicht, wann sie ihre Heimat wiedersehen würde. Zwischen Rimella und dem Lager der Zweibeiner stieg Nebel empor, bildete eine dichte Wand, die zu den Seiten austrat, um auch den Rest des Landes zu verschlingen.

Auf der einen Seite standen die Hunde. Es waren viel mehr, als Laetitia je zuvor gesehen hatte, sogar ein ganzes Rudel Dachshunde war dabei, und viele derjenigen, die aus Rimella verschwunden waren. Alle Schnauzen wiesen ins Dorf. Es roch nach einer Schlacht. Was die Hunde nicht sehen konnten, war, dass auch die Wölfe auf der anderen Seite Position bezogen hatten. Sie mussten von dem bevorstehenden Angriff Wind bekommen haben. Auch die Wildschweine standen bereit. Zusammen mit dem Bären wäre diese Übermacht niemals zu besiegen.

Die Nacht würde ein Fest des Blutrausches werden.

Und gefeiert würde das endgültige Verschwinden der Hunde Rimellas.

Kapitel 12

NEBBIA

Das meinst du doch jetzt nicht im Ernst?« James Dean schüttelte sich, so eklig fand er allein die Vorstellung.

»Das grenzt an Körperverletzung!«, stimmte ihm der Unglaubliche Houdini zu.

»Stellt euch nicht an wie Mädchen«, meinte dagegen der rosa Pudel und fing an, sich zu suhlen. Franca tat es ihm nach und streifte ab und an wie zufällig an ihn.

»Ich find's ja auch ekelhaft, aber was meint ihr, wie die Wölfe es erst finden werden?« Niccolò sah fragend in die Runde. »Reißaus werden die nehmen! Das ist der pure Horror für Wölfe.«

Das schien der Meute einzuleuchten.

Sie ließen sich, wenn auch nur zögerlich, in den See aus Shampoo, Conditioner, Haarfestiger und Duschgel fallen, den Franca herbeigeschafft hatte. Sie hatten die Deckel abgebissen und den Inhalt rausgedrückt. Wie die Schweine sauten sich nun alle voll, bis ihr Fell klebte und sie sich selber nicht mehr riechen mochten.

Da der Gestank an Intensität abnehmen würde, brachen sie sogleich tropfend in den Nebel auf, der nur zaghaft zurückwich. Niccolò vermutete, dass er flach auf dem Land lag und die Nacht darüber sternenklar war. Denn seine Farbe war nicht dunkel, sondern von hellem Grau wie das Fell eines Wolfes. Und genauso sacht wie ein solcher bewegte er sich auch.

Niccolò ging voran, vor ihm würde sich die Nebelwand

zuerst öffnen. Ihm würde der erste Biss eines Wolfes gelten – egal, wie groß das Rudel hinter ihm war. Er war die Speerspitze, bei ihm war der Gestank der Shampoos am geringsten. Ihm reichte er allerdings völlig. Grell und stechend drang er in die Nase, als wollte er alle seine Schleimhäute auf einmal abtöten.

Plötzlich drückte sich jemand von der Seite an ihn. Niccolò zuckte zurück.

»Nun spring nicht weg! Wie soll ich denn sonst was von dem Shampoo an mein Fell bekommen?« Canini rieb sich viel länger an Niccolò, als es nötig war. Dann tat sie das Gleiche an seiner anderen Seite. Trotz der Anspannung fand Niccolò Gefallen daran.

»Aber du bist doch auf der Seite der verdammten Wölfe?«

»Was für ein Blödsinn! Ich bin auf Isabellas Seite, und Isabella braucht dich, deswegen will ich nicht, dass dir etwas passiert. Das ist alles. Isabella kann die Wölfe genauso gut beobachten, wenn sie im Wald leben. Die müssen ja nicht unbedingt in deinem Dorf hausen. So sehe ich das. Und jetzt müssen wir bestimmt still sein, oder?«

Es war eigentlich keine Frage, es war eine Bitte, keine Widerworte zu geben. Und sie an seiner Seite zu dulden. Niccolò kam dem gerne nach, denn er wollte nicht länger allein im dichter werdenden Nebel vorausgehen. Immer massiver wurde seine Angst. Es war ihm, als wäre jeder Schritt schwerer als der vorherige, als ginge es steil bergauf und nicht wie in Wirklichkeit langsam abwärts.

Endlich berührten seine Pfoten die Hauptstraße. Nun war der Weg einfacher. Er würde seinen Schritt beschleunigen können, dafür musste er nur auf den brüchigen Beton unter seinen Pfoten achten. Doch er wurde langsamer, blieb dann stehen, drehte sich um. Ging überhaupt noch jemand hinter ihm? Er hörte nichts. Dann erschienen Hunde, nur wenige, der Unglaubliche Houdini, der rosa Pudel, Blitz und James

Dean. Dahinter nur Schatten. Er lief an ihnen vorbei, der Nebel gab seine Heerscharen frei. Alle waren sie noch da, doch keiner sprach ein Wort. Sie gaben ihm Zeichen, dass sie bereit waren, deuteten Niccolòs Unruhe als Bedürfnis, sich ihrer sicher zu sein.

Selbst die größeren, stärkeren Hunde, auch die älteren und weisen, zeigten ihm Respekt. Ihm, dem kleinen Italienischen Windspiel. Sie mussten etwas in ihm erkennen, das er selbst nicht sah. Ein Windspiel, das viel größer war als er, selbstsicher und entschlossen, eines, das Verantwortung übernommen hatte und dessen Fang und Krallen im schalen Mondlicht angriffslustig blitzten.

Dieses Windspiel war es dann, das wieder nach vorn rannte, das sein Tempo erhöhte und die anderen Hunde hinter sich durch den Nebel zog wie ein kraftvoller Magnet. Kalt schmeckten die Schwaden in Niccolòs offenem Maul, aus dem die Zunge hing.

Die ersten leichenfahlen Häuser traten wie Schlafwandler aus dem bleichen Hintergrund. Doch keine Wölfe, kein Knurren, kein Zähnefletschen, nichts.

Nachdem sie die Barrikaden am Dorfeingang überwunden hatten, rief Niccolò weitere Hunde zu sich nach vorn, ließ die Spitze breiter werden, so dass sie fast die Hälfte der Straße einnahm. Eine mächtige Mauer aus Reinigungsgestank waberte so über die Hauptstraße Rimellas in Richtung Kirche.

Wo waren nur die Wölfe?

Sie hatten doch Posten und Patrouillen.

Sie schafften es ohne Zwischenfall auf die Piazza, wo das Mondlicht stärker durch den Nebel drang. Der alte Brunnen stand vor ihnen, als wäre er eingefroren, die Dorfkirche Santi Giacomo e Cristoforo zeichnete sich schemenhaft wie ein drohendes Gewitter am Firmament ab.

Hier erst erhielt Niccolò eine Antwort auf seine Frage.

Sie war unmissverständlich.

Die erste Welle erfasste die zur Linken laufenden Dachshunde. Drei riesige Wölfe jagten aus dem Nebel, rissen ihre Mäuler auf, schlugen ihre Zähne in die kleinen Körper und waren wieder in Undurchdringbarkeit verschwunden, ehe irgendjemand reagieren konnte. Die zweite Welle schlug zu Niccolòs rechter Seite ein, dort, wo sich einige der Hunde Rimellas aufgebaut hatten. Hier griffen vier Wölfe an, trugen Blitz mit sich ins grauweiße Nichts.

Dann war ein Jaulen zu hören, gefolgt von einem Würgen.

Sie vertrugen das Shampoo nicht!

Es ekelte sie an.

Blitz kam zurückgehumpelt, die Brust stolzgeschwellt.

Niccolò rief in die Runde. »Carabieniere, Houdini, Rosa Pudel … wie heißt du eigentlich?«

»Nenn mich, wie du willst, Kleiner. Tun sowieso alle.«

»Dann … Pinkie.«

»Gefällt mir.«

»Kommt mit, wir gehen hoch zum Leitwolf. Er thront in Cinecittas Haus.« Zumindest war es ihres, als sie noch lebte, dachte Niccolò.

Dann kamen die Wildschweine.

Sie brachen durch, spalteten das Rudel der Hunde, schlugen eine Bresche, trieben ihre Gegner mit den Hauern vor sich her wie Vieh. Die Hunde hatten keine Chance.

»*Los!*«, brüllte Niccolò. Es ging nur um den Leitwolf, ohne diesen wären sie kopflos, Wölfe brauchten Ewigkeiten, um eine neue Ordnung herzustellen, sie wären keine Einheit mehr, die Verbündeten stünden ohne jemanden da, dessen Wort Gewicht hätte, sie würden verschwinden. Nur ein einziger Wolf musste dafür heute Nacht sterben.

Sein Tod würde nicht für Rache reichen. Nur für Frieden.

Die Wildschweine griffen erneut an.

Niccolò, schon im Tor des Hauses, drehte sich um. »Teilt euch auf, in Truppen von fünf, jede mit einem Hund aus Rimella. Sofort!«

Er hörte das dumpfe Geräusch, als die Wildschweine die nächsten Hunde hinwegfegten. Er konnte sehen, wie sie über einen Jack-Russell-Terrier trampelten, ihn in einen Klumpen aus Blut und Fleisch verwandelten. Es war der Große Bellachini. Er hatte keinen Trick gekannt, um diesem Ende zu entgehen.

Niccolò wandte sich wieder zum Haus.

Nur einen Wolf.

Er rannte die Treppen hoch. Im Inneren war die Dunkelheit glasklar. Er fand das weiße Zimmer, welches auf den Balkon hinausführte, wo er den Leitwolf gesehen hatte. Es schien heller als alle anderen Räume, doch zu sehen war niemand.

Auch die anderen schauten sich um. Plötzlich wurde ihm klar, dass zu diesen auch Canini gehörte. Und dass er sich um sie sorgte.

Mit einem Mal waren Geräusche zu hören, von Pfoten auf Stein. Sie kamen näher, die Treppen herauf. Rasend schnell. Es war zu hören, dass sie sich teilten, und plötzlich strömten Wölfe durch die Tür. Acht an der Zahl. Sie fletschten die Zähne.

Etwas tropfte von ihren Schnauzen.

Es war Gülle.

Sie mussten ihre Häupter hineingetaucht haben.

Nun würden sie beißen können, all das Shampoo würde ihnen völlig egal sein.

»Genau *hier*«, sagte Giacomo. »Hast du jetzt alles begriffen?«

»Ich bin ein Wolf, kein Schaf! Selbstverständlich ist mir

der Ablauf klar.« Vespasian ging hinter der kaputten Tiefkühltruhe in Deckung, die in dem Waldstück entsorgt worden war.

»Du wartest hier, verstanden? Keine Alleingänge!«, rief Giacomo ihm zu.

Vespasians Kopf erschien wieder. »Bist du dir vollends sicher, dass du zum richtigen Zeitpunkt hier sein wirst?«

»Heul auf, wenn es so weit ist. Ich finde dich schon. Vertrau mir.«

»Aber ich kenne dich doch kaum!«

»Deshalb heißt es ja Vertrauen, ansonsten wüsstest du, dass du dich auf mich verlassen kannst.«

Vespasian schien nicht überzeugt. Immerhin ging es um sein Leben.

»Kann eine solche Nase lügen?«, fragte Giacomo.

»Tja...«

»Die richtige Antwort heißt: Nein, kann sie natürlich nicht. Und jetzt *kusch*, sonst haut das alles nicht hin.«

Es fühlte sich klasse an, »kusch« zu einem ausgewachsenen Wolf zu sagen, fand Giacomo, und es war noch besser, wenn er auch wirklich gehorchte. Der alte Trüffelhund machte sich auf den Weg. Nun kam alles auf den Faktor Zeit an.

Sonst lagen bald die falschen Leichen am Tiefkühler.

Wenn Giacomo ehrlich war, dann war er sich alles andere als sicher, ob das alles überhaupt hinhauen konnte. Aber die Trüffel in seinem Körper ließen alles viel, viel wahrscheinlicher erscheinen.

Acht Wölfe. Und keiner mit weißem Fell.

Erst jetzt sah Niccolò, dass der Nebel durch das halbgeöffnete Fenster hineinkroch und sich ihm und den Seinen züngelnd näherte, als stünde er mit den Wölfen im Bund. Die Grauen waren ihnen überlegen, daran konnten selbst

Carabinieres Masse und Houdinis Wendigkeit nichts ändern. Auch Niccolòs Schnelligkeit war in solch einem kleinen Raum ohne Wert.

»Was sollen wir tun?«, flüsterte Pinkie.

»Ich knöpfe sie mir vor«, sagte Carabiniere. »Ihr flieht. Achtung, gleich geht's los!«

»*Nein!*«, erwiderte Niccolò. Die Wölfe senkten ihre Köpfe angriffsbereit, denn sie dachten, es gelte ihnen. Sie schienen auf einen Befehl zu warten.

»Carabiniere, du musst jetzt genau machen, was ich dir sage.«

»Ich kann gegen sie kämpfen, Niccolò. Ein paar werde ich schon erwischen.«

»*Hör mir zu!* Du springst jetzt durch das Fenster zum Hinterhof.«

»Was?«

Die Wölfe hatten sich kurz Zeichen gegeben, rückten nun näher.

»Tu es einfach!«

Carabiniere tat es. Der schwere Rottweiler brach durch das Glas wie ein mächtiges Geschoss, riss mit seiner Wucht fast den gesamten Rahmen aus dem Fenster und verschwand in der weißen Tiefe.

»Hinterher!«, brüllte Niccolò.

Die Wölfe stürzten sich auf die fliehenden Hunde. Niccolò schaffte es als Erster zu springen, dann folgten Canini, Houdini und als Letzter der Pudel – allerdings nicht mehr völlig intakt. Die Wölfe hatten ein großes Stück seines kunstvoll frisierten Schwanzfells ergattern können.

Pinkie segelte durch das Weißgrau des Nebels und fand keinen Halt darin. Seine Pfoten suchten Boden, doch sie fanden nur Luft.

Dann landete er.

Relativ weich.

Und nass.

Sehr nass.

»Komm! Wir müssen schnell weg, bevor sie unten sind«, rief ihm Niccolò vom Rand des Schwimmbeckens zu. »Schnell! Mach!«

Canini, Houdini und Carabiniere schüttelten ihr Fell aus, während Niccolò auf verräterische Geräusche achtete. Als Pinkie endlich herausgeklettert war, rannten sie wieder los, vorbei an der Treppe, aus dem Tor, auf die Piazza. Wo er über einen Leichnam stolperte, auf dem Boden landete und gleich neben James Dean zu liegen kam, den es also auch schon erwischt hatte. Die Augen des Boxers waren leer. Das schwarze Leder seines Umhangs lag wie eine warme Decke über ihm.

Es blieb Niccolò keine Zeit, Abschied zu nehmen. Ein gewaltiger Keiler kam aus dem Nichts auf ihn zu und hob ihn auf die Hauer. Niccolò heulte auf, doch seinen Hilferuf verschluckte der Nebel, als habe er immer noch nicht genug Schreie und Klagen in sich gestopft.

»Es ist das Beste so«, sagte Laetitia und stieg den Hügel weiter empor. Unter ihr lag der Nebel und waberte, als habe er ein Eigenleben. Nichts war mehr von Rimella zu sehen, kein Geräusch zu hören. Merkwürdig war, dass sich sämtlicher Nebel in Rimella zu versammeln schien. Überall sonst bedeckte er gerade einmal den Boden, doch in dem kleinen Dorf türmte er sich meterhoch auf.

Placidia kam nur langsam nach, immer wieder drehte sie den Kopf, um dem kleinen Zweibeiner auf ihrem Rücken durchs Gesicht zu lecken. »Sein Griff wird immer schwächer«, sagte die junge Wölfin. »Wir sollten Rast machen.«

»Nein. Dann schlafen sie ein, und wir müssen die Nacht hier verbringen. Es ist nicht mehr weit, ich kann schon den Schein ihres Feuers sehen.«

»Sie kann schon den Schein ihres Feuers sehen«, echote plötzlich der Wald.

»Toll, wie gut die Augen der Wölfe sind, oder? Beeindruckt mich sehr«, war von der anderen Seite zu hören, auf der nur niedriges Buschwerk stand. Kein Zweig bewegte sich.

»Sind die lieben Kleinen auf ihren Rücken nicht süß? Und schaut mal, da ist auch noch ein Wolfswelpe. Mir wird ganz warm ums Herz.« Diesmal kam die Stimme aus dem Wiesenstreifen vor ihnen.

»Grarr wusste es. Sie werden zu den Menschen gehen, die Kinder zurückbringen. Er ist ein kluger Wolf.«

»Aber kein wirklich netter, oder?«

»Nein, nicht wirklich.«

»Sehr rachsüchtig. Schließlich will er niemanden von ihnen wiedersehen, die beiden Wölfinnen nicht und die beiden kleinen Menschen auch nicht. Nur der junge Wolf darf zurückkehren.«

»Das ist aber doch sehr großzügig!«

Dann schlugen sie zu. Sie taten es blitzschnell und gleichzeitig. Laetitia traf es an der Schulter, Placidia erlitt eine Wunde am Rückenende, nahe den Wirbeln.

Die Lichter der Zweibeiner waren nah, doch die Marder noch näher.

Laetitia spürte den Angriff, so wie sich eine aufkommende Regenfront bei ihr bemerkbar machte. Es war stets, als würde sie die Tropfen schon auf dem Fell fühlen. Genau so ging es ihr nun mit dem nächsten Biss. Er würde ihren rechten Hinterlauf treffen, sie würde aus dem Tritt kommen, stürzen.

Sterben.

Das Kind mit ihr. Und ihr Traum von einem Rudel, das wie wahre Wölfe lebte.

Vor ihr tauchte ein Wagen auf. Er stand seitlich, mit einer

Kabine vorne und einer großen Ladefläche hinten. Der Motorraum war geöffnet, Laetitia sah im Mondlicht ein Kabel hervorstehen, samt Bissspuren. Große Bretter waren vor die Reifen gelegt worden, es gab keinen Weg darunter durch.

Doch darüber hinweg war ebenso unmöglich.

Sie sprang trotzdem.

Packte all ihre Wut und Angst in die Schnellkraft der Muskeln, hob ab und spürte, wie ihr Bauchfell über die Kante des Wagens streifte, wie ihre Hinterpfoten sich nur gerade so nicht verhakten, hörte bei der Landung ihre Gelenke krachen, die einen solchen Sprung, samt dem Gewicht des Kindes, niemals zuvor ertragen mussten.

Doch sie verrichteten weiter ihre Arbeit.

Auch Placidia hatte den Sprung gewagt und es geschafft. Er hatte ihnen nur einen kleinen Vorsprung gebracht. Aber er reichte, um zu den Zweibeinern zu gelangen.

Das heißt, diese erreichten sie. Zuvorderst jener, der sein Lager am Waldrand aufgeschlagen hatte. Es sah aus, als würde ein Igel auf seinem Kopf leben. Erst beim Näherkommen erkannte Laetitia den Zweibeiner wieder. Es war jener, der sie aus der Gefangenschaft gerettet hatte.

Doch dies ließ sie nicht ruhiger werden, denn einige der Zweibeiner hatten Fackeln dabei. Die Marder scheuten zurück, sie wurden zuerst langsamer, dann spürte Laetitia die Verfolgung enden. Sie würden auf ihre Chance warten, oder gleich nach Rimella zurückkehren. Grarr würde sicher nicht glücklich sein.

Dieses Gefühl war noch schöner als das der Sicherheit.

Es half Laetitia durch den beginnenden Tumult.

Der Zweibeiner mit den merkwürdigen Haaren schien das Leittier zu sein, denn es hielt die anderen zurück, die immer näher kamen, sie umkreisen wollten, als stünde ein Angriff bevor. Laetitia knurrte trotzdem zur Sicherheit und kniete sich auf den Boden, damit das Jungtier von ihrem

Rücken gleiten konnte. Placidia tat es ihr nach, doch nur sehr zögerlich, den Hals nach hinten gereckt, damit sie mit ihrem Haupt über den Kopf des kleinen Zweibeiners streicheln konnte.

Doch die beiden wollten gar nicht absteigen.

Die ausgewachsenen Zweibeiner näherten sich, die Hände erhoben, als wollten sie ihre Größe demonstrieren. Andere hielten Fackeln hoch, damit alles hell erleuchtet war.

Laetitia bekam es mit der Angst zu tun und stand wieder auf. Es war ein schrecklicher Fehler gewesen. Wo sollten sie jetzt nur hin?

Weg. Nur weg.

Doch bevor sie fliehen konnte, kam ein feister *Bracco Italiano*, wünschte »Einen wunderbaren Abend, die Damen«, setzte sich auf seine Hinterpfoten und legte die vorderen aneinander. »Die tun nix«, beruhigte er die Wölfinnen. »Die wollen nur gucken.«

Die Zweibeiner raunten und wurden dann ganz leise. Es war jene Art von Stille, die durch ausgiebiges Flüstern entstand.

»Wusste gar nicht, dass man auf euch reiten kann«, sagte die Bracke amüsiert. »Ich hab das ja persönlich immer abgelehnt. Aber die kleinen Stinker scheinen ja gar nicht mehr von euch runter zu wollen, und das, obwohl Isabella diese komischen Geräusche macht.« Die Wölfinnen starrten ängstlich in Richtung des mittlerweile auf die Knie gegangenen Zweibeiners, den die Bracke Isabella genannt hatte. Diese versuchte die Welpen zu locken, mit einem Stück Futter, das an einem kleinen Stöckchen angebracht war. Sie hatte es sich extra kurz in den Mund gesteckt, um zu zeigen, dass es nicht giftig war.

Die Welpen reagierten nicht.

Das heißt, einer tat es. Valentinian schnappte sich das Fressen.

Isabella traute sich näher. Laetitia konnte ein Zähnefletschen nicht unterdrücken, doch sie hielt still, als ihr Isabella das Jungtier vom Rücken nahm. Oder es zumindest versuchte. Denn es wollte immer noch nicht fort. Hielt sich fest. Riss an Laetitias Fell.

Erst als die alte Wölfin böse aufknurrte, ließ es los, fing an zu weinen, streckte die kleinen Ärmchen in Isabellas Richtung. Und jaulte schließlich auf, als sei es selbst ein kleiner Wolf.

Laetitia wandte den Blick ab.

Placidia hatte die Augen geschlossen und ihr Haupt auf den Boden gepresst, die Ohren angelegt, sie wollte nicht mehr mitbekommen, wie man ihr diese Jungen entriss. Valentinian kam und leckte ihr über die Schnauze.

»Lass uns schnell verschwinden.« Laetitia stand auf.

»Ich sag euch was«, die Bracke stellte sich direkt vor die beiden Wölfinnen und senkte die Stimme. »Nach der Geschichte hier werden euch die Menschen goldene Wälder bauen und Wildschweingehege anlegen, an denen sich noch eure Kindeskinder sattfressen können. Diese Rettung macht euch zu Heiligen. Meine Güte, jetzt könnt ihr nicht nur das Dorf da unten haben, sondern das ganze Tal.«

Dieser Kampf war der seine, doch er würde ihn jetzt nicht weiterführen. Sein Körper fühlte sich immer noch an, als wäre er in ein Wespennest gefallen. Die Kralle hatte unendlich viele kleine Wunden gerissen, die zwar alle schnell verschorft waren, doch immer noch stachen. Dazu kam ein Jucken, das schier unerträglich war.

Er wäre eine Belastung für alle anderen im Kampf.

Im Übrigen hatte jeder seine Aufgabe erhalten, nichts war dem Zufall überlassen worden. Dazu kam, dass der Nebel ihre Position weiter stärkte. Sein Rudel und ihre Verbündeten waren ihn weitaus mehr gewohnt als die Hunde. Er war ein weiterer Mitstreiter in dieser ungleichen Schlacht.

Auch in Grarrs Nase kitzelte es, doch dieses Gefühl war angenehm, ja sogar erotisierend. Es versprach Ablenkung und Entspannung. Die Rückkehr zu einer Liebe, die ihn jeden Herbst zu sich rief. Der Trüffelduft stieg so massiv in Nase und Gaumen, dass er an Giacomos Worte denken musste. Es schien ein grandioses Jahr für die köstliche Bodenfrucht zu sein.

Grarr spürte gleich, dass er nicht weit zu gehen brauchte, denn er nahm nicht einfach nur einen starken Geruch wahr, sondern auch das Wissen, wie weit die Fundstelle entfernt war, sogar wie tief er würde buddeln müssen, bis er das Begehrte fand. Sie würden gleich unter der Oberfläche liegen, und es waren unglaublich viele.

Der Weg führte ihn fort von der Piazza, vorbei an der mit Gülle befüllten Badewanne und dem ehemaligen Schweinepfuhl, der mittlerweile leer war. Sämtliche Hausschweine waren in den Mägen der Besatzer verschwunden. Hinter Grarr erklang das Siegesheulen seines Rudels. Er war stolz auf sie, die Schmutzwölfe waren dagegen bisher eine echte Enttäuschung gewesen. Sie hielten sich zurück, knurrten mehr, als dass sie bissen, und suchten wie Welpen die Nähe der Kralle, als würde diese ihnen Milch geben.

Nur noch wenige Schritte, dort am Waldrand. Die Trüffel mussten sich unter den welken Blättern befinden, die vor einer merkwürdigen weißen Kiste lagen. In all ihrer unnatürlichen Kantigkeit fraglos das Werk von Zweibeinern.

Vorsichtig schob er das Blattwerk beiseite – nur nicht die Trüffel verletzen! Die Erde war bemerkenswert locker, eigentlich zu sehr, es schien, als habe ein anderes Tier sich hier ein Lager angelegt, um die Trophäen für später aufzubewahren.

Tja, Pech gehabt.

Er begann sein Mahl. Grarr aß langsam und genüsslich, eine Trüffel nach der anderen verschwand in seinem Schlund, er vergaß die Schmerzen, spürte Leben und Kraft in seinen Körper zurückkehren. Er war so vertieft, dass er Vespasian nicht hervortreten sah.

Der junge Wolf stieß einen lauten Heuler aus.

Es gab keine kleinen Gruppen mehr, die einem Angriff hätten ausweichen können. Es gab nur noch eine große, verunsicherte Hundemeute, die sich ihre Wunden leckend vor der Kirche versammelt hatte, hinter sich das Eingangstor, auf diese Weise zumindest eine Flanke sichernd.

»War's das?«, fragte von ganz hinten Blitz. »Ist es das etwa schon gewesen?«

»Sie scheinen sogar durch den Nebel sehen zu können«, sagte der Unglaubliche Houdini niedergeschlagen und rieb sich verklumpte Shampooreste an der Kirchenmauer ab.

»Rückzug ist die einzige Lösung. Kommt, lasst uns sofort los. Wir werden es in Neu-Rimella schon nicht so schlecht haben.« Franca blickte sich um, versuchte Augenkontakt aufzunehmen, forderte Zustimmung ein. Doch sie sah fast nur Angst und Verzweiflung.

»Und Niccolò mit den Wildschweinen allein lassen?«, fragte Canini. »Was seid ihr nur für Freunde? Schämt euch!«

»Still, alle«, rief Pinkie und blickte suchend in den Nebel. »Fragt sich denn keiner von euch, warum sie jetzt nicht angreifen? Die müssen doch wissen, wo wir sind. Worauf warten sie nur?«

Plötzlich tauchte der Brunnen aus dem Nebel auf. Zumindest dachten dies alle. Ja, er schien sich zu bewegen, näher zu kommen. Erst spät erkannten die Hunde, dass sich keine Steine näherten, sondern drei Wildschweine. Das, was die Hunde für ein Stück der Mauer gehalten hatten, die sich rechts von der Kirche erstreckte, waren Wölfe, und die auf sie zuwankende Statue war ein Bär.

»Sie haben also bloß gewartet, bis sie vollzählig sind«, sagte Pinkie und wollte ein paar Schritte zurückweichen. Die Leiber hinter ihm machten jedoch keinen Platz.

Dann durchbrachen zwei Geräusche die Nacht. Sie schienen wie ineinanderverkeilt, und doch war auszumachen, von wem sie stammten und was sie bedeuteten. Das lautere, kräftigere stammte von einem Keiler, und es bedeutete »Sieg!«. Das leisere, von Schmerz durchwobene, kam von Niccolò. Kein Wort konnte diese Mischung aus Leid und Enttäuschung beschreiben.

Dann folgte Stille.

Sie traf die in die Enge getriebene Hundemeute wie Eisregen.

Canini war es, die zuerst reagierte. *»Für Niccolò!«*, schrie sie und rannte einfach los. Die Spanielhündin hatte nur wenige Schritte zurückgelegt, als hinter ihr ein Tumult ausbrach. Jeder wollte ihr folgen. »Für Niccolò!«, brüllten sie, als sei es ein Schlachtruf. Ihre Mäuler aufgerissen, die Krallen ausgestreckt, die Augen wie im Wahn geweitet. Einer gierigen Welle gleich dehnte sich die Masse nach allen Seiten aus. Und die Küste, gegen die sie schlagen wollte, wankte tatsächlich.

Doch sie wich nicht.

Nur eine Gruppe der Meute schien ein klares Ziel zu haben, es sah sogar so aus, als flögen ihre Ohren in Erwartung des bevorstehenden Kampfes freudig in die Höhe. Es waren die kleinsten unter ihnen. Und sie hielten auf den größten Gegner zu.

Die Dachshunde hatten den Bären ins Visier genommen.

»Der gehört uns!«, brüllten sie. »Von dem kriegt kein anderer was ab.«

Für einen kurzen, höllischen Moment war er nur Ohr. Wie Blitze durchschlugen die Schmerzen von dort aus Niccolòs Körper. Doch er würde nicht mehr jaulen.

Der Keiler vor ihm grunzte. Er hatte schon sein Winterfell, braunschwarz und dicht mit langen borstigen Deckhaaren. Eine Rüstung der Natur. Niccolò hatte das Wildschwein sofort wiedererkannt, es war der Anführer der Rotte. Seine gekrümmten Eckzähne waren mit Abstand die mächtigsten.

»Mähr hast' nich' draauf? Komm hä' Klainä! Winzigä Rattä!«

Niccolò konnte weglaufen. Das hatte er schon mal geschafft, und da hatten es mehr Wildschweine auf ihn abgesehen gehabt.

»Maach dich plaatt!«

Der Keiler rannte wieder auf ihn zu. Sein Schritt war kraftvoll, jedoch steif, alle Energie nach vorn gerichtet. Im Galopp legte er bestimmt zwei Meter pro Schritt zurück. Sein Maul war riesenhaft, die Narben auf seiner Stirn bewiesen, dass er es schon oft erfolgreich eingesetzt hatte. Dies war eine alte, kampferfahrene, zutiefst durchtriebene Wildsau. Und in den engstehenden Augen war der Spaß am Töten in Fettdruck zu lesen. Und in Großbuchstaben.

Niccolò rannte los. Denn er hatte begriffen, dass es nur eines gab, in dem er seinem mächtigen Gegner überlegen war.

Wendigkeit.

Deshalb lief er im Kreis.

Der Keiler hinter ihm her. Er war ebenfalls schnell und konnte sich auch gut drehen. Doch gegen ein Italienisches Windspiel kam er nicht an.

»Blaib stähään!«, brüllte er.

Doch das tat Niccolò nur, wenn auch der Keiler aufhörte zu rennen.

Und dann reizte er ihn. »Was für niedliche Beißerchen

du hast! Da sind ja die einer Feldmaus größer.« Zu noch mehr Erfolg führte: »Du hast ja gar kein Fett auf den Rippen. Bekommst wohl nicht genug zu futtern, du arme Sau?« Jedes ordentliche Wildschwein war stolz auf seine Pfunde, je feister, desto besser. Der Keiler war ein Prachtexemplar, doch Niccolò machte trotzdem ein paar Bemerkungen über klapprige Beinchen, ein mickriges Dreifachkinn und einen dürren Hintern.

Die Kreise zog er immer enger.

Die Sau setzte ihre Beine nun nicht mehr korrekt. Ab und an glich sie einem Tänzer, der das Gleichgewicht verlor. Niccolò preschte weiter, lief noch schärfer in die Kurve, auch auf die Gefahr hin, vom Wildschwein erwischt zu werden, das nun nach ihm schnappte.

Doch das tat es sehr ungenau.

Und immer ungenauer.

Schließlich kippte es um.

Und drehte sich auf dem Boden im Kreis. Immer langsamer. Die Erschöpfung presste seine Gliedmaßen immer stärker zu Boden. Schließlich blieb es liegen und kam nicht wieder hoch.

Niccolò hatte gesiegt.

»Dann brauchst du mich ja nicht mehr«, sagte eine Stimme hinter ihm. Es war Giacomo. Doch er klang merkwürdig gedämpft. Als Niccolò sich umdrehte, sah er, dass der alte *Lagotto Romagnolo* sein Maul voll hatte, nun aber einige Trüffel auf den Boden fallen ließ. »Ich hab dich jaulen gehört.«

Niccolò sah nachdenklich zu dem einzigen Hund, der gekommen war, um ihm beizustehen.

»Hör zu«, sagte Giacomo. »Ich weiß, du traust mir nicht mehr. Aber ich muss dir noch was erzählen. Der Spürer hat es mir gesagt, es geht um deinen Menschen. Er hat da was ziemlich Wichtiges nicht weitergeleitet.«

»Dann sag es. Aber mach bitte schnell, ich muss zurück

ins Dorf, etwas erledigen.« Oder genauer jemanden, dachte Niccolò.

»Klar, verstehe ich. Also: Dein toter Mensch hat zwar nicht gesehen, wer ihn umgebracht hat. Aber sein letzter Blick, da lag er schon auf dem Boden, fiel auf einen Dobermann. Ich glaube, der Herr deines Verbündeten ist der Mörder deines Menschen.«

»Warum hat der Spürer es nicht gleich gesagt?«

»Er wollte keine Zwietracht unter Hunden säen. Das erklärt allerdings nicht, warum er es mir dann doch erzählt hat. Und eigentlich ist er keiner, der sich um die Harmonie unter Brüdern Gedanken macht.«

Es war diese Unsicherheit, die Niccolò mehr als alles andere glauben ließ, dass Giacomos Worte keine Lüge waren. Und wenn er die Wahrheit sagte, dann hatte er den Feind um Hilfe gebeten.

Einen Feind, der jeden Moment eintreffen konnte.

Er musste zum Dobermann.

Sofort!

Die Dachshunde hätten es sicher rigoros abgestritten, doch ihre Angriffe ähnelten denen eines aufgebrachten Hornissenschwarms. Nur dass bei diesem keine Befehle gebrüllt wurden wie *»In die Nase! Immer in die Nase! Das können Bären gar nicht leiden!«*

Oder solche Antworten gegeben wurden: *»So ein Quatsch. Zwischen die Beine, das ist bei allen gleich. Da tut es immer noch am meisten weh.«*

»Nicht labern! Beißen!«

Etliche Dachshunde hatten sich im Fell des Bären festgebissen und ließen nicht los, obwohl er sich wie ein Karussell drehte und ihre Körper mit Schwung in die kreisende Waagerechte beförderte. Seine Arme bewegten sich wie Windmühlenflügel. Er versuchte panisch, die zeckengleichen Dachshunde abzuschütteln. Es sah sehr nach Kirmes aus.

»Der Hals ist nicht zu hoch!«, rief der letzte Dachshund auf dem Boden. *»Da könnt ihr sagen, was ihr wollt. Ich schaff das. Muss nur genug Anlauf nehmen, das ist das ganze Geheimnis. Anlauf plus Geschwindigkeit!«*

Wie sich zeigte, waren diese beiden Faktoren nicht allein ausschlaggebend. Sie mussten leider mit der Beinlänge multipliziert werden.

Der Bär brummte etwas, als der Dachshund gegen seinen Bauch stieß und hart auf den Boden fiel. Trotz der wie Christbaumschmuck an ihm hängenden Dachshunde schien er bester Laune. Die Verwunderung war seinem Gesicht deutlich anzusehen, als einer der kleinen, wurstähnlichen Hunde zu ihm sprach.

Es war Zamperl, der gerade versucht hatte, ihn zu beißen. *»Findest du das wirklich lustig, du großes, haariges Ungetüm? Wir werden dich fällen wie Biber eine tausenjährige Eiche. Hast du mich verstanden?«*

Und genau das hatte der Bär zu seinem eigenen Erstaunen.

»Du sprichst Fisch?«, fragte er deshalb.

»Ein bisschen.«

»Ach was«, erwiderte der Bär. »Fließend!« Er hörte auf, sich zu drehen, wodurch er die Hunde in aller Seelenruhe aus seinem Pelz pflücken konnte. »Als wärst du damit groß geworden.«

»Hör auf, das sagst du jetzt doch nur, weil ich dir sonst den Hals durchbeiße.«

»Nein, ich meine es ehrlich!«

»Na gut, du hast ja Recht. Ich hab's von den Fischen in der Kanalisation gelernt. Hab lange Zeit am Fluss Wache geschoben, und da kommt man eben ins Gespräch. Deshalb fresse ich auch keine Tiere mit Flossen. Ich mag nichts in den Mund nehmen, mit dem ich vorher geredet haben könnte.«

»Und ich mag nur Sachen fressen, mit denen ich vorher gesprochen habe. Das macht es irgendwie persönlicher.«

Die anderen Dachshunde hatten ihre Angriffe mittlerweile eingestellt, da Zamperl gurgelnde Geräusche von sich gab, genau wie der Bär. So kannten sie ihren Bruder nicht. Normalerweise gurgelte er nur, wenn er sich wieder ein zu großes Stück Ratte geschnappt hatte und es im Schlund festhing. Diesmal schienen seine Atemwege allerdings völlig frei zu sein.

»Heißt das, du willst mich jetzt essen?«, fragte Zamperl den Bären.

»Nein, ihr riecht so komisch. Nach Mensch.«

Dann war das Shampoobad also doch zu etwas gut gewesen, Zamperl entspannte sich. *»Ich hab auch nicht mehr so richtig Lust, dich zu beißen.«*

»Das finde ich einen sehr sympathischen Zug von dir!«

Zamperl wunderte sich über die guten Manieren des Bären. Er hatte diese riesigen Wesen immer für etwas tumb gehalten. Obwohl die Zirkushunde schon oft erzählt hatten, dass man sich in Bären täuschen konnte. Sie mussten wohl grandiose Nummern zustande gebracht haben.

Nachdem sie sich einige Zeit angeregt weiter unterhalten hatten, stieß ein anderer Dachshund Zamperl mit der Schnauze an.

»Erzählt ihr euch Schwänke aus der Jugend?«

»Wäre es dir lieber, er haut dir auf die Rübe?«

Der andere Dachshund erwiderte nichts.

»Der Bär weiß nicht mehr, was er tun soll«, berichtete Zamperl weiter. *»Er meint, die Wölfe hätten ein Recht, sich ihr Land zurückzuholen. Aber uns mag er auch.«*

»Kann ich verstehen. Also das Letzte!«

»Er hat gesagt, er schläft jetzt ein bisschen und lässt sich die ganze Sache durch den Kopf gehen.«

Die Dachshunde dagegen johlten.

»Dann machen wir jetzt erst mal die Wildschweine fertig!«

Doch die hatten sich schon lange nicht mehr blicken lassen. Dafür hörten sie nun Schreie, einer davon war besonders durchdringend. Sie kamen vom Ortsausgang.

»War das nicht gerade einer von den bekloppten Zirkusjungs? Hat die jemand in letzter Zeit gesehen?«, fragte Zamperl.

Die Kralle hatte auf Verstärkung durch die Schmutzwölfe gehofft. Vergeblich. Die Brüder aus den Abruzzen hatten das Triumvirat enttäuscht. Auch die Wildschweine waren nicht mehr zu ihnen gestoßen. Jetzt musste es eben ohne sie gehen. Und das würde es. Die Zirkushunde hatten sämtlich in der Kirche Zuflucht gesucht. Es gab nur zwei Eingänge. Einen von der Sakristei aus, einen von der Piazza. Der erste war sehr schmal, deswegen reichte dort einer aus, vom Haupttor drangen sie zu zweit ein und schlossen die Flügel mit ihren Häuptern hinter sich.

Einen nach dem anderen der ausgedienten Manegenstars würden sie sich vornehmen. In einer größeren Gruppe wäre ein wunderbares Gemetzel möglich gewesen. Das war zwar wolfsuntypisch, denn mehr als ein Tier brauchte es schließlich nicht zum Überleben, die anderen ließ man als Vorrat weiter herumlaufen, doch in diesem Fall wäre es etwas anderes gewesen. Das pure Vergnügen der Raserei.

Die Zirkushunde verwandelten sich in einen panischen Haufen, bei dem jeder versuchte, die Spitze einer Pyramide zu werden, deren Fundament gerade nach oben kletterte.

Es war eigentlich viel zu einfach, dachte die Kralle. Andererseits blieb ordentlich Zeit für die eigentliche Tötung, wenn die Jagd wegfiel. Wie damals bei Aurelius.

Sie fuhren ihre spitzen Klauen aus wie gedungene Mörder ihre Dolche. Einer von ihnen hielt auf den Unglaublichen Houdini zu. Der schwarze Affenpinscher war gerade vom obersten Ende der Hundepyramide nach ganz unten gefallen und rappelte sich auf für den Wiederaufstieg. Ein Hieb, und er flog krachend gegen eine hölzerne Kirchenbank, an der er benommen liegen blieb. Die Kralle drehte ihn auf den Rücken und hob bereits den rechten Vorderlauf, um genug Schwung für den entscheidenden Schnitt zu haben.

Als sich das Tor öffnete.

Es waren die Schmutzwölfe. Sie drangen in das Kirchenschiff.

»Geht wieder … wir … wollen eure Hilfe hier… jetzt nicht. Sucht … euch selber … Beute, sofern ihr dazu … überhaupt in der Lage seid.«

»Oh, das sind wir durchaus. Die Beute haben wir bereits gefunden.« Zum Erstaunen der Kralle sprach nicht ihr Anführer, der junge Wolf mit dem klaren Blick, sondern ein älterer, dessen Fell besonders stark mit Dreck und Staub bedeckt war. Er schüttelte sich nach seinen Worten ausgiebig. Jetzt erst war zu sehen, dass sein Fell fast vollständig schwarz war, und ohne die Erdklumpen an seinen Ohren zeigte sich ihre spitze Form, die ihn wie eine große Fledermaus wirken ließ.

»Schwarzreißer«, sagte die Kralle. Alle drei Wölfe gemeinsam.

»Findet ihr nicht, dass es kalt ist? Mir ist, als wäre Winter, und unsere Mägen wären leer.« Immer mehr der Schmutzwölfe schüttelten sich aus. »Unsere letzten Beutetiere wurden gar von unseren Brüdern und Schwestern aus der Langhe gerissen. Wir leiden bitteren Hunger, er duldet keinen Aufschub. Es tut uns sehr, sehr leid.«

Die Kralle zeigte keine Angst. »Kommt nur ihr … sollt zu … Beute werden.« Sie stand mit den Hinterteilen beieinander und deckte so einen vollen Kreis um sich ab. Kein Angriff käme überraschend. Noch nie war sie besiegt worden, in ihrem Geist gab es keine Vorstellung echter Gefahr.

Die Zirkushunde waren mittlerweile allesamt auf den

Beichtstuhl geklettert. Wie sie das geschafft hatten, wusste keiner der Wölfe.

Es war Schwarzreißer selbst, der mit zwei seiner stärksten Kämpfer einen der Kralle mit den Zähnen herauszog, während sein Rudel die anderen beiden in Schach hielt. »Haltet ihn gut fest«, sagte er ruhig. Jeder Lauf dieses Leibs der Kralle wurde daraufhin von einem Gebirgswolf ins Maul genommen, das Opfer auf den Rücken geworfen. Die verbliebenen Teile der Kralle wurden durch eine Mauer aus grauen Leibern eingesperrt.

Jetzt erst schien der Kralle klarzuwerden, was geschah. Dass dies ihr Ende sein konnte.

»Mutter … Große Mutter … rette deine Kinder!« Die beiden abgetrennten Leiber der Kralle rollten sich zusammen wie Welpen nach der Geburt, suchten Schutz unter dem eigenen Körper, begannen zu winseln.

Schwarzreißer heulte auf, die Seinen stimmten ein. Er schnitt den vor ihm prangenden Bauch tief auf, die Eingeweide fielen klatschend auf den steinernen Kirchenboden. Der geöffnete Wolfskörper zuckte nicht einmal mehr. Direkt danach wandte sich Schwarzreißer den beiden Verbliebenen zu. Sie sahen ihn mit großen Augen an, ihre Körper auf den Rücken gedreht, sich vollends ausliefernd.

»Schwarzreißer … wir flehen … verschone uns … wir waren doch … Grarrs.«

Sie blickten sich an. Versuchten es nochmals.

»Mächtiger Wolf … wir taten … Grarr.«

Die Worte machten keinen Sinn mehr. Wie panisch blickten sich die beiden an, heulten, knurrten, fiepten, begannen sich im Kreis zu drehen, sprangen dann zum Dritten im Bunde, der tot im Mittelgang lag. Leckten und bissen ihn, stupsten und kratzten. Wie im wilden Tanz eines geköpften Huhns rasten sie danach durch die Kirche. Eine Runde nach der anderen. Am Ende humpelten sie, als wäre eines ihrer

Beine abgenommen worden, obwohl doch alle noch am Platze waren, verkrochen sich dann im Beichtstuhl, leckten Wunden, wo keine waren, stießen Worte aus, die nur Fetzen waren.

Schwarzreißer sah sein Rudel an. »Die Kralle ist tot. Stattdessen hat das verfluchte Rudel der Lupa Romana nun zwei irrsinnige Mäuler mehr durchzufüttern. Die Erde ist gerecht.«

Sie verließen die Kirche.

Kein Zirkushund sagte auch nur ein Wort.

Vespasian sah, wie Grarr hastig die Trüffel herunterschluckte. Danach erst bemerkte der weiße Wolf ihn und blickte so entgeistert, als stände Vespasian in Flammen.

»Was tust du hier, Verräter?«, fragte Grarr.

»Ich habe auf dich gewartet.«

»Was? Aber …« Vespasian konnte in Grarrs Gesicht lesen. Dem Leitwolf wurde mit einem Mal klar, dass er in eine Falle getappt war. Die Trüffel hatten ihn hierherlocken sollen. »Und nun? Willst *du* es etwa allein mit mir aufnehmen? Bei Romulus und Remus! Und ich hatte mir für einen Augenblick Sorgen gemacht.«

Vespasian stieß nochmals einen Heuler aus, rief Giacomo, der versprochen hatte, ihm in diesem ungleichen Kampf beizustehen. Doch der alte Trüffelhund zeigte sich nicht, der Nebelkreis blieb geschlossen.

»Eine wunderbare Falle«, sagte Grarr zynisch. »Sie hätte von mir gestellt sein können – für dich.«

Vespasian sah die zahlreichen Wunden an Grarrs Körper, doch sie schienen sein Gegenüber nicht zu behindern, die vielen Trüffel mussten sie von innen verschlossen haben. Und seinen Kampfeswillen schienen sie zu befeuern.

Grarr stürzte sich auf ihn.

Es war plötzlich, als sei die Luft durchsetzt mit Krallen.

Sie trafen Vespasian wie schneidend scharfer Hagel. Er versuchte auszuweichen, selber Attacken zu setzen. Doch Grarr griff wie irre an, als würde nicht nur die Wut gegen Vespasian, sondern gegen viel mehr in ihm rasen.

Der einzige Vorteil des jungen Wolfes war, dass er diesen kleinen Flecken Langhe in der Zeit des Wartens hatte studieren können. Er wusste, wo der Boden einen zum Stolpern brachte und welche Kanten der Tiefkühltruhe scharf wie Klingen waren. Das fügte Grarr einige Wunden zu. Doch mit jeder einzelnen schwand einer der Vorteile Vespasians. Grarr teilte immer mehr seiner Geheimnisse.

Der junge Wolf kam im Kampfgewühl nicht dazu, Giacomo nochmals zu rufen. Er würde den stärksten Wolf des Rudels im Alleingang besiegen müssen.

Oder fliehen.

In diesem Moment tauchte der alte Trüffelhund auf.

Nun würde sich der Kampf wenden, jetzt waren sie zu zweit!

Doch Giacomo kam ihm nicht zur Hilfe. Er setzte sich hin und beobachtete das Geschehen in aller Seelenruhe.

Grarr hielt inne. »Giacomo, welch unerwartete Freude. Habe ich etwa dir dieses Trüffellager zu verdanken?«

Vespasian war so verwirrt über die Bekanntschaft der beiden, dass er völlig vergaß, einen erneuten Angriff zu starten. Stattdessen blickte er zu Giacomo, der sich die Pfoten leckte. »Hat doch geklappt.«

Es folgte ein Sprung, der Vespasian an den Sturzflug eines Adlers erinnerte. Grarr war in kürzester Zeit über Giacomo und versetzte ihm einen mörderischen Schlag auf sein Rückgrat. »Komm mir in die Quere, und ich beende dein morsches Leben umgehend.« Er wandte sich wieder Vespasian zu. Das heißt: Er griff sofort an, die Überraschung seines Gegners kaltblütig nutzend.

Die Wunde war tief, der Schmerz grell. Doch erleuchtete

er auch Vespasians Sinne. Während der nächsten Momente, die von Lauern und Beobachten bestimmt waren, blickten die beiden Wölfe immer wieder zu Giacomo, unsicher darüber, wie er sich verhalten würde. Der alte Trüffelhund hatte sich schnell wieder hochgerappelt und leckte nun seine Wunde.

Eingreifen wollte er anscheinend nicht.

Das machte Vespasian wütend. So im Stich gelassen zu werden von dieser Missgeburt, die allen Ernstes von Vertrauen gesprochen hatte. Er wollte sich nun an diesem alten, verkommenen Hund rächen. Und Grarr stand ihm dabei im Weg.

Er steigerte sich in Raserei. Je mehr er dies tat, desto kleiner schien Grarr zu werden, desto seltener trafen ihn dessen Krallen, desto häufiger musste er ihm hinterher, ihn stellen. Vespasians Kraft schien trotz allem nicht zu schwinden. Er brauchte sie ja noch für Giacomo, den Hauptgang seiner Rache.

Der junge Wolf merkte gar nicht, wie er Grarr Wunde um Wunde dem Erdboden näher brachte. Bis der mächtige Leitwolf vor ihm blutend und entkräftet zusammenbrach. Kein Flehen drang aus seiner Kehle, nur ein Blick, der Vespasian zeigte, dass Grarr diese Niederlage nicht akzeptierte. Er fletschte die Zähne, er verteidigte seinen geschundenen Leib.

»Lass ihn laufen, er ist geschlagen«, sagte Giacomo. »Du wirst ihn nicht mehr wiedersehen.«

»Von dir soll ich mir etwas sagen lassen? Der du seelenruhig zugesehen hast?«

»Recht habe ich trotzdem.«

»Wenn ich ein Hund wäre wie du, würde ich ihn laufen lassen. Doch ich bin ein Wolf. Für uns gelten andere Gesetze.« Und er riss Grarr den Leib auf. Vespasians Haupt war voller Blut, die Wärme dampfte von ihm in dicken Schwaden. Es sah für einen Moment aus, als käme all der Nebel ringsum von ihm. Er spurtete zu Giacomo, seine Ohren aufgerichtet, den Fang vollends gebleckt.

Giacomo blieb seelenruhig.

»Und nun zu dir, Verräter. Nur eins: Warum hast du nicht eingegriffen?« Es klang wie die Frage eines Richters, der es nicht erwarten konnte, endlich das Todesurteil zu fällen. Und es auch gleich selbst zu vollstrecken.

»Weißt du das denn nicht? Dann bist du vielleicht doch noch nicht so schlau, wie ich dachte.«

»Du redest wirr!« Vespasian war so überrascht über die selbstsichere Antwort, dass sich seine Miene entspannte.

»Das war *dein* Kampf. Hätten wir ihn gemeinsam ausgetragen, was wärst du dann? Nicht der Sieger, lass es dir gesagt sein. Du hättest einen Hund zur Hilfe gebraucht, um Grarr zu töten. Jetzt hast du ihn allein vernichtet. Und zu was macht dich das?«

»Zum Leitwolf«, flüsterte Vespasian, seine Stimme kaum fester als Nebel. »Zum neuen Leitwolf ...«

»Hätte ich dich sterben lassen? Nein, ich wäre dazwischengegangen. Hatte ich Vertrauen in dich? Ja. Hast du diesen Kampf gebraucht? Ist Biberkacke braun?«

Vespasian kam auf Giacomo zu und leckte ihm das Fell, dort, wo Grarr die große Wunde gerissen hatte.

»Ich wusste nicht, dass ihr Hunde so klug seid.«

»Sind wir eigentlich auch nicht«, frotzelte Giacomo. »Ich bin die Ausnahme.«

Es war beängstigend still, dachte Niccolò. Als wäre die Schlacht bereits entschieden, als wartete die Welt nur darauf, dass sich der Nebel lichtete und die Toten gezählt werden konnten.

Und die Lebenden.

Doch auf seinem Weg zum Weingut, auf dem der Dobermann mit Namen Junior lebte, fand er weder die einen noch die anderen.

Nur die Schlafenden.

Niccolò machte bei ihnen halt. Der Boden der wildwuchernden Wiese oberhalb Rimellas war aufgewühlt, als habe ein Traktor Furchen gezogen. Die tief atmenden Leiber sahen im fahlen Mondlicht friedlich aus. Vorsichtig pirschte er näher heran. Das Schnarchen klang glücklich, ab und an wurde es von einem Schmatzer oder einem satten Grunzer unterbrochen.

Über der unwirklichen Szenerie lag dick wie Schmalz der Duft von Trüffeln.

Die kreuz und quer liegenden Wildschweine, die einfach auf der Stelle umgekippt waren, als der Schlaf sie nach ihrer Fressorgie übermannt hatte, wirkten wie große pelzige Pilze. Es musste eine gewaltige Menge Trüffel gewesen sein, die sie vom Schlachtfeld fortgelockt und damit viele Hundeleben gerettet hatte.

Was für ein unglaublicher Zufall.

Der ihm Zeit gab.

Die er nicht verschwenden wollte.

Denn die gespenstische Ruhe in Rimella erklärte auch diese Wildschweinschlafstätte nur zum Teil.

Niccolò erreichte die ungeteerte Straße, welche zum Weingut führte. Dorthin laufen musste er nicht. Junior kam ihm entgegen. Der Dobermann roch nach Pansen und leckte sich die Lefzen. Er schien gerade fürstlich gespeist zu haben.

»Wo willst du hin?«, fragte Niccolò, dem in seiner Überraschung nichts Besseres einfiel.

»Na, was meinst du? Zur Action natürlich. Ich hab alles in die Wege geleitet, jetzt folgt der unterhaltsame Teil. Komm mit, ich weiß, von wo aus alles gut zu sehen ist.«

Niccolò achtete darauf, seine Stimme zu kontrollieren, sie

festzuhalten wie an einer Leine, die Wut nicht zu verraten. »Wir haben eine Menschenleiche gefunden, in dem Waldstück hinter dem Hügelkamm.«

»Schön, schön. Willst du wissen, wie mein Herr die Wölfe beseitigen wird? Es wird sehr effektiv sein!«

Junior ging auf seine Frage nicht ein. Er würde bluffen. »Dort gab es auch Pfotenabdrücke von dir.«

»Na, und? Ich darf überall rumlaufen. Spionierst du mickrige Ratte mir etwa nach?« Der Dobermann schubste Niccolò um und stellte sich breitbeinig über ihn. »Mir sagt keiner, was ich zu machen habe, klar?«

»Außer deinem Herrn.«

»Genau. Denn der ist stärker als ich, und Stärke muss man respektieren. Du dagegen …«

»Ich dagegen wollte nur wissen, ob du irgendwas über den toten Menschen weißt. Die Wölfe haben ihn wohl nicht auf dem Gewissen, er hat eine Wunde, die aussieht, als hätte sich ein einzelner riesiger Zahn tief in sein Herz gebohrt.« Niccolò erinnerte sich daran, wie Giacomo es genannt hatte: »Er ist erschossen worden.«

»Ach, der.« Junior entspannte sich und ging wieder weiter. »Den hat mein Herr umgebracht, mit einer kleinen Maschine, die er in der Hand hielt. Sie knallt laut, und dann ist jemand verwundet.«

»Oder tot«, sagte Niccolò. Der Maschine war es vermutlich genauso egal wie Junior und seinem Herrn, dass sie den Menschen getötet hatten, der Niccolò als Einziger ein wenig Wärme gezeigt hatte. Nicht so wie Isabella. Aber er war kein schlechter Mensch gewesen. Er hatte es nicht verdient, so zu sterben.

»Er stand einfach im Weg«, erzählte Junior, als handelte es sich um eine amüsante Anekdote. »Wollte alles verraten. Dass mein Herr die anderen Menschen geschickt aus ihrem Dorf locken wollte, um es umzugestalten. Ich musste lange in seinen Träumen verbringen, bis ich den grandiosen Plan verstanden habe. Er will aus Rimella ein Dorf machen, in dem Besucher so leben können, wie es die Menschen vor hundert Jahren hier in der Langhe taten. Deswegen ließ er auch ein neu gebautes Haus verschwinden, Werbeplakate, Zigarettenautomaten, all so was. Es war ihm unheimlich wichtig, dass die Menschen schnell ihre Häuser verließen, denn er wollte schließlich ihre alten Möbel haben.« Juniors Augen blitzten vor Bewunderung. »Er brachte den Berg zum Abrutschen. Die Menschen flohen, überließen ihm ihre Häuser. Er ist ein großer Führer. Und dieser Mann, der Tote, er hatte es herausgefunden, wollte meinen Herrn an mächtige Menschen verraten. Die hätten ihn dann in einen Zwinger gesperrt und nie mehr freigelassen. So was lässt er sich natürlich nicht gefallen. Ein andermal standen ihm drei Wölfe im Weg, dann ein fetter Mastiff. Das dumme Vieh verbellte ihn so laut, dass er drohte, entdeckt zu werden. Da hat er ihm einen der explodierenden Stäbe zwischen die Beine geworfen. Eine Riesensauerei, sag ich dir. Mein Herr ist wie wir, für ihn gilt das Gesetz des Stärkeren. Er nimmt sich, was er will, und was ihn daran hindert, das beseitigt er.«

»Und geht über Leichen.«

»Er ist ein echtes Leittier.« Junior hob sein Haupt, als würde dies auch für ihn eine herausgehobene Position bedeuten. »Jetzt gerade führt er die Sache zu Ende. Er räumt endlich den Dreck weg, diese verlausten Wölfe. Er hat Maschinen, die keinen Laut machen, und wird sie auf alles richten, was sich im Dorf bewegt. Also lauf bloß nicht runter! Diese Nacht wird keiner überleben.«

Niccolò stürzte sich in den Nebel wie ein Lachs in den Fluss. Es gab keinen Zweifel über das Ziel. Und über die Aufgabe, welche ihm zukam. Er sparte nicht am Tempo, riskierte gegen einen Wolf zu stoßen, über einen Leichnam zu fallen, sich die Läufe zu brechen. Es kam alles auf ihn an. Das Wort musste sich schnell verbreiten.

Die Übermittler fand er in der Kirchturmspitze, wo ihre Rasse seit jeher zu Hause war.

Doch die Krähen waren ihm übel gesinnt. Vor allem aber waren sie mit anderem beschäftigt. Aus Kleiderbügeln hatten sie sich hier ein Nest gebaut, in dem nun die Bruterzeugung vonstatten ging.

Niccolò war außer sich. »Zu euren Füßen sterben Wölfe und Hunde, aber ihr habt nichts Besseres zu tun, als euch zu paaren?«

»Gefressen haben wir schon«, sagte der männliche Vogel und ging weiter der Arterhaltung nach.

»Helft mir, oder ich fresse euch! Solltet ihr wegfliegen, zerstöre ich euer Nest und werde dafür sorgen, dass ihr Krähen bis ans Ende aller Tage von den Bewohnern Rimellas, seien es Wölfe oder Hunde, verfolgt werdet.«

»Die Wölfe werden einen Dreck auf seine Worte geben«, sagte das Weibchen zu ihrer Gefährtin. »Warum hörst du auf? Mach weiter!« Doch ihr Partner hatte das Gebiss eines Italienischen Windspiels im Flügel. Niccolò sprach nun durch die geschlossenen Zähne weiter.

»Ich hab herausgefunden, dass die Menschen für alles verantwortlich sind. Sie sind es, an denen wir uns rächen müssen. Ab jetzt kämpfen wir Seite an Seite mit den Wölfen. Das Morden zwischen uns muss ein Ende haben. Sofort! Die Wölfe müssen es erfahren und herkommen. Seid ihr dabei, oder soll ich mein Maul endgültig schließen?«

»Nu hilf ihm schon, worauf wartest du denn?«, rief das Weibchen. Niccolò wusste, dass Krähen im Ruf standen, die klügsten aller Vögel zu sein. Zumindest was die Frauen anging, schien das zu stimmen.

»Und was machst du?«, fragte ihr Liebhaber. »Sitzt hier rum und wärmst dir den Hintern?«

»Quatsch! Ich komme mit. – Sollen sich alle hier an der Kirche versammeln, Windspiel?«

Niccolò kam ins Stottern. »Äh, ja, gute Idee.«

»Natürlich«, sagte das Weibchen. »Als Dankeschön lasst ihr die Krähen Rimellas in Zukunft in Frieden, klar? Also keine Störungen mehr, wenn wir uns vergnügen?«

»Abgemacht.«

»Das dachte ich mir«, sagte das Krähenweibchen und flog los, gefolgt von ihrem Begatter. Sie rief etwas, von oberhalb des Turms lösten sich weitere schwarze Schatten. Die Wölfe würden den Krähen vertrauen. Niccolò musste nun die Hunde zusammentrommeln. Deshalb begann er zu rufen, drei Worte »Hunde zur Kirche!«, immer wieder. Manche der sich nähernden Schritte waren stolpernd, fallend oder schleifend, doch viele waren trotz hörbarer Erschöpfung noch fest im Tritt.

Wölfe näherten sich nicht.

Auch die Krähen kamen nicht zurück.

Dann geschah etwas, das Niccolò die morsche Kirchturmleiter hinunterjagen ließ. Es war, als fielen die Sterne vom Himmel. Sie schienen zornig zu sein, denn sie brachen durch den Nebel. Auf die Piazza zu. Als er ins Kirchenschiff gestürzt kam, blickten ihn die Augen der Überlebenden an. Es waren viel weniger, als er erwartet hatte. Niccolò erklärte ihnen schnell die Situation.

Oder versuchte es.

Es war nicht das, was sie hören wollten. Ganz und gar nicht.

»Soll das heißen, wir haben uns umsonst abschlachten lassen? Und dass unsere Menschen nicht zurückkehren werden?«, fragte Franca, Schaum vor ihrem Maul. »Du hast uns hierher gebracht, Niccolò! Nur *du!*«

Die Pekinesenhündin hatte den Gedanken, welchen Niccolò seit dem Gespräch mit Junior mit aller Kraft weggedrückt hatte, wie einen dunklen Vorhang hervorgezogen. Jetzt verschloss er seine Welt.

»Du redest Quatsch, Süße«, sagte Pinkie. »Wir sind alle alt genug, um selber zu entscheiden, was wir tun. Außerdem: Haben die Wölfe nicht eure Freunde Beppo und Knorpel umgebracht? War das nicht Grund genug für die Schlacht? Wir haben es ihnen heute heimgezahlt, haben eine Grenze gezogen.«

»Die verdammt teuer bezahlt wurde.« Franca kläffte den Pudel an. »Machen *mehr* Leichen die Sache etwa gerechter?«

»Wollt ihr Grundsatzdebatten führen oder etwas gegen die unternehmen, die gerade in unser Dorf einfallen?«, fragte Blitz. Das brachte die anderen zum Schweigen.

Dann wurde das Kirchentor aufgedrückt.

Es waren die Wölfe. Und ein Hund.

Sie waren misstrauisch.

Nur die beiden vorne nicht. Neben Giacomo stand der junge Wolf, der Niccolò hatte helfen wollen.

»Wenn ihr es ernst meint«, sagte dieser, »ist nun der Zeitpunkt gekommen, ein Stück gemeinsam zu gehen.«

Niccolò blickte sich um, zu den Hunden, die sich hinter den Säulen der Kirche positioniert hatten oder die kampfbereit auf die Kirchenbänke gesprungen waren.

»Die Nacht ist noch jung«, rief er. »Findet ihr nicht?« Und Niccolò rannte hinaus, vorbei an den Wölfen, durch das offene Tor, auf seine Piazza. Ihm folgten unzählige Pfoten über den steinernen Kirchenboden.

Es war das schönste Geräusch der Welt.

Der Mond brach endlich durch die Nebeldecke. Wenn er Sinn für Dramatik gehabt hätte, wäre sein Licht auf das goldbeschichtete Kreuz aus dem 16. Jahrhundert gefallen, das im Altarraum hing. Stattdessen ließ er sich auf einer kleinen, vergilbten Malerei nieder, welche die fünfte Station des Passionswegs zeigte. Simon von Kyrene half Jesus das Kreuz zu tragen. In der rechten Bildecke saß ein struppiger Hund und sah mitleidig hoch. Es mochte auch ein Wolf sein. Auszumachen war dies nicht.

Doch niemand beachtete den Mond, denn die Meute stürzte hinaus zu den zornigen Sternen. Niccolò sah die mörderischen, länglichen Menschenmaschinen sofort. Der vordere Teil war dicker als der Rest. Und obwohl neben ihm ein Wolf zu Boden ging, augenscheinlich von der Maschine verletzt, hörte er kein Geräusch. Maskierte Menschen sprangen von der Ladefläche des Lasters und schmissen den toten Wolf hinauf, bevor jemand reagieren konnte.

Es ging alles rasend schnell.

Dies sollte ein Massaker werden.

Und er hatte alle hineingeführt. Niccolò zitterte, der ganze Körper des kleinen Windspiels vibrierte, als bebe die Erde.

Doch dann sah er etwas, das ihn wieder stillstehen ließ. Es war, als ob man Ameisen beim Bau einer Straße zuschaute. Jeder schien seine Aufgabe genau zu kennen. Die Zirkushunde sprangen gekonnt auf die Wagen und bissen in die nur durch lederne Handschuhe geschützten Finger der Menschen, die herunterfallenden Waffen wurden von den Dachshunden weggeschafft, und die Wölfe attackierten mit ihrem mächtigen Gebiss die Wagenräder. Ob sie Schaden anrichteten, konnte Niccolò nicht erkennen, aber Angst machten sie den Angreifern auf jeden Fall. Eine vierte Gruppe, bestehend aus den Hunden Rimellas und Albas, hatte es auf die Scheinwerfer abgesehen. Sie ließen einen nach dem anderen erblinden. Ohne Licht waren die Menschen im Nachteil, ihre Augen und Nasen waren denen der Vierbeiner weit unterlegen.

Keiner der Hunde starb mehr, auch die Wölfe hatten keine Verluste zu beklagen. Niccolò rannte zum Brunnen und sprang hinauf, um alles im Blick zu haben. Der Nebel lichtete sich weiter und gab immer mehr des Dorfes preis. Über einige der Hunde- und Wolfsleichen auf der Piazza waren die Menschen mit ihren Lastern gefahren, hatten sie aufplatzen lassen wie alte Tomaten. Aus einer dunklen Ecke sah Niccolò den Spürer hervortreten. Er hielt auf die vielen Toten zu und wirkte unfassbar glücklich.

Richtung Lagiorno, in sicherer Entfernung zum Geschehen, parkte ein schwarzweiß gestreifter Wagen am Straßenrand, den Niccolò schon einmal gesehen hatte. Auf dem Barolo-Weingut, in dem Juniors Herr lebte. Im Inneren des Wagens glühte etwas auf, dann gesellte sich ein weiterer heller Punkt dazu, direkt daneben. Niccolò wusste, dass es von den kleinen Feuerstäben stammte, an denen die Menschen so gerne lutschten. Je nervöser sie waren, desto häufiger. Der Mensch im Auto musste sehr unruhig sein. Er hatte gleich zwei im Mund. Niccolò sprang vom Brunnen und rannte hin.

Es war Juniors Herr. Es war der Mörder seines Menschen. Der Urheber des verlassenen Rimella, der Auslöser von allem Unglück, das zu all dem Blutvergießen geführt hatte. Niccolò sah die Angst in seinen Augen wie eingesperrte Frettchen rasen.

Schnell sprang das Windspiel auf die Kühlerhaube. Innen glühte es wieder auf, dann wurde der Motor gestartet. Ein Biss in den Scheibenwischer war das Einzige, was Niccolò vor dem Abrutschen rettete. Auch als sein dürftiger Halt sich in Bewegung setzte, ließ er nicht los, setzte tiefer an, da, wo der metallische Arm kleinere Halbkreise beschrieb. Er konnte nicht sehen, was sich hinter ihm abspielte. Nur hören konnte er es.

Mit quietschenden Reifen wendete der Wagen und schoss aus Rimella hinaus. Doch er war nicht allein, Hunde und Wölfe rannten neben dem Auto her. Da die Straßen schmal und die Kurven eng waren, konnte er ihnen nicht entkommen. Den Verfolgern gelang es aber nicht, in die sich schnell drehenden Reifen zu beißen.

Niccolò sah durch die Fensterscheiben, dass die Zahl der vierbeinigen Verfolger im Rücklicht nach und nach abnahm. Die Schlacht forderte ihren Tribut. Der alte Giacomo war der letzte Hund, der durchhielt, danach blieben nur Wölfe, doch auch ihre Zungen hingen schon weit heraus. Gleich würden sie die Stelle passieren, an der Cinecitta vom Erdboden verschluckt worden war. Von dort an würde die Straße geradeaus verlaufen und breiter werden.

Dann wäre er allein mit dem Mörder.

Obwohl er sich im Scheibenwischer festgebissen hatte, schaffte er es, kurz und panisch aufzujaulen. Die Wölfe preschten links und rechts herbei, holten die letzten Reserven aus ihren müden Muskeln und stürzten sich auf die Kühlerhaube zu Niccolò, krallten sich fest in der Gummierung des Fensters. Versperrten die Sicht. Fletschten die Zähne in Richtung des Fahrers, schlugen mit ihnen gegen das Glas. Im Inneren des Wagens fielen zwei Zigarillos aus dem Mundwinkel, versenkten das Hosengewebe und brannten sich hindurch. Die Hände vom Steuerrad versuchte Burgnich das Schlimmste zu verhindern, verlor dabei aber die Kontrolle über seinen Lamborghini. Der Wagen geriet in Schieflage, Niccolò und die beiden Wölfe wurden herunterkatapultiert. Das Auto überschlug sich und landete krachend auf der Seite, den Kühler tief in die Erde des Weinbergs gesenkt.

Niccolò rappelte sich als Erster auf, wollte hin, durch die zerborstenen Fenster zu dem Menschen im Innern und …

Was eigentlich?

Einen Menschen töten?

Das widersprach allem, was Generationen von Windspielen an Gehorsam und Respekt vor Menschen gelernt hatten. Es war gegen die natürliche Ordnung. Nur Verrückte übertraten diese und wurden dafür bestraft. Auch die Wölfe, die sich nur sehr zögernd dem zerbeulten Wagen näherten, hielten sich daran. Sie wehrten sich, natürlich, doch Angriffe kamen fast nie vor.

Die Wagentür öffnete sich. Der Fahrer taumelte heraus, seine Stirn wies eine tiefe Wunde auf, Blut lief in einem breiten Strom über Nase, Mund und Kinn, das rechte Bein stand ab dem Knie verdreht zur Seite, und er konnte es nicht aufsetzen, hielt sich mühsam am Rahmen der offenen Tür fest.

Es grummelte.

Doch am Nachthimmel war keine Gewitterwolke zu sehen.

Auch näherte sich kein schwerer Wagen.

Das Geräusch wurde lauter, schien nun von überall zu kommen.

Es legte einen Schalter in den Körpern von Niccolò und den Wölfen um. Flucht! Sie rannten weg von dem verunglückten Wagen, fort von der Straße hinunter ins Tal. Niccolò wusste in diesem Moment, dass der Hügel über ihnen abrutschte. Er konnte die Rebstöcke unter der Last der heranrollenden Erdmassen bersten hören.

Dann floss die steinerne Lawine auf die Straße.

Bedeckte den Wagen und Burgnich in Sekundenbruchteilen.

Das metallische Geräusch klang, als würde die Erde zubeißen.

Dann stoppte die Straße sie ab, der Magen der Bestie schien gefüllt.

Niccolò wollte nicht nachsehen, wie es oben aussah. Einzelnes Geröll schoss weiterhin an ihm vorbei, die Welt wirkte wie aus den Fugen geraten.

Dann übermannte ihn die Erschöpfung. Niccolò wollte schlafen, nur schlafen, jetzt und hier.

Der steinige, erkaltete Boden war eine Wohltat, sein kleiner Körper schmiegte sich an ihn, als läge er im Schoß der Mutter.

Die Wölfe rannten zurück nach Rimella.

Und sie trugen Niccolò abwechselnd auf ihren Rücken.

Doch dieser merkte nichts mehr davon.

Er war an einem stilleren Ort.

EPILOG

Der Schlaf blieb nur kurz bei Niccolò, stahl sich schon in der Frühe wieder fort. Das kleine Windspiel erwachte in der Dorfkirche Santi Giacomo e Cristoforo, die Wölfe hatten ihn auf den Teppich gelegt, der vom Altar über die Stufen hinein ins Kirchenschiff lief. Sie hatten es gut mit ihm gemeint, aber bei ihm geblieben waren sie nicht. Er war allein, als die Morgensonne mit fahlem Rot den Tag ankündigte und all den Staub und Dreck der Kirchenfenster zum Vorschein brachte. Niccolò schleppte sich zum Ausgang, schob mit seinem Kopf das schwere Kirchentor auf und trat auf die Piazza. Dort lagen keine Leichen mehr, doch Blutflecken kündeten noch von den Kämpfen der Nacht, sie waren zum Teil verwischt.

Es war unheimlich still, fand Niccolò. Die Lautlosigkeit hatte aber auch etwas Friedliches an sich. Sie bereitete ihm keine Angst. Vielleicht lag es an dem Bär, dessen mächtiger Bauch sich so beruhigend hob und senkte und an den sich die ganze Meute Dachshunde gekuschelt hatte, als hätten sie nie woanders geschlafen. Das stetige Plätschern des Brunnens schien sie nicht zu stören. Niccolò lief langsam die Seitenstraße hinauf, in der sein Haus lag. Es war von Wölfen nach Essbarem durchwühlt worden. Ein so großes Rudel samt Verbündeten hatte viel Futter gebraucht, selbst den Tiefkühler hatten sie geöffnet. Er wollte sich das nicht länger ansehen und ging in den Garten, aus dem kein Hühnergegacker mehr zu hören war. Diese leichte Beute hatte wohl zuerst dran glauben müssen. Doch leer war der alte Verschlag, einst notdürftig und schlampig aus Maschendraht erbaut, keineswegs. Die Zirkushunde schliefen dort hinter dem durchhängenden Gitter, als wäre es ein Wagen des fahrenden Volkes. Der Unglaubliche Houdini hatte es sich auf dem schmalen Brett bequem gemacht, von dem aus der Hahn früher seinen nervtötenden Morgenschrei ausgestoßen hatte.

Niccolò stand lange im Garten und sah sich die Schlafenden an. Rimella war wieder von Hunden bewohnt. Dann rannte er in alle Häuser, deren Vierbeiner sich in die Schlacht gestürzt hatten. Er ging leise zu Franca, Blitz und Carabiniere. Den Rottweiler musste er am längsten suchen, schließlich fand er ihn eingequetscht, aber selig schlummernd in der Auslage der leergefressenenen Metzgerei, sich vermutlich einen langgehegten Traum erfüllend. Auch alle anderen schliefen. Am Kamin, unter der Spüle, auf dem Menschenbett, im Heizungskeller, an den Plätzen, die sie ihren Menschen in langen Jahren abgerungen hatten, die ihnen gehörten in diesen Häusern, dieser Welt. Bei ihnen lagen auch die Kampfgefährten aus Alba, zu Besuch, wie Menschen sich Freunde einluden. Sie ruhten hier, als hätten sie es niemals woanders getan. Es war eine Gabe, fand Niccolò, dass ein Hund dort zu Hause war, wo er lag. Zumindest ein wenig.

Doch wo waren die Wölfe?

Nirgendwo hatte er sie gesehen. Er trat in Cinecittas altes Haus, Grarrs Hauptquartier. Sie waren nicht mehr da. Alle Zimmer, auch das blendend weiße, waren leer. Zurück auf der Piazza hörte er jedoch ein Geräusch, das nicht von einem Hund stammen konnte. Es kam aus der kleinen Gasse hinter Donadonis Metzgerei. Einen Versuch sich anzuschleichen unternahm Niccolò nicht. Er hatte in der vergangenen Nacht so viel Angst gehabt, dass keine mehr übrig war.

Sie wäre auch nicht nötig gewesen.

Ein einzelnes Wildschwein hing kopfüber im Container und fraß etwas, das dort auf jeden Fall schon viel zu lange drin lag. Das machte ihm anscheinend großen Spaß.

»Wo sind die anderen?«, fragte Niccolò, erhielt aber keine Antwort. Deswegen sprang er auf den zurückgeschobenen Deckel. »Hallo? Kannst du mal eine Sekunde aufhören, diese … Köstlichkeiten zu futtern.«

»Krikst nix aab!«

»Wo sind die anderen Wildschweine? Und die Wölfe?«

»Wääg. Ha'm sich vapisst. Will fräss'n. Hauaab Rattää! Soonst frääss ich dich!«

»Klar.«

Es war Strafe genug für die Sau, diesen Dreck zu verspeisen, dachte Niccolò. Und sah von einem Kampf ab. Er ließ das Schwein allein und schlug den kürzesten Weg in den Wald ein, folgte den vereinzelten Blutspuren, die auf dem Straßenpflaster und später im weichen Erdboden zu sehen waren. Niccolò musste nicht lange laufen. Schnell fand er die Prozession der Wölfe und sah, warum sie noch nicht weit gekommen war. Sie brachten ihre Toten aus dem Ort. Es waren fast so viele wie lebende Wölfe. Trotzdem liefen zwei ausgewachsene Tiere verwirrt um das Rudel herum. Sie erinnerten Niccolò an Motten, die das Licht suchten und gleichzeitig vor der Hitze flohen. Auch der weiße Leitwolf war tot. Er wurde von der Hündin gezogen, die er mit Isabella im Weingut befreit hatte. Ein Wolfswelpe spielte vergnügt um ihre Läufe, während sie den vom Schleifen schmutzig gewordenen Grarr verbissen den steilen Hang hinaufzerrte. Eine junge Wölfin wollte ihr helfen, als es über eine aus dem Boden ragende Wurzel ging, doch sie ließ es nicht zu, stattdessen verbiss sie sich noch tiefer in den Körper des toten Wolfes. Er gehörte ihr. Niemandem sonst.

Niccolò rannte hinauf zu dem Wolf, der zuvorderst ging.

Er hatte einen runden Fleck ums Auge. Es war Vespasian, der gestern den Bund mit der Hundemeute eingegangen war. Und der ihm glücklicherweise seine frühere Zurückweisung nicht nachgetragen hatte.

»Warum geht ihr?«, fragte Niccolò.

»Willst du uns etwa lieber hierbehalten?« Vespasian schob einen vom Wind umgestürzten Baumstamm zur Seite.

»Wenn du mich so fragst …«

»Wir wollen uns auch nicht länger im Dorf haben.«

»Aber ich dachte …«

Vespasian drehte sich zu ihm um. »Das ist manchmal das Problem. Das Denken. Grarr tat es. Deswegen hatte er eine Vision. Sie war stark genug für alle. Doch sie entsprang nur ihm. Fühlst du die Erde unter deinen Füßen? Was ist dagegen euer harter Beton in den Straßen der Zweibeiner? Wie stickig ist die Luft in den Häusern und wie unnatürlich gerade sind die Wände?« Er hielt seine Schnauze nahe am Boden, Niccolò andeutend, es ihm nachzutun. »Riechst du das vom Nebel feuchte Blattwerk? Sag mir, was kann es Schöneres geben? Unser Platz ist hier. Ist es immer schon gewesen. *Dieses* Reich sollen die Menschen uns lassen. Die von ihnen mit Stein übergossene Welt können sie behalten. Grarrs Vision mag falsch gewesen sein, jedoch nicht, dass wir unseren Anspruch auf Land ausgedrückt haben. Dafür haben wir teuer bezahlt. Ich hoffe, die Zweibeiner haben etwas begriffen – und lassen uns in Ruhe. Mehr wollen wir nicht.«

»Wir haben Seite an Seite gekämpft.«

»Wir sind ungleiche Brüder, Windspiel. Ein gemeinsamer Gegner verbindet nur so lang, wie er auch existiert.« Vespasian machte eine Pause. »Aber wenn es nochmals einen solchen geben sollte, werden wir gerne an eurer Seite stehen.«

Eine Weile lief Niccolò schweigend neben dem Wolf her. Vieles bewegte sich in seinen Gedanken, doch Fragen formten sich nicht. Außer der einen, die er sich stellte, seit er die Wölfe am Hang gesehen hatte. »Was macht ihr mit euren Toten? Lasst sie doch einfach liegen, die Menschen werden sich darum kümmern.«

Vespasians Blick zeigte Unverständnis. »Es sind unsere Toten, sie gehören unserem Rudel. Hätten wir Hunger, würden wir sie fressen. Doch zur Zeit wollen wir nur, dass sie nicht von Zweibeinern aufgelesen werden wie überreife Äpfel. Sie sollen wieder zu Wald werden.«

»Ich wünschte, wir hätten früher zueinandergefunden.« Niccolò schob einen Stein fort, der im Weg lag.

»Das war nicht möglich. Doch all dies hat uns letztlich gerettet. Unser Rudel war viel zu groß geworden. Wir hatten nur genug zu fressen, weil die Kralle fast nichts anderes mehr tat als zu jagen. Den vor uns liegenden Winter, die Wanderschaft, hätten wir niemals überlebt. Ein so großes Revier, wie wir gebraucht hätten, gibt es seit Generationen nicht mehr. Nun sind wir für die kommende Zeit gerüstet. Unser Rudel hat sich in der Vergangenheit weit von dem entfernt, was Wolfsein bedeutet. Wir wollten etwas sein, was wir nicht sind. Das ist nun vorbei.«

Es fiel Niccolò schwer, das nächste Wort zu sagen, denn es schien so unvollkommen. Doch er kannte kein besseres. »Danke.«

»Dank gebührt auch euch. Vor allem dem alten Giacomo. Er ist so klug, er könnte fast ein Wolf sein.«

Niccolò merkte, wie sein Kopf sich demütig senkte bei der Erwähnung des Hundes, dem er so Unrecht getan hatte. Er musste ihn finden. Wenn er noch lebte.

Es gab eigentlich nur einen Ort, an dem er sein konnte. Mit Trüffeln hatte er sich ja bereits vollgefressen. Und Niccolò wusste, wie sehr der Freund ein vollständiges Mahl schätzte.

Giacomo musste eine Flasche aus dem Pappkarton geworfen haben, damit sie auf dem Kellereiboden zerschellte und er ihren kostbaren Inhalt aufschlecken konnte. In der Tat musste er es sogar dreimal getan haben. Der *Lagotto Romagnolo* lag auf dem Rücken, die Vorderläufe wie ein kleiner Hase vor der Brust angewinkelt, und atmete ruhig und gleichmäßig. Als Niccolò neben ihm etwas vom Boden aufleckte, öffnete er die Augen.

»Ist ein ordentlicher Jahrgang«, sagte Giacomo. »Aber der Herbst war etwas zu feucht. Bedien dich, Niccolò.«

»Du hast mich noch nie Niccolò genannt, immer nur Kleiner.«

»Passt jetzt nicht mehr. Passt überhaupt nicht mehr.« Er schloss wieder die Augen und leckte sich über die Lefzen.

»Darf ich mich dazulegen?«

»Mach ruhig, da ist noch genug Platz für dich.«

Niccolò schmiegte sich an den Freund, versuchte zu schlafen, doch über ein Dösen kam er nicht hinaus. Es lag nicht am schweren Weinduft oder an den Essigfliegen, die über ihm summten, nicht am leichten Zug vom offenen Tor oder an der Kälte, die vom Boden aufstieg. Das Glück hielt ihn wach. Giacomos Atem war ungleichmäßig, auch ihm schien etwas im Kopf herumzuschwirren. Plötzlich stand er auf.

»Ich muss weg.«

»Wieso? Wohin willst du? Zurück nach Alba?«

»Nein, nein. Weiter weg, viel weiter. Ich gehe, um zu sterben. Dafür such ich mir jetzt ein schönes Plätzchen.« Er leckte sich über seine Wunde.

»Aber du wirst nicht sterben, also nicht jetzt«, sagte Niccolò und sprang auf. »Deine Verletzung ist nicht schwer.«

»Du darfst deinen Augen nicht immer trauen. Ich weiß es. Ich spüre es, ich werde bald abtreten, hier bei meinen Trüffeln.«

»Dir geht's prima«, sagte Niccolò und sah sich die blutverkrustete Wunde noch einmal genauer an. Es war nicht schlimm. Und auch ansonsten wirkte der alte Recke fit. In der Nacht noch hatte er als einer der wenigen bei der Autoverfolgung mithalten können. »Du bist sogar weniger fett als in Alba«, ergänzte er deshalb aufmunternd.

»Lass mich in Ruhe Abschied nehmen von der Welt. Warum sollte ich nicht sterben? Habe ich nicht genug mitgemacht?«

»Jetzt leg dich schon wieder hin!«

»Ich bin ein alter Hund.«

Niccolò war es satt. Wenn Giacomo es so wollte, dann bekam er es jetzt auch so. Genau so. »Keiner ist älter als du. Ein Wunder, dass du überhaupt noch fressen kannst.«

»Und schwach bin ich. Sehr schwach.«

»Deine Beine sind vollkommen muskellos. Du bist völlig kraftlos.«

»Meine Augen erkennen auch nichts mehr.«

»Noch nicht einmal, wo du Wein findest. Es ist eine Schande.«

»Und meine Nase? Ein Abglanz alter Zeiten, eigentlich zu nichts mehr zu gebrauchen. Kaputt. Was ist ein Trüffelhund ohne Nase? Nichts, ich sag es dir, Abfall.«

»Wie Recht du hast. Deine Nase ist so schlecht, dass du unfähig bist zu erriechen, wie gut der Jahrgang ist, den du in dich hineinschlabberst. Du hast vollkommen Recht, geh in den Wald und stirb. Je eher, desto besser.«

Eine lange Pause entstand.

»Meinst du das ehrlich?«, fragte Giacomo und wirkte nicht nur ein wenig enttäuscht.

»O ja. Völlig. Aber wenn du in den Wald zum Sterben gehst – dann wunder dich nicht, wenn es noch ein paar Jahre dauert. Und wunder dich auch nicht, wenn ich dich besuchen komme, ab und an vielleicht sogar mit Essen. Das sollte dich aber nicht davon abbringen, okay? Denk dann bloß nicht, ich wollte dich beim Sterben stören!«

»Ich mag dich, Kleiner.«

»Gefällt mir viel besser als Niccolò«, er sah ihn an. »Großer.«

Es fiel dem kleinen Windspiel schwer, sich wieder von Giacomo zu trennen, war es auch nur für kurze Zeit. Doch sein Herz würde erst ruhiger schlagen, wenn er Isabella gesehen hatte. Und Canini. Bei dem Gedanken an die Spanielhündin entfaltete sich plötzlich ein neues Gefühl in ihm. Es gefiel ihm sehr.

Als Niccolò sich auf den Weg machte, bemerkte er, dass auf der Straße aus Alba an diesem Tag viel mehr Autos als sonst unterwegs waren.

Eines davon kannte er sogar.

Vor allem dessen Rückbank.

Es war der Wagen seiner Menschen. Er konnte die Frau und das Mädchen mit dem hellen Haarzopf erkennen, mit denen er sein ganzes bisheriges Leben verbracht hatte. Bis zu dem Moment, als sie verschwanden. Niccolò erinnerte sich daran, wie es gewesen war, ihre Hände auf seinem Fell zu spüren oder dem alten Fußball nachzujagen, seinem einzigen Spielzeug.

Anscheinend wollten sie zurück ins Dorf. Vielleicht, um wieder dort zu leben, oder nur, um ein paar Sachen abzuholen. Es war ihm egal. Mit ihnen hatte er in einem Traum gelebt, doch nun war er aufgewacht. Einschlafen würde er nicht mehr können. Und wollte es auch nicht.

Sein neues Zuhause telefonierte neben ihrem Zelt, dabei nervös auf- und abgehend, ständig mit der freien Hand in der Luft herumfuchtelnd, wie um Stechmücken zu vertreiben. Canini lag im Schatten, alles im Blick behaltend, als müsse sie aufpassen, dass die Welt nicht wieder aus dem Ruder lief.

Fröhlich wedelnd kam sie nun auf Niccolò zu und leckte ihm die Schnauze.

»Wo hast du nur so lange gesteckt?«

»Ich hab anderen beim Schlafen zugesehen.«

»Und das macht Spaß?«

Niccolò dachte nach. »Ich kann mir im Moment nichts Schöneres vorstellen.«

»Na, hier gibt es keinen, dem du dabei zugucken kannst. Isabella quasselt unentwegt. Hast du schon gesehen, dass die Wölfe weg sind?«

Er musste lange und viel erklären, auch alles, was Isabella nun tat und dachte. Fast den ganzen Tag telefonierte sie oder sprach mit irgendwelchen wichtigen Menschen. Sie schien die Arbeit eines Mondumlaufs an einem einzigen Nachmittag erledigen zu wollen. Dank der perfekten Verbindung entfaltete sich alles vor ihm, und er erzählte Canini von Burgnichs Betrug, und dass die Menschen Rimellas nun wieder zurück in ihre Häuser konnten.

»Und die Wölfe?« Canini tänzelte um das Thema herum, das sie eigentlich interessierte.

»Die bekommen ein großes Revier und werden geschützt. Bevor du jetzt weiter fragst: Isabella wird vorerst hier bleiben. Sie zieht in eines der unbewohnten Häuser, damit sie nahe an den Wölfen ist. Sie wird anscheinend dafür bezahlt, dass sie die beobachtet.«

»Und … du? Ich meine, gehst du jetzt zurück?«

»Ich hoffe nicht«, sagte Niccolò. »Ich würde gerne bei ihr bleiben. Und bei dir.« Die letzten Worte waren ihm schwergefallen. Es gab noch viel mehr, was er der Spanielhündin sagen wollte, aber er wusste einfach nicht wie. Canini verstand trotzdem. Sie trat an Niccolò heran und leckte ihm zärtlich über die Schnauze. Dann sprang sie übermütig davon.

Doch ob er bleiben durfte, hing nicht allein von ihm ab. Er war ein Hund, und die Menschen entschieden, zu wem er gehörte. Er konnte nur hoffen, dass Isabella so viel Interesse an ihm hatte wie am Schicksal der Wölfe.

Die Antwort sollte er noch in dieser Nacht bekommen.

Trotz der nächtlichen Kühle schlief Isabella vor ihrem Zelt, dick eingemümmelt, so dass nur Augen, Nase und Mund aus dem zugezogenen Schlafsack hervorlugten. Sie wollte diese Nacht nicht ohne Canini und Niccolò verbringen. Schnell kam der Traum über sie, und das kleine Italienische Windspiel gesellte sich in diesem zu ihr.

In dieser anderen Welt war schon der Frühling in Rimella eingezogen, als müsse er nirgendwo sonst sein. Die Farben der perfekten Blüten, Bäume, Sträucher und Gräser strahlten, die Häuser waren belebt, doch ohne Geschrei und Gezeter, wie es sonst so typisch für die Tage in Rimella war. Von der Waldkuppe aus blickte ein Wolfsrudel auf den Ort, so ordentlich, als säße es wie Tauben auf einer Hochspannungsleitung. Das war nicht die wahre Welt, es war die wohltuende Salbe, die ein gütiger Traum auf Isabellas Seele strich. Gemeinsam gingen sie hinunter zur Piazza. Ihre Hände zu einer Schüssel geformt, trank Isabella aus dem Brunnen und ging in das Haus neben Cinecittas, in das sie einziehen würde. Das Gebäude war im Traum jedoch anders beschaffen als in Wirklichkeit. Es glich eher einer Wohnung, die mit Aktenordnern, Tierpräparaten, großen Mikroskopen und unzähligen Kartons bis in die letzte Ecke zugestellt war. Doch der Blick aus dem Fenster zeigte Rimella. Der junge Luca stand vor seiner Bäckerei und rauchte einen dieser brennenden Stängel und pfiff den Frauen hinterher. Die Espressomaschine in Marcos kleiner Trattoria gurgelte auf Hochtouren, und in Signorina Elisabethas Friseursalon tanzten die Scheren.

Und plötzlich begriff Niccolò, dass *er* all diese Details träumte. Und dass dieser Traum mit Isabellas verschmolz.

Dass er die Menschen Rimellas auftauchen ließ, die Isabella ja gar nicht kannte.

Dann nahm er sie mit.

Zu seinem Lieblingsplatz.

Er führte sie hinaus aus dem Dorf zu dem alten, weit ausladenden Maronenbaum, der nun schon wieder viele frische Blätter trug. Dort legte er sich zum Schlafen hin und bellte sie freundlich an, damit sie sich neben ihm niederließ. Isabella hatte sich Canini erträumt, und er sich Giacomo, die sich zu ihnen gesellten, als wäre nicht der ganze weite Platz vor dem Baum frei, sondern nur ein kleines Körbchen, in das sie alle hinein mussten, so dass Häupter auf Bäuche gelegt und Körper aneinandergeschmiegt wurden. Es wurde wohlig warm, als würde vor ihnen ein kleines Feuer brennen.

Nur langsam schloss Niccolò die Augen, denn aus diesem Traum wollte er nicht erwachen.

In diesem einen wollte er tatsächlich leben.

ENDE